KB062733

소설로 읽는

조선왕조실록

나쁜 남자 편

소설로 읽는

조선왕조실록

나쁜 남자 편

최문정 소설

창해

차례

왕위를 버린 남자

-양녕대군

고려 말, 나의 어머니 원경왕후는 여흥부원군 민제의 딸로 태어났다. 외할아버지 민제는 한 번 읽은 책은 모두 외울 정도로 영민했다. 혼란스럽고 어지러운 시절이었지만 외할아버지는 명문가인 여흥 민씨 가문에서도 성공가도를 달리기로 소문난 사람이었다. 외할머니는 여산 송씨 가문이었는데, 동생이 원나라 후궁으로 뽑혀 갈 정도로 미인이 많기로 유명한 집안이었다. 물론 외할머니도 엄청난 미인이었다.

어머니는 영특한 데다 예쁘기까지 해서 부모의 사랑을 듬뿍 받으며 자랐다. 게다가 어머니는 둘째 딸을 낳고 십 년 만에 생긴 아이였다. 외할머니는 어머니를 낳고 난 후 밑으로 줄줄이 네 명의 사내아이를 출산했다. 한마디로 어머니는 집안의 복덩어리였다.

외할아버지는 소중한 딸을 아무에게나 시집보내고 싶지 않아 차일피일 혼인을 미루기만 했다. 고려의 권문세족들이 모두 어머니를 며느리로 삼고 싶어 했지만 거절당했다. 결국 외할아버지는 열다섯 혼기를 훌쩍 넘긴 열여덟의 나이에 어머니를 혼인시켰다.

고르고 골라 선택된 남자는 성균관 대사성이었던 외할아버지 민제의 제자 이방원이었다. 나의 아버지 이방원은 어머니보다 두 살 어린 열여섯이었다. 아버지는 태조 이성계와 신의왕후 한씨의 다섯 번째 아들로 함흥에서 태어나 개성으로 유학을 온 상태였다.

고려 말의 혼란스러운 상황에서 할아버지 이성계는 무장으로 이름을 떨치고 있었지만 무장 출신이라는 것에 은근히 열등감이 있었다. 그래서 아들 중 최초로 성균관에 입학한 아버지를 자랑스러워했다. 할아버지는 손님들과 연회를 즐길 때는 반드시 아버지를 불러 연구(모인 사람들이 이어가면서 시를 짓는 것)를 하게 할 정도였다. 그렇게 두 가문의 자랑스러운 아들과 딸이 만나 혼인했으니 혼인잔치는 며칠에 걸쳐 성대하게 펼쳐졌다.

당시는 처가살이가 당연한 시대였다. 아버지도 혼인한 후부터 처갓집에서 살았다. 이듬해에 아버지는 문과에 급제했다. 게다가 어머니는 맏딸인 정순공주를 낳았다. 겹경사였다. 벼슬을 받을 때까지 기다리는 동안 아버지는 집에 있는 시간이 많아 외갓집 식구들과 더욱 가까워졌다. 아버지는 외할아버지를 사부라 불렀고,

외할아버지는 아버지를 선달이라 불렀다. 선달이란 과거에 합격한 후 벼슬을 기다리는 사람을 말한다. 아버지는 외삼촌들과도 친형제보다 더 가깝게 지냈다. 아버지가 벼슬을 받자 부모님은 외갓집에서 나와 개성 한가운데에 살림을 차렸다.

어머니가 경정공주와 경안공주를 낳는 동안 많은 일이 일어났다. 할아버지는 위화도회군으로 최영 장군을 제거하고 권력을 잡았다. 아버지는 정몽주를 비롯한 반대파들을 숙청했다. 그리고 마침내 할아버지는 역성혁명을 일으켜 새로운 나라 조선을 건국했다.

조선 개국의 가장 큰 공신은 바로 아버지였다. 아버지는 직접 손에 피를 묻혀 역성형명을 도왔다. 객관적으로는 그렇다. 하지만 나는 아버지보다 어머니가 더 큰 공신이라 생각한다. 아버지는 젊어서부터 야심에 차서 밖으로만 떠돌았다. 아버지가 할아버지의 역성혁명을 거들면서 집안 살림은 돌보지 않을 때, 어머니는 아무 불만 없이 살림을 꾸리며 아버지를 격려하고 지지했다.

조선이 개국되던 해 아버지는 정안군에, 어머니는 정녕옹주에 책봉되었다. 하지만 아버지는 태조대왕께서 계비 신덕왕후 강씨의 소생인 11세 방석을 세자로 책봉하자 크게 낙담했다. 당연히 개국에 가장 큰 역할을 했던 자신을 세자로 책봉할 것이라 생각했던 것이다. 아버지가 아니라면 장남인 진안대군 방우가 세자가 되는 게 옳은 길이었다. 하지만 할아버지는 기어이 계비 신덕왕후 강씨의 소생을 세자로 삼고 싶어 했다.

신덕왕후 강씨는 정도전을 세자의 사부로 삼았다. 그리고 정도전과 손잡고 아버지를 권력에서 밀어내려 했다. 어머니는 정도전 세력에게 밀려나 집에만 있는 아버지에게 반정을 독려했으나 아버지는 할아버지와 대립하는 것이 싫어 망설이기만 할 뿐이었다.

태조 3년, 마침내 어머니는 건강한 사내아이를 출산했다. 바로 나, 양녕대군 제다. 위로 세 아들을 어린 시절 가슴에 묻어야 했던 어머니는 나를 외갓집에 보내 기르게 했다. 또 아들을 잃을까 두려웠던 것이다. 당시에는 재액을 피한다고 해서 건강이 좋지 못한 아기들을 다른 곳에 보내 키우는 일이 많았다. 병자년에는 효령대군이 태어난 지 열흘 만에 병을 얻자 홍영리의 집에 보내 키우게 했다.

나는 돌이 지난 후에야 집에 돌아왔다. 아버지는 항상 그 시절 이야기를 내게 들려주시곤 했다.

"그때 나는 정도전 일파의 시기로 말미암아 형세가 용납되지 못하게 되었다. 실로 남은 날이 얼마 없지 않나 생각되어 항상 가슴이 답답하고 아무런 낙이 없었다. 그래서 나는 네 모후와 더불어 서로 너를 안아주고 업어주고 했다. 너는 일찍이 내 무릎 위를 떠난 적이 없었으며, 그래서인지 너를 자애하는 마음이 가장 두터워 다른 자식과 달랐다."

당시 권력의 정점에서 밀려나 집에 있는 시간이 많았던 아버지는 나를 업고 달래며, 책을 읽으며 시간을 보냈다. 다른 누구보다 많은 시간을 함께한 자식이어서인지 아버지는 맏아들인 나를 가장 아꼈고, 나에게 가장 약했다. 나도 그래서 아버지를 이해해보려 노력했다. 하지만 안 되는 일은 안 되는 법이었다. 나는 커가면서 많은 일을 보고 겪으며 점점 더 아버지를 이해할 수 없었다.

태조 7년, 내 나이 다섯 살, 정도전은 요동정벌을 위한 진법훈련 강화를 명분으로 사병혁파법을 시행했다. 즉, 개인이 보유한 모든 사병과 무기를 중앙군에 소속시킨다는 것이었다. 신덕왕후 강씨의 사망 이후 정도전 세력은 어떻게든 아버지를 제거하기 위해 혈안이 되었다. 당시 정도전은 세자 외의 왕자들이 태조대왕과 만나지 못하게 차단까지 했다. 사병혁파에 불만을 품은 왕족들과 요동정벌 주장에 반대하는 대신들이 아버지를 중심으로 모여들었다. 아버지는 일단 모든 사병과 무기를 반납하라 일렀다. 하지만 어머니는 무기를 태우는 척 불을 피우고는 친정에 무기와 군사들을 숨겨놓았다. 그리고 때를 기다렸다.

8월 26일, 서늘한 가을바람이 불기 시작하던 날, 정도전은 태조대왕께서 아프시며 왕자들을 보고 싶어 하니 모두 모이라는 명을 전했다. 아버지를 비롯한 여러 왕자들이 근정전 문밖 서쪽 행랑에서 자며 할아버지의 병세를 지켜보기로 했다. 하지만 실은 정도전의 계략이었다. 정도전은 자신이 원하는 재상 중심의 나라를 위해 왕자들을 한꺼번에 죽일 생각이었다.

현명한 어머니는 아버지께 시종 소근을 보냈다.

"정녕옹주마마(원경왕후)께서 갑자기 가슴에 통증이 있다 하시더니 쓰러지셨습니다."

어머니가 아프다는 말에 아버지는 급하게 집으로 돌아왔다. 어머니는 정도전의 계략을 알려주며 숨겨놓았던 갑옷을 꺼내 아버지에게 입혀주었다. 그리고 망설이는 아버지에게 강력하게 반정을 권했다.

외삼촌들은 무장한 채 앞마당에서 아버지가 결심하기를 기다리고 있었다. 어머니가 미리 연락해둔 덕분에 안산군수 이숙번은 정릉의 군사들을 거느리고 이미 집에 와 있었다. 충청도 관찰사인 하륜도 진천에서 군사들을 이끌고 올라오고 있었다. 모든 준비는 어머니가 이미 마친 뒤였다.

"그들이 당신을 공격하기 전에 먼저 공격해야 합니다. 조심하고 또 조심하시옵소서."

어머니의 설득에 아버지는 외삼촌들과 이숙번을 데리고 궁궐로 향했다. 그리고 어머니의 말대로 궁궐 안팎에 매복한 정도전의 군사를 발견했다. 아버지는 형제들과 정신없이 궁을 빠져나와 궁 앞에 대기하고 있던 군사를 데리고 다시 궁으로 향했다. 그리고 태조대왕이 기거하고 있던 청량전으로 가서 신덕왕후 강씨의 소생들을 내놓으라고 겁박했다.

아버지는 이복형제인 세자 방석과 무안군 방번을 죽이고 정도전의 집으로 향했다. 정도전은 왕자들이 다 죽었으리라 생각하며 남은, 심효생, 이직과 함께 남은의 애첩 집에서 미리 축하연회를 즐기고 있었다. 남은의 목이 가장 먼저 날아갔다. 정도전은 달아나 전판서 민부의 집에 숨었지만 시종 소근에게 잡혀와 죽임을 당했다. 아버지는 할아버지 태조대왕이 의지하고 있던 신하들을 모두 죽이고 정권을 장악했다. 바로 제1차 왕자의 난이었다.

아직도 그날 일이 내 기억에 생생하다. 새벽녘, 부산스러운 소리에 깨어보니 아버지가 피범벅이 된 채 갑옷을 입고 대문으로 들어왔다. 어머니는 버선발로 뛰어나가 아버지를 맞았다.

"장하십니다! 고생하셨습니다."

어머니는 만면에 미소를 띤 채 아버지의 품에 안겨 함께 피투성이가 되었다. 아버지의 갑옷에서 떨어진 피가 흘러내려 어머니를 붉게 물들이고 있었다. 나는 아버지가 사냥을 가서 큰 사냥감을 잡은 것이라 생각했다. 하지만 마당에 있는 군사들 중 사냥감을 들고 있는 이는 아무도 없었다. 몇 년이 흐른 후에야 나는 아버지가 이복형제들을 죽이는 제1차 왕자의 난을 일으켰다는 것을 알았다.

그날 밤 이후로 사람들이 우리 집에 많이 드나들기 시작했다. 아버지는 이복형제들을 죽이고 왕위를 찬탈했다는 오명을 쓰고 싶지 않아 살아 있는 동복형 중 가장 윗사람인 영안군 방과를 세자위에 올렸다. 장자승계의 원칙을 따르기 위해 왕자의 난을 일으켰다는 것을 널리 알리기 위해서였다. 할아버지 태조 이성계는 얼마 안 있어 양위를 했다. 큰 숙부 영안군 방과는 정종대왕이 되었고, 한양에서 개성으로 천도를 했다. 우리 집도 개성으로 이사했다.

내 나이 일곱 살, 어머니는 해가 떠오르기도 전에 시종 소근에게 이웃에 사는 점쟁이 정사파를 불러오라 했다.

"새벽녘 꿈에 내가 신교의 옛집에 있다가 하늘을 올려다보니 아기 막동이(세종의 아이 때 이름)가 햇무리 가운데에 앉아 있었으니, 이것이 무슨 징조인가?"

"정안공(태종 이방원)이 마땅히 임금이 되어서 항상 이 아기를 안아줄 징조입니다."

옆에서 듣고 있던 나는 왜 막동이가 나왔는데 아버지가 임금이 되는지 몰라 고개를 갸웃했다. 하지만 어머니는 더 이상 아무것도 묻지 않으셨다.

"막동이를 안고 계시다니……."

어머니는 한숨을 내쉬며 나를 슬며시 바라보았다. 어쩌면 어머니는 그때부터 막동이 충녕대군이 아버지의 뒤를 이어 왕이 될 것을 예상했을 것이다.

"그런데 하필이면 오늘 그 꿈을 꾸었을까. 아마 머지않은 날에 즉위하실 모양인데, 아직까지는 기다려야 할 때인 것을."

점쟁이에게 돈을 주어 내보내고 나서도 어머니는 대청마루에 한참을 앉아 있었다. 그제야 잠에서 깬 네 살 충녕대군이 어머니의 품을 파고들었다. 물끄러미 충녕대군을 바라보던 어머니는 갑자기 무슨 생각이 떠올랐는지 놀라서 소리를 지르셨다.

"아! 또 무슨 일이 있어서 즉위가 앞당겨질 모양이구나."

어머니의 뛰어난 정치 감각은 누구보다 정확하게 미래를 예측하게 만들었다. 바로 그날, 아버지의 바로 위 형인 회안군 방간은 군사를 이끌고 아버지를 공격했다. 공신 책봉에 불만을 품은 박포와 함께였다. 제2차 왕자의 난이었다.

나의 숙부인 회안군 방간은 사냥을 핑계로 군사를 모았다. 그리고 정당함을 과시하기 위해 정종대왕에게 거병 사실을 알리고, 상왕전에 들어 태조대왕께도 보고했다.

"정안공(태종 이방원)이 저를 해치고자 하므로 제가 부득이 군사를 일으켜 공격합니다. 청하건대 주상은 놀라지 마십시오."

정종대왕은 크게 노해 도승지 이문화를 보내 타이르셨다.

"네가 어지러운 말을 듣고 혹해 동기를 해치고자 꾀하니 미치고 패악하기가 심하다. 네가 군사를 버리고 혼자 말을 타고 대궐에 들어오면, 내가 장차 보전하겠다."

상왕이신 태조대왕도 크게 진노하셔서 일렀다.

"네가 정안과 아비가 다르냐, 어미가 다르냐? 저 소 같은 위인이 어찌 이에 이르렀는가?"

아버지는 지난 1차 왕자의 난 때보다 훨씬 더 망설였다. 친형제와의 싸움이었다. 하지만 어머니는 망설이는 아버지에게 직접 갑옷을 입혀주었다.

"이대로 가만있으면 우리가 모두 죽는 겁니다. 저야 죽음이 두렵지 않으나 아직 어린 우리 아이들은 어떻게 합니까? 어쩔 수 없는 일입니다."

밤새도록 개성 시내에서 접전이 벌어져 잠도 들 수 없었다. 아직 어린 효령대군과 충녕대군은 시끄러운 소리에 겁에 질린 채 어머니의 품을 떠나려 하지 않았다. 어린아이라도 불안하고 초조한 기운은 느낄 수 있었다. 마당에는 한낮처럼 횃불이 밝혀져 있었고, 무장한 군사들이 집 안과 담 밖에서 우리를 지키고 있었다. 그래도 불안감은 우리 가족을 짓눌러 모두들 잠들 수 없었다.

어머니는 침착한 목소리로 자장가를 불러주었지만 눈은 연신 열린 방문 밖을 향하고 있었다. 맏이인 정순공주는 효령대군을, 둘째 누나인 경정공주는 충녕대군을 다독였지만 아이들은 쉬이 잠들지 않았다. 게다가 셋째 누나인 경안공주가 큰 소리가 들릴 때마다 움찔하면서 비명을 지르는 통에 효령대군과 충녕대군도 칭얼거리며 잠투정을 했다.

새벽녘에 군사 목인해가 타고 간 말이 홀로 우리 집 마구간으로 돌아왔다. 어머니는 아버지가 죽은 것으로 알았다. 노비들은 통곡을 하는데 어머니는 눈물 한 방울 비치지 않았다. 어머니는 우리 남매들에게 방에 있으라 이르고는 내 손을 붙잡고 다독였다.

"네가 누이들과 동생들을 잘 보살피리라 믿는다."

방을 나선 어머니는 군사 한 명의 창을 빼앗아 들고 되돌아온 말을 탔다. 후에 효빈이 된 김씨 등 다섯이 넘는 집안 노비들이 말렸지만 소용없었다. 시종 한기 등이 어머니의 길을 가로막았다. 난이 벌어진 후 우리 집에 와 있던 무녀 추비방과 유방 등도 나서서 말렸다. 하지만 어머니는 말에서 내려오지 않았다.

"어서 길을 열지 못할까! 어차피 오늘의 전투에서 패한다면 죽음을 면치 못할 것이다. 아이들을 위해서라도 기어이 전투에서 이겨야 한다. 또한 이미 지아비가 죽었는데 살아도 사는 것이 아니니라. 차라리 함께 죽는 것을 택하겠다."

우리 남매는 열린 방문으로 어머니와 시종들의 실랑이를 지켜보았다. 충녕대군은 울면서 어머니를 향해 팔을 벌렸다. 나는 방밖으로 나서려는 충녕대군을 품에 꼭 껴안았다. 어머니는 나만 믿는다고 했지만 누이들과 동생들을 지키는 것보다 어머니를 지키는 것이 더 중요했다. 아무래도 내가 나서서 어머니를 말려야겠다는 생각에 큰누나인 정순공주에게 충녕대군을 안겨주는데 급히 문을 두드리는 소리가 들렸다. 아침에 왔던 점쟁이 정사파였다.

"승리했다 하옵니다."

"참말이냐?"

"예. 회안군 방간과 박포를 모두 생포하셨다 하옵니다."

어머니는 그제야 한숨을 내쉬며 말에서 내려왔다. 그리고 열린 문으로 어머니만 바라보던 우리 남매에게 달려왔다.

"다행이구나, 다행이야."

효령대군과 충녕대군은 울면서 어머니의 품에 안겼다. 무슨 일이 벌어진 줄 모르는 아이들이었지만 그저 어머니의 그 말에 안정이 되었는지 그제야 지쳐 잠이 들었다.

하지만 나는 아버지가 돌아오실 때까지 기다렸다. 2년 전 제1차 왕자의 난이 벌어졌던 그때처럼 아버지는 피범벅이 된 채 돌아왔다. 차마 묻지 못했다. 숙부인 회안군 방간은 어떻게 되었는지. 회안군 방간의 큰아들인 의령군은 나보다 나이가 훨씬 많았지만 언제나 나를 무시하지 않고 귀여워해주었다. 의령군도 난에 참여한 걸까? 설마 다른 사촌 형제들도 죽이시는 걸까? 나는 두려워 묻지 못했다. 그저 궁금했다. 왕위란 것이 무엇이기에 친혈육과도 전쟁을 벌여야 하는지.

다행히 아버지는 박포를 비롯한 무리들을 처형했지만 형인 회안군과 그 아들 의령군만은 유배를 보내 살려두었다.

그해 2월 아버지는 세제에 책봉되었고, 11월에 즉위했다. 어머니도 정비의 칭호를 얻어 왕비가 되었다.

"능히 계책을 결단해 무기를 준비하고 갑옷을 끌어서 사직을 정하는 공을 이루는 것을 도왔으니, 이에 큰 계획을 이룰 수 있게 된 데는 내조에 힘입은 바가 크다."

아버지는 나의 어머니 원경왕후를 왕비로 봉하는 책문에서 어머니의 내조에 대한 고마움을 표시했다.

또한 《고려사》를 공부하는 우리 형제들에게 말했다.

"정사의 날에 네 어머니의 공이 매우 컸다. 또 여러 동생들과 함께 갑옷과 무기를 준비하고 기다린 것은 유씨(신혜왕후, 왕건의 첫 번째 왕비)가 갑옷을 만들어 왕건에게 준 것보다 그 공이 훨씬 크다."

아버지는 항상 말했다.

"너의 모후 덕분에 내가 왕위에 오를 수 있었다."

그러던 아버지는 즉위 후 어머니의 은공을 완전히 잊었다.

아버지께서 왕위에 오르셨으니 모든 것을 가질 수 있을 거라 생각했다. 훨씬 더 행복할 거라 생각했다. 그렇지 않으면 왕위가 무슨 소용이겠는가?

하지만 나의 예상과 달리 우리 가정의 행복과 평안은 완벽하게 깨져버렸다. 아버지는 끊임없이 여색을 탐해 후궁을 들였다. 자신이 유배 보낸 신하의 딸, 기생, 과부, 중궁전의 노비까지……. 하룻밤 자고 나면 새로운 궁녀가 치마를 뒤집어 입고 궁궐 안뜰을 거닐었다. 치마를 뒤집어 입는다는 것은 승은을 입었다는 뜻이다.

효빈 김씨, 신빈 신씨, 선빈 안씨, 정빈 고씨, 명빈 김씨, 숙의 최씨, 숙의 이씨, 숙공궁주 김씨, 의정궁주 조씨, 혜순궁주 이씨, 혜선옹주 홍씨, 순혜옹주 장씨, 서경옹주 금영, 그리고 첩지조차 받지 못한 수많은 승은 궁녀들…….

아버지와 어머니는 만나기만 하면 다퉜다. 어머니는 여색을 탐하지 말라고 간언했지만, 아버지는 왕실의 번성을 위하는 일에 어머니가 투기를 한다며 오히려 나무랐다. 결국 아버지는 즉위 다음 달에는 어머니를 피해 열흘 동안이나 경연청으로 도망가 있기도 했다.

아버지는 즉위하기 전에도 여색을 탐했다. 단지 너무 바빠 첩으로 들일 정도로 정이 든 계집이 없어서 어머니에게 들키지 않은 것뿐이었다. 게다가 아버지는 여색을 탐하는 것에 대해 부끄러워하기는커녕 항상 당당했다.

왕위에 오르기 전, 아버지는 신덕왕후 강씨(태조 이성계의 계비)의 시녀 덕실과 사통하다 발각되어 큰 소동을 일으킨 적이 있었다. 아버지를 미워했던 신덕왕후는 덕실과 아버지의 사통을 빌미로 아버지에게 벌을 주고 덕실을 죽이려고 했다.

아버지는 신덕왕후의 정보를 캐내기 위해 덕실과 일부러 만났던 것이라고 변명하며 어머니에게 도움을 부탁했다. 사실은 덕실보다 아버지 자신의 안위가 걱정되어서였다. 결국 어머니는 궁궐로 달려가 덕실에게 침을 뱉으며 고래고래 소리를 질렀다. 신덕왕후는 어머니가 더 분개해 덕실을 죽일 것이라 생각해서 덕실을 내주었다. 아버지는 어머니가 덕실을 구해주었으니 모든 일이 끝났다 생각하고 덕실을 잊어버렸다.

신덕왕후는 할아버지께 아버지를 벌해달라고 계속 청했다. 할아버지는 이지란의 의견대로 아버지에게 벌로 명나라 사신으로 가라 명했다. 어머니는 아버지가 없는 동안 임신한 덕실을 한겨울 얼음장 같은 행랑채에 가두어버렸다. 하지만 끈질긴 목숨이었는지 덕실은 아버지의 첫 번째 서자인 경녕군을 무사히 낳았다. 그 덕실이가 바로 효빈 김씨다.

즉위한 후 계속되던 아버지의 호색 행각을 참고 참던 어머니가 불같이 대노한 것은 아버지가 의빈 권씨를 맞이하려 할 때였다. 아버지는 권씨가 현행이 있다 하여 예를 갖추어 맞아들이려 했다. 가례색(왕 또는 왕세자의 혼인 등을 준비하는 기관)까지 세웠다.

어머니는 아버지에게 달려가 따져 물었다.

"전하께서는 어찌하여 예전의 뜻을 잊으셨습니까? 제가 전하와 함께 어려움을 지키고 같이 화란을 겪어 국가를 차지했사온데 이제 나를 잊음이 어찌 여기에 이르렀습니까?"

처음이었다. 언제나 강건하고 굳세었던 어머니가 눈물을 보이는 모습은 내 마음까지 흔들었다. 어머니는 식음을 전폐하고 자리에 누웠다.

절대로 아버지의 일에 끼어드는 법이 없는 상왕 정종대왕까지 나서서 아버지를 말렸다.

"나는 안사람이 아이를 낳지 못해서 서자밖에 없어도 안사람과 하도 같이 오래 살아서 정이 들었는데 너는 왜 그러고 사느냐?"

결국 아버지는 가례색을 파하고 내관과 궁녀 몇 사람만으로 권씨를 별궁에 맞아들였다. 하지만 어머니는 쉬이 일어나지 못했다. 아버지도 어머니가 눈물까지 보인 일이 맘에 걸렸는지 수일 동안 정사를 듣지 않았다.

나도 남자였다. 어머니가 박색이라면 모를까, 왕손이 없다면 모를까, 아버지는 왕실의 번성을 위해서라고 하지만 그렇게까지 많은 후궁을 들이는 건 여색을 탐하는 것이라 여길 수밖에 없었다. 그날 이후로 어머니는 눈물을 흘리는 일이 많아졌다. 정변이 일어났을 때도 흔들림 없던 어머니였지만, 아버지에 대한 배신감에 치를 떨며 화를 내는 일도 잦아졌다. 그렇게 어머니는 망가져갔다.

태종 2년, 나는 제(禔)라는 이름을 받고 원자로 책봉된 지 넉 달 후에 세자가 되었다. 아버지가 다스리는 나라는 이제 안정되어

가는 듯했다. 하지만 그해 말 조사의의 난이 일어났다. 조사의는 신덕왕후 강씨(태조 이성계의 계비)의 조카로 제1차 왕자의 난 직후 관직을 잃고 연금되었다. 하지만 할아버지가 조사의를 동북면(함경도) 지역으로 보내달라고 해서 아버지가 그 뜻을 받들었다.

조사의는 신덕왕후 강씨의 원한을 갚는다는 명분으로 동북면 지역의 세력을 규합해 반란을 일으켰다. 하지만 신덕왕후 강씨는 개성의 권문 출신으로 동북면 지역과는 아무 관련이 없었다. 오히려 할아버지라면 모를까.

아버지가 즉위한 후 태상왕인 할아버지는 곳곳을 떠돌아다니다 함흥 지역에 머물고 있었다. 바로 조사의의 난이 일어난 곳이었다. 몇 번이나 신하들을 보내 환궁하시라고 해도 할아버지는 돌아오지 않겠다며 고집을 부렸다. 오히려 환궁을 설득하러 간 차사(특별히 파견하는 임시 벼슬)를 연달아 죽여버렸다. 그래서 한 번 떠나가면 돌아올 줄 모르는 사신들을 사람들은 '함흥차사'라 불렀다. 그런 와중에 할아버지의 기반 세력이 있는 곳에서 반란이 일어났다면 그 뒤에 누가 있는지는 뻔했다. 게다가 조사의는 아버지를 내쫓고 할아버지를 복위시켜야 한다고 주장하고 있었다.

대신들도, 내관들도, 궁녀들도 할아버지 태조 이성계가 아들을 향해 칼을 뽑아 든 것이라며 수군거렸다. 나는 모른 척할 수밖에 없었다. 아버지의 편을 들 수도, 할아버지의 편을 들 수도 없었다.

변란 소식을 듣고 나서도 아버지는 한참을 망설였다. 며칠을 고민하던 아버지는 결국 한양 수비를 신하들에게 맡기고 직접 4만 명의 군사를 데리고 나섰다. 나는 그저 궁금했다. 아버지를 향해 칼을 빼어 들 수 있을 정도로 왕위란 것이 소중한 것일까? 아들을 향해 칼을 빼어 들 수 있을 정도로 왕위란 것이 대단한 것일까? 확실한 건 하나였다. 내게 있어 왕위란 그 정도로 소중하고 대단한 것이 아니었다.

조사의의 반란군과 아버지의 정벌군 사이에 벌어진 전투는 결국 아버지의 승리로 끝났다. 할아버지 이성계의 인생에서 처음으로 패배한 전투였다. 다행히 할아버지는 무사히 한양으로 돌아왔다. 아니, 정확히 말하자면 아버지에 의해 돌아오시게 된 것이다.

태종 7년, 내 나이 열네 살, 광산 김씨 김한로의 딸과 정혼했다. 아버지는 외척에 대한 경계가 심했기에 특별히 권세에는 관심이 없는 김한로와 사돈을 맺기로 결심하신 것이다. 또한 김한로는 아버지의 친우로 과거시험 수석을 한 사람이기도 했다. 그때 아버지는 33명 중 10등으로 합격했다.

혼인을 얼마 남겨두지 않았을 때 나의 혼인문제를 신하들이 외할아버지와 의논했다는 사실이 아버지께 전해졌다. 아버지는 명나라 사신에게 명나라 황제의 딸과 나를 혼인시켰으면 좋겠다는 의사를 전했는데, 그 후로 명나라에 갔다가 조선으로 돌아온 사신은 나의 혼사문제에 대해 아무런 말이 없었다. 한마디로 거절당한 것이었다. 화가 난 아버지께서는 이에 대해 다시는 언급하지 말라 명했다.

하지만 신하들은 명나라 공주를 포기할 수 없어 외할아버지께 의논했던 것이다. 외할아버지는 명나라 사신과 만나 다시 한 번 혼인 이야기를 전하라 일렀는데, 여러 사람을 거치면서 그 사실이 나의 장인이 될 김한로에게까지 전해졌다. 김한로는 곧장 아버지에게 이 사실을 알렸고 아버지는 대노했다.

아버지는 왕권에 대한 집착이 강했다. 그래서 외삼촌들이 아버지를 위해 목숨을 걸고 싸운 공으로 권세를 누리는 것조차 못마땅하게 여겼다. 신하들이 어명을 어기고 외할아버지 민제를 찾아갔다는 것만으로도 아버지는 왕권이 위협당했다고 여겼다. 나의 혼례가 끝난 후, 아버지는 외척세력을 없애기 위해 외삼촌들에 관한 정보를 수집하기 시작했다.

그해에 할아버지 태조대왕(이성계)께서 창덕궁 광연루 별전에서 승하하셨다. 이제 아버지는 더 이상 겁날 게 없는 강한 왕권을 가지게 되었다. 그리고 그 굳건한 왕권에 방해가 되는 것을 모두 제거하기로 결심을 다졌다. 그런 아버지의 마음을 알고 있던 어머니는 친정 동생들에게 매일 당부했다.

"교만하지 말고 항상 수그리는 자세로 모든 일에 임하여라. 주상전하께서 너희들을 주시하고 있다."

하지만 외삼촌들은 권력에 취해 어머니의 말을 무시했다.

할아버지가 돌아가시자마자 외삼촌들에 대한 상소가 빗발쳤다. 아버지는 전년도에 양위하겠다는 말씀을 하신 적이 있는데, 그때 외삼촌들이 적극적으로 만류하지 않았다는 이유였다. 탄핵 상소는 끝없이 올라왔다.

"지난해 전하께서 장차 내선을 행하려 할 때 온 신민이 마음 아프게 생각하지 않은 이가 없었으나, 민무구와 민무질은 스스로 다행이라 여겨 기뻐하는 빛을 얼굴에 나타냈습니다. 또한 전하께서 복위하신 뒤에도 민무구와 민무질은 도리어 걱정하는 빛을 나타냈습니다."

"민무구와 민무질 형제는 세자 이외의 영특한 왕자는 변란의 소지가 있으므로 없는 편이 좋다는 말을 한 적이 있습니다. 세자 이외의 왕자들도 모두 주상전하의 핏줄이신데 이를 위협하는 발언을 함부로 한 것이 바로 역심을 품은 증좌이옵니다."

모두 아버지가 계획한 일이었다. 아버지는 자신의 뜻을 대신들에게 전달해 상소를 올리게 만드는 일에 능했다. 탄핵에 앞장선 사람은 의안대군 이화였다. 이화는 태조의 이복형제로 아버지의 숙부였다. 아버지가 외삼촌들을 경계한 가장 큰 이유는 내가 외삼촌들과 가까워서였다. 내가 보위에 오르면 외삼촌들에게 휘둘릴까 봐 경계한 것이다.

"《춘추공양전》에 따르면 임금과 아버지에 대해서는 장차를 도모하는 마음을 품어서는 아니 되며 이런 마음을 품은 자는 주살한다고 했다. 그러니 장차의 반역을 말한 것도 반역을 실제로 행한 것과 같이 처벌해야 한다."

아버지는 《춘추공양전》을 언급하며 외삼촌들을 벌할 뜻을 밝혔다. 그러자 결국 외할아버지 민제가 나섰다. 외할아버지는 아들인 민무구를 여흥에, 민무질을 대구에 유배하라고 제안했다. 하지만 어머니는 아버지에게 강력하게 항의했다. 물론 아버지는 어머니의 의견 따위는 무시했다. 당시 어머니와 아버지는 후궁 문제로 사이가 극도로 악화된 상태였다. 아버지는 그나마 외할아버지인 여흥부원군 민제가 살아 있었기에 외삼촌들을 살려둔 것이라며 어머니의 애원을 무시했다.

몇 개월 후 어머니는 친정 가문 누구와도 연락을 주고받지 말라는 아버지의 금령에도 불구하고 외할아버지 민제와 연락을 주고받다가 들켰다. 아버지는 대노해서 외삼촌들의 공신녹권까지 박탈해버렸다.

외할아버지는 유배당한 아들들 때문에 마음고생이 심해 병으로 드러누우셨다. 아버지는 외할아버지에게는 차마 잔인하지 못했다. 외할아버지의 병이 위독해지자 아버지는 외삼촌들을 한양으로 불러올렸고 아버지도 직접 나를 데리고 병문안을 갔다. 병문안을 갔다 온 지 사흘 만에 외할아버지는 돌아가셨다. 아버지는 나와 함께 상가에 찾아가서 제사까지 올렸다. 하지만 장례가 끝나자마자 외삼촌 민무구와 민무질을 체포해 제주도로 귀양 보냈다.

그리고 두 해 후 아버지는 기다렸다는 듯이 민무구와 민무질에게 자결을 명했다. 협유집권(挾幼執權), 어린 세자를 이용해 권력을 잡으려 했다는 죄목이었다. 세자 외의 대군들을 모두 죽이려 했다는 죄목도 더해졌다.

"제게 어찌 이러실 수가 있습니까? 무구와 무질이가 단순히 제 동생이기만 합니까? 전하와 함께 피 흘리며 목숨을 걸고 싸웠던 전우였습니다. 전하를 왕위에 올리기 위해 싸웠던 충성스런 신하였습니다. 게다가 무질이는 정도전 쪽의 기밀을 빼내 제1차 왕자의 난을 성공시키는 데 결정적인 역할을 했습니다. 아니, 무구와 무질이가 전우가 아니라도 저를 봐서라도 이러실 수는 없습니다. 두 번의 왕자의 난 때 장롱 속에 깊숙이 감추어둔 갑옷을 꺼내 직접 입혀드리며 일을 도모하라 격려했던 사람이 바로 저였습니다. 거사에 동원된 군사들은 대부분 제 친정의 군사들과 노비들이었습니다. 거사를 위해 동원된 자금도 모두 친정에서 나온 것입니다. 지금의 전하께서 왕위에 계신 것이 다 누구 덕입니까? 그 수많은 거사들과 정변들을 격려하고 지지해준 사람이 바로 저입니다. 그런 제게 어찌 이러실 수가 있단 말입니까?"

어머니는 대전으로 나아가 통곡했지만 아버지는 무심한 눈으로 어머니를 바라볼 뿐이었다.

아버지는 후세에 외삼촌들을 억울하게 죽였다는 오명을 쓸까 봐 걱정되셨는지 외삼촌들을 죽인 후 외척경계론을 담은 교지를 발표해 자신의 정당함을 과시했다. 나는 그때 이미 아버지 대신 종종 조정 대신들과 토론을 하며 정사에 참여하고 있었다. 하지만 내가 외삼촌들을 살릴 방법은 없었다. 외척세력에 대한 아버지의 경계심은 누구의 애원에도 깨지지 않을 만큼 단단했다.

외할머니 송씨도, 어머니 원경왕후도 결국 식음을 전폐하고 병석에 누웠다. 외삼촌인 민무휼과 민무회가 문병차 교태전(왕비의 침소)에 들었을 때, 마침 나도 어머니의 문병차 들어 있었다. 외삼촌들은 억울함을 하소연했다.

"우리 형님들은 무죄이옵니다. 세자저하께서도 알고 계시지 않습니까? 세자저하께서는 우리 집에서 자라셨으니 우리 형제들을 긍휼히 여겨주십시오."

하지만 나는 외삼촌들의 하소연을 들어주지 않았다.

"궁에는 벽에도 귀가 있는 법입니다. 이제부터는 조심 또 조심해야 합니다. 억울하다는 하소연조차 역모가 될 수도 있는 법입니다."

나는 오히려 외삼촌들을 야단쳤다. 어린 시절 나를 안고 업고 산과 들로 뛰어다니며 놀아주던 외삼촌들에게 냉정할 수밖에 없었다. 그래야 남은 외삼촌들의 목숨을 살릴 수 있었다. 나의 꾸지람에 풀 죽어 어깨를 축 늘어뜨린 채 교태전을 나서던 외삼촌들의 모습이 눈에 밟혔다. 두 외삼촌만은 지켜드리고 싶었다.

외삼촌 민무구와 민무질이 자진했다는 소식이 전해진 날, 어머니는 눈물도 흘리지 못한 채 드러누워 천장만 바라보고 있었다. 아버지는 어느 후궁의 침소에 들었는지 감감무소식이었다. 며칠째 물 한 모금도 삼키지 못한 어머니는 늦둥이 막내아들 성녕대군이 울면서 매달려도 수라를 받지 않았다. 너무 많은 눈물을 흘려 온몸의 수분이 빠져나온 듯 버석하게 마른 얼굴에는 체념만이 가득했다.

그날 밤, 나는 밤새도록 혼자서 술을 마셨다. 아버지의 왕권에 대한 집착이 지겨웠다. 이복형제를 죽이고, 친형제와 칼을 맞들고 싸우고, 친아버지와 전쟁을 벌이고, 전우였던 외삼촌들을 자결하게 만든 그 집착에 소름이 끼쳤다.

언제나 왕위의 무게가 나를 짓눌렀다. 숨을 쉴 수가 없었다. 벗어나고 싶었다. 나에게 일어난 수많은 일을 감당하는 것만으로도 나는 휘청거렸다. 혼란과 갈등, 모략과 음모, 피를 봐야 끝나는 다툼에서 어떻게든 벗어나고 싶었다. 내 삶에 일어난 극적인 변화들을 짊어지고 있는 것만으로도 버거웠다. 그런데 나뿐만 아니라 만백성의 삶을 책임지라니, 두려웠다. 그리고 많이 지쳐 있었다.

나는 왕위나 권력 따위에는 관심이 없었다. 그래서 아버지가 더 이해되지 않았다. 아니, 아버지가 미웠다. 기어이 왕위를 차지하겠다고 인간의 도리를 저버린 아버지가 싫었다. 어머니가 불쌍했다. 아버지의 왕위를 위해 모든 것을 걸고 싸웠는데, 그 대가가 고작 친동생 2명의 죽음과 친정의 몰락이라니, 어머니가 안쓰러웠다. 그런데도 아버지는 그런 어머니를 긍휼히 여기지는 못할망정 어머니를 폐위하겠다고 협박하고, 매일 후궁을 들여 어머니의 마음을 더 아프게 만들었다. 어머니가 거의 죽어가고 있는데도 위로하기는커녕 이 와중에도 후궁의 처소를 찾는 아버지가 한심했다.

나도 아버지와 똑같이 굴면 어떻게 될까? 만취한 머릿속에 문득 그런 생각이 들었다. 아들은 아버지를 닮기 마련이었다. 아버지가 나쁜 남자라면 나도 나쁜 남자가 되어야 했다. 아버지는 왕실의 기반을 단단히 하기 위해 후궁을 들인다는 변명을 했다. 나도 마찬가지로 여색을 탐해 아이를 많이 낳으면 아버지가 어떻게 반응할지 궁금했다. 그렇게 나는 비뚤어지기로 결심했다.

나의 첫 번째 일탈은 명나라 사신 환영연에 참석했던 기생 봉지련이었다. 나는 몰래 봉지련을 세자궁에 들였다. 이를 알고 아버지는 내관 2명의 곤장을 치고 봉지련을 옥에 가두었다. 나는 식음을 전폐했다. 아버지는 결국 봉지련에게 비단까지 하사하고 옥에서 풀어주었다.

세자궁에 몰래 불러들이는 것은 금지되었지만 나는 궐 밖으로 나가 봉지련을 만났다. 궁궐 밖을 안내해준 사람은 은아리와 이오방이었다. 은아리는 군관으로 무술이 뛰어나고 도성의 지리에 익숙했고, 이오방은 악공으로 거문고 연주와 춤에 능했다. 은아리와 이오방은 나에게 기생집도 소개해주고 민가에서 유행하는 노래와 춤을 가르쳐주기도 했다.

나는 종종 기생들과 악공들을 불러 세자궁에서 연회를 즐겼다. 궐 밖에서 사귄 구종수 형제에게서 박희(노름)를 배워 함께 즐기기도 했다. 이를 아신 아버지는 궐 밖 안내를 해준 은아리와 이오방을 비롯해 세자궁의 내관들까지 매질하고 유배형에 처했다. 나는 굴하지 않았다. 어차피 아버지는 쉽게 나를 벌할 수 없었다. 왕권에 대한 집착이 강한 만큼 미래의 왕이 될 나의 권위도 신경 쓰시는 아버지였다. 혹시나 나의 비행이 조정 대신들에게 알려질까 나보다 아버지가 더 염려했다.

평양기생 소앵은 매일 밤마다 종묘문 근처 대나무 다리를 건너 세자궁을 몰래 드나들었다. 이를 안 아버지는 관련자들을 모두 처벌하고 소앵을 벌하려 했지만 내가 또 단식투쟁을 하자 소앵을 평양으로 쫓아내는 것으로 일을 마무리했다.

기생 초궁장은 정종대왕의 승은을 입고도 기생으로 살기를 원해 첩지를 받지 않은 특별한 여자였다. 당연히 나는 초궁장을 세자궁에 자주 들였다. 아버지는 이를 알고 호통을 치셨다.

"어찌 숙부가 취했던 여자를 취할 수가 있느냐. 하늘을 우러러 부끄럽지 않느냐."

아버지는 초궁장을 또 내쫓았다. 나는 별로 아쉽지 않았다. 널린 것이 여자였다. 나는 기생 칠점생을 또 세자궁으로 불러들였다. 칠점생은 매형 이백강의 첩이었지만, 그게 무슨 상관이랴. 누나 정순공주도 남편의 첩을 내가 데려가는데 아무 말 하지 않았다. 아버지도 신분을 가리지 않고 여색을 탐하는데 내가 그러지 못할 이유가 없었다. 아버지는 매번 나를 야단치셨지만 나는 그에 굴하지 않았다.

여자 문제 외에도 나는 끊임없이 말썽을 부렸다. 공부를 하지 않았을 때 나를 대신해 맞아주는 내관이 울면서 내게 공부 좀 하라고 애원한 적도 있었다. 스승님들이 오셔도 머리가 아프다거나 배가 아프다면서 방에 누워 나가지 않은 적도 많았다.

아버지가 크게 고함을 내지르며 야단을 치고, 어머니가 아버지에게 나 대신 빌었다. 그런 날들의 연속이었다. 괜찮았다. 하지만 속을 썩이는 어머니께 죄송스러웠다. 그날따라 아버지에게 나 대신 빌던 어머니의 얼굴이 눈에 밟혔다. 외삼촌들이 돌아가신 후 많이 늙은 어머니는 나 때문에 더 늙는 것 같았다.

그날 밤 몰래 어머니가 계신 교태전으로 향했다. 늦게라도 어머니께는 사죄를 드리고 싶었다. 아버지가 오셨는지 대전 상궁들과 내관들이 보였다. 내가 왔다고 알리려는 궁녀를 향해 난 고개를 저었다.

"쉿!"

그저 아버지와 어머니가 나에 대해 나누는 대화를 엿듣고 싶었다. 아버지의 한숨과 함께 목소리가 들렸다.

"충녕대군(세종)이 첫째로 태어났으면 좋았을 것을……. 충녕대군이 왕위에 오른다면 만백성이 태평성대를 누릴 텐데."

"첫째와 셋째가 바뀌어 태어났으면 하는 아쉬움을 말할 데가 아무 데도 없습니다. 하지만 어쩌겠습니까? 오늘 그렇게 혼이 났으니 이제 세자도 정신을 차리고 학문에 정진할 것입니다. 그러니 믿고 봐주소서."

아버지와 어머니의 대화에 침전 앞에 있던 궁녀가 바들바들 떨었다. 난 검지를 입술에 갖다 대고는 조용히 물러났다.

나도 부모님의 생각과 같았다. 충녕대군은 영민한 데다 학문을 익히기 좋아하고 심성도 고와 좋은 왕이 될 것이다. 정말 바뀌어 태어났으면 아무 문제도 없었을 것을……. 나는 한숨을 내쉬었다. 나를 폐세자하고 충녕을 세자로 세우면 간단히 해결될 문제였다.

하지만 왕위에 관한 일이기에 간단할 수 없는 문제이기도 했다. 부모님은 분명 자신들의 대에 벌어진 혈육상쟁이 또 벌어질까 봐 염려할 것이다. 대신들도 쉽게 세자를 바꾸는 일에 찬성할 리가 없었다. 만약의 경우 충녕대군을 세자로 삼는다고 해도 문제는 많았다. 나는 충녕대군의 즉위에 가장 위협이 되는 인물이었다. 그런 인물은 죽여야 역모의 싹을 자를 수 있었다. 한마디로 나는 목숨을 걸고 폐세자가 되려 발악하는 것이었다.

내 목숨뿐만이 아니었다. 세자빈과 아이들도 있었다. 내가 폐위된다면 세자빈의 집안도 무사할 수는 없었다. 과연 목숨을 걸고 주위 사람들에게 크나큰 죄를 지으면서까지 세자위를 내려놓아야 하는지 고민하고 또 고민했다.

태종 15년, 외삼촌 민무휼이 전 황주목사 염치용의 노비 송사 사건을 돕기 위해 충녕대군에게 부탁한 것을 아버지가 알았다. 일단 이 사건으로 외삼촌 민무휼과 민무회는 귀양을 갔다. 하지만 아버지의 목표는 두 사람의 사사였다. 어떻게든 여죄를 추궁하려 압슬형*이 가해졌다.

"나무토막을 다리 위에 놓고 노끈을 묶은 다음 기왓장을 다리 사이에 끼어 사람을 시켜 번갈아 그 위를 밟게 하니 피가 솟아 땅으로 흘렀습니다. 민무회가 승복하지 않아 두 사람이 서서 압슬하다 곧 네 사람이 서서 압슬하니 그제야 자백을 했습니다. 지난 민무구와 민무질의 사사 때 세자저하께 '두 형님의 죽음은 억울하다'고 하소연했답니다. 또한 세자저하께 자신들의 집안을 잘 봐

* 죄인의 바지를 벗겨 바닥에 꿇어앉힌 상태에서 무릎과 허벅지 위에 무거운 물체를 올려 압박을 가하는 형벌.

달라고 부탁했답니다."

아무리 모진 고문을 가해도 더 자백할 것이 없었다. 사사하기에는 죄가 모자랐다. 아버지는 기어이 13년 전 벌어졌던 일까지 끄집어내었다. 과거에 어머니는 임신한 효빈 김씨를 친정집 행랑채의 얼음장 같은 방에 가둔 일이 있었다. 아버지는 그 사건을 지켜보기만 했던 외삼촌 민무휼과 민무회는 왕의 아들을 죽이려 한 불충하고 잔인한 사람이라고 비난했다.

"원경왕후는 과거에 효빈이 내 아이를 임신한 사실을 알고 죽이려 마음먹었다. 원경왕후 민씨 일가가 음참하고 교활해 여러 방법으로 아이를 죽일 꾀를 내었는데, 반드시 사지에 두고자 했으니 그 핏덩어리에게 한 짓이 극악했다. 원경왕후가 이것을 돌아보지 않고 사사로운 분한을 품으니, 내가 폐출해서 후세를 경계하고자 하나 조강지처임을 생각해 차마 갑자기 버리지 못하겠다."

대신들은 왕세자와 대군들의 생모를 폐서인시킬 수 없다며 아버지를 만류했다. 아버지도 폐비까지는 바라지 않으셨는지 은근슬쩍 물러났다. 하지만 아버지는 교태전의 상궁들과 나인들을 모두 궁 밖으로 쫓아내고 어머니를 교태전에 유폐하다시피 하는 것으로 어머니에게 분풀이를 했다.

두 동생이 또다시 사형 위기에 몰리자 어머니는 식음을 전폐했고 외할머니 송씨 역시 몸져누웠다. 하지만 아버지는 기어이 두 외삼촌에게 자결을 명했다. 아버지는 외할머니가 사는 한양이 아닌 지방에서 형을 집행하는 것 자체가 외할머니를 충분히 배려한 일이라는 이상한 주장까지 하며 두 외삼촌의 사사를 강행했다.

결국 외할머니는 남은 아들 두 명마저 모두 자결한 뒤에 병석에서 일어나시지 못한 채 세상을 떠나셨다. 어머니는 표정을 잃었다. 처음에는 배신감에 화도 내고, 억울하다며 눈물도 흘리고, 미친 듯 헛웃음을 짓기도 했으나 외할머니까지 돌아가시자 껍데기만 남은 듯 그저 병석에 누워 지냈다.

그런 어머니를 보면서 나는 미칠 것만 같았다. 원수에게도 그런 짓을 하지는 않을 것이다. 외할아버지와 외할머니는 아버지가 죽인 것이나 마찬가지였다.

"내가 어렸을 때 민씨에게 자라서 은혜와 사랑을 많이 받았다."

아버지는 외할아버지에 대해 항상 그렇게 말했다. 그런데 겨우 왕위 때문에 어린 시절 자신을 키워준 장인장모를 병들어 죽게 만들고, 한낱 왕위 때문에 조강지처의 형제들을 몰살한 것이다. 나는 도저히 아버지를 이해할 수 없었다.

나는 마침내 왕위를 버리기로 결심을 했다. 미치는 것은 쉬웠다. 스승인 계성군이 왔을 때 개 짖는 시늉을 하며 물어뜯을 것처럼 덤벼들기도 하고, 스승인 이래가 바로 앞에서 강연을 해도 못 들은 척 딴짓을 하다가 세자궁 뜰에 놓인 새덫에 새가 잡히면 쏜살같이 달려나갔다. 아버지께서는 대리청정을 하게 되면 내가 정사나 공부에 흥미를 가질 것이라 생각하신 듯 오히려 나에게 대리청정을 맡겼다. 나는 조정의 하례 때 머리가 아프다거나 배가 아프다면서 하루걸러 한 번씩 빠졌다. 그러고는 기생들과 놀아났다.

아버지가 군사를 이끌고 평강으로 거둥했을 때는 시흥으로 사냥을 나갔다 궁궐로 돌아오면서 악공들에게 풍악을 울리게 하고 나는 술에 취한 채 비틀거리며 춤을 추었다. 당시 종로 일대는 구경꾼들로 가득했다.

여색을 탐하는 일도 멈추지 않았다. 지중추부사 곽선의 첩 어리가 재색을 겸비했다는 소문에 파주에 있던 어리를 납치해 세자궁에 들였다. 아버지는 그 사실을 알고 어리를 내쫓았다. 내 비행이 조정에 알려졌지만 폐세자를 논하는 아버지를 오히려 신하들이 말렸다. 결국 아버지는 조말생과 이원의 강력한 반대에 부딪혀 나를 폐위하지 못했다. 그리고 다음에는 반드시 용서하지 않겠다며 나를 겁박했다.

하지만 아버지가 야단을 칠수록 화를 낼수록 내 행실은 더욱 더 비뚤어졌다. 나는 방유신의 손녀가 절색이라는 소문에 방유신을 협박해 그 손녀를 취했다. 아버지는 아무 죄도 없는 방유신에게 곤장 100대를 치고 유배 보내버렸다. 나에게 방유신의 손녀가 미인이라고 전한 이귀수는 사형에 처했다.

그즈음 나는 어리를 그리워하고 있었다. 나는 세자빈에게 방법을 강구하라고 닦달했다. 결국 장인어른의 어머니, 즉 세자빈의 할머니가 어리를 시종으로 변장시켜 입궐시켰다. 어리는 세자궁에 머물면서 아이도 낳았다. 그 사실을 알게 된 아버지는 동궁 별감을 곤장 쳐서 공주 관노로 내쫓고, 어리를 숨겨준 사람들을 모두 찾아내 귀양을 보냈으며, 나도 송도로 내쫓았다.

당시 어머니는 궁궐의 공식행사에 얼굴을 가끔 내밀 뿐 아버지와는 얼굴도 맞대려 하지 않았다. 언제나 나를 편들던 어머니가 끼어들지 않으니 아버지와 내 사이는 점점 악화되기만 했다.

어머니는 그저 성녕대군을 보는 낙으로 살았다. 어머니가 마흔 넘어 낳은 늦둥이 아들 성녕대군은 나와는 달리 애교도 많고 학문도 좋아했다. 어머니는 성녕대군을 좌군동지총제 성억의 딸과 혼례를 시키고도 궁궐에서 데리고 살았다. 궁궐 내에 무슨 일이 생길 때면 성녕대군이 아버지와 어머니 사이를 오가며 서로의 뜻을 전해주었다. 경복궁 내에서 유일하게 아버지와 어머니 사이를 오가며 화해를 도모한 사람이 바로 성녕대군이었다. 하지만 태종 18년, 성녕대군은 완두창(천연두)으로 열네 살의 어린 나이에 어머니를 떠났다.

어머니는 성녕대군의 무덤 옆에 절을 짓고 그곳에 살다시피 했다. 경기도 고양의 대자암이었다. 어떠한 경우에도 날 믿어주고 사랑해주었던 어머니의 빈자리는 컸다. 아버지가 학문을 익힐 생각은 하지 않고 여색만 탐한다고 나를 야단칠 때면 내 편을 들어주던 어머니는 더 이상 없었다. 어머니가 내 편을 들어줄 때면 나도 슬며시 죄책감이 들어 수그러졌다. 어머니가 내 팔을 잡고 다독일 때면 어머니 때문에라도 참아야 한다는 생각에 고개를 숙였다. 하지만 더 이상 어머니는 없었다.

처음으로 아버지께 어리를 다시 데려오겠다고 대들었다.

"제가 뭘 그리 잘못했습니까? 아바마마께서는 모든 일을 마음대로 하시면서 왜 저만 못하게 하십니까?"

아버지는 너무 놀라서 차마 화를 내지도 못했다. 나는 그날 밤 새워 아버지께 올릴 상소를 썼다.

"전하의 시녀는 다 궁중에 들이는데, 어찌 다 중하게 생각해 이를 받아들입니까? 어리를 내보내라고 하셨으나 혼자 살아가기가 어려울 터라 불쌍히 여겨서 내보내지 않았습니다. 또한 바깥에 내보내어 사람들과 서로 통하게 하면 명망에 아름답지 못할 것입니다. 지금까지 신의 여러 첩을 내보내어 곡성이 사방에 이르고 원망이 나라 안에 가득 차니, 어찌 스스로에게서 반성해 구하지 않으십니까?

한나라 고조가 산둥에 거할 때 재물을 탐내고 색을 좋아했으나 마침내 천하를 평정했고, 진왕 광이 어질다고 칭찬이 자자했으나 그가 즉위하자 나라가 망했습니다. 전하는 어찌 신이 끝내 크게 효도하리라는 것을 알지 못하십니까? 이 첩 하나를 금하다가 잃는 것이 많을 것이요 얻는 것이 적을 것입니다. 어찌하여 잃는 것이 많다고 하느냐 하면, 능히 천만세 자손의 첩을 금지할 수 없으니 이것이 잃는 것이 많다는 것이요, 첩 하나를 내보내는 것이 얻는 것이 적다는 것입니다.

신효창은 태조를 불의에 빠뜨렸으니 죄가 무거운데 이를 용서했고, 김한로(세자빈의 아버지)는 오로지 신의 마음을 기쁘게 하기를 일삼았을 뿐인데 포의지교(선비 시절 사귄 벗)를 잊고 이를 버려서 폭로하시니, 공신이 이로부터 위험해질 것입니다. 숙빈(세자빈)이 아이를 가졌는데 일절 죽도 마시지 아니하니 하루아침에 변고라도 생긴다면 보통 일이 아닙니다."

나는 그동안 하지 못했던 원망을 상소에 모두 쏟아냈다. 불효하고 불충한 내용의 상소였다. 아버지가 이걸 읽는 순간, 나는 더 이상 세자가 아닐 터였다. 하지만 전혀 아쉬움은 없었다. 옆에서 보고 있던 세자빈이 말렸지만 나는 기어이 내관에게 상소를 올리라 명했다.

당연히 아버지는 대노하셨다. 아버지는 기가 막히고 부끄럽다면서도 나의 상소를 대신들 앞에서 읽어주었다. 나의 예상대로 다음 날부터 유정현 등이 나를 탄핵하는 상소를 올리기 시작했다. 언제나 그랬다. 아버지는 신하들을 이용해 자신의 뜻을 상소로 올리게 만들었다.

"세자 이제가 간신의 말을 듣고 함부로 여색에 혹란해 불의를 자행했다. 만약 후일에 생사여탈의 권력을 마음대로 한다면 형세를 예측하기가 어려우니, 여러 재상들은 이를 자세히 살펴서 나라에서 바르게 시행하는 것이 마땅하다."

아버지는 그렇게 말씀하시며 나의 폐세자를 당연하게 만들었다. 그리고 새로운 세자위에 대해 의논을 시작했다.

"장남을 폐하고 아랫사람을 세자로 세우면 장차 재앙을 면치 못할 것입니다. 소신의 생각으로는 세자께서는 성군이 되실 인품을 지녔사오니 부디 통촉하시옵소서."

하지만 황희 정승은 기어이 폐세자를 반대했다. 이미 조정 대신들에게 신뢰를 잃었다고 생각했는데 황희 정승은 내 계략을 알아챈 듯 끝까지 반대했다. 아버지는 황희 정승을 유배 보냈다.

어머니는 대자암에서 한달음에 달려오셨다. 그리고 나를 끌고 아버지 앞으로 나아가 같이 석고대죄를 하자고 애원했다. 나는 고개를 저었다.

"이제 그만하고 싶습니다, 어마마마."

하지만 어머니는 나를 억지로 끌고 대전으로 나아가 애원했다. 어머니는 끝까지 충녕대군의 세자 책봉을 막으려 했다.

"기어이 세자를 폐위하시려거든 세자의 아들 원손을 후계로 책봉하심이 마땅한 줄 아룁니다. 원손이 아직 다섯 살로 어리다 하나 그 명민함과 품성이 예사롭지 않습니다. 분명 훌륭한 왕이 될 것입니다. 장자 승계로 보아도 그것이 아무 문제가 없는 방법입니다. 절대로 충녕대군은 아니 되옵니다. 혹시나 우리 아이들도 왕위를 두고 싸우면 어찌합니까? 제가 나이 서른에 죽을 고비를 넘기면서 낳은 아들이 세자입니다. 그런 아들의 허물을 감싸주지는 못하실망정 폐세자해 먼 곳으로 유배를 보낸다니요?"

어머니는 울면서 호소했지만 아버지의 결심은 굳어진 상태였다. 그나마 어머니의 눈물바람에 유배지는 가까운 경기도 광주로 변경되었다.

신하들은 효령대군과 충녕대군 중 세자를 고르려 하지 않았다. 다른 한 사람이 세자로 책봉될 경우 자신들의 안위가 걱정되었기 때문이었다.

"아들을 알아내는 일에는 아버지만 한 이가 없고, 신하를 알아내는 일에는 임금만 한 이가 없습니다."

신하들은 세자 선택을 아버지에게 미루었다. 아버지는 충녕대군을 세자로 삼는다는 교지를 읽으며 눈물까지 보였다. 하지만 나는 기쁘기만 했다.

"옛사람이 말하기를, '나라에 훌륭한 임금이 있으면 사직의 복이 된다'고 했다. 효령대군은 자질이 미약하고 또 성질이 심히 곧아서 정사를 돌보기에 부족하다. 내 말을 들으면 그저 빙긋이 웃기만 할 뿐이므로 나와 중궁은 효령대군이 항상 웃는 것만을 보았다.

충녕대군은 천성이 총명하고 민첩하고 자못 학문을 좋아해, 비록 몹시 추운 때나 몹시 더운 때를 당하더라도 밤이 새도록 글을 읽으므로, 나는 그가 병이 날까 봐 두려워 항상 밤에 글 읽는 것을 금지했다. 그러나 나의 큰 책은 모두 청해 가져갔다. 또 매양 큰일은 윗사람에게 물어 결정하는 것이 진실로 합당하다. 만약 중국의 사신을 접대할 적이면 신채(몸을 꾸밈)와 언어 동작이 두루 예에 부합했다. 술을 마시는 것이 비록 무익하나, 중국의 사신을 대해 주인으로서 한 모금도 능히 마실 수 없다면 어찌 손님을 권해서 그 마음을 즐겁게 할 수 있겠느냐? 충녕은 비록 술을 잘 마시지 못하나 적당히 마시고 그친다. 또 그 아들 가운데 장대한 놈이 있다. 효령대군은 한 모금도 마시지 못하니 이것도 또한 불가하다. 충녕대군이 대위(임금으로서의 큰 자리)를 맡을 만하니 나는 충녕대군으로서 세자를 정하겠다."

"신 등이 이른바 어진 사람을 고르자는 것도 또한 충녕대군을 가리킨 것입니다."

유정현 등의 대신들이 나서 아버지의 결정에 찬성했다. 그렇게 모든 일이 결정되자 아버지는 통곡하면서 자리를 떴다고 한다.

장인어른인 광산군 김한로는 나의 환심을 사기 위해 몰래 어리를 궁에 출입시킨 일로 죽산에 유배되었다. 다행이었다. 아버지는 친우이자 과거시험 동기인 장인어른을 사사시키지는 않을 것 같왔다. 그렇게 나의 폐세자 소동은 마무리되었다.

나도 경기도 광주로 떠나야 했지만 아버지는 궁에서 미적거리는 나를 두고 보기만 했다. 결국 나는 충녕대군(세종)이 세자에 책봉되는 날까지 궁에 남아 있었다. 세자 책봉식이 끝났을 때 어머니는 충녕대군을 붙잡고 눈물로 부탁했다.

“네 형의 목숨은 어떻게든 살려두겠다고 약속해라.”

“제 목숨을 걸고 약속드리겠습니다.”

나는 어머니의 곁으로 가서 아우인 충녕대군을 보며 고개를 숙였다.

“세자저하, 어마마마를 잘 부탁드립니다.”

충녕대군은 고개를 끄덕여 화답했다. 나를 출궁시키라는 조정의 상소가 거듭되고 있었다. 새로운 세자가 즉위한 오늘, 나는 더 이상 궁에 있을 수 없었다. 아버지는 여종 13명과 남종 10명, 평소 내가 가까이했던 여인들과 궁궐에서 쓰던 물건들을 모두 가져갈 수 있게 해주었다. 하지만 매와 활은 두고 가라고 명하셨다. 매는 다시 잡으면 그만이고, 활은 다시 사면 그만이었다.

“《논어》와 《대학》 이외의 책은 금지한다. 원래 학문을 익히기 좋아하지 않았으니 어명이 없어도 읽지 않겠지만 노파심에서 다시 한번 말한다.”

아버지는 내가 혹시 마음이 바뀌어 제왕학에 관한 책이라도 읽을까 봐 염려했다. 어머니는 울면서 궁을 떠나는 나를 마중했다.

"무엇이든 부족하면 내게 연락해라. 그 무엇이라도 내가 구해서 보내주마."

나는 말없이 어머니를 한 번 꽉 껴안아주고는 뒤돌아섰다. 앙상할 정도로 말라버린 어머니가 안쓰럽고 안타까워 눈물이 났다. 어머니는 나의 폐위를 반대하면서 또 한 번 부쩍 늙으셨다. 폐세자가 되어 단 한 가지 아쉬운 점이 있다면 유배를 가서 어머니를 매일 볼 수 없다는 것이었다. 그 어떤 여자와의 이별도 어머니와의 이별만큼 아프지는 않았다. 나는 경기도 광주로 향하는 길에서 열이 오르기 시작해 도착할 무렵에는 정신을 잃었다. 어머니가 내 집이 어떤지 기어이 자신의 눈으로 확인하겠다며 오실 때까지 나는 며칠간을 앓아누워 있었다.

아버지는 충녕대군을 세자로 삼은 지 두 달 만에 양위를 결정했다. 아버지는 네 번이나 '양위'를 무기로 나를 협박하고 신하들의 충심을 시험했다. 하지만 충녕대군은 진심으로 마음에 들었던 모양이다. 그렇게 기다렸다는 듯이 양위 결정을 하니 조금 서글프기도 했다. 비록 내가 원해서 폐세자가 되었다고는 하지만 무능하고 여색을 탐한 인물로 역사에 남을 것이 안타깝기도 했다.

세종 원년, 드디어 충녕대군이 왕위에 올랐다. 동생 세종대왕은 유배되어 있던 나를 우선 석방했다. 모든 것이 내가 원하던 대로 되었다. 나는 전국을 유랑하면서 맛있는 음식을 먹고, 재색을 겸비한 기생들을 탐하고, 천하절경을 감상하면서 지냈다.

세종 2년, 어머니가 학질에 걸렸다. 학질을 고치기 위해서는 한 곳에 머무르지 않아야 했다. 주상전하(세종)는 정사를 미루고 나와 함께 어머니를 모시고 말을 타고 이곳저곳을 돌아다녔다. 무속 신앙을 믿지 않고 과학을 신봉하는 주상전하였지만 어머니의 병이 낫기를 바라며 할 수 있는 일을 모두 했다.

개경사, 이궁 남쪽 교외의 풀밭, 갈마골 박고의 집, 송계원 냇가, 선암 동소문, 곽승우의 집, 이맹유의 집, 오부의 집, 최전의 집……. 그렇게 돌아다니다 오면 어머니의 병세는 조금 나아지신 듯했다. 하지만 궁궐에만 돌아오면 병세가 악화되어버렸다.

"다시 태어난다면 왕후가 되는 꿈은 꾸지 않으련다. 모든 것이 왕후가 되길 꿈꾸었던 나의 업보이니……."

병석에 누워서도 어머니는 한숨과 눈물을 거두지 못했다.

"아니다. 다시 태어난다면 여자가 아니라 사내로 태어나련다. 그래서 나도 천하를 호령하는 왕이 한번 되어보련다."

어머니는 과거에 대한 후회와 아쉬움을 힘없이 내뱉었다. 그 모든 것의 원흉인 아버지는 병문안 한 번 오지 않았다. 아버지는 상왕이 되어서도 후궁을 들이면서 여색을 탐하기 바빴다. 그래도 어머니는 아버지에 대한 원망을 한마디도 하지 않았다. 모두 다 자식들 때문이었다. 어머니는 그저 자신만을 원망하고, 자신의 선택을 후회하면서, 또 다른 삶을 꿈꾸며 겨우겨우 병을 견디고 있었다.

결국 어머니는 그해를 넘기지 못하고 수강궁에서 승하했다. 한 많은 인생이었다는 듯 차마 눈을 감지 못한 채였다. 어머니의 눈을 감겨드려야 하는데 눈물이 앞을 가려 몇 번이나 허우적거렸다. 내관들과 상궁들이 장례 준비를 위해 부산스럽게 왔다 갔다 하는데도 어머니 옆을 뜰 수가 없었다. 나도 어머니를 따라가고 싶었다. 결국 나는 어머니 곁에서 쓰러져 잠들었다.

며칠 동안 나도 주상전하도 음식을 먹지 못한 채 머리를 풀고 발 벗은 채 통곡했다. 우리는 비가 억수같이 쏟아져도 짚 위에 무릎을 꿇은 채 울기만 했다. 어머니를 위해 우리가 해드릴 수 있는 건 겨우 가시는 길에 눈물을 흘려드리는 것뿐이었다. 하지만 상왕이신 아버지는 상례 절차를 간소화하자며 주상전하에게 상복을 12일만 입으라고 권유했다.

"다른 건 모두 다 상왕전하의 뜻을 따라도 그것만은 그렇게 못 하겠습니다."

주상전하는 다른 때와 달리 아버지의 뜻에 강력하게 반대했다. 결국 주상전하는 어머니를 헌릉에 안장할 때까지 쭉 상복을 입었다. 게다가 어머니 원경왕후의 능이 외로워 보인다고 옆에다 사찰까지 지었다. 나중에 같이 묻힐 아버지는 불교라면 치를 떠는 유학자였다. 아버지의 반대에도 불구하고 주상전하는 기어이 사찰을 완공했다. 아마 효심 어린 주상전하가 한 처음이자 마지막 반항이었을 것이다.

나는 어머니의 삼년상 동안 어머니의 넋을 기리며 기도를 했다. 차마 내뱉지 못했지만 어머니의 소원이 이루어지길 빌었다. 반드시 남자로 태어나 천하호걸이 되길 기도했다. 그래도 혹시 만약에 다음 생에도 여자로 태어난다면 아버지나 나 같은 나쁜 남자를 지아비로도 자식으로도 만나지 않기를 빌었다.

원경왕후(元敬王后)와 태종(太宗), 그 밖의 이야기

"양녕이 정월 초하루와 동지를 비롯한 명절에 부모를 보고자 하여 대궐 문밖에 와 있다면 마땅히 불러 볼 것이다. 양녕의 몸에 만약 병이 있어 위급해 빈사 상태에 빠졌다면 또한 나에게 알려야 할 것이다. 나와 양녕은 부자지간이라 인정상 차마 못할 일이 있다."

태종 이방원은 폐세자를 한다는 교지를 내리면서도 끝없이 양녕대군에 대한 사랑을 드러냈다. 세종 1년, 양녕대군이 사라졌다가 돌아왔을 때는 태종이 울면서 그를 꾸짖었다고 한다.

"네가 도망했을 적에 주상(세종)이 듣고 음식을 전폐하며 서러운 눈물이 그치지 아니했다. 너는 어찌 이 모양이냐. 너의 소행이 너무도 패악하나 나는 특히 부자의 정으로 가련하게 여기는 것이다."

물론 이 말을 하고는 이틀 뒤 눈물에 대한 변명을 했다.

"내가 눈물을 흘린 것은 너를 위해서가 아니라 나라에 부끄러웠기 때문이다."

비록 태종은 좋은 남편은 아니었지만 좋은 아버지가 되려고 노력했던 것으로 보인다. 태종은 여자관계에서만은 양녕대군에게 할 말이 없는 아버지이기도 했다. 태종은 마음에 드는 여자가 있으면 어떻게 해서라도 자신의 여자로 만들었다.

김우와 황상이라는 무관이 기생 가희아를 두고 싸우는 폭력사태가 벌어진 적이 있었다. 태종은 황상과 김우의 수하 양춘무 등 네 명을 벌주고는 그 기생 가희아를 자신의 후궁으로 삼았다. 바로 혜선옹주 홍씨다. 여색을 탐하는 일은 상왕으로 물러난 후에도 계속되었다.

신순궁주는 문제가 많았는데도 기어이 후궁으로 들인 대표적인 예이다. 첫째, 신순궁주는 태종이 직접 유배 보낸 이직의 차녀였다. 둘째, 이직의 장녀는 원경왕후의 남동생인 민무휼의 부인이었다. 즉, 태종은 처남댁의 동복 자매를 첩으로 들인 것이다. 셋째, 신순궁주는 당시 한 번 결혼을 했던 과부였다. 이는 여성의 재가를 금기시하지 않았던 고려시대의 문화가 남아 있었음을 고려해도 문제가 될 수밖에 없었다.

태종은 실록을 토대로 한 후궁의 숫자만 19명이니 실제로는 더 여색을 탐했을 것이다. 양녕대군은 그런 아버지의 호색 기질을 그대로 물려받았다.

양녕대군의 비행과 호색적인 행동은 세자위에서 물러나고도 고쳐지지 않았다. 하지만 아무리 신하들이 탄핵 상소를 올려도 세종은 형에게 차마 벌을 주지 못했다. 양녕대군은 왕위에는 오르지 못했으나 왕처럼 안하무인의 행동을 해 비난을 많이 받았다. 오죽하면 며느리를 강간해 아들이 자살했다는 야사까지 떠돌 정도다.

어쨌든 양녕대군은 세종보다 훨씬 오래 살며 또 한 번 왕실의 피바람을 겪게 된다. 바로 계유정난*이다. 이때 양녕대군은 철저하게 수양대군(세조)의 편을 들었다. 심지어는 수양대군에게 안평대군과 단종을 사사시키라고 간청까지 했다. 일설에는 자신의 자리를 빼앗은 동생 세종에 대한 보복이었다고 하나 확실하지 않다.

은혜를 원수로 갚은 남편을 둔 원경왕후는 불교에 심취해 세종이 즉위한 후에는 성녕대군을 위해 지은 대자암에서 머무르다시피 했다. 하지만 태종은 그런 원경왕후의 평화를 방해하기만 했다. 태종은 끝내 외척에 대한 경계심을 풀지 않았다. 태종은 며느리 소헌왕후의 아버지를 죽이고 어머니를 관노비로 만들며 며느리 집안도 풍비박산이 되게 만들었다. 원경왕후는 그 모진 역사의 피바람을 보고 나서야 한 많은 인생을 마감했다. 그리고 2년 후 남편 태종도 죽어서 서울 서초구의 헌릉에 나란히 묻혀 있다. 헌릉도 다른 왕릉과 마찬가지로 2009년 유네스코 세계유산으로 등재됐다.

---

* 수양대군(세조)이 김종서 등을 죽이고 안평대군을 강화에 유배 보낸 뒤 군부를 장악한 일.

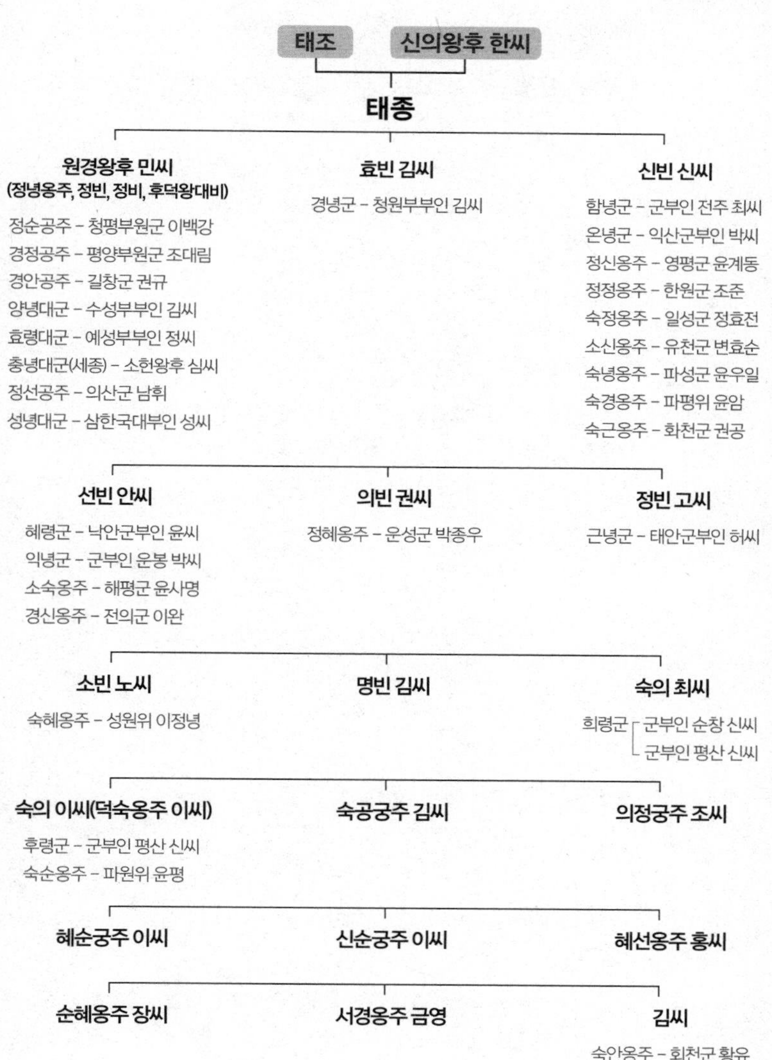

※ 자녀는 생년순서로 나열. 후궁은 품계순서로 나열.

원경왕후의 가계도

여흥부원군 문도공 민제 — 삼한국대부인 송씨

장녀 민씨 – 평원군 조박

차녀 민씨 – 완산군 이천우

원경왕후 민씨 – 태종

여강군 민무구 – 안동 권씨(권현의 딸)

여성군 민무질

여원군 민무휼 – 성산 이씨

여산군 민무회 ┌ 안동 권씨(권집지의 딸)
└ 안동 김씨(김익달의 딸)

4녀 민씨 – 우의정 노한

※ 생년순서로 나열.

전주 경기전의 조선 태조 이성계 어진 청룡포본

1335년 고려 동북면 화령에서 출생한 이성계는 역성혁명을 일으켜 1392년 조선을 건국한 인물이다. 신의왕후 한씨와 신덕왕후 강씨, 두 부인을 두었는데, 두 번째 비 신덕왕후 강씨를 총애해 신덕왕후 소생의 막내아들 의안대군 방석을 왕세자로 책봉한다.

포은 정몽주

정몽주는 고려의 문신이자 외교관이며, 충신으로 유명하다. 역성혁명에 반대했던 그는 1392년에 개경 선죽교에서 태종 이방원이 보낸 조영규 등에게 피살되었다.

태종 상상화

태조 이성계와 익안대군을 참고해서 그려진 상상화이다. 태종 이방원은 태조 이성계와 신의왕후 한씨의 다섯째 아들로 1367년 함흥에서 태어났다. 1398년 제1차 왕자의 난으로 신덕왕후 소생의 이복형제들을 죽이고, 1400년 제2차 왕자의 난으로 친형인 회안대군 방간을 유배 보낸 뒤 정권을 장악해 왕위에 올랐다.

삼봉 정도전

정도전은 고려 말 조선 초의 유학자이자 혁명가로 이성계의 역성혁명을 도왔던 일등공신 중 한 명이었다. 재상 중심의 국가를 이상향으로 생각해 태종 이방원을 비롯한 왕자들과 대립했다.

권오창의 정도전 표준영정

정도전은 사병혁파법, 즉 개인 소유의 모든 사병과 무기를 중앙군에 소속시키는 법을 시행했다. 요동정벌을 위한 진법훈련강화를 명분으로 내세웠지만 실은 신덕왕후 강씨가 사망한 뒤 태종 이방원을 비롯한 왕자들의 세력을 약화시키려는 목적이었다. 당시 정도전은 세자 외의 왕자들이 태조와 만나지 못하게 차단까지 했고, 이에 이방원은 제1차 왕자의 난을 일으켜 정도전을 제거했다.

회안대군의 묘

태종 이방원의 바로 위 형인 회안대군 이방간은 박포와 함께 거병해 정권을 장악하려 했는데, 이것이 제2차 왕자의 난이다. 이 싸움에서 승리한 이방원은 박포를 비롯한 무리들을 처형했지만 형인 회안대군과 그의 아들 의령군은 살려주고 유배를 보냈다. 하지만 태종은 회안대군이 죽고 난 뒤 그의 무덤이 명당이라는 말을 듣고는 무덤 주위를 심하게 파헤쳐 골을 여러 개 만들어 일부러 혈맥을 끊었다.

정종

태종 이방원은 장자승계의 원칙을 따르기 위해 제1차 왕자의 난을 일으켰다고 했으므로 살아 있는 동복형 중 가장 윗사람인 영안대군 방과를 세자위에 올렸다. 태조 이성계가 왕자의 난 후 얼마 안 있어 양위를 함에 따라 영안대군 이방과는 정종이 되었고, 재위 2년 만에 태종 이방원에게 양위하였다.

익안대군

태종 이방원의 위로는 형이 네 명 있었다. 첫째 형 진안대군 방우는 역성혁명에 찬성하지 않은 데다 왕자의 난 이전에 사망했기 때문에 둘째 형 영안대군 방과가 왕위에 올랐다. 셋째 형 익안대군 방의는 성격이 온화해서 넷째인 회안대군 방간과 달리 이방원의 즉위에 별 불만을 품지 않았다.

태종 태항아리

태종의 태를 담았던 외항아리다. 왕실의 자손이 태어나면 아기의 태반과 탯줄을 태항아리에 담아 좋은 장소에 안장했는데, 이는 왕손의 태를 잘 관리하는 것이 태어난 왕손의 앞날과 나라의 번성에 큰 영향을 미친다고 믿었기 때문이다. 태종은 태어날 때는 왕족이 아니었지만 태항아리가 보관되어 있는 경우다.

태종 추상시호 옥책

옥책이란 국왕, 왕비, 대비, 왕대비, 대왕대비 등에게 존호를 올리는 문서이다. 이 옥책은 1683년(숙종 9년) 태종에게 '예철성렬'이라는 시호를 추상하면서 제작되었다. 태종이 문무를 겸비해 혼란한 상황을 종식시켰다는 점과 19년의 치세 기간에 많은 공적을 세워 종사를 보존하고 백성을 안정시킨 점을 찬미하고, 왕위에 오르기 전 이미 민심이 태종에게 기울었다는 점을 강조해서 정종에게 선위 받은 것의 당위성을 강조했다.

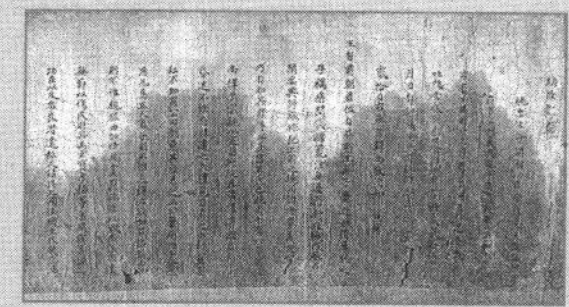

이화의 개국공신녹권

이성계의 이복동생이자 태종의 작은아버지 격인 종친 이화의 개국공신녹권(공신임명증서)이다. 이화는 태종이 즉위한 뒤 태종의 처남 민무구와 민무질을 탄핵하는 상소문을 올렸다. 이는 외척을 경계하던 태종의 뜻을 받든 것으로 보인다.

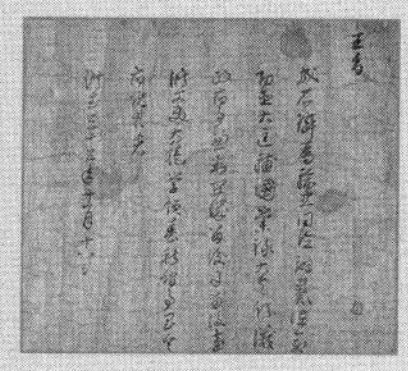

태종의 어필

태종은 장인인 민제가 죽고 난 뒤 유배돼 있던 처남 민무구와 민무질에게 자결을 명했다. 어린 세자를 이용해 권력을 잡으려 했다는 협유집권(挾幼執權)이라는 죄목이었다.

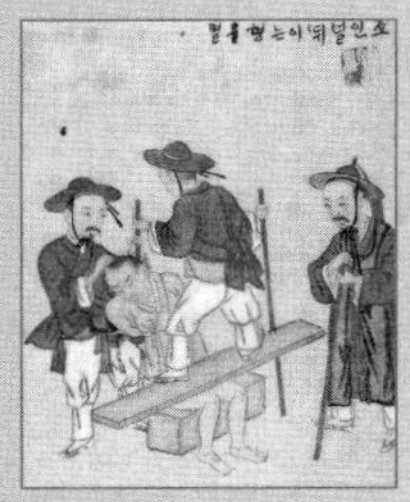

김준근의 〈죄인 널뛰는 형벌〉

무릎을 꿇게 하여 널을 밟아 고통을 주는 압슬과 유사한 형태의 고문 모습을 표현한 이 그림은 프랑스 국립 기메 동양박물관이 소장하고 있다. 태종은 민무휼과 민무회를 사사하기 위해 압슬형을 비롯한 각종 고문법으로 여죄를 추궁했다.

민무질의 묘 전경

민무질의 묘는 경기도 양주시 은현면 용암리에 있다. 태종은 결국 원하는 대로 원경왕후의 남동생 네 명을 모두 죽였고, 왕세자였던 양녕대군은 이때부터 비뚤어지기 시작한다.

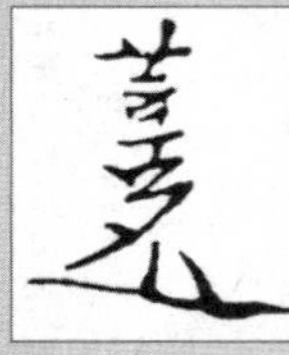

태종 이방원의 어필

태종은 즉위 이후 많은 후궁을 들여 원경왕후와 갈등을 빚었으며, 외척을 경계한다는 이유로 원경왕후의 남동생 네 명을 모두 죽였다. 원경왕후는 태종과 직접 대화하지 않을 만큼 사이가 나빴다. 살면서 여러 번의 피바람을 겪은 원경왕후는 불교에 심취하게 되었다.

교태전

경복궁에 있는 조선시대 왕비의 침전이다. 명칭은 주역에서 따온 것으로, 하늘과 땅의 기운이 조화롭게 화합해 만물이 생성한다는 의미를 담고 있다. 태종은 즉위한 지 한 달도 되지 않아 후궁 문제로 원경왕후와 갈등을 빚으면서 원경왕후를 피해 경연청으로 도망가 있기도 했다.

성녕대군 사당

고양시 벽제에 있는 성녕대군의 사당이다. 원경왕후는 남동생 네 명이 사사된 뒤 공식적인 활동을 거의 하지 않고 칩거했다. 마흔 넘어 낳은 막내아들 성녕대군이 그나마 유일한 위안이었지만, 그마저 병으로 일찍 여읜 뒤 원경왕후가 기댈 곳은 부처님밖에 없었다. 세종이 즉위한 뒤에는 성녕대군을 기리기 위해 지은 대자암에서 거의 살다시피 했다. 현재는 대자암의 흔적이 없고 대자사가 있다.

숭례문 현판

양녕대군은 1394년 한성부에서 출생했다. 양녕대군의 글씨는 조선조에 나온 최고의 명필로 숭례문의 현판도 양녕대군의 작품이다. 숭례문 현판을 써서 옮길 때 개와 소도 하례하고, 말과 소가 머리를 숙였다는 전설까지 있을 정도다. 양녕대군은 외삼촌들이 사사되기 전까지는 무난한 왕세자였다는 평을 듣는다.

신윤복의 〈전모를 쓴 여인〉

양녕대군은 기생 봉지련을 시작으로 소앵, 초궁장, 칠점생 등을 불러 세자궁에서 연회를 즐겼다. 태종은 매번 야단을 치고 기생을 비롯한 관련자들을 문책했지만, 문제가 생길 때마다 단식투쟁을 벌이는 양녕대군을 이기지 못해 흐지부지 넘기곤 했다. 이러한 태종의 태도는 양녕대군의 비행을 더 심각하게 만들었다.

황희

황희는 고려 말 조선 초의 문신이다. 호조판서로 재직 중 1416년 세자 양녕대군의 폐위에 반대해 파직되었다. 그 뒤 다시 공조판서로 복귀했으며, 세종 때는 영의정에까지 올랐다.

《태종실록》

양녕대군은 여색을 탐할 뿐 아니라 학문을 게을리해 태종의 미움을 샀다. 스승에게 개처럼 짖는 일도 있었고, 아프다고 스승을 돌려보내는 일도 잦았다. 오죽하면 양녕대군이 잘못했을 때 대신 맞아주는 내관이 양녕대군에게 공부 좀 하라고 울면서 호소를 할 정도였다.

양녕대군 묘

양녕대군의 묘는 서울특별시 동작구 상도 4동에 있다. 양녕대군은 곽선의 첩 어리를 납치해 세자궁에 들여 아이까지 낳게 했다. 태종이 이를 알고 어리를 내쫓았고, 양녕대군은 이에 반발해 상소까지 올렸다 폐위되었다.

숭례문 목판과 그 탁본

2008년 숭례문 화재 이후 복원된 숭례문 현판은 이 목판의 탁본을 바탕으로 제작되었다. 양녕대군은 세종이 즉위하자 즉시 유배에서 벗어났지만, 여색을 탐하고 비행을 일삼아 세종 때도 여러 번 신하들의 비난을 샀다. 하지만 세종은 손위 형을 함부로 벌하지 못했다.

헌릉

헌릉은 서울특별시 서초구 내곡동 헌릉로에 있는 조선 3대 왕 태종 이방원과 원경왕후가 안장돼 있는 왕릉이다. 태종과 원경왕후는 말년에 다른 사람을 통해 대화를 할 만큼 사이가 나빴다. 세종은 아버지와 어머니가 저승에서 화해하기를 바라며 일부러 원경왕후의 능 옆에 태종을 안장했다.

기도

-소헌왕후

비나이다, 비나이다, 부처님께 비나이다.

전하(세종)께옵서 만수무강하시어 이 나라의 태평성대를 길이 길이 이끌어나갈 수 있도록 해주시옵소서.

제 나이 열네 살, 아무것도 모르는 어린 나이에 부처님과 조상님의 은덕으로 왕가에 시집을 갔나이다. 태종대왕과 원경왕후를 시부모로 모시게 되었지만 궁궐이 아닌 사저에서 살아서인지 왕족이 되었다는 실감은 나지 않았습니다. 지아비는 왕위와는 거리가 먼 셋째 아들 충녕대군(세종)이셨지요. 맏이이신 세자저하(양녕대군)와 차남이신 효령대군께서 계시옵고, 형제간의 우애도 돈독하셨습니다. 충녕대군께서 보위에 오르시리라고는 상상조차 단 한 번도 해보지 않았습니다. 그것은 역모의 죄를 짓는 일이었으니까요.

세자빈이 아닌 군부인을 뽑을 때는 간택령조차 내리지 않지요. 그저 가문을 선택할 뿐 규수의 얼굴조차 보지 않는 일이 흔하던 시기였습니다. 고려 때 문하시중(조선시대의 영의정)을 지낸 증조할아버지 심용, 개국공신인 할아버지 심덕부와 아버지 심온, 태조대왕의 따님이자 태종대왕의 누님이신 경선공주와 혼인한 숙부 심종, 세자저하의 외숙부 민무휼의 사위가 된 큰 오라버니 심준, 고려시대 왕비 간택 15가문 중 하나인 청송 심씨 가문. 보잘것없는 제가 두 살 어린 충녕대군과 혼인할 수 있었던 것은 그런 이유 때문이었지요.

열두 살과 열네 살의 어린 나이, 음양의 이치를 모르는 나이, 그저 오누이처럼 지내면서도 행복했나이다. 어린 나이인데도 불구하고 충녕대군마마께서는 학문을 익히기 위해 새벽에 잠자리에 드셨다 새벽에 깨어나셨지요. 게다가 호기심이 어찌나 많으신지 문화, 교육, 학술, 의료, 과학, 예술 등 어떤 분야라도 빼놓지 않고 골고루 탐구하셨습니다.

독서를 어찌나 즐기시는지 몇 달 동안 병석에 누워 있었는데도 손에서 결코 책을 놓지 않아 부왕이신 태종대왕께서 내관을 시켜 모든 책을 거두라 명하실 정도였지요. 아직도 기억에 생생합니다. 우연히 병풍 사이에 《구소수간(歐蘇手簡)》 한 권이 남아 있는 것을 발견한 충녕대군마마께서는 그 책을 숨겨놓고 몰래 읽으셨지요. 제가 들어가면 화들짝 놀라 이불 밑으로 서책을 숨기던 충녕대군마마의 모습이 잊히지를 않습니다. 같은 책을 반복해 읽기가 지겹지 않느냐는 제 질문에 충녕대군마마께서는 천 백 번이나 읽었지만 읽을 때마다 새로운 교훈을 얻는다고 답하셨지요.

반면 세자셨던 양녕대군께서는 태종대왕께서 외갓집을 몰살한 이후 학문을 멀리하시고 사냥이나 풍류를 즐기셨지요. 양녕대군께서는 스승 앞에서 개 짖는 시늉을 하는가 하면 세자궁 뜰에서 덫으로 새를 잡기도 하고, 매를 몰래 키우시기도 했습니다. 그리고 봉지련이라는 기생을 시작으로 해서 소앵, 초궁장, 칠점생 등의 기생들을 세자궁에 불러들여 동침하시는 일이 몇 번이나 벌어졌습니다. 태종대왕께서는 엄히 다스리려 하셨지만 그때마다 양녕대군께서 식음을 전폐하는 바람에 뜻을 이루지 못하셨지요. 양녕대군께서는 곽선의 첩 어리를 납치해 겁탈하고, 방유신을 협박해 그 손녀를 겁탈하는 등 호색 행각을 계속하셨습니다. 세자빈마마셨던 수성부부인 김씨께서는 양녕대군마마의 호색 행각을 숨기기 위해 늘 전전긍긍하셨지요.

혼인한 지 삼 년, 왕실의 법도대로 열다섯 살이 되자마자 합혼례

(신랑신부가 첫 부부관계를 맺는 의식)를 치렀습니다. 그리고 곧바로 정소공주를 임신했지요. 시부모님이신 태종대왕과 원경왕후께서는 기뻐하시며 임신에 좋다는 한약을 하사하셨습니다.

정소공주를 낳고 지금의 세자인 향, 정의공주, 수양대군 유를 차례로 출산했습니다. 집안에는 갓난쟁이들의 울음이 그칠 날이 없었습니다. 그래도 행복했습니다. 충녕대군마마께서는 다른 여자들에게 눈 한 번 돌리는 일이 없으셨고, 아이들과도 잘 놀아주셨습니다. 혼인하고 사저에서 보냈던 그 십 년의 세월이 저에겐 가장 행복한 시절이었습니다. 충녕대군마마께서는 완벽한 지아비셨습니다.

그리고 왕위에 오르신 충녕대군마마께서는 완벽한 성군이셨습니다. 아마도 후세에 가장 위대한 성군으로 그 이름을 남기시리라 확신할 수 있습니다.

훈민정음, 농사직설, 삼강행실도, 측우기, 해시계, 대마도 정벌, 집현전 설치……. 그 수많은 업적은 몇 날 며칠이 걸려도 읊기 힘들 정도지요. 하지만 전하께서 성군이라 칭송받는 것은 보잘것없는 그 어떤 생명일지라도 사랑하시는 애민정신 때문입니다.

신하들은 언제나 소갈증(당뇨병)으로 고생하시는 전하께 양고기가 효험이 있으니 드시라고 권유했지요. 저는 그 말을 전해 들은 즉시 수라간 상궁에게 일러 신하들이 고한 방법대로 양고기와 갖은 약재를 넣어 탕을 끓이라고 명했습니다. 수라간 궁녀들은 한

양의 장터란 장터는 다 돌아다니면서 양고기를 구하느라 난리법석이었습니다. 하지만 그 소식을 전해 들은 전하께서는 탕을 만들어 온다 해도 먹지 않겠다며 궁녀들을 도로 불러들이라 명하셨습니다. 양고기는 우리나라에서 나는 것도 아닌 데다 자신의 병을 고치기 위해 희귀한 동물의 생명을 해칠 수 없다며 전하께서는 끝내 탕을 올리지 못하게 막으셨지요.

또한 전하께서는 장영실처럼 낮은 신분의 인물이라도 재주가 뛰어나면 높은 벼슬을 주어 등용하셨습니다. 덕분에 능력 있는 많은 이가 관직으로 진출해 나라를 위해 일할 수 있었습니다. 그뿐이겠습니까. 감옥의 도면까지 그려서 한여름이나 한겨울에 춥거나 덥지 않도록 죄수들의 잠자리를 바꾸라 명하셨지요. 덕분에 죄수들이 감옥에서 병들어 죽는 일이 현저히 줄었습니다. "죄를 지은 이도 내 백성이다"라는 전하의 말씀에 죄수들의 복지향상 정책에 불만을 가졌던 신하들조차 숙연해졌지요.

아마도 전하의 그런 뛰어난 능력과 사랑 가득한 성품을 알고 계셨기에 태종대왕께서는 양녕대군을 폐세자하고 셋째 아들이었던 전하를 왕세자로 책봉하셨겠지요. 전하의 춘추 스물하나, 왕세자로 책봉된 지 두 달 만에 즉위하시게 되었습니다. 그리고 제 나이 스물셋, 세자빈에 책봉된 지 두 달 만에 만삭의 몸으로 왕비가 되었습니다. 혼인한 지 십 년, 단 한 번도 상상하지 못했던 일들이 순식간에 일어났습니다. 문무백관과 종친들의 하례를 받으면서도 얼떨떨하기만 했습니다.

아무에게도 말하지 못했지만 기쁘기보다는 불안하고 초조했습니다. 그것이 국모의 무게 때문이라 생각했습니다. 그래요, 부처님을 속일 수는 없겠지요. 솔직히 상왕으로 물러나신 태종대왕께서 저의 친정을 몰살하는 일이 일어날까 봐 두려웠습니다. 저도, 제 아버지 심온도 결코 권세에는 욕심이 없었습니다. 그러니 갑자기 벌어진 상황에 당황하고 놀라 어떻게 해야 할지 알 수 없어 더욱 곤란한 처지였지요. 그저 두렵기만 한 시간들이었습니다.

어린 시절을 처가에서 보냈음에도 불구하고 장인어른이 죽자마자 처가를 몰살할 정도로 외척을 경계하셨던 태종대왕이십니다. 하지만 태종대왕께서는 제 아버지 심온을 영의정으로 제수하고 명나라로 가서 선위에 관한 보고를 하라는 임무를 맡기셨지요. 아버지는 여러 번 거절했지만 태종대왕께서는 기어이 아버지에게 영의정을 맡으라 하셨습니다. 그만큼 아버지를 신뢰하기 때문이라고 생각해 한편으로는 안심이 되었습니다. 그때 안심하지 말았어야 했습니다. 더 경계하고 조심해야 했습니다. 하지만 인간의 일이 어디 마음대로 되겠습니까?

태종대왕께서는 제 친정아버지가 명나라 사신으로 떠날 때 배웅하는 사람이 장터에 가득했다는 이야기를 전해 들으시고는 용안이 굳으셨습니다. 친형제처럼 지내던 처남도 죽이신 분입니다.

그런데 어리석은 저는 그다지 크게 생각하지 않았습니다. 아니, 워낙 바빠서 다른 생각을 할 겨를이 없었습니다. 갓 출산한 몸으로 낯선 궁중 예법을 익히느라 바빴고, 복잡한 내명부의 일들을 챙기느라 피곤해 금세 그 일을 잊어버렸습니다.

하지만 태종대왕께서는 잊지 않으셨습니다. 태종대왕께서는 상왕으로 물러나서도 병권만은 쥐고 계셨습니다. 그런데 병조참판 강상인이 군사 관련 사항을 전하께 직접 보고하는 일이 벌어졌습니다. 경복궁을 지키는 금위군 군사를 나누어 상왕의 거처인 수강궁까지 지키게 하자는 내용이었습니다. 전하께서는 상왕 전하를 위하는 일이었기에 아무렇지도 않게 그렇게 하라 이르셨지요.

그 일을 알게 된 태종대왕께서는 자신이 가진 병권을 무시한 처사라며 크게 진노하셨습니다. 이상했지요. 되도록 정치에 관심을 두지 않으려 했지만 사소한 일로 그렇게 진노하셨다는 얘기를 듣는 순간, 가슴이 서늘했습니다. 태종대왕께서는 자신에게조차 냉정하고 엄격한 분이셨기에 하시는 모든 행동에는 이유가 있었습니다. 도대체 무엇을 원하시기에 그리도 역정을 내시는지 알 수 없어서, 혹시라도 즉위한 지 얼마 안 된 전하께 그 분노의 여파가 미칠까 걱정이 되어 뒤척이는 밤이 계속되었습니다.

사소한 잘못으로 간단히 벌만 주면 될 일이었는데 태종대왕께서는 기어이 강상인을 국문하셨습니다. 태종대왕께서는 원하는 말을 할 때까지 무작정 강상인을 고문하셨습니다.

“예전에 중전마마의 숙부인 심정이 군사 관련 사항을 상왕이 모두 처리하는 것이 불합리하다며 불평을 늘어놓았습니다.”

결국 강상인은 고문에 못 이겨 그렇게 토설했습니다. 그 소식을 듣고도 그리 크게 여기지는 않았습니다. 그 사소한 일이 크나큰 비극이 될 줄은 결단코 몰랐습니다. 하지만 육감으로는 알고 있었던 걸까요? 그날부터 잠이 오지 않았습니다. 이상하게도 가슴이 떨리고 손발이 차가웠습니다.

권세를 탐하던 좌의정 박은과 영돈녕부사 유정현 같은 파렴치한 자들이 이간질을 하기 시작하자 숙부 심정의 사소한 불평은 상왕에 대한 불경죄가 되어버렸습니다.

“예전에 중전마마의 친정아버지 심온이 영의정을 한사코 거절한 것은 좌의정을 하기 위해서였습니다. 좌의정은 다른 관직을 겸할 수 있으니 심온은 병권을 장악하기 위해 병조참판을 겸직하고 싶어 했던 것입니다.”

좌의정 박은의 말도 안 되는 거짓말을 믿으셨던 태종대왕께서는 단호하셨습니다.

“나의 여생은 많지 않고 본 것은 많으므로 이런 간악한 사람은 제거하는 것이 마땅하다고 생각하게 되었다.”

상왕을 모욕했으며 왕명 없이 함부로 군을 움직였다는 누명을 쓰고 아버지는 죄인이 되었습니다. 친정에서는 급하게 아버지에게 사람을 보내 명나라로 망명할 것을 권유했습니다. 하지만 아버지는 지은 죄가 없다며 그 권유를 단호하게 거절했습니다.

태종대왕께서는 아버지와 연루된 자들의 대질심문을 원하셨지만 좌의정 박은은 대질심문 없이 사약을 내릴 것을 주장했습니다. 결국 아버지는 국경을 넘어 평안북도 의주에 도착하자마자 체포된 후 사약을 받았지요. 그리고 어머니와 형제자매들은 모두 변방으로 쫓겨나 관노비가 되었습니다.

신하들은 제 집안을 풍비박산 낸 것으로도 모자라 저를 폐서인하라며 하루가 멀다 하고 상소를 올렸습니다. 하지만 태종대왕께서는 폐비하지 않겠다는 뜻을 명백히 밝히셨습니다.

"《서경》에 따르면 형벌은 아들에게도 미치지 않는다고 했다. 평민의 딸도 시집을 가면 출가외인이 되어 친정 가문에 연좌되지 않는 법이다. 하물며 심씨는 이미 중전이 되었으니 어찌 감히 폐출하겠는가. 예전에 민씨(원경왕후)의 일도 또한 불충이 되었으나 당시에는 중전을 폐하자고 한 사람이 없었는데, 지금은 어찌 이 지경에 이르렀는가. 내가 전일에 가례색(왕 또는 왕세자의 혼례를 담당하던 부서)을 세우라고 명한 것은 빈과 잉첩을 뽑으려고 한 것뿐이다. 그 아버지가 죄를 지었어도 딸이 후비가 된 일은 옛날에도 또한 있었으며, 하물며 형률에도 연좌한다는 명문이 없으므로, 내가 이미 공비(소헌왕후)에게 밥 먹기를 권했고 또 염려하지 말라고 명령했으니 경들은 마땅히 이 뜻을 알라."

당연하지요. 일부러 트집을 잡아 외척을 몰살하신 겁니다. 조실부모한 처자는 간택에 참여조차 할 수 없으니, 간택령을 내려 새 왕비를 뽑으면 또다시 같은 일을 반복해야 하는데 왜 저를 내쫓겠습니까?

폐출을 면했다고는 하나 기쁘지 않았습니다. 눈물조차 나지 않았습니다. 그저 멍하니 천장만 바라보고 누워 있었습니다. 물 한 모금 넘기지 못했습니다. 그 모든 것이 제가 왕비가 되었기 때문이었습니다. 그 모든 상황을 제어하지 못한 전하께 서운했습니다. 아니, 미웠습니다. 아버지는 권세를 탐할 분이 아니었습니다. 그걸 제일 잘 알고 계신 전하께서 어찌 모른 척 제 아버지가 사사되는 것을 두고 본단 말입니까?

그때부터였습니다. 체한 듯 가슴 한쪽이 답답해 견딜 수가 없었습니다. 아무리 가슴을 쳐도 체기가 가시지 않았습니다. 태종대왕께서도, 전하께서도 밥을 들라 명하셨습니다. 임영대군 구를 임신한 몸이었습니다. 배 속의 아이를 위해 억지로 밥 한 술을 삼키면 삼키자마자 신물과 함께 도로 넘어왔습니다. 억지로 먹고 토하길 반복하다 보니 위산으로 목구멍과 입이 헐어버렸습니다. 차라리 먹지 않겠다고 고집을 부리며 드러누웠습니다.

모후이신 후덕왕대비(원경왕후)께서는 머무르시던 경기도의 대자암에서 달려와 물조차 삼키지 못하는 저를 달래셨습니다.

"너 못지않게 금상도 불쌍하고 가여운 처지가 아니겠느냐? 국모라는 자리는 이 나라 만백성의 어머니가 되어 그들을 돌봐야만 하는 자리다. 그리고 금상도 네가 돌봐야 할 백성 중의 한 사람이다. 자식이 어떤 죄를 지었다 한들 어찌 어미가 자식을 원망할 수 있단 말이더냐? 그러니 이제 그만 금상을 용서해라."

남편에게 친정 가문이 몰살당한 처지, 세상에 제 심정을 이해해줄 수 있는 분은 후덕왕대비밖에 없었습니다. 후덕왕대비께서는 누워 있는 제 손을 잡고 눈물을 흘리셨습니다.

"나는 지아비에 의해 네 명의 형제를 잃었다. 목숨을 걸고 상왕께서 즉위하시도록 도왔던 형제들이었다. 그 형제들이 양녕대군과 친하게 지낸다는 이유만으로, 후세에 양녕대군이 즉위하면 외척들이 권세를 잡을 거라는 예상만으로 상왕께서는 기어이 트집을 잡아 내 모든 형제들을 죽이셨다. 목숨을 걸고 함께 싸웠던 형제들이 죽는 것을 보았어도 나는 살아남아야 했다. 나에게는 아직 어린 자식들이 있었으니까. 너도 마찬가지다. 아직 어린 자식들을 생각해라. 게다가 만삭의 몸이다. 훗날을 기약하기 위해서는 네가 일어나야만 한다."

그래요. 일어날 수밖에 없었습니다. 아직 어린 자식들을 두고서는 죽을 수도 없었으니까요. 그때부터 저는 부처님께 의지할 수밖에 없었습니다. 아니, 제 곁에 남아 제 편을 들어줄 수 있는 대상은 부처님밖에 없었습니다. 그래서 매일 108배를 했지요. 절을 한 번 할 때마다 빌었습니다.

비나이다, 비나이다, 부처님께 비나이다.

친정 가문이 누명을 벗고 복권될 수 있도록 해주시옵소서.

하지만 태종대왕께서 승하하신 후에도 부모님의 복권은 멀기만 했습니다. 관련된 자들이 거짓 고변을 했다는 제보들이 이어졌지만, 전하께서는 선왕이 하신 일을 뒤집을 수 없다며 모른 척하셨습니다. 오히려 전하께서는 제 집안을 몰살시킨 유정현을 영의정에 임명하셨습니다. 박은과 유정현은 가문의 원수였습니다. 오죽하면 아버지께서 숙청의 실무를 주도한 박은의 가문인 반남 박씨 가문과는 앞으로 절대 혼인을 하지 말라는 유언까지 남기셨겠습니까? 억울함은 켜켜이 쌓여만 갔습니다. 전하에 대한 원망도 층층이 쌓여만 갔습니다.

네, 저도 잘 알고 있습니다. 선왕의 유지를 다음 대의 왕이 바꾸면 불효라는 것을요. 하지만 알고 있다고 해서, 이해한다고 해서 서운함이 가시지는 않았습니다. 이성과 감정은 별개의 문제니까요. 가슴의 체기는 가시기는커녕 쌓여만 갔습니다. 어의가 아무리 좋은 약재를 올려도 체기는 가라앉지 않았습니다. 그저 사찰에 찾아가 부처님 미소를 바라보며 이렇게 한탄을 늘어놓으면 체기가 조금 가시는 듯했습니다. 매일 108배를 하며 눈물 대신 땀을 흘리고 나면 체기가 조금 가라앉는 듯했습니다.

왕비의 높은 신분으로는 천인을 볼 수 없는 법이었습니다. 의정부의 관아에 여종으로 있다는 어머니를 못 본 채 세월은 무상하게도 흘렀습니다.

태종대왕께서 승하하신 지 4년이 지나고 유정현이 죽고 나서야 전하께서는 어머니를 천안(賤案)에서 제명하고 대부인의 직첩을 복원해주셨나이다. 그리고 제가 어머니와 만나 연회를 즐길 수 있도록 해주셨지요. 하지만 아버지 심온만은 복권해주지 않으셨습니다. 그 후에도 몇 번이나 신하들의 복권 요청이 있었지만 전하께서는 선왕이 합리적으로 처리하신 일이니 다시 말하지 말라 명하셨습니다.

전하께서는 폐비 문제가 거론되었을 때 폐비만은 절대 아니 된다면서 고집을 부리셨습니다. 태종대왕께서는 가례색까지 세웠는데도 말입니다. 비록 친정 가문을 보호해주지는 못했지만 저 하나만은 지키려 애쓰셨지요. 그게 사랑이라고 생각했습니다. 얼굴도 모른 채 어린 나이에 혼인한 사이였지만 세월이 흐르며 서로 연모하게 되었다고 생각했습니다. 그래서 만신창이가 된 심신을 일으켰습니다. 그 모든 것이 모자란 제가 완벽한 전하를 연모한 업보라 생각하기로 했습니다. 평범한 양반도 첩을 두는 판국에 다른 여인을 보지 않으시는 것도 모두 저를 연모하시기 때문이라 생각했습니다.

제가 들어오고 나갈 때면 전하께서는 황송하게도 항상 일어서서 공경의 예를 표하셨지요. 네, 알고 있습니다. 완벽을 추구하시는 전하의 성품은 조강지처에게도 깍듯한 예의를 갖추게 했지요. 그래도 그 밑바닥에는 연모의 감정이 있다고 생각했습니다. 제 마음대로 그렇게 생각했습니다. 제가 전하를 연모하니 당연히 전하께서도 저를 연모한다고 믿었습니다.

하지만 아니었습니다. 태종대왕께서 승하하신 후 전하께서는 본격적으로 여색을 탐하기 시작하셨습니다. 영빈 강씨, 신빈 김씨, 혜빈 양씨, 숙원 이씨, 귀인 박씨, 귀인 최씨, 숙의 조씨, 소용 홍씨, 상침 송씨, 사기 차씨, 상식 황씨, 전찬 박씨…….

태종께서 승하하신 후 첫 번째로 들인 후궁 영빈 강씨는 저의 조카였습니다. 이모가 되어 조카를 투기할 수는 없으니 한숨만 삼켜야 했습니다. 아녀자의 투기는 칠거지악이니 다소 기이할 정도의 여성 취향을 보이셔도 저는 벙어리에 귀머거리가 되어 모른 척했습니다.

아무리 왕이라 하더라도 다른 궁 소속의 궁녀는 쉽게 취하지 않는 법입니다. 특히 중궁전의 궁녀는 함부로 할 수 없는 것이 불문율이었습니다. 왕비와 가장 가까이에 있던 여자이기에 왕비가 느낄 박탈감을 염려해서였습니다. 하지만 전하께서는 개의치 않으셨지요. 그래요. 중궁전의 궁녀였던 신빈 김씨를 취하셨을 때도 저는 이해할 수 있었습니다. 세자 향의 병증을 돌보던 궁녀였던 혜빈 양씨까지는 저도 이해하려고 노력했습니다.

하지만 궁궐에 들어온 지 30년 이상이 지난 상궁들을 취하신 것은 그 어떤 선왕께서도 하지 않은 일이었습니다. 상궁은 처녀로 생각하지 않아 승은을 입어도 후궁 첩지를 내리지 않습니다. 그 법을 만드신 분이 바로 전하셨습니다. 그런데도 전하께서는 상궁을 취하는 일에 주저함이 없으셨습니다. 전하의 이부자리를 살피던 상침 송씨, 대전문서 관리를 하던 사기 차씨, 수라를 챙기는 지밀상궁이었던 상식 황씨, 책 심부름을 하던 전찬 박씨까지 전하께서는 가까이에 있던 상궁들을 모두 취하셨습니다. 게다가 가장 총애하시는 신빈 김씨는 노비 출신의 궁녀였고 소용 홍씨도 천민 출신의 궁녀였지요.

전하께서 후궁을 새로 들이실 때마다 가슴이 쓰리고 신물이 올라왔습니다. 하지만 저는 웃었습니다. 투기는 칠거지악 중 하나였습니다. 평범한 아녀자도 아닌 국모가 투기를 할 수는 없었습니다. 그래서 아무리 아파도 웃었습니다. 참 우스운 일입니다. 반복되는 상처는 그 아픔이 희미해지는 법이라는데 저는 항상 처음처럼 아팠습니다. 그래도 저는 웃었습니다.

평범한 양반 가문에서도 첩을 몇이나 두는 세상, 평범한 아녀자도 참고 견디는 일인데도, 왕가의 자손이 번성하는 일이니 오히려 기뻐해야 마땅한데도 속 좁은 저는 전하께서 새로운 여인을 취하실 때마다 항상 쓰리고 아팠습니다.

전하께서 맘에 드는 궁녀가 생기면 금세 알 수 있었습니다. 전하의 음성은 높아지시고, 말투는 빨라지시며, 눈빛은 반짝이시고, 입술은 유쾌한 호선을 그렸지요. 저에게는 단 한 번도 보여주지 않은 모습이었습니다. 전하가 절 아끼지 않으셨다는 게 아닙니다. 그저 전하께 저는 여인이 아니라 동반자이자 지지자일 뿐이라는 것을 신빈을 보는 전하의 눈빛을 보고 알았습니다. 신빈을 바라보는 전하의 눈빛은 바로 사내의 눈빛이었습니다. 제게는 한 번도 보여주지 않으셨던 눈빛이지요. 그 사실을 깨닫던 날, 아주 많이 울었습니다. 왜 그리 서럽고 아프던지……. 총애하는 궁녀가 생겼다고 해서 저에게 소홀한 적이 없었던 전하이십니다. 하지만 가끔은, 아주 가끔은 저도 여인이 되고 싶었습니다.

어쩌면 과다한 업무와 막중한 책임의 무게 때문에 생긴 압박감을 여색을 탐하며 푸는 것이라는 추측도 해보았지요. 제가 여자로 부족해서가 아니라 왕실의 자손을 번성시키기 위해서 여색을 탐하시는 거라는 생각도 해보았지요. 어떤 이유라도 나 자신을 위로하기 위해서라면 받아들일 수 있었습니다. 어떻게든 서운함을 드러내지 않으려, 어떻게든 투기하는 모습을 보이지 않으려 하루에도 몇 번씩 108배를 드렸지요. 결국 전하께서는 마흔한 살

되시던 때부터 4년이나 임질로 고생을 하시고서야 여색을 멀리하려 노력하셨습니다.

단 한 번도 전하께 서운함을 드러낸 적이 없었습니다. 억울함을 삼키고 또 삼켰습니다. 단 한 번도 총애하시는 후궁에게 투기의 감정을 드러낸 적이 없었습니다. 아니, 오히려 총애하시는 후궁일수록 가까이 두고 더 챙기려 애썼습니다. 서운함을 삼키고 또 삼켰습니다.

그나마 전하께서는 총애하는 궁녀라도 도리에 어긋난 일을 할 경우에는 멀리하셨지요. 총애하는 궁녀가 오라버니의 벼슬자리를 부탁하자 그 뒤로는 멀리하셨고, 아끼던 소용 홍씨의 오라버니 홍유근이 다리를 절뚝이는 말은 연(임금이 타는 가마)을 끌게 하고 자신은 멀쩡한 말을 타는 죄를 짓자 홍유근을 유배 보내기도 했습니다. 신하들은 홍유근을 처형하라고 주장했지만 전하께서는 끝내 홍유근을 살려두셨습니다. 전하께서는 총애하는 후궁에게 특혜를 주는 일은 없었지만 후궁을 배려해 그 가족들의 죄를 감해주시기도 했지요. 어쨌든 전하가 후궁에게 휘둘리지 않았기에 그나마 견딜 수 있는 세월이었습니다.

언제나 온몸에 힘을 꽉 주고 살아야 했습니다. 항상 이를 악물고 웃어야 했습니다. 무조건 저 자신을 버리고 왕비여야만 했습니다. 저는 여인도, 어머니도, 자식도, 인간도 아닌 왕비로만 살아야 했습니다.

안평대군을 임신한 몸으로 왕비 즉위식을 치렀고, 친정아버지인 심온이 숙청당한 후 폐비 논의가 있을 때는 임영대군을 임신 중이었지요. 그리고 한성 대화재 진압을 지휘할 당시에는 금성대군을 가진 몸이었습니다.

아직도 훨훨 타는 불길 속에서 만삭의 무거운 배를 견디며 화재 진압을 지휘해야 했던 기억이 생생합니다. 전하께서는 세자와 함께 강무(사냥 겸 군사훈련)를 가시기 전 모든 것을 제게 맡긴다고 하셨지요. 전하의 믿음을 저버리지 않기 위해 최선을 다했습니다.

놀랐는지 발길질을 해대는 배 속의 아기를 달래면서도, 매캐하고 거센 연기에 기침을 하면서도, 뜨거운 불길에 데일 뻔한 위험한 순간에 놓였어도 결코 뒤로 물러서지 않았습니다. 불길이 잡히고서야 궁궐에 돌아올 수 있었습니다.

하지만 지친 몸을 눕힐 새도 없이 황희 정승이 화재 피해 상황을 보고하겠다며 찾아왔습니다. 천 가구가 넘는 엄청난 피해가 벌어진 직후였습니다. 당장 그 대책을 논의해야만 했습니다. 연기를 많이 들이마셨는지 목이 쓰라렸고 오랜 시간 서 있어 허리가 끊어질 것처럼 아파 눈물이 날 정도였지만, 저는 온몸에 힘을 주고 허리를 꼿꼿이 세웠습니다. 노련한 정치인인 황희 정승에게 얕보이고 싶지 않았습니다. 전하가 맡기신 책임을 다하고 싶었습니다.

그렇게나 완벽한 왕비이고 싶었습니다.

아버지를 죽이고 어머니를 관노비로 만든 태종대왕께서 병석에 누우셨을 때도 손수 병수발을 들었습니다. 태종대왕께서 승하하시면 친정 가문의 복권이 이루어질 가능성이 높았습니다. 하지만 저는 단 한 번도 불온한 생각을 하지 않았습니다. 오히려 태종대왕께서 빨리 쾌차하시기를 부처님께 빌었습니다. 아무도 믿어주지 않겠지만 부처님께서는 알고 계시지요? 그때 제가 얼마나 진정으로 태종대왕의 쾌유를 빌었는지 부처님만은 알아주시겠지요. 제 정성이 닿았는지 태종대왕께서는 승하하시기 직전 제게 고맙다는 말씀을 내려주셨습니다. 그렇게 전 부모님을 버리고 완벽한 며느리가 되어야만 했습니다. 이 나라의 국모니까요.

한여름이면 더위에 고생하는 집현전 학사들을 위해 얼음 식혜를 보내는 일도 빼먹지 않았습니다. 제가 먹을 얼음 따위는 없었습니다. 어의들이 걱정할 정도로 한겨울에도 얼음을 즐기는 저였지만 왕비였기에 참아야만 했습니다.

와드득, 차갑고 시린 얼음을 씹어 삼키면 가슴속의 불길이 조금쯤 식는 것만 같았습니다. 와드득, 소름이 돋을 정도로 차가운 얼음물이 식도를 타고 내려가면 답답한 가슴의 체기가 내려가는 듯했습니다. 하지만 전 만백성의 어머니이기에 다른 이를 위해 얼음을 양보했습니다. 자식 입에 들어가는 것을 시샘하는 어미는 없으니까요.

너무 오랫동안 온몸에 힘을 주고 살아서일까요? 수양대군 사저로 피접을 나와 이렇게 누워 있는 지금 오히려 마음이 편안합니다. 전하께서는 제가 병이 나자 신하들에게 불공을 명하고 수시로 찾아와서 보십니다. 육선을 먹고 제가 차도를 보이자 의원과 의녀들에게 상을 내리기도 했지요. 하지만 전하의 그런 노력이 무색하게도 제 병은 더 이상 나아지지 않습니다. 아니, 점점 나빠지기만 하고 있지요.

자리끼를 들고 온 수양대군이 슬그머니 제 손에 든 염주를 빼앗아 갔습니다. 오늘내일 부처님의 부르심만 기다리고 있는 어미가 누워서도 기도하는 모습이 안타까웠던 게지요. 못 이기는 척 빼앗겨주었습니다. 이불을 정돈하는 수양대군의 손길에는 다정함이 가득합니다. 내 손으로 키우지 못한 아드님, 왕자임에도 불구하고 궁궐에서는 제대로 살아보지 못한 아드님, 제 둘째 아들 유, 수양대군은 유독 아픈 손가락입니다.

수양대군을 출산한 지 석 달도 되지 않아 안평대군 용을 임신했습니다. 임신 초기라 갓난쟁이 수양대군을 제대로 안아주지도 못했습니다. 일곱 달 후 양녕대군께서 폐세자되시고 전하께서 세자로 즉위하셨지요. 만삭의 무거운 몸으로 어린 수양대군을 어수

선한 궁궐에 데리고 갈 수 없어 눈물을 머금고 친정에 의탁했지요. 전하께서 세자로 즉위한 지 두 달 만에 태종대왕께서는 선위를 하셨지요. 그때는 금세 다시 수양대군을 데리고 올 수 있을 거라 생각했습니다. 출산을 하자마자 수양대군을 데려오리라 결심하며 낯선 궁궐 생활을 견디었습니다. 하지만 셋째 아들 안평대군을 낳은 지 두 달, 역적으로 몰리어 친정 가문이 몰락했습니다.

밥 한 술 뜨지 못하고 지낸 몇 달 동안 수양대군을 데려올 엄두를 내지 못할 정도로 건강이 악화되었습니다. 이듬해에는 또 임신을 한 데다 폐비 논의 때문에 복잡한 상황이었지요. 또한 정종대왕께서 승하하시어 국상을 치러야만 했습니다. 그래서 종친들 집을 오가며 떠돌고 있는 수양대군을 데려오지 못했습니다. 다음 해에는 태종대왕의 왕비이신 후덕왕대비마마의 국상이 있어 수양대군을 데려오는 일이 삼년상 뒤로 미루어졌지요. 삼년상이 끝나는 해에 태종대왕께서 승하하시어 또다시 수양대군을 데려오는 일은 미루어졌지요. 태종대왕의 삼년상이 끝나던 해에는 제가 또 임신을 해서 출산 후에야 수양대군을 비로소 데려올 수 있었습니다.

갓 돌도 되지 않은 아이를 떼어놓은 지 십 년 만에 데려와 겨우 2년을 궁궐에 데리고 있다가 윤번의 딸과 혼인을 시키며 다시 사저로 내보내야 했지요. 그래서 우리 유, 수양대군은 항상 제게 가장 아픈 손가락입니다.

어디 수양대군뿐이겠습니까. 막내인 영응대군의 양육은 신빈 김씨에게, 6남 금성대군의 양육은 태종대왕의 후궁 의빈에게, 세자의 자녀인 평창군주(경혜공주)*와 세손 홍위(단종)의 양육은 혜빈 양씨에게 맡겼지요.

생떼 같은 자식을 품에서 떼어놓는 게 쉬운 일이었겠습니까? 하지만 저는 왕비여야만 했습니다. 그것은 선대의 후궁들과 전하의 후궁들까지 복잡한 내명부를 다스리기 위한 방편 중 하나였습니다. 내 새끼를 기르는 사람에게는 어떤 어미든 함부로 할 수 없는 법이지요. 아무리 미워도 제 자식을 길러주는 후궁에게는 깍듯하게 예의를 지킬 수 있었습니다. 그렇게 자식들을 볼모로 잡힌 채 저는 왕비로 살 수 있었습니다. 자식들을 볼 때마다 어미가 아닌 왕비여야만 했던 저 자신이 원망스러웠습니다. 하지만 어쩌겠습니까? 모자라고 보잘것없는 제가 할 수 있는 방법은 그것밖에 없었던 것을요.

수양대군은 제 병만 낫는다면 하늘의 별이라도 따줄 것 같은 효자입니다. 그래서 낳았지만 키워주지 못한 어미는 더더욱 죄스러울 뿐입니다. 다만 한 가지는 걱정입니다. 궁궐에서 함께한 시간이 적어서일까요? 수양대군은 다른 형제들과 서먹한 편입니다. 바

---

* 세자의 후궁의 딸을 현주, 세자의 정궁의 딸을 군주, 왕의 후궁의 딸을 옹주, 왕의 정궁의 딸을 공주라 한다.

로 위 형인 세자 향(문종)과도 그리 살가운 사이는 아니지요. 안평대군을 낳은 직후 신빈 김씨가 잠시 수양대군의 유모 노릇을 해서인지 신빈 김씨의 소생들과는 잘 지내는데, 오히려 친형제들끼리는 서먹하니 그것도 제 부덕의 결과겠지요.

평범한 어미처럼 자식들을 품어주지 못한 것이 지금에 와서는 후회가 됩니다. 엄한 아버지에게서 보호해주는 다정한 어머니가 되지 못한 것도 모두 제 부덕함 때문이지요. 선왕의 후궁들, 전하의 후궁들, 그들의 자녀들까지 가지 많은 나무는 바람 잘 날이 없었습니다. 그래서 내명부의 수장인 저는 언제나 엄격하고 공정한 기준을 적용해야만 했습니다. 제 친자식이라도 예외는 없었습니다.

임영대군이 금강매, 김질지, 막비 등 많은 궁녀와 사통을 했을 때 전하께 그 일을 직접 고해 직첩을 회수하고 벌을 받게 한 것도 그래서였습니다. 게다가 세자빈을 둘이나 내쳐야만 했지요. 휘빈 김씨는 압승술(남자를 유혹하기 위한 주술)을 썼기 때문에, 순빈 봉씨는 동성애 때문에 폐출했습니다. 임영대군의 첫 부인이었던 군부인 남씨는 열두 살의 나이에도 오줌을 싸고 요상한 행동을 해 내쳐야만 했지요. 저는 언제나 자애로운 어머니가 아니라 이 나라 왕실 내명부를 다스리는 왕후여야 했습니다. 제 자식에게조차 엄격한 잣대를 들이대야만 하는 심정을 그 누가 알아주겠습니까?

이제 더 이상 여한은 없나이다. 오래전 정소공주가 혼인도 하지 못한 채 열두 살의 나이로 저를 떠났고, 재작년에는 어머니께서 돌아가신 지 얼마 되지 않아 광평대군을 보내야만 했고, 작년에는 평원대군마저 잃었습니다. 자식을 가슴에 묻은 어미는 살아 있어도 살아 있는 것이 아니었나이다.

이제는 온몸에 힘을 꽉 준 채 버티지 않고, 힘없이 풀어져 부처님의 품 안에 안기고 싶나이다.

비나이다, 비나이다, 부처님께 비나이다.

전하의 소갈증이 나아 건강을 되찾을 수 있도록 해주시옵소서. 제가 떠나고 난 후 어질고 현명한 왕비를 맞으시어 백년해로하게 해주시옵소서.

비나이다, 비나이다, 부처님께 비나이다.

세자빈이 죽은 후 아직도 세자 향(문종)의 짝을 지어주지 못한 일이 걱정스럽나이다. 아직 어린 세손 홍위(단종)를 위해서라도 빨리 혼인을 해야 할 터인데, 요지부동인 우리 세자가 어질고 현명한 세자빈을 맞을 수 있도록 해주시옵소서.

비나이다, 비나이다, 부처님께 비나이다.

대군들과 공주가 건강하기를 비나이다. 그리고 모두들 서로 자주 오가고 어려운 일이 있으면 서로 도우며 화목하게 지낼 수 있도록 해주시옵소서.

비나이다, 비나이다, 부처님께 비나이다.

단 하나 저를 위해 소원을 빌 수 있다면, 다음 생에는 평범한 촌부로 태어나게 해주시옵소서. 지아비와 농사지으며 흉년에는 보릿고개를 걱정해도 좋고, 연로한 부모님의 병수발로 고생해도 좋고, 지아비와 싸우고 나서도 지겹도록 살을 비비며 잠들어야 하는 단칸방살이라도 좋고, 자식이 잘못했을 때 매를 들고 엄한 벌을 내리는 지아비에게서 자식을 감싸 안다 대신 맞아도 좋고……. 그저 어리석은 촌부가 되고 싶나이다.

비나이다, 비나이다, 부처님께 비나이다.

다음 생에는 그저 평범한 아낙네로 태어나게 해주소서.

소헌왕후(昭憲王后)와 세종(世宗), 그 밖의 이야기

소헌왕후와 세종의 금실은 좋았다. 8남 2녀의 자녀를 둔 것이 그 증거이다. 우리에게 완벽한 성군으로 알려진 세종대왕의 뒤에는 완벽한 왕비 소헌왕후의 뒷바라지가 있었다. 든든한 아들을 여덟이나 생산했으며, 시부모를 극진히 모셨고, 아무리 사소한 청탁이라도 세종에게 하는 법이 없었고, 세종이 어떤 궁녀를 취해도 투기하는 법이 없었으며, 내명부를 통솔하는 능력도 뛰어났다. 흠잡을 데 없는 이상적인 조선시대 여성이었다. 그걸 알았기에 세종은 강무를 갈 때 국정 운영을 소헌왕후에게 위임할 정도였다.

《세종실록》에는 세종이 소헌왕후를 칭송하는 장면이 여러 번 나온다.

"왕이 됨에 있어 그 기초는 실상 내조에 힘입음이 있으며, 인륜의 지극함은 마땅히 상례를 구비해야 될 것이다. 오직 심씨는 단정하고 정숙하며 유순하고 공손하다. 생각이 나라를 근심하는 데 있으매 항상 경계의 도를 지키고, 마음이 조심하는 데 있으매 일찍이 연회를 즐기지 않았다. 마땅히 함항(《역경》의 함괘)에 덕이 짝할 것이요, 시를 지어 찬미할 만하다."

소헌왕후를 공비로 책봉하면서 세종은 인정전에 나아가 대신들 앞에서 소헌왕후를 대놓고 칭송했다.

"천품의 덕이 부드럽고 아름다우며 마음가짐이 깊고 고요하다. 공손하고 부지런하게 스스로 경계하고 조심하니 진실로 왕비의 법도에 맞으며, 마음을 가다듬고 조심해 서로 이루었으니 나라의 경사를 돈독하게 했다. 이미 부녀자가 지켜야 할 덕행이 화합하고 길하니 마땅히 왕비 책봉의 옥책이 빛나리라."

세종이 근정전에서 왕비로 책봉하면서 소헌왕후를 묘사한 내용이다.

"우리 조종 이래로 가법이 지극히 바로잡혔고, 내 몸에 미쳐서도 중궁의 내조에 힘입었다. 중궁은 매우 성품이 유순하고 언행이 훌륭해 투기하는 마음이 없었으므로 선왕(태종)께서 매양 나뭇가지가 늘어져 아래에까지 미치는 덕이 있다고 칭찬하셨다."

두 번째 세자빈을 폐출하면서 세종은 사정전에 나아가 세자빈과 비교하면서 소헌왕후를 칭찬했다.

이렇듯 세종도 소헌왕후의 내조의 공을 잘 알고 있었다. 그래서 보통 후대에 합장을 결정하는 것과는 달리 소헌왕후가 죽은 후 세종은 직접 합장을 명했고 죽을 때까지 다른 왕비를 맞지 않았다.

소헌왕후는 불심이 돈독했기에 세종은 소헌왕후의 사후 명복을 빌기 위해 수양대군을 시켜서 석가의 일대기를 노래로 짓게 하여 편찬했다. 바로 훈민정음으로 쓰인 불경 언해서《석보상절(釋譜詳節)》이다. 그리고 세종이 그《석보상절》을 읽고 나서 감명 받아 직접 지은 악장이《월인천강지곡(月印千江之曲)》이다. 또한 세종은 소헌왕후의 명복을 빌기 위해 궁궐 안에 내불당을 세웠다. 내불당 건립에 반대하는 신하들의 상소가 이어졌지만, 세종은 선위하겠다며 임영대군의 집으로 이어까지 하면서 내불당 건립을 추진했다.

하지만 세종은 끝내 심온을 복권하지 않았다. 세종 사후 심온의 외손자인 문종이 왕에 오르고 나서야 심온은 이전 지위를 회복할 수 있었다.

소헌왕후는 유달리 며느리 복이 없었다. 왕세자 향(문종)의 세자빈을 둘이나 폐빈시킨 것으로도 모자라 임영대군의 첫 부인 역시 정신질환으로 내쫓아야만 했다. 소헌왕후의 사후에도 말썽은 끊이지 않았다. 세종은 막내아들 영응대군의 첫 부인 송씨가 병이 있다는 이유로 강제로 쫓아냈다. 실은 아이를 갖지 못해서였다. 세종은 얼마 되지 않아 영응대군을 정충경의 딸과 재혼시켰다. 하지만 영응대군은 첫 부인 송씨를 잊지 못하고 계속 찾아간 끝에 딸 둘까지 낳았다. 결국 세종의 삼년상이 끝난 이후 영응대군은 정씨를 폐하고 송씨와 재결합했다.

소헌왕후는 설탕을 좋아해서 와병 중인 상태에서도 설탕을 먹고 싶어 했는데, 후에 장남 문종이 설탕을 얻게 되자 눈물을 흘리며 어머니의 영전에 바쳤다는 이야기가 전해져 내려온다. 또한 세조(수양대군)도 대단한 효자로 알려져 있다. 아마 소헌왕후가 살아 있었다면 세조가 왕위에 오르기 위해 조카인 단종을 죽이고 친형제인 안평대군과 금성대군, 이복형제인 화의군, 한남군, 영풍군, 수춘군을 죽이지는 못했을 터였다.

조선 최초의 동봉이실 합장릉인 세종과 소헌왕후의 능은 원래 서울 서초구 내곡동 헌릉에 위치했다. 하지만 세조가 세상을 떠나고 왕위에 오른 예종은 세조가 일으킨 왕실의 피바람이 헌릉의 터가 좋지 않아서라고 생각해 1469년에 세종의 묘를 파보게 한다. 수의조차 썩지 않은 채 물이 가득 고인 것을 본 예종은 한양에서 멀지 않은 곳에 있는 좋은 터를 찾으라 명했다. 그곳이 바로 경기도 여주시 능서면 왕대리에 있는 영릉이다.

층층이 해와 달의 모습을 띠면서 봉황이 날개를 펴고 하강하는 천선강탄(天仙降誕)형의 자리인 영릉은 풍수지리적으로 완벽한 터로 유명하다. 하지만 그곳에는 이미 이인손의 묘가 있었다. 묘 자리가 좋아서인지 이인손의 후손은 모두 화목한 가정을 이루고 조정의 요직을 차지하고 있었다. 예종은 이인손의 아들 이극배를 조정으로 불러 압력을 넣었다. 왕의 지엄한 부탁 아닌 부탁에 이극배는 어쩔 수 없이 선친의 묘역을 내놓았고, 예종은 즉시 세종대왕과 소헌왕후의 합장릉을 이장했다.

세종의 가계도

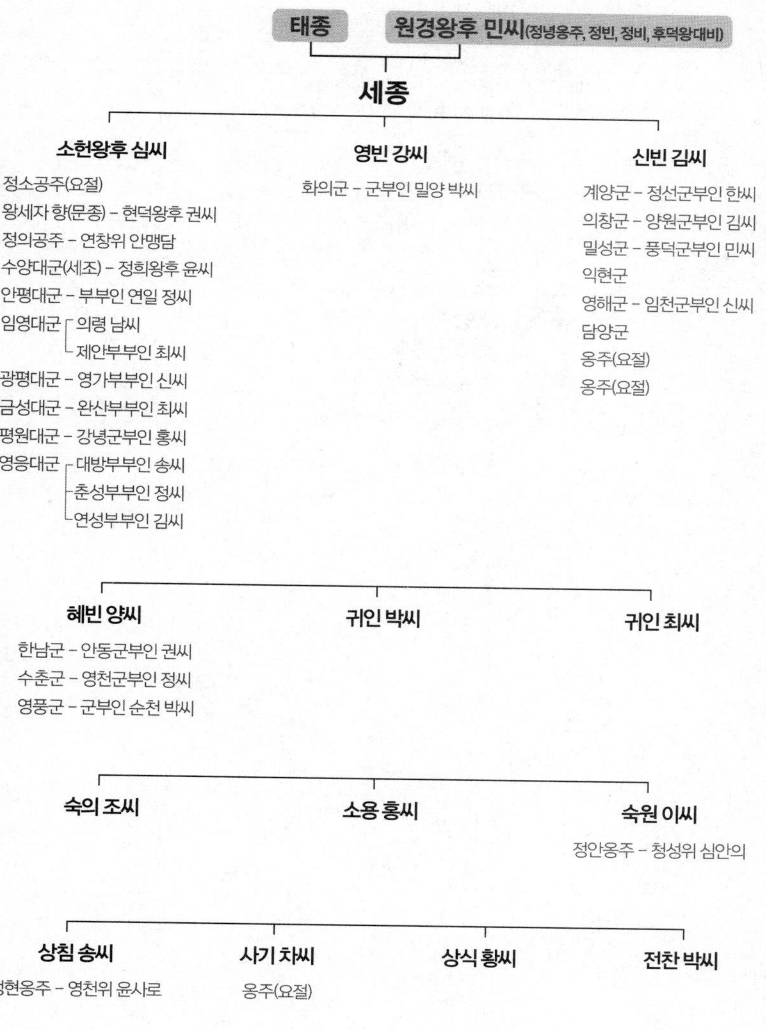

※ 자녀는 생년순서로 나열. 후궁은 품계순서로 나열.

소헌왕후의 가계도

청천부원군 심온 | 삼한국대부인 순흥 안씨

영중추원사 심준 – 여원군 민무휼의 딸 여흥 민씨

소헌왕후 심씨 – 세종

영의정 청송부원군 심회 – 원주 김씨(판중추 대경공 김연지의 딸)

영중추원사 정이공 심결 – 거창 신씨(감사 신기의 딸)

차녀 심씨 – 진양부원군 대민공 강석덕

삼녀 심씨 – 동지돈녕부사 노물재

사녀 심씨 – 부지돈녕부사 유자해

오녀 심씨 – 전주부윤 이숭지

육녀 심씨 – 부지돈녕부사 박거소

이복형제 – 심장수

– 심장기

※ 생년순서로 나열.

세종 태항아리와 태지석

태항아리는 크게 외항아리와 내항아리로 구성되는데, 세종의 태내항아리는 현존하는 조선시대 백자 가운데 가장 오래된 것이다. 태종의 태항아리까지는 끈을 묶는 고리가 없었으나 이 항아리에서는 고리가 나타난다. 조선시대 태항아리의 정형이 갖춰지기 이전의 초기 모습을 보여주는 유물이다. 세종은 1397년 태종과 원경왕후의 셋째 아들로 태어났으며, 양녕대군이 비행으로 폐위되고 난 뒤 왕세자에 오른다.

세종

세종은 12세에 14세의 소헌왕후 심씨와 혼인했다. 어린 나이에 결혼해도 합혼례는 15세에 치르는 것이 관례였다. 세종과 소헌왕후는 합혼례를 치르자마자 첫째 딸 정소공주를 임신했다. 당시 세종은 왕세자의 신분이 아니었으므로 정소공주는 세종의 사가에서 태어났다. 문종도 왕궁이 아닌 사가에서 태어났다.

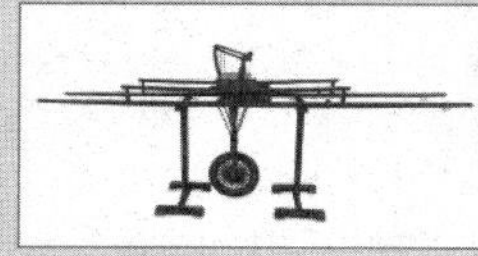

초헌

사람이 끄는 외바퀴의 높은 탈것으로 세종 때 처음 만들어졌다. 2품 이상의 관원이 탔으나 무관은 탈 수 없었다. 앉는 자리가 높이 올라가 있어 권위의 상징이었으므로 왕자와 부마도 타고 다녔다.

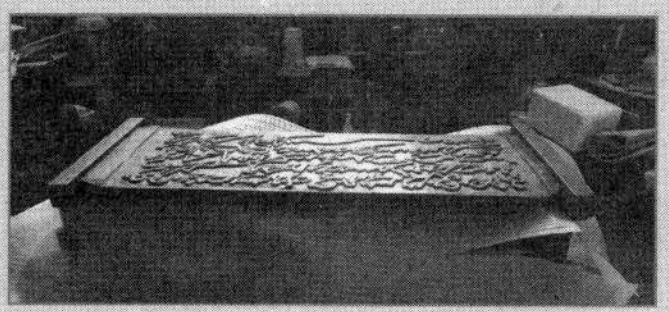

후적벽부

양녕대군의 친필을 새긴 것으로 알려진 '후적벽부' 목판이다. 여기에 '숭례문' 현판 글씨가 양녕대군의 친필이라는 기록이 새겨져 있다. 태종의 장남인 양녕대군은 여색을 탐하고 비행을 일삼아 폐위되었다.

효령대군

태종의 차남인 효령대군은 효성이 지극하고 독서를 즐겼으며, 활쏘기에 능해서 늘 태종의 사냥터에 따라다녔다고 한다. 하지만 태종은 양녕대군을 폐위한 뒤 차남인 효령대군 대신 셋째 충녕대군을 세자로 삼는다. 효령대군은 불교에 심취해 불경의 번역과 교정을 하고 불경을 강의하기도 했다. 92세의 나이로 성종 대에 사망했다.

광화문광장의 세종대왕 동상

태종은 세종을 세자로 삼고 두 달 뒤에 양위했다. 이는 양녕대군이 세자일 때 4번의 양위 소동을 벌이면서도 양위하지 않았던 것과는 대조된다.

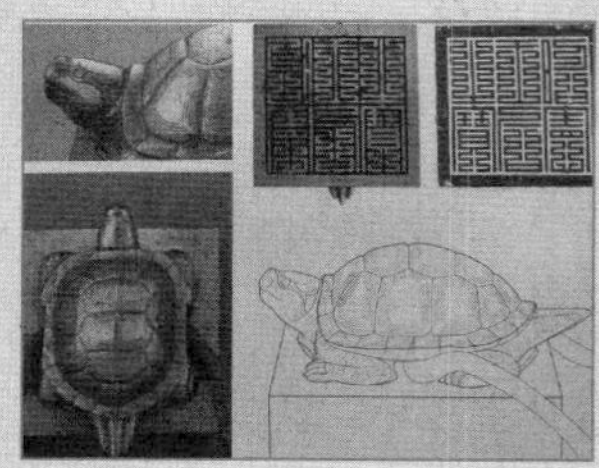

소헌왕후의 옥보

소헌왕후와 세종의 금실은 좋았다. 8남 2녀의 자녀를 둔 것이 그 증거다. 자녀를 많이 낳았기 때문에 소헌왕후는 중요한 일이 있을 때 임신 상태인 경우가 많았다. 안평대군을 임신한 몸으로 왕비 즉위식을 치렀고, 친정아버지 심온이 숙청당하고 폐비 논의가 있을 때는 임영대군을 임신 중이었다. 또한 한성 대화재 진압을 지휘할 당시에는 금성대군을 임신한 몸이었다.

태종이 묻힌 헌릉 앞 문무 석상

태종은 외척을 경계해 자신의 즉위를 도왔던 처남 넷을 모두 사사했다. 하지만 태종은 소헌왕후의 아버지 심온이 여러 번 거절했는데도 국구(왕의 장인)의 체면을 위해서라며 기어이 영의정직을 맡긴다. 그리고 명나라에 선위에 관한 보고를 하러 가는 사신으로 심온을 지명한다.

일재 김윤보가 그린 〈형정도〉 중 죄수이송 장면

태종은 양위 후에도 병권만은 세종에게 내주지 않았다. 병조참판 강상인이 군사 관련 사항을 태종이 아닌 세종에게 곧바로 보고하자 태종은 강상인을 고문했다. 결국 강상인은 소헌왕후의 숙부인 심정이 상왕인 태종이 병권을 쥐고 있는 것에 대해 불평했다고 토설한다.

심온의 묘

심온의 묘는 경기도 수원시 영통구 이의동에 있다. 소헌왕후의 아버지 심온은 명나라로 망명하라는 가족들의 권유에도 불구하고 자신은 지은 죄가 없다며 조선으로 돌아왔다. 그는 귀국 후 곧바로 체포되어 대질심문 등의 절차를 거치지도 않은 채 사약을 받았다. 소헌왕후의 어머니와 형제자매들은 모두 변방의 노비로 보내졌다.

심온의 묘비

태종이 죽은 뒤 심온이 모함을 받아 죽은 것이라는 상소가 이어졌지만, 세종은 선왕이 합리적으로 행한 일이라며 심온을 복권시키지 않는다. 중전의 신분으로는 천인을 볼 수 없기 때문에 소헌왕후는 노비가 된 어머니도 만나지 못한다. 태종 승하 4년 후, 세종은 소헌왕후의 어머니를 복권해 소헌왕후와 만날 수 있게 해준다.

세종대왕의 옥보

세종은 심온 사건에는 한 발 뒤로 물러나 관망했지만, 소헌왕후의 폐위 문제에 대해서는 강력히 반대했다. 태종도 외척을 몰살하는 것이 목적이었기 때문에 소헌왕후의 폐위를 끝까지 주장하지는 않았다.

앙부일구

장영실이 발명한 해시계로 서울시 종로구 훈정동에 있다. 장영실은 동래현의 관노였으나 세종이 발명가로서의 자질을 인정해 발탁했다. 세종은 실용주의자로서 장영실의 능력만 보고 중용했다. 장영실은 물시계인 자격루, 휴대용 해시계인 현주일구, 방향을 가리키는 정남일구 등의 천문관측기기를 발명했다.

조선 말 죄수들의 모습

세종은 감옥에 있는 범죄자들의 복지 향상까지 신경 쓴 왕이었다. 세종은 한여름에는 차가운 물동이를 감옥 가운데 가져다놓고, 한겨울에는 감옥 바닥에 짚을 두껍게 깔게 했다. 또한 죄수들이 머리를 감고 목욕을 할 수 있도록 법을 만들어 죄수 사망률이 현저히 낮아졌다.

수정전

수정전(옛 집현전)은 학문연구기관으로 도서의 수장과 이용의 기능, 학문 활동의 기능, 국왕의 자문에 대비하는 기능 등을 했다. 고려 말에 생겨나 존폐를 거듭하다 세종 대에 이르러 유교주의적 의례·제도·문화의 정리 사업이라 할 수 있는 고제 연구와 편찬 사업을 시작해 문화발전에 도움을 주었다.

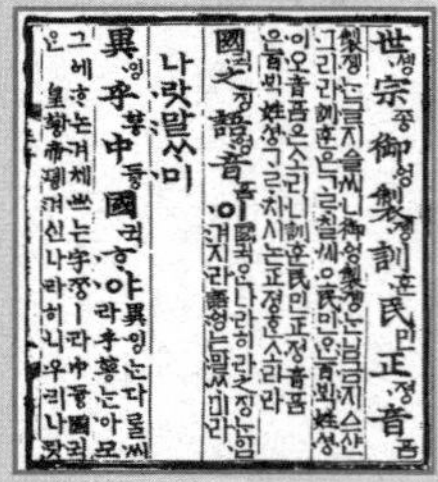
世宗御製訓民正音

國之語音이

나랏말ᄊᆞ미

異乎中國ᄒᆞ야

세종어제 훈민정음

《훈민정음》은 세종대왕이 지은 책의 제목인 동시에 책에서 해설하고 있는 한글의 표기문자 체계를 말한다. '훈민정음'이라는 말은 '백성(民)을 가르치는(訓) 바른(正) 소리(音)'라는 뜻으로, 독창적이며 쓰기 편한 28자의 소리글자였다. 현대에 없는 글자로는 ㅿ(반시옷), ㆆ(된이응), ㆍ(아래아), ㆁ(옛이응)이 있다.

훈민정음 반포도

세종은 궁중에 정음청(正音廳)을 두고 성삼문, 신숙주, 최항, 정인지, 박팽년 등 집현전 학자들에게 명해 1443년(세종 25년)에 훈민정음을 완성하고 1446년(세종 28년)에 반포했다. 하지만 집현전 학자들은 보조 역할만 했을 뿐 훈민정음 창제는 처음부터 끝까지 세종이 주도했다고 보는 견해가 많다.

세종의 어필

세종은 탁월한 업적에 가려 잘 알려지지 않았지만 후궁을 많이 두었던 왕 중 한 사람이다. 그런데도 내명부의 갈등이 없었던 것은 소헌왕후의 뛰어난 관리 능력 덕분이었다. 소헌왕후는 궁중 곳곳에 첩자를 두고 궁궐에서 일어나는 모든 일을 보고받았다.

세조

소헌왕후는 복잡한 내명부를 다스리기 위해 자신의 자녀를 일부러 후궁에게 맡겨 양육시켰다. 세종이 가장 총애했던 신빈 김씨에게는 차남 수양대군과 막내 영응대군의 양육을 맡겼다. 또한 6남 금성대군의 양육은 태종대왕의 후궁 의빈에게, 세자의 자녀인 평창군주(경혜공주)와 세손 홍위(단종)의 양육은 혜빈 양씨에게 맡겼다.

소헌왕후

소헌왕후는 친자식에게조차 엄격한 잣대를 들이대며 내명부를 다스리는 데 힘썼다. 또한 세종이 자기 처소의 궁녀를 후궁으로 삼는데도 투기하지 않았으며, 세종에게 청탁을 하는 일도 정사에 관여하는 일도 없었다. 한마디로 조선시대의 완벽하고 이상적인 여성상이었다. 그래서 세종도 소헌왕후가 들어오고 나갈 때면 일어나서 예의를 표할 정도였다.

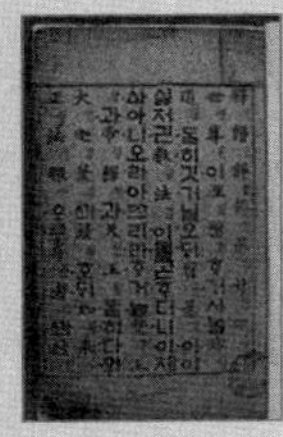

《석보상절》

세종은 소헌왕후가 죽은 뒤 명복을 빌기 위해 수양대군에게 석가의 일대기를 노래로 짓게 해서 편찬했다. 수양대군은 승우와 도선 두 율사의 《석가문불연보》를 합치고 더 다듬은 뒤 훈민정음으로 번역했다. 그것이 바로 최초의 훈민정음 불경언해서 《석보상절》이다.

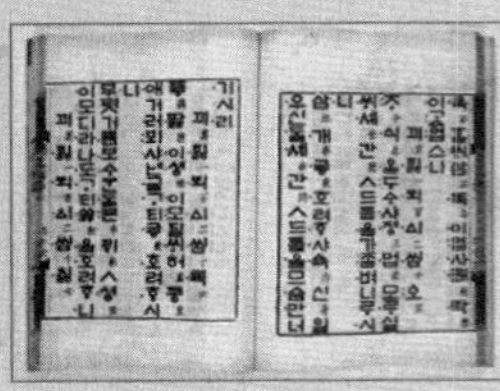

《월인천강지곡》

세종이 《석보상절》을 읽고 나서 감명 받아 직접 지은 악장이 《월인천강지곡》이다. 세종 31년 간행되었으나 현존하는 독립된 책은 없고, 《석보상절》과 《월인천강지곡》을 합해 간행한 《월인석보》만 남아 있다. 세종은 말년에 불교에 심취해 신하들과 대립하면서까지 내불당을 지을 정도였다.

영릉

세종대왕과 소헌왕후의 합장릉이다. 보통 후대에 합장을 명하는 것과는 달리 세종은 소헌왕후와 합장할 것을 미리 명했고, 소헌왕후가 죽은 뒤로는 왕비를 들이지 않았다.

나만 몰랐던 사랑 이야기

-문종

나는 세상 모두를 가지고 태어났다.

장자가 아님에도 불구하고 그 능력을 인정받아 보위에 오르시고 조선 역사상 최고의 성군이 되신 아버지 세종대왕, 친정아버지는 사약을 받고 친정어머니와 형제자매들은 관노로 전락한 집안의 몰살에도 현명함과 자애로움을 잃지 않으신 어머니 소헌왕후. 만백성의 어버이께서는 세상에서 나를 가장 어여삐 여기셨다.

내 나이 다섯 살, 원자가 되었다.

내 나이 여덟 살, 장자계승의 원칙에 따라 세자로 즉위했다.

스승들은 내 뛰어난 두뇌와 끈기 있는 노력에 감탄하며 무엇이든 칭찬하지 못해 안달했고, 대신들과 유생들은 내 존재가 나라의 복이라 칭송하기 바빴다. 어느 날은 귤시를 지어 소반에 적은 후 그 소반에 귤을 담아 집현전 학사들에게 보냈는데, 이를 본 집현전 학사들이 뛰어난 문장과 글씨에 반해 서로 베껴 적으려고 소반을 놓지 않았다고 한다. 내관들은 대신들이 허둥댈 정도로 비바람이 몰아치는 날씨에도 세자 즉위식에서 의젓했던 나의 어른스러움에 반해 호들갑을 떨었다. 궁녀들은 품위 있는 태도와 수려한 외모에 반해 나만 보면 얼굴을 붉혔다. 모든 사람들이 어떻게든 내 눈에 들고 싶어 했다.

세상 모두가 당연하게도 나를 사랑했다.

완벽한 삶이었다.

나는 아쉬울 것이 없었다.

내 나이 열네 살, 판돈녕부사 김구덕의 손녀이자 상호군 김오문의 딸과 혼인을 했다. 아버지는 세자빈을 휘빈으로 봉했다. 휘빈 김씨의 고모는 할아버지인 태종대왕의 후궁 명빈 김씨였으며, 휘빈 김씨의 조모는 여흥 민씨로 할머니인 원경왕후의 가문이었다.

열여덟 살의 휘빈은 이미 혼인을 하고도 남을 나이였다. 하지만 안동 김씨 가문은 외척의 자리를 차지하기 위해 간택령을 내릴 때까지 일부러 휘빈 김씨를 혼인시키지 않았다. 그 무서운 권력에 대한 집착에 놀라 다른 가문은 어떻게든 간택에 참여하지 않으려 할 정도였다.

혼인은 어린 나이에 하지만 합방은 성년으로 간주되는 열다섯 살 봄에 하는 것이 궁궐의 관행이었다. 그런데 합혼례 날짜를 잡으려 할 무렵 휘빈 김씨의 할아버지 김구덕이 세상을 떠났다. 휘빈 김씨는 장례에 참석했고 나 또한 조상했다. 슬픈 표정을 지었으나 마음속으로는 안도의 한숨을 내쉬었다. 네 살 많은 세자빈은 사내처럼 키가 크고 못생겨 정이 가지 않았다. 아버지가 내려주신 아름다울 휘(徽)라는 이름은 도무지 휘빈 김씨와 어울리지 않았다. 오히려 휘빈 김씨의 외모를 비웃는 듯한 느낌이 들어 부르기조차 꺼려졌다. 유교 예법에 따라 할아버지 상을 치르는 일 년 동안 휘빈 김씨와의 합방은 공식적으로 금지되었다.

하지만 언제까지 미룰 수는 없는 일, 결국 내 나이 열여섯에 휘빈 김씨와 아내의 연을 맺었다. 그것으로 내 의무는 다했다고 생각했다. 춘정이 끓어오를 나이였지만 도무지 휘빈 김씨에게는 마음이 동하지 않았다.

처음에는 얌전히 기다리던 휘빈 김씨였지만 시간이 지나면서 본색을 드러내기 시작했다. 어떻게든 날 유혹해 잠자리에 끌어들이려는 뻔한 수작이 점점 늘어났다. 내 무관심과 비례해 휘빈 김씨의 어이없는 유혹도 늘어났다. 사대부 여인의 기본적인 예의범절조차 무시한 채 휘빈 김씨는 어떻게든 날 유혹해서 침소에 끌어들이려 별의별 짓을 다했다.

"세자마마께서도 산책을 나오셨습니까?"

내 처소에 첩자라도 숨겨놓았는지 산책을 나갈 때면 어느새 휘빈 김씨가 옆에 와 있었다. 조용히 산책을 하며 생각을 정리하려던 나는 휘빈 김씨의 방해 때문에 짜증스러울 지경이었다. 휘빈 김씨는 끊임없이 떠들어댔다. 말을 하면서도 몸을 배배 꼬며 애교를 부리는 모양이 꼴도 보기 싫었다. 내 굳어진 안색에도 휘빈 김씨는 굴하지 않고 슬그머니 내 손을 잡았다. 나도 모르게 그 손을 내치고 뒤돌아서버렸다. 그 음전치 못한 언행이 휘빈 김씨를 더 멀리하게 만들었다.

"세자마마, 앵두가 너무나 곱게 잘 익어 먹기 아까울 정도입니다. 붉은빛으로 소담하게 부풀어 오른 것이 마치 소녀의 도톰한 입술 같습니다. 그렇지 않습니까?"

앵두를 좋아하시는 아바마마(세종)를 위해 손수 키운 앵두였다. 게다가 앵두는 아바마마의 지병인 소갈증(당뇨병)에도 도움이 된다고 해서 동궁 후원 뜰에 나무를 가득 심었다.

"어찌 밖에서 키워 온 것과 세자가 직접 키운 것이 같겠느냐? 세자의 효심에 내 병이 이미 나은 듯하구나."

올해 처음 수확한 앵두를 드신 아바마마께서 그리 말씀하시며 휘빈 김씨에게도 나눠주라 하셔서 그 명을 받들었을 뿐인데, 휘빈 김씨는 기회라 착각하고 덤벼들 모양이었다. 휘빈 김씨의 입술은

얇고 거무죽죽한 것이 앵두와는 거리가 멀었다. 앵두 같은 입술이라니, 기가 막혔다. 내 비웃음에도 굴하지 않고 휘빈 김씨는 초여름 날씨에 덥다면서 저고리를 은근슬쩍 들어 펄럭이며 가슴골까지 내보였다. 부끄러운 기색 하나 없이 민망한 행동을 하는 휘빈이 더더욱 싫어졌다.

게다가 당시 나는 궁녀인 효동과 덕금에게 한창 빠져 있었다. 소꿉친구인 효동과 덕금 사이를 오가는 것만으로도 바빴다. 그렇다고 명빈 김씨(태종의 후궁)의 조카인 세자빈을 무시할 수는 없었다. 안동 김씨 가문이 세자빈의 뒤에 단단히 버티고 있었다. 아직은 낯선 세자빈과 친해질 시간이 필요하다는 변명 따위가 통할 리 없었다. 그래서 나는 일부러 밤새도록 책을 읽었다. 학문에 대한 열의를 뭐라고 할 사람은 없었으니까. 양전께서도 밤새 공부하는 내 몸이 축날까 걱정하실 뿐 홀로 있는 세자빈을 염려하지는 않으셨다.

그런데 언제부터인가 궁궐에 이상한 소문이 돌기 시작했다. 덕금이는 궁녀들의 신발이 자주 없어진다며 이상하다고 조잘거렸다. 효동이도 누군가가 자기 신발을 훔쳐 가려는 것을 소리 질러 쫓아 보냈다고 했다. 마치 신발 도둑놈이 내 뒤를 따라다니기라도 하듯 내가 총애하는 궁녀들의 신발만 사라졌지만, 그저 새 가죽신을 선물해주는 것으로 궁녀들을 달래고 잊어버렸다. 그 가죽신이 세자빈의 약낭에서 발견될 줄은 그 누구도 상상하지 못했다. 압승술(남자를 유혹하기 위한 주술)이었다.

어마마마 앞에 끌려온 시녀 호초의 자백은 상상을 초월했다.

"지난해 겨울에 세자빈께서 저를 부르셨습니다. 네가 원주 목사 이반의 기생첩의 딸이냐고 물으시어 그렇다고 대답했습니다. 어렸을 때부터 어미에게서 사내를 홀리는 술법에 대해 많이 배웠을 테니 부인이 남편에게 사랑받는 술법을 알려달라고 말씀하기에 모른다고 대답했습니다. 그러나 세자빈마마께서 여러 번 저를 불러 술법을 캐물으시며 겁박하시기에 제가 하는 수 없이 박신의 첩 중가이에게 들은 방법을 말씀드렸습니다. 남편이 좋아하는 여자의 신발 굽을 잘라 태운 뒤 그 가루를 차나 술에 타서 남편에게 마시게 하면 그 여자를 멀리하고 본부인은 사랑을 받게 된다는 술법이었습니다. 마마께서는 효동과 덕금의 신을 가지고 시험해보는 것이 좋겠다고 하셨습니다. 효동과 덕금의 신발을 훔치는 것까지는 성공했으나 세자마마께 그 가루를 드시게 하는 일은 쉽게 이루어지지 않았습니다. 첫 번째 방법이 몇 번이나 실패하자 세자빈께서는 다른 술법이 없냐고 물으셨습니다. 그래서 두 뱀이 교미할 때 흘린 정기가 묻은 수건을 차고 있으면 반드시 남자의 사랑을 받는다고 말씀드렸습니다. 이는 정효문의 기생첩 하봉래에게 전해 들은 술책이옵니다."

미초라는 풀을 먹고 자란 나비를 말려서 차고 다니기도 하고, 수컷 노루의 고환을 품속에 지니고 다니고, 붉은 박쥐의 가루를 몸에 뿌리고, 교미하는 뱀 한 쌍을 잡아다가 가루로 내어 동궁전 뒤뜰에 묻고……. 세자빈은 호초의 엄청난 자백을 인정하면서도 전혀 뉘우침이 없었다. 불결하고 불온한 세자빈과 닿았었다는 생각만으로도 나는 며칠 동안 헛구역질에 시달렸다.

아바마마께서는 대노하셨다.

"내가 전년에 세자를 책봉하고 명가의 딸인 김씨를 간택해서 세자빈으로 삼았더니, 뜻밖에도 김씨가 압승술을 써 세자를 미혹하려고 했다. 이런 부덕한 자가 받드는 제사는 조종의 신령이 흠향하지 않을 것이고 도리대로 하자면 마땅히 폐출해야 하니 내 어찌 그대로 둘 수 있겠는가. 그리하여 종묘에 고하고 김씨를 폐빈해 사가로 쫓아 돌려보냈다. 또한 김씨의 비위를 맞추고 아첨해 김씨가 압승술에 빠지게 한 시녀 호초는 유사에 넘겨서 법과 형벌을 바르게 밝히도록 했다. 생각건대 이것은 상례에 벗어난 일로서 백성들의 눈과 귀에 놀라움을 줄 것이고, 또한 모든 관료들도 아직 그 일의 시말을 깊이 알지 못하는 것을 염려하기 때문에 이에 교서를 내려 알리노라."

결국 아바마마는 호초를 참형에 처하고 세자빈을 폐위해 사가로 내보냈다. 또한 휘빈 김씨의 아버지 김오문과 오라버니 김중엄도 삭탈관직했다. 혼인한 지 두 해도 되지 않은 때였다. 김오문은 집으로 돌아온 휘빈 김씨와 부인을 칼로 베고 자신도 자결했다.

곧바로 두 번째 간택령이 내려졌다.

휘빈 김씨가 못생긴 것이 모든 일의 이유라 생각하신 아바마마께서는 친히 교서까지 내려 간택에 참견하셨다.

"이제 동궁을 위해 배필을 간택할 때에는 마땅히 처녀를 잘 뽑아야 하겠다. 가문이나 부녀자의 덕행은 본래부터 중요하나 혹시 인물이 아름답지 않다면 또한 불가할 것이다. 나는 부모 된 마음에서 친히 간택하고자 하나 옛 예법에 없어서 실행할 수가 없다. 처녀들을 창덕궁에 모이게 하고 내관과 궁녀뿐만 아니라 효령대군(세종의 작은 형)과 더불어 뽑게 하려는데 어떻겠는가."

허조가 외모보다는 덕이 있는 품성이 더 중요하다 아뢰었지만 아바마마께서는 고집을 꺾지 않으셨다.

"잠깐 보고 어찌 그 덕을 알 수 있으리오. 이미 덕으로 뽑을 수 없다면 또한 용모로 뽑지 않을 수 있겠는가."

그렇게 간택된 사람이 창녕 현감 봉려의 딸이었다. 아바마마는 세자빈의 아버지 봉려를 종2품 종부시소윤으로 승진시키면서까지 우리 부부의 사이가 좋길 바라셨다.

두 번째 세자빈은 첫 세자빈과 많은 면에서 달랐다. 일단 예쁘고 자그마했다. 1남 2녀 중 막내였던 휘빈 김씨와 달리 순빈 봉씨는 2남 3녀의 맏딸이었다. 음흉했던 휘빈 김씨와는 완벽하게 대조되는 적극적이고 활달한 성품도 내 맘에 들었다. 네 살이나 많아 여인보다는 누나 같았던 휘빈 김씨와는 달리 열여섯 동갑내기인 순빈 봉씨는 여인으로 한창 물이 올라 있었다.

처음에는 휘빈 김씨와 다른 매력에 혹했다. 하지만 과하면 모자람만 못한 법이다. 순빈 봉씨는 자신의 감정을 숨기는 법이 없었다. 언제나 사랑받았던 이가 가지는 자신감이 충만해 내 사랑도 당연한 것으로 생각했다. 첫날밤부터 부끄러움이 없는 태도가 오히려 날 부담스럽게 만들었다. 순빈 봉씨는 부드럽고 가냘픈 외모와는 달리 거침없이 사랑을 갈구했다. 또한 표현하지 않는 사랑은 사랑이 아니라며 내 사랑의 증거를 보여달라 칭얼거렸다. 그 사랑의 징표라는 것이 너무 뻔해 민망했다. 순빈 봉씨는 끝없이 색을 밝혔다. 후사를 가져야 한다는 핑계로 달려들 때면 내가 씨내리가 된 기분이었다.

내 발길이 뜸해지자 순빈 봉씨는 시중드는 늙은 궁녀를 시켜 날 처소로 부르기도 했다. 늙은 궁녀는 날 데려가지 못하면 순빈 봉씨에게 죽임을 당할 거라고 울면서 바닥에 머리를 찧었다. 순수할 '순(純)'이라는 이름의 글자가 부끄러웠다. 완벽한 아바마마께서는 단 한 가지, 이름을 짓는 감각은 부족하신 것 같다. 또다시 밤새 책을 읽는 날이 늘어갔다.

다행히 아바마마는 왕족들이 학문에 정진하지 않는 것이 못마땅하다며 나를 종학(조선시대 왕족들의 교육기관)으로 보내 감시하라고 명하셨다. 종학에 있는 동안 양전의 눈치를 볼 필요가 없어 어떻게든 순빈 봉씨를 피해 다녔다.

내 관심이 식어가자 순빈 봉씨는 본색을 드러내기 시작했다. 순빈은 항상 방에 술병을 둘 정도로 술을 좋아했다. 술이 떨어지면 사가에서 가져와서라도 술을 마셨다. 내가 침소에 들지 않으면 술이 곤죽이 되도록 마셨다. 문제는 술주정이었다. 술에 취해 아무 잘못도 없는 궁녀들을 때리는 건 약과였다. 궁녀의 등에 업혀 궁궐을 돌아다니면서 날 부르며 괴성을 질러댔다.

게다가 식탐도 많아서 맛있거나 귀한 음식을 얻으면 시렁에 몰래 숨겨두고는 혼자서만 꺼내 먹었다. 궁녀들 보기 민망할 지경이었다.

나 들으라는 듯 너무 외로워 남자가 그립다는 노래를 만들어 궁녀들과 함께 부르기도 했다. 너무 쓸쓸하고 외롭다며 궁녀들의 변소에서 벽 틈으로 궐 밖 사람들을 엿보기도 했다.

기가 막혔다. 내가 가장 싫어하는 것이 음주가무였다. 그런데 감히 아녀자의 몸으로 음주가무에 빠진 순빈 봉씨를 도저히 이해할 수 없었다. 내가 가장 좋아하는 것은 글을 읽고 공부하는 일이었다. 그런데 순빈 봉씨는 아바마마의 명으로 열녀전을 가르치던 상궁을 죽기 직전까지 발로 차고 때리기도 했다. 열녀전을 내던진 것은 덤이었다. 어찌 아녀자의 품행이 그리도 흉측한지 어떻게든 내 맘에 들기 위해 감정을 숨기고 몰래 뒤에서 수작을 부리던 휘빈 김씨를 내친 게 후회될 정도였다.

그런 나를 위로해준 사람이 순임이었다. 순임은 가난한 집안에서 입 하나라도 덜고자 열두 살의 어린 나이에 세자궁 궁녀로 들어온 아이였다. 처음에는 부모 품이 그리운지 밤마다 훌쩍이다 상궁에게 혼나기 일쑤더니 마냥 어리게만 보았던 소녀는 어느새 어른이 되어 있었다. 나만 보면 달달 떠는 모습이 귀여워 가까이 다가가면 허둥대며 얼굴을 붉혔다. 세자빈에게서는 절대 볼 수 없는 수줍음에 나도 모르게 홀려버렸다.

내가 책을 읽고 있으면 순임은 손수 만든 요깃거리를 챙겨 가지고 와서 내 옆에 살그머니 놓아두고는 멀찌감치 떨어져 내가 입을 저고리에 자수를 놓았다. 구석은 어두우니 내 곁으로 다가오라 이르면 새빨개진 얼굴로 조그맣게 말했다.

"소인은 괜찮사옵니다. 혹시나 소인이 가까이 다가가 저하께서 공부하시는 데 방해가 될까 저어되옵니다."

거절하는 모습조차 어여뻤다.

다른 궁녀들은 승은을 입으면 첩지를 내려달라 조르기 마련인데 순임은 내가 은근슬쩍 얘기를 꺼내도 오히려 고개를 내저었다.

"미천한 소인은 그저 저하를 곁에서 모실 수 있는 것만으로도 감읍할 따름이옵니다."

다소곳한 말투와 겸손한 태도는 진심이라 더욱 마음이 갔다.

하지만 난 이팔청춘이었고, 궁에는 수많은 여인이 있었다. 미색이 뛰어난 궁녀 양씨를 만난 순간 순임은 잊어버렸다. 물론 완전히 잊은 것은 아니었다. 지고지순하게 나만 바라보고 있는 여인을 버릴 정도로 내가 모진 사람은 아니었다. 세자빈과는 달리 투기를 하지 않는 순임이 기특하기도 했다. 나는 양씨에게 빠져 있으면서도 가끔씩은 순임을 찾는 것으로 내 정성 어린 마음을 충분히 내보였다고 생각했다.

세자빈의 처소에는 가지 않으면서 연일 다른 궁녀들과 합방하는 것이 못마땅하셨는지 아바마마는 몇 번이나 나를 불러 후사를 걱정하셨다.

"침소에서의 남녀교접까지 부모가 어찌 다 가르치겠는가. 하지만 후사를 잇는 것도 너의 도리 중 하나라는 것을 잊지 말라."

하지만 합궁일에도 순빈 봉씨를 피하는 일이 잦아지자 아바마마는 결국 내게 후궁까지 들이라 명하셨다. 정갑손의 딸, 홍심의 딸이 간택되어 후궁으로 들어왔다. 권전의 딸인 순임과 함께 후궁들은 모두 승휘에 책봉되었다. 하지만 궁녀 양씨는 워낙 출신이 한미해 승휘로 들일 수 없어 종6품 사칙의 품계로 그대로 두었다.

웬만한 양반 가문이라면 누구나 꺼리는 간택후궁의 자리였다. 양반가에선 금혼령이 내려도 어떻게든 왕실과의 혼인을 피하려 하는 일이 많았다. 간택에 참여하려면 돈도 많이 들었고, 이미 내정된 후보가 있으면서도 나머지를 구색 맞추기로 세운다는 걸 알아서였다. 그렇다고 간택받는 것을 반기는 것도 아니었다. 대대로 왕비의 집안은 풍비박산되는 경우가 많았다. 어마마마(소헌왕후)도 할마마마(원경왕후)도 의지할 혈연 하나 없이 궁에서 홀로 지내셔야 했으니 말이다.

그런데 왕의 간택후궁도 아닌 세자의 간택후궁이 되었다면 그 이유는 단 하나였다. 그 아비의 권력욕과 집안의 강요에 못 이겨 어쩔 수 없이 희생한 것이다. 그렇다고 해서 동정심이 생기지는 않았다. 어차피 자신이 한 선택이라 생각했다. 한 번도 약자의 입장에 서보지 못한 나는 억지로 무언가를 한다는 것을 상상조차 하지 못했다. 그저 빨리 누군가가 임신을 해서 귀찮은 합궁일 따위 신경 쓰지 않게 해줬으면 좋겠다는 생각뿐이었다.

다행히 승휘가 된 순임이 얼마 되지 않아 임신을 했다. 첫 손주를 본다는 생각에 아바마마께서는 크게 기뻐하셨다. 어마마마께서는 순임에게 보약을 내리고 어의에게 순임을 특별히 보살피라 명하셨다. 온 궁궐이 새 생명을 기대하며 들떴다.

하지만 순빈 봉씨는 온 궁이 떠나가도록 소리 내어 울었다.

“승휘 권씨가 아들을 낳게 되면 우리들은 모두 쫓겨날 거야.”

처소의 궁녀를 붙잡고 매일 하소연하며 눈물바람이었다. 결국 그 소문은 아바마마의 귀에까지 들어갔다. 난 아바마마께 불려가 무릎을 꿇었다.

“여러 후궁들이 있고 그중에 수태를 한 이가 있을지라도 정부인에게서 아들을 보는 것만큼 귀한 일이 있겠느냐.”

에둘러 꾸짖으시는 맘을 헤아려 순빈 봉씨의 처소에 억지로 들었다. 사랑이 아닌 효심이 내 발길을 순빈 봉씨의 처소로 향하게 했다. 하늘이 도왔는지 얼마 지나지 않아 순빈 봉씨가 회임했다는 소식이 들려왔다. 양전께서는 크게 기뻐하셨지만 나는 더 이상 억지로 순빈 봉씨를 보지 않아도 된다는 것이 더 기뻤다.

그러나 날이 갈수록 불러오는 순임의 배와 달리 순빈 봉씨의 배는 이상하게도 끝내 부풀지 않았다. 수군수군, 궁녀들 사이에서 뭔가 이상하다는 소문이 퍼졌다. 소곤소곤, 결국 어마마마께서는 흉흉한 소문을 견디지 못하고 순빈 봉씨에게 은근슬쩍 배가 부르지 않아 신기하다는 말을 꺼내셨다. 그리고 다음 날, 순빈 봉씨는 배 속에서 단단한 물건이 형체를 이루어 나왔는데 지금 이불 속에 있다고 했다. 어마마마께서 궁녀에게 살펴보게 하니 이불 속에는 아무것도 없었다.

어의는 상상임신이라 했다. 하지만 순빈 봉씨는 끝까지 임신했었다 우겼다. 아니, 그것으로도 모자라 내 관심과 보살핌이 모자라 유산을 했다며 원망했다. 어마마마께서는 결국 충격으로 쓰러지셨다.

순빈 봉씨는 차마 나에게는 화풀이를 할 수 없으니 내 후궁들을 못살게 굴었다. 특히 회임을 한 순임에 대한 투기는 도가 지나칠 때가 많았다. 어마마마께서는 그 모든 것을 용서하고 품으라고 나를 타일렀지만 인간의 감정이란 마음대로 되지 않았다. 순빈 봉씨라면 치가 떨릴 정도로 싫었다. 모든 일을 양전께 고자질하는 나쁜 버릇도 마음에 들지 않았다.

순빈은 처음에는 내가 침소에 들지 않는다며 어마마마께 하소연을 하고, 그다음에는 내가 후궁들만 가까이한다며 아바마마께 고자질했다. 그러면 양전께서는 나를 불러 타이르셨다. 하지만 그럴수록 순빈 봉씨가 싫었다. 그러니 순빈 봉씨는 고자질하고 나는 야단맞는 일이 반복되었다. 차마 또 세자빈을 폐위할 수 없어 그저 무관심하려 노력했다.

내 나이 스물, 드디어 첫딸을 얻었다. 하지만 고물고물한 어린 딸의 배냇짓을 보기도 전에 아이는 내 품을 떠났다. 태어난 지 단 하루 만에 벌어진 일이었다. 이 모든 게 순빈 봉씨 때문이었다. 순임의 배가 불러올수록 순빈 봉씨의 투기와 심술은 심각해졌다. 말도 안 되는 트집을 잡아 순임을 세워놓고 야단치고 어이없는 핑계를 대며 때리기까지 했다.

종아리를 맞던 순임이 기절하는 바람에 순빈 봉씨의 행패는 내게 알려졌다. 그동안 순임은 아무 말 없이 순빈 봉씨의 폭력을 인내하고 있었던 것이다. 순빈 봉씨의 인색함과 다혈질은 순임의 너그러움과 인내와 대비되어 더 흉악스럽게 느껴졌다. 순빈 봉씨를 향한 나의 원망과 분노는 참을 수 없을 지경이었다. 순빈 봉씨가 순임의 임신기간 동안 그렇게 괴롭혔으니 현주(세자의 후궁의 딸)가 약한 몸으로 태어나 죽은 것이었다. 하지만 순임은 모든 것이 자신의 부덕 때문이라며 누구도 원망하지 않았다.

"생과 사는 하늘의 뜻이니 누굴 원망하겠습니까? 그저 부덕한 제 탓입니다. 그러니 세자저하께서도 분노를 거두시옵소서. 그래야 하늘에 있는 우리 현주도 편안할 것입니다."

가끔은 존경스러울 만큼 순임은 군자의 면모를 갖추고 있었다. 그래서 나도 순빈 봉씨에 대한 원망과 울분을 삭이고 증오를 감추었다. 아바마마께서는 나를 완벽한 성군으로 만들고 싶어 하셨다. 나도 완벽한 성군이 되고 싶었다. 세자빈을 또 폐출해 역사에 길이 남을 내 이름에 흠집이 가게 할 수는 없었다.

내 마음을 눈치챈 것일까? 언젠가부터 순빈 봉씨는 궁녀를 보내 침소에 들라는 부탁조차 하지 않았다. 나는 순임의 처소에 자주 들렀다. 임신기간 중 순빈 봉씨가 패악을 부려도 참고 견디며 투정하지 않은 어른스러움이 기특했다. 나에게 고자질했다면, 어마마마께 하소연을 했다면 충분히 피할 수 있는 일도 있었다. 하지만 순임은 궁궐에 분란이 일어나는 것보다는 자신이 인내하는 길을 택했다. 간택후궁과는 달리 내가 스스로 선택한 후궁이었기에 더 마음이 가기도 했다. 나와 순임은 첫딸을 잃은 슬픔을 함께 나누며 조금씩 더 가까워졌다. 그리고 순임은 또다시 임신을 해 내게 기쁨을 안겨주었다.

봄에 태어난 현주(평창군주, 경혜공주)는 봄꽃보다 예쁘고 봄햇살보다 빛나는 아이였다. 보송보송한 솜털이 있는 피부는 너무 부드러워 입맞춤을 하면서도 조심스러웠고, 내 손가락 한 마디도 안 되는 크기의 손으로 내 얼굴을 만져줄 때면 눈물이 나올 만큼 행복했다. 고물고물 작은 입으로 옹알옹알 알 수 없는 소리를 내는 현주를 안고 있으면 모든 근심이 사라지는 듯했다. 양전께서는 아들이 아닌 것에 조금 서운해하시는 눈치였지만 순임에게 양원의 품계를 내리셨다. 나는 딸이 더 좋았다. 현주를 얻고서야 진정한 행복이 무엇인지 깨달았다.

그렇게 평화롭던 나날이었다. 침전에 있는데 궁녀 둘이 크게 싸우는 소리가 들렸다. 남자 하나를 두고 다투는 모양이라고 생각했다. 왕의 부름을 받지 못한 궁녀들은 가끔 내관과 사통하기도 했다.

태조대왕의 아드님 의안대군의 첫 세자빈이었던 현빈 유씨도 내관 이만과 사통해 폐출되었다. 내가 어렸을 때는 궁녀 내은이 아바마마의 푸른 옥관자를 훔쳐 사통하던 내관 손생에게 주었다가 발각된 일도 있었다. 궁녀들의 싸움에 끼어드는 것도 우스워 모른 척하려고 했지만, 궁녀들의 입에서 '세자빈마마'라는 단어가 나오자 더 이상 모른 척할 수 없었다.

"내가 소쌍을 만나게 해달라고 아끼는 은가락지까지 줬잖아. 양원마마께서 하사하신 귀한 은가락지까지 줬는데도 소쌍을 못 만나게 하다니! 빨리 소쌍을 만나게 해줘! 약속을 했으면 지켜야지!"

순임이 궁에 데리고 들어온 본방나인 단지가 따지는 소리였다.

"너랑 소쌍을 절대로 만나지 못하게 하라고 세자빈마마께서 명하셨는데 나더러 어쩌란 말이냐? 네 까짓 게 뭐라고 세자빈마마의 명을 어기려고 해!"

순임과 함께 비자로 궁에 들어온 석가이의 목소리도 만만치 않았다.

한참을 망설였지만 단지와 석가이의 싸움은 점점 커졌고 나도 더 이상은 참을 수 없었다. 결국 침전 밖으로 뛰어나가 궁녀 둘을 잡았다. 그리고 다툼의 원인이었던 소쌍까지 잡아오라 일렀다.

소쌍은 날 보자마자 덜덜 떨며 내 앞에 무릎을 꿇었다. 여자치고는 큰 키, 호리호리한 몸매에 밋밋한 얼굴……. 소문이 아니었다면 눈여겨보지 않았을 외모였다. 셋은 짜기라도 한 듯 내 앞에 무릎 꿇고 앉아 그저 죽을죄를 지었다, 용서해달라는 말만 할 뿐이었다. 내가 들으란 듯 내 침소 뒤에서 고함을 지르며 싸움을 하고도 잡아떼니 순간 화가 치밀었다. 더 이상은 참을 수 없었다. 결단을 내려야만 했다.

나는 깊이 숨을 들이마셨다. 그리고 소쌍을 똑바로 쳐다보며 물었다.

"네가 세자빈과 잔다는 그 아이냐?"

소쌍은 화들짝 놀라 파르르 떨며 눈을 뒤집고 쓰러졌다. 단지와 석가이는 그대로 굳어 거품을 물고 쓰러진 소쌍을 바라볼 뿐이었다. 소쌍은 부르르 발작을 하며 바닥에서 허우적거렸다.

"소쌍의 팔다리를 주무르라."

난리법석이 가라앉고 난 후 모두들 통곡을 하며 머리를 조아렸다. 질투에 눈이 먼 단지가 먼저 입을 열었고, 소쌍과 석가이도 내가 다그쳐 묻자 모든 사실을 실토했다. 순빈 봉씨를 둘러싸고 돌던 흉악한 소문이 내 앞에 펼쳐졌다. 소문으로 듣는 것과 궁녀들의 자백은 무게가 달랐다. 내가 직접 처리할 수도 없고 그렇다고 모른 척할 수도 없어 어마마마께 알렸다. 어마마마께서는 즉시 관련된 궁녀들을 불러 모아 국문을 하셨다.

"지난해 동짓날에 세자빈마마께서 저를 불러 내전으로 들어오게 하셨는데, 다른 여종들은 모두 지게문 밖에 있었습니다. 세자빈마마께서 저에게 동침하기를 요구하므로 저는 이를 사양했으나 세자빈마마께서 윽박지르셨습니다. 마지못해 옷을 반만 벗고 병풍 속에 들어갔더니 세자빈마마께서 저의 나머지 옷을 다 빼앗고 강제로 들어와 눕게 해 남자와 교합하는 형상과 같이 서로 희롱했습니다. 세자빈마마께서는 제가 잠시라도 곁을 떠나면 성내고 원망하며 말하기를 '나는 널 매우 사랑하는데 넌 그렇지 않구나'라며 역정을 내셨습니다. 세자빈마마께서는 보통 사람들과 달리 저를 너무 깊이 사랑하셔서 가끔은 무서울 정도였습니다."

소쌍이 하는 말은 민망해서 듣기가 괴로울 정도였다.

뒤이은 궁녀들의 증언도 해괴망측했다.

"세자빈마마께서는 원래 기침하시면 이불과 베개를 궁녀들에게 정리하게 했는데, 소쌍과 동침하게 된 후부터는 직접 이불을 정리하시고 빨래도 소쌍에게 시키셨습니다."

궁녀들은 그동안 순빈 봉씨에게 괴롭힘당한 것을 복수라도 하듯 말을 쏟아냈다.

"소쌍과 단지가 서로 좋아하는 것을 아시고는 소쌍에게 단지를 만나지 말라 이르셨습니다. 그것으로도 모자라 몰래 단지와 만나지는 않는지 감시하기 위해 석가이를 시켜 소쌍의 뒤를 밟게 했습니다."

하지만 그 어떤 증언도 당당한 순빈 봉씨의 태도보다 황당하지는 않았다.

"소쌍은 원래 단지와 좋아하던 사이로 밤에도 같이 잘 뿐 아니라 낮에도 목을 맞대고 서로의 혓바닥을 빨았습니다. 외로운 궁녀들이 서로를 위로하면서 동침하는 것은 예로부터 궁중에서 있어왔던 일이옵니다. 저도 처음부터 소쌍과 동침하지는 않았습니다. 사실 제가 사내와 몰래 사통한 것도 아니니 이리 호통을 치실 일도 아닙니다."

휘빈 김씨의 압승술 사건을 들으시고는 대노하셨던 아바마마께서는 이번에는 너무 황당해서인지 한참이나 입을 열지 못하셨다. 아니, 너무 기가 막히셨는지 헛웃음만 지으셨다. 신하들은 소식을 듣고는 순빈 봉씨에게 사약을 내리라 청했으나 아바마마는 한때 며느리였던 순빈 봉씨의 목숨만은 살려주고 싶어 하셨다.

"나머지 다른 일은 모두 가벼우므로 만약 소쌍의 사건만 아니면 내버려두어도 좋겠지만 뒤에 소쌍의 사건을 듣고 난 후로 내 뜻은 단연코 세자빈을 폐하고자 한다. 대개 총부(맏아들의 정실 아내)의 직책은 관계되는 바가 가볍지 않은데, 이러한 실덕이 있고서야 어찌 종사를 받들고 한 나라에 국모의 의표가 되겠는가. 봉씨가 궁궐의 여종과 동숙한 일은 매우 추잡하므로 교지에 기재할 수는 없으나 질투심이 많으며 아들이 없고 또 노래를 부른 너덧 가지 일을 범죄 행위로 헤아려 세 대신과 더불어 의논해 속히 교지를 지어 바치게 하라."

아바마마께서는 관련된 궁녀들을 모두 참형에 처하고 봉려의 고신을 추탈했으며 순빈 봉씨를 폐출했다.

다행히 순빈의 아버지 봉려는 순빈이 폐서인되기 전에 사망해 딸이 쫓겨나는 꼴은 보지 않았다. 신하들이 사형을 주장하는데도 며느리의 목숨만은 구하고자 했던 아바마마의 노력이 무색하게도 순빈 봉씨는 친정으로 돌아간 직후 사망했다. 자결했다, 남동생이 목 졸라 죽였다, 남동생이 칼로 베고 그 칼로 자살했다는 등 소문은 무성했지만 진실은 아무도 알 수 없었다.

또다시 세자빈 자리가 비었다. 아바마마는 세 번째 실패를 피하기 위해 이미 성격이 검증된 후궁들 중에서 간택하기를 원하셨다.

나는 승휘 홍씨를 세자빈으로 책봉하고 싶었다. 하지만 아바마마께서는 양원이 된 순임을 고집하셨다. 아바마마께서 순임을 선택한 이유는 뻔했다. 혹시나 승휘 홍씨가 회임하지 못해 이전의 폐빈들처럼 압승술이나 동성애에 빠져들까 봐 미리 걱정하신 것이다.

이왕이면 내 마음에 드는 이를 정실로 삼고 싶었다. 처음에 승휘 홍씨를 만났을 때는 간택후궁이라는 것에 편견이 있었다. 하지만 승휘 홍씨는 많은 면에서 나와 비슷했다. 홍씨의 외할아버지 윤규는 태종대왕과 함께 과거시험 준비를 하며 친분을 맺은 사이였고 병조참의, 좌부대언, 경승부윤의 벼슬을 지낸 사람이었다. 승휘 홍씨의 아버지와 오라버니도 모두 관직에 몸담고 있었다.

순임의 집안이 오로지 순임 덕에 가난을 면한 것과는 달리 승휘 홍씨의 집안은 대대로 명문가였다. 순임에게 딱히 불만이 있는 건 아니지만 자라온 환경에서 생기는 차이는 어쩔 수 없었다. 정실의 자리는 동반자였다. 순임은 언제나 자신을 낮추고 나를 위했지만 든든한 동반자는 아니었다. 게다가 승휘 홍씨는 나와 대화를 나눌 수 있을 정도로 조정에서 벌어진 일이나 정치에 관심이 많았지만 순임은 그저 양전을 받들고 아이를 키우는 일에만 관심이 있었다.

하지만 아바마마께서는 끝내 순임을 고집하셨다.

"세자는 홍씨를 낮게 여기는 듯하지만 나는 권씨를 적당하다고 생각한다. 옛말에 이르기를 '나이가 같으면 덕으로써 하고 덕이 같으면 용모로써 한다' 했는데, 이 두 사람의 덕과 용모는 모두 같은데 권씨가 나이가 더 많고 품계도 높다. 그러니 세자빈으로는 이미 딸을 낳았으며 홍씨보다 나이도 많고 품계도 높은 양원 권씨가 합당하다."

어명이었다.

너무 화가 나서 가례를 거부했다. 유교가 지배하는 세상이었다. 가례를 올리지 않는다는 건 정실로 인정하지 않는다는 선포나 다름없었다. 정통성 시비가 붙으면 정실로서 인정받지 못할 수도 있었다. 하지만 아바마마는 기어이 양원 권씨를 세자빈으로 봉한다는 교지를 내리셨다. 폐빈을 사가로 내보낸 지 두 달 만이었다.

순임은 가례를 올리지 않은 것에 대해 단 한 번도 불평하지 않았다. 여자에게는 혼례복을 입고 연지, 곤지를 찍는 순간이 가장 행복하다고 하는데 난 그 순간을 빼앗고도 아무런 죄책감이 없었다. 만약 폐빈들처럼 순임이 울고불고하면서 졸랐다면 모를까, 순임이 여상하게 넘기니 나도 아무렇지 않았다.

내 무관심과 무례함에도 순임은 언제나 그대로였다. 아이를 둘이나 낳고도 내 손길이 닿으면 승은을 입던 첫날처럼 부끄러워 얼굴을 붉혔고, 새로운 궁녀나 후궁의 처소에 가느라 몇 달씩 합궁일을 미루어도 양전께 이른다거나 원망하는 법도 없이 날 기다렸다. 그 무던한 인내가 고맙기도, 그 한없는 사랑이 부담스럽기도 했다.

순임은 매일매일 세손을 달라 정화수를 떠놓고 기원했다. 가끔은 산수 좋은 절을 찾아 몰래 불공을 드리러 가기도 했다. 이젠 세자빈에 올랐으니 드러내놓고 아들을 달라 치성을 드려도 트집 잡을 사람은 없었다. 하지만 두 번이나 쉽게 임신했던 순임에게는 태기가 보이지 않았다.

순임에게 세손은 기대와 희망이 아니라 부담과 압박으로 다가왔을 것이다. 그래도 불안과 초조를 겉으로 내색하지 않고 항상 웃는 얼굴로 왕실 웃어른들을 모시며 평창군주(경혜공주)를 돌봤다. 내가 새로운 궁녀와 합방했다는 소식이 들려도, 내가 처소를 찾는 일이 뜸해져도 순임은 묵묵히 자신의 도리만 했다. 침소에 와달라는 재촉과 투정으로 짜증나게 했던 폐빈들과는 다른 모습이었다. 처음에는 얌전한 순임이 고마웠지만 나중에는 순임의 인내가 당연하다 생각했다.

결국 순임의 기도가 하늘에 닿았는지 순임은 4년 만에 회임을 했다. 순임이 태교에 전념하는 동안 나는 후궁들과 더 많은 시간을 보냈다. 순임은 예전에 임신했을 때와는 달리 유난히 힘들어했다. 내가 보기에도 팔다리가 많이 붓고 얼굴이 누렇게 뜬 것이 걱정스러웠다. 궁녀들의 얘기로는 두통이나 복통도 자주 호소한다고 했다.

"아드님이시라 예전과 다른 것이겠지요. 발길질도 장하시고 배가 불러오는 것도 군주 때보다는 빠릅니다. 이리 건강한 세손을 품고 있는데 그 정도는 견뎌야지요."

내가 걱정하면 순임은 오히려 밝게 웃으며 나를 안심시켰다. 그렇게 열 달을 기다려 경복궁 자선당에서 세손 홍위(단종)가 태어났다.

대전에서 그 소식을 들은 아바마마께서는 크게 기뻐하시며 2급 이하 죄수들을 모두 방면하라는 대사면령을 내리셨다. 그 순간 아바마마 옆에 있던 촛대가 쓰러졌다. 불길한 징조에 아바마마는 즉시 초를 치우라 명하셨다.

그리고 사흘 뒤, 순임은 스물넷의 꽃다운 나이에 산후병으로 사망했다.

"빈은 아름다운 덕이 있어 그 몸가짐에 항상 예법이 있으므로 양궁의 총애가 두터웠다. 병이 위독하게 되매 왕이 친히 가서 문병하기를 잠시 동안에 두세 번에 이르렀더니, 죽게 되매 양궁이 매우 슬퍼해 수라를 폐했고, 내관과 궁녀들이 모두 눈물을 흘리며 울지 않는 이가 없었다."

평창군주는 며칠 동안 울면서 어미를 찾았지만 난 울지 않았다. 사내란 쉬이 눈물을 보여서는 안 되는 것이다. 게다가 나는 이 나라의 왕이 될 몸이었다. 그래서 울지 않았다.

세손 홍위는 아바마마의 후궁인 혜빈 양씨가 돌보고, 평창군주는 당시의 관습대로 재액을 피하기 위해 조유례의 집으로 보내졌다. 세자빈이 해야 할 일은 승휘 홍씨가 맡아주었다. 순임이 떠났어도 세상은 아무 문제 없이 평온했다.

산책을 하다 보면 어느새 순임의 처소 앞이었다. 언제나 처음 만났던 그때처럼 버선발로 달려나와 나를 맞아주던 순임은 없었다. 신하들과 설전을 벌이고 들어온 피곤한 날이면 순임의 처소에 주저앉아 밤을 새웠다. 어두운 밤이 가고 푸르스름한 새벽빛이 밝아와도 내 짜증과 울분을 받아주고 달래주던 순임은 오지 않았다. 무조건 내 말이 옳다고 편들어주며 무릎을 베고 누운 내 머리를 쓰다듬어주던 순임은 이제 없었다. 백성들의 안락한 생활을 위해 발명을 하다 막힐 때면 복잡한 머리를 비우고 울적한 기분을 달래려 산책하곤 했다. 그럴 때면 어떻게 알고 왔는지 내 곁으로 다가와 아무 말 없이 빙긋이 웃어주던 순임이었다. 그 미소에 스르르 기분이 좋아지곤 했다. 하지만 하루 종일 온 궁궐을 쏘다녀도 미소 짓던 순임은 내게 올 수 없었다. 문득 순임이 더 이상 세상에 없다는 생각이 들 때면 한없이 우울해졌다.

처음에는 금세 슬픔이 가실 거라 생각했다. 조금만 지나면 아프지 않을 거라 생각했다. 하지만 아니었다.

새로운 궁녀를 품으면 기분이 나아질 거라 생각했다. 새로운 것은 언제나 옛것보다 매혹적인 법이었다. 하지만 아니었다.

그제야 깨달았다. 순임을 사랑했다. 누구보다 영민하다고 자만하던 나였건만 사랑이 사랑인 줄 모르고 보내버렸다.

단 한 번도 순임을 연모한다고 말해주지 않았다.

단 한 번도 순임에게 고맙다고 말해주지 않았다.

단 한 번도 순임에게 미안하다고 말해주지 않았다.

그래도 된다고 생각했다. 나만 바라보는 순임이니까. 그 사랑을 당연하게 여겼다. 하지 못한 말들이 속에서 끓어 넘쳤다. 견딜 수 없어 내뱉는다.

사랑한다, 고맙다, 미안하다. 들어줄 사람 없는 목소리가 허공을 떠돈다.

하루는 다른 궁녀에게 혹해 순임을 홀대한 것이 떠올라 후회했다.

하루는 가례를 올리지 않겠다고 고집을 부린 것이 기억나 후회했다.

하루는 임신으로 힘들어하는 순임에게 무관심했던 것이 생각나 후회했다.

떠오르는 기억은 모두 순임의 상처뿐이었다.

후회는 아무 소용 없었다.

순임은 돌아오지 않았다.

나는 세상 누구보다 나쁜 남자였다. 순임은 그런 나를 진정으로 사랑했다. 세자라서 사랑한 것이 아니었다. 순임은 권력에는 관심이 없었다. 돈이 많아서 사랑한 것도 아니었다. 순임은 다른 후궁들처럼 사치스러운 뒤꽂이나 화려한 장신구보다는 꽃 한 송이 꺾어다 주는 것을 더 좋아했다.

회임으로 힘들어한다는 소식을 듣고도 한 달이나 찾아보지 않다 처소에 들른 날이었다. 원망스런 기색 하나 없이 그저 좋아서 나를 힐끔거리는 모양이 한심스럽기도 신기하기도 했다. 자존감 따윈 없는 아이라 비웃으며 물었다.

"넌 내가 한 달 만에 왔는데도 원망하는 기색 하나 없구나. 내가 그리도 좋으냐? 도대체 왜 내가 좋은 게냐?"

"모르겠습니다."

순간 심통이 났다.

"모르겠다? 아, 내가 좋은 게 아니었구나? 그러니 연모하는 이유를 대보라는데 모르겠다고 하는 게지."

"아니옵니다, 아니옵니다. 진정으로 세자저하를 연모하옵니다. 그런데 그 이유를 모르겠습니다. 우리 평창군주를 사랑하는 데 이유가 없듯이 세자저하를 연모하는 데도 이유가 없습니다. 그냥 무조건 세자저하가 좋습니다."

'무조건'이라는 단어가 마음에 들어 더 이상 캐묻지 않았다. 아니, '무조건'이란 단어를 믿고 순임에게 더 함부로 했다. 내가 어떻게 해도 순임은 나를 무조건 사랑해줄 테니까. 그 큰 사랑이 한순간에 사라질 수 있다는 것은 상상조차 해본 적이 없었다.

어마마마께서는 또 세자빈을 맞이하라 하셨다. 기다려달라 말씀드렸다. 아바마마께서는 더 이상 기다려줄 수 없다 하셨다. 싫다고 고집을 부렸다. 처음이자 마지막으로 양전의 말씀을 거역했다. 세자빈을 맞이하는 대신 나는 순임의 능역을 조성하는 데 온 힘을 기울였다. 순임은 경기 안산 치지고읍산에 예장되었다. 아바마마께서는 행실이 안팎에 보인 것을 현, 진실로 순수하고 맑은 것을 덕이라 한다면서 순임에게 현덕(顯德)이라는 시호를 내렸다.

결국 어마마마께서는 새 며느리를 보지 못한 채 돌아가셨다. 어마마마의 상을 핑계로 세자빈을 들이지 못하겠다 우겼다.

평창군주(경혜공주)는 날이 갈수록 순임을 닮아갔다. 순임에게 못해준 것을 평창군주에게는 다 해주고 싶었다. 열두 살이면 왕실에서는 시집갈 나이, 평창군주는 내 곁에 오래 남고 싶다며 혼인하기 싫다고 했다. 나도 평창군주를 시집보내고 싶지 않았다. 버틸 수 있는 데까지 버티려고 했다.

하지만 아바마마의 병세가 깊어지고 있었다. 더 이상 평창군주의 혼인을 미룰 수는 없었다. 아바마마께서 붕어하시는 황망한 일이 벌어지면 국상 기간 동안 군주는 혼례를 치를 수 없었다. 벌써 평창군주의 나이 열다섯, 여염집의 처자라면 이미 시집가서 아이를 낳았어야 했다. 게다가 아바마마께서는 돌아가시기 전에 평창군주가 시집가는 것이 보고프다 하셨다.

배필을 정한 지 8일 만에 가례를 올릴 정도로 급하게 이루어진 혼사였다. 평창군주의 배필은 정충경의 아들 순의대부 정종이었다.

평창군주와 부마를 위해 향교동의 민가 30여 채를 허물고 집을 지으라고 명했다. 8년, 대리청정을 하는 그 오랜 시간 동안 오로지 백성만을 위해 결정을 내렸던 나였다. 신하들은 나의 이기적인 결정에 어리둥절해하면서도 우려를 표했다.

"사람이 사는 곳을 철거해 집을 지으면 원망이 일어날 것이니 정지하소서."

사헌부 지평 윤면이 직언했다.

"부마에게는 으레 집 한 채를 지어주는 것이니 지어준다면 모름지기 집터를 가려야 할 터, 어느 곳에서 새삼스럽게 빈 터를 얻겠는가?"

창덕궁 요금문 앞 향교동은 풍수지리적으로 좋은 터여서 사대부들이 많이 살았다. 집이 헐리게 된 사대부들의 반발이 심각했지만 나는 그 어떤 것도 평창군주를 위해서는 아깝지 않았다. 내 명예까지도.

다섯 살 어린 나이에 어미를 잃고, 횡액을 피한다는 이유로 내 품에서도 떼어놓아야 했던 평창군주였다. 궁궐인들 못 지어줄 이유가 있는가.

아바마마께서는 병석에서도 병약한 나를 더 걱정하셨다. 걱정을 끼치지 않기 위해 병증을 숨기려 했지만 아바마마께서는 내 얼굴만 보아도 어디가 아픈지 알아차리셨다. 아바마마께서는 성삼문과 박팽년을 비롯한 집현전 학사들을 자주 부르셨다.

"내 천수를 다했으니 이제 여한이 없다. 하나 병약한 세자가 걱정이구나. 혹여 세자가 병석에 누우면 경들이 우리 세손 홍위(단종)를 도와 나라를 이끌어가도록 하라."

아바마마께서는 문안인사를 하는 나에게 매일 말씀하셨다.

"더 늦기 전에 간택령을 내려라. 왕비란 단지 네 배필이기만 한 것이 아니다. 왕비는 만백성의 어미이기도 하다. 백성들이 어미를 찾아 우는 소리가 네게는 정녕 들리지 않는단 말이냐? 그리고 만약의 경우 어린 세손을 보호해줄 사람도 필요하다."

나는 고개를 숙인 채 한숨만 내쉬었다. 알고 있다. 아바마마께서는 혹시나 세손 홍위가 자라기 전에 내가 잘못될까 봐 염려하시는 것이다. 하지만 난 끝내 간택령을 내리지 않았다.

세손 홍위는 영민하고 정이 많아 성군이 될 자질이 충분했다. 만약의 경우 내가 잘못되어 어린 나이에 즉위하더라도 신하들을 잘 이끌 수 있을 만큼 의젓하고 어른스러웠다. 새 왕비는 세손의 보호막이 될 수도 있지만 회임을 하고 대군을 낳을 경우 왕위계승에 욕심을 내면 세손의 즉위에 위협이 될 수도 있었다. 사랑하는 순임이 목숨을 버리면서까지 낳고 싶어 했던 아들이었다. 순임이 원하는 대로 이 나라를 온전히 세손 홍위에게 물려주고 싶었다.

평창군주가 혼례를 올린 지 한 달도 되지 않아 아바마마께서 승하하셨다. 아바마마께서는 붕어하시기 직전까지 내게 배필이 없음을 걱정하셨다. 내 생애 가장 큰 불효였다.

나는 왕비 없이 즉위한 조선 최초의 왕이 되었다. 내가 가장 처음 한 일은 순임을 현덕왕후로 봉하는 것이었다. 또한 순임의 능에 중국 당나라 태종 이세민의 능호인 소릉(昭陵)이라는 능호를 내렸다.* 신하들은 간택령을 내리라 매일 애원하다시피 했다. 후계

---

* 1513년(중종 8년) 문종의 현릉(顯陵) 곁에 천장되었다.

구도가 복잡해지는 것이 싫다고, 아바마마의 상이 아직 끝나지 않았다고 갖가지 핑계를 대며 신하들의 호소를 뿌리쳤다. 순임의 자리만은 지켜주고 싶었다. 나의 유일한 왕후는 순임밖에 없었다.

승휘 홍씨를 귀인에 봉해 내전 일을 맡으라고 일렀다. 신하들이 간택령을 내리라 호소할 때마다 무엇이 문제냐고 되물을 수 있을 만큼 승휘 홍씨는 잘해주고 있었다. 내 마음이 순임에게 있는 것을 아는지 왕비 자리를 탐하지 않고 적절한 선을 지키는 것도 마음에 들었다.

이제 세자가 된 홍위는 하루가 다르게 자라났다. 순임의 어질고 온화한 성격을 닮아 성군이 될 인재다. 세자 홍위가 좋은 배필을 만날 때까지는 건강해야 하는데 큰일이다.

내가 즉위한 후부터 집현전 학사들을 불러 연회를 열 때마다 나는 일부러 아직 어린 세자 홍위를 데리고 참석했다. 처음 연회에 참석했을 당시 세자의 나이 겨우 열 살이었으니 술을 마시기에는 일렀지만, 세자와 집현전 학사들의 친분을 두터이 하기 위해서는 어쩔 수 없었다. 나는 집현전 학사들에게 만약의 경우를 당부했다.

"혹시나 내가 지병이 심각해져 세자가 장성할 때까지 살지 못하면 경들이 어린 세자를 잘 보살펴주시오."

"전하께서 아직 춘추가 한창이신데 그 무슨 망극한 말씀이시옵니까? 전하께서 큰 병을 앓으신 후에 쉬시는 법 없이 날마다 정사를 보살피고 직무에 대한 보고를 받고 경연에 납시어 밥 드실 여가도 없으며, 나라를 근심하고 정사에 부지런함이 너무 지나쳤습니다. 지금부터는 하루를 걸러 정사를 보살펴서 정신을 편안히 수양하소서. 그러면 병도 깨끗이 완치될 것이옵니다."

"세상일이란 알 수 없는 것 아니겠소. 내 허리 사이의 종기는 점차로 나아가고 무릎 위 종기는 지금은 아픈 증세가 없는데 그래도 혹시나 하여 걱정이 많소. 경들은 선왕 대부터 왕실에 충성을 다해왔던 충신들이니 우리 세자에게도 충성을 다해주오."

"어떠한 경우에도 신들은 목숨을 걸고 세자저하를 보좌하겠나이다."

성삼문을 비롯한 집현전 학사들은 그렇게 맹세했다. 나는 세자에게 집현전 학사 한 사람 한 사람에게 술을 따르도록 명했다. 학사들은 황공해하며 세자의 술을 받았다. 그리고 그 술을 마시며 다시 또 세자에 대한 충성을 맹세했다.

즉위한 지 이제 겨우 3년, 세자 시절부터 재발을 거듭했던 종기가 또 말썽이다. 종묘사직과 명산대천에 기도할 자들을 보냈는데도 나아질 기미가 보이지 않는다. 만약의 경우를 대비해 원로대신들을 불렀다. 김종서와 황보인 등에게 고명대신의 역할을 맡아 세자를 보필할 것을 부탁했지만 안심이 되지 않는다.

문병하던 수양대군(세조)의 흐린 눈빛이 계속 마음에 걸린다. 왕실의 법도가 여염집과 다르다고는 하나 수양대군과 나는 평범한 집에서 태어났어도 가까운 형제가 되지는 못했을 것이다. 조용히 앉아 글 읽는 것을 즐기는 나와 달리 수양대군은 어린 시절부터 전쟁놀이를 좋아해 무예를 익히는 데 힘썼다. 참고 인내하며 온화한 성품의 나와 달리 수양대군은 욕심이 많고 불같이 타오르는 성질을 이기지 못해 아바마마의 걱정을 샀다.

게다가 수양대군과는 열 살이 되어서야 같이 살기 시작해 2년 남짓 함께 살았으니 다른 형제들보다 더 서먹했다. 이상하게도 수양대군과의 사이에는 미묘한 껄끄러움이 있었다. 아마 수양대군이 대궐에 살기 시작한 지 얼마 안 되던 때에 있었던 일이 내 마음속 깊이 남아서일 것이다.

수양대군의 나이 열 살 때, 나는 산책을 하다 우연히 수양대군의 고함소리를 들었다. 수양대군이 나인과 내관들을 야단치는 소리가 처소 담장 너머로 쩌렁쩌렁 울렸다. 혹시나 양전의 귀에 들어가 걱정이라도 하시면 어떡하나, 무슨 일인데 저렇게 화가 났을까 하며 수양대군을 말리러 가다 처소 문밖에서 멈추었다.

"네가 감히 뭔데 나더러 안 된다고 하는 게냐? 난 아바마마처럼 성군이 될 것이다."

"대군마마, 세자저하께서 계신데… 그런 불충한……."

수양대군의 발길질에 신음하면서도 내관은 기어이 직언을 했다. 수양대군을 달래는 내관의 말소리는 신음에 섞여 뚜렷이 들리지 않았다. 하지만 수양대군의 커다란 목소리는 내 발밑까지 울릴 정도로 컸다.

"꼭 장자가 왕이 되라는 법이 어디 있더냐? 아바마마께서도 장자가 아닌 셋째셨다. 태종대왕께서도 태조대왕의 다섯째 아드님이셨다. 네가 뭔데 감히 내게 이래라 저래라 하는 것이냐?"

내 뒤를 따르던 내관들과 궁녀들이 나 대신 하얗게 질려 벌벌 떨었다.

"이 일에 대해 조금이라도 새어 나갈 시에는 여기 있는 모든 사람이 치도곤을 당할 줄 알아라."

내 생애 처음으로 아랫사람에게 협박을 했다. 양전께서 걱정하실 것만 생각했다. 아직 어린 나이라 그럴 수 있다 여겼다.

자꾸 그 어린 시절이 맘에 걸린다. 세자를 부탁한다는 말에 희미하게 떠오르던 수양대군의 미소가 누워 있는 나를 못살게 굴었다. 태종대왕을 닮았다는 소리를 가장 많이 듣고 자란 수양대군이었다. 이복형제들을 죽이고, 처갓집을 몰살하고, 며느리의 가족을 관노로 만드신 태종대왕의 기억이 나를 불안하게 만든다. 다시 한 번 수양대군을 불러서 잘 타일러야겠다. 그러기 위해서는 자리를 털고 일어나야 하는데 도저히 일어나 앉을 수가 없다.

갑자기 열이 오르고 시야가 흐려지기 시작한다. 자꾸 눈이 감긴다. 어의가 옆에서 고함을 지르는 게 들린다.

"전하! 전하!"

모두들 나를 부른다. 하지만 입술을 달싹할 힘도 없다.

"전하! 전하!"

너무 졸리다. 시끄럽다고 조용히 하라고 말하고 싶은데 눈꺼풀을 들어 올리기도 힘들다. 검은 어둠 속에서 멍한 정신을 붙잡으려 안간힘을 썼다. 하지만 검은 어둠조차 더 이상 느껴지지 않는다.

순임이 나를 떠난 지 12년, 이제 곧 그립고 그립던 순임을 만날 것 같다.

내 나이 서른아홉, 아직 열두 살인 세자를 걱정하면서 긴 잠에 들었다.

현덕왕후(顯德王后)와 문종(文宗), 그 밖의 이야기

문종이 새 왕후를 두지 않은 것은 그의 아들 단종에게 치명적인 약점이 되었다. 단종은 12세에 즉위했는데, 수렴청정을 해줄 대왕대비나 왕대비는 없었다. 이는 수양대군(세조)이 권력기반을 다질 수 있는 계기가 되었다. 수양대군은 단종 즉위 1년 만에 계유정난을 일으켜 권력을 장악하고 단종에게 선위를 강요해 왕위에 오른다.

그 후 현덕왕후의 어머니 최아지와 동생 권자신이 사육신*과 함께 단종 복위를 기도하다 발각되어 모두 처형당했다. 세조는 단종을 노산군으로 강등해 영월로 유배 보내고 끝내 어린 조카를 죽이고 만다. 이미 사망한 현덕왕후도 연좌되어 서인으로 격하되었고, 신위까지 불사르게 된다.

---

* 단종의 복위를 꾀하다 사전에 발각되어 처형당한 성삼문, 박팽년, 이개, 하위지, 유성원, 유응부.

경혜공주(평창군주)는 유배당한 남편을 따라갔다가 단종과 남편이 차례로 세상을 떠난 뒤, 아들 정미수와 함께 순천의 관비로 쫓겨 갔다가 서울로 돌아왔다. 경혜공주 모자는 자산군(성종)의 잠저에서 노비 노릇을 하기도 했다. 후에 세조는 경혜공주를 불쌍히 여겨 집과 토지, 노비를 주었다고 한다.

문종이 정식으로 현덕왕후와 가례를 올리지 않았기에 세조는 이를 문제 삼기도 했다. 즉, 가례도 없이 대충 들어앉힌 후궁 출신 현덕왕후의 아들은 왕 자격이 부족하다는 것이다.

단종은 금부도사 왕방연이 어명으로 사약을 가지고 가자 살려 달라고 애원을 했다. 열일곱 살 어린 나이의 단종이 애원하자 왕방연은 어쩔 줄 몰라 했다. 이에 함께 갔던 나장(죄인의 매를 때리거나 압송하는 일을 맡은 사람) 공씨가 활줄로 단종의 목을 졸라 죽였다. 야사에 따르면 나장 공씨는 단종을 죽인 후 문밖을 나서기도 전에 피를 토하며 죽었다고 한다.

조카와 형제들을 죽였다는 죄책감 때문이었는지 세조는 어느 날 현덕왕후의 꿈을 꾸며 가위에 눌렸다.

"내 아들을 죽게 했으니 나도 네 아들의 목숨을 빼앗겠다."

꿈에서 현덕왕후는 세조에게 침을 뱉으며 저주를 퍼부었다. 그리고 며칠 후 세조의 장남이었던 의경세자(훗날 덕종으로 추존)가

급작스럽게 사망하고 말았다.

하지만 이 이야기는 사실로 보기 어렵다. 실록에는 의경세자는 1457년 9월 20일, 단종은 1457년 11월 7일 사망한 것으로 기록되어 있다. 즉, 의경세자가 단종보다 먼저 사망한 것이다. 이 야사는 세조의 왕위 찬탈에 대한 백성들의 반감이 만들어낸 이야기일 가능성이 높다.

일설에는 의경세자가 현덕왕후의 귀신을 보고 놀라 요절했다고도 한다. 어쨌든 의경세자의 죽음이 현덕왕후 때문이라고 생각한 세조는 격노해 현덕왕후의 묘를 파헤쳐 관 속의 시신을 토막 내어 불태운 뒤 강물에 뿌리고, 빈 관까지 강에다 내던져버리라 명한다. 또한 세조는 현덕왕후가 꿈에서 침을 뱉은 자리에 피부병이 생겨 평생을 고생했으며, 결국은 나병에 걸려 사망했다.

단종이 노산군으로 강등될 때 폐서인이 되었던 현덕왕후는 이후 56년이 지난 1513년 복위되어 신주가 다시 모셔지게 된다. 그 과정에서도 많은 일이 있었다. 일부 신하들의 반대로 현덕왕후의 복위가 이루어지지 못하자 종묘 소나무에 벼락이 치고 제물용 소가 사당에서 저절로 죽었다. 또한 권민수가 꿈을 꾸었는데, 유순정과 현덕왕후의 외손자인 해평부원군 정미수가 크게 싸우는 꿈이었다. 얼마 후 유순정이 갑작스러운 병으로 사망했다. 유순정은 현덕왕후의 복위를 앞장서서 반대한 인물이었다.

현덕왕후의 관을 발견한 것에 대해서는 여러 야사가 전해져 온다. 세조에 의해 강물에 던져졌던 현덕왕후의 관은 다행히 농부에게 발견되었고, 농부는 몰래 관을 묻어주었다. 농부는 현덕왕후가 복위된 것을 몰라 관원들이 현덕왕후의 관을 찾아 헤매는 것을 보고도 모른 척했다. 하지만 현덕왕후가 꿈에 나타나 관아에 자신이 묻힌 곳을 알려주라고 하자 비로소 관아에 알리고 상금을 받아갔다.

또는 이런 이야기도 전해져 내려온다. 한 승려가 바닷가에서 여자의 통곡 소리를 듣고 놀라서 나와보니 여자는 없고 빈 관만 있어서 빈 관을 풀로 덮어주었다고 한다. 어떤 야사에서는 현덕왕후 복위 후 관을 찾아 헤매던 감역관 중 한 명의 꿈에 현덕왕후가 나타나 '너희가 고생이 많다'고 했는데, 다음 날 주변을 좀 더 깊이 파보니 빈 관을 찾을 수 있었다고 한다.

어쨌든 되찾은 현덕왕후의 관은 문종의 현릉 곁에 천장했다. 문종은 원래 아버지 세종 곁에 묻히려고 대모산에 미리 장지를 정해두었으나 세조의 계략으로 현재의 현릉에 묻혔다. 경기도 구리시 인창동에 자리한 현릉의 입지는 풍수지리적으로 사룡(死龍)에 절명, 즉 명이 끊긴다는 대흉 중에서도 대흉에 속하는 터였다. 세조는 이에 만족하지 않고 능을 조성할 때도 홍살문, 참도, 정자각, 능침 등도 꺾어 만들라고 지시해 완벽한 흉당을 조성하기 위해 노력했다.

원래 현덕왕후와 문종의 능묘 사이에는 소나무들이 빼곡하게 들어서 있었는데, 현덕왕후의 능묘조성사업을 시작하자 소나무들이 하나둘 말라죽었다고 한다. 이는 죽어서도 서로의 모습을 보고 싶어 하는 문종과 현덕왕후의 사랑에 감명받은 소나무들이 스스로 말라죽은 것이라 전해진다.

문종의 가계도

세종 | 소헌왕후 심씨(공비, 경빈)

문종

휘빈 김씨(정빈, 폐빈)

순빈 봉씨(제 1계빈, 폐빈)

현덕왕후 권씨(제 2계빈)
공주(요절)
경혜공주 – 영양위 정종
단종 – 정순왕후 송씨

숙빈 홍씨
옹주(요절)

소의 류씨

숙의 문씨

소용 권씨

소용 정씨
군(요절)

소용 윤씨

사칙 양씨
경숙옹주 – 반성위 강자순
옹주(요절)

상궁 장씨
군(요절)

※ 자녀는 생년순서로 나열. 후궁은 품계순서로 나열.

현덕왕후의 가계도

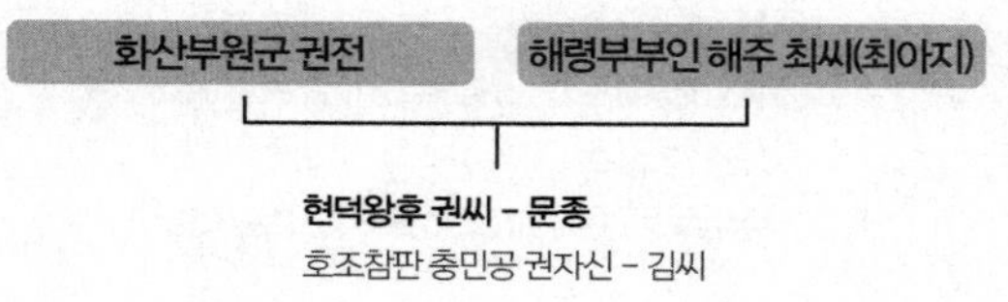

※ 생년순서로 나열.

문종 태항아리

조선 왕실에서는 태실도감을 설치해 아기의 태를 봉안하고 태실을 설치했다. 태는 깨끗이 씻은 뒤 항아리에 담아 전국 각지의 풍수가 좋은 곳에 묻었다. 항아리는 외항아리와 내항아리로 이루어져 있었는데, 사진은 외항아리다. 문종은 세종과 소헌왕후의 장남이다.

문종 태지석

태항아리 안에는 아기의 태와 함께 이름, 생년월일을 기록한 태지석도 넣었다. 문종은 세종이 충녕대군이던 시절 세종의 사가에서 태어났다.

경복궁 자선당

세종은 경복궁을 주로 이용하면서 재위 9년 뒤인 1427년에야 비로소 경복궁 안에 제대로 동궁을 지었고, 이때 자선당도 건립되었다. 문종은 세자 시절을 대부분 이곳에서 보냈다. 현덕왕후는 세자빈 시절 이곳에서 단종을 낳고 얼마 뒤에 운명했다. 문종 즉위 후에는 단종이 이곳에 머물렀다.

〈왕세자입학도첩〉

문종은 다섯 살에 원자가 되었고 여덟 살에 세자로 책봉되었다. 문종의 세자 즉위식 날에는 바람이 거세게 불었는데, 사람들이 당황하는 가운데서도 의젓한 모습을 보였다고 한다.

조선시대의 신발

문종의 첫 번째 세자빈 휘빈 김씨는 압승술을 사용해 세자를 유혹하려고 했다. 세자가 좋아하는 궁녀들의 신발 뒷굽을 잘라 불에 태운 뒤 그 가루를 세자에게 먹이려 한 것이다. 하지만 그것이 실패하자 해괴망측한 또 다른 압승술을 사용하다 결국 발각돼 폐출되고 만다.

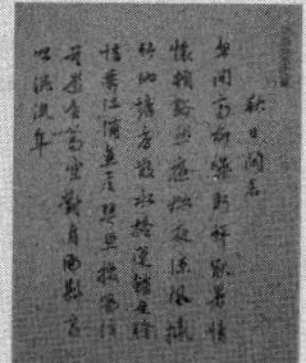

문종의 어필

문종은 여자복이 없었던 왕이었다. 첫 번째 세자빈 휘빈 김씨는 압승술 때문에, 두 번째 세자빈 순빈 봉씨는 동성애 때문에 폐출되었다. 또 세 번째 세자빈 현덕왕후는 단종을 낳고 얼마 뒤에 숨졌다. 결국 문종은 왕비 없이 재위한 조선왕조의 첫 번째 왕이 되었고, 즉위하자마자 현덕빈을 현덕왕후로 추숭했다.

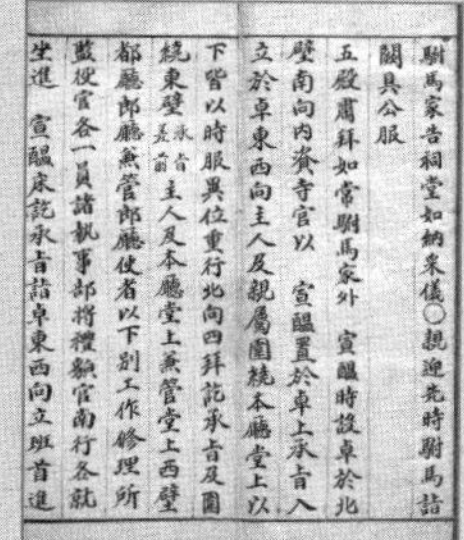

駙馬家告祠堂如納采儀○親迎先時駙馬詣
闕具公服
五殿肅拜如常駙馬家外　宣醞時設卓於北
壁南向內資寺官以　宣醞置於卓上承旨入
立於卓東西向主人及親屬圍繞本廳堂上以
下皆以時服異位重行北向四拜訖承旨及圍
繞東壁承旨差前主人及本廳堂上兼管堂上西壁
都廳郎廳兼管郎廳使者以下別工作修理所
監役官各一員諸執事部將禮貌官南行各就
坐進　宣醞床訖承旨詣卓東西向立班首進

《친영홀기》

왕실의 친영례 절차를 정리한 서책이다. 친영이란 중국의 혼인의례인 육례 중 하나로 신랑이 신붓집에서 신부를 맞아와 자신의 집에서 혼인을 진행하는 혼례의식을 말한다. 하지만 왕실의 경우는 신부가 미리 별궁에 들어오고 난 뒤 신랑이 별궁으로 가서 기러기를 전달하고 신부를 맞아 궁으로 돌아왔다. 문종은 현덕왕후와 정식으로 가례를 올리지 않았는데, 이는 세조가 단종을 후궁의 소생이라고 트집 잡을 수 있는 빌미가 되었다.

신윤복의 〈이부탐춘〉

신윤복의 춘화도 중 동성애를 묘사하고 있는 그림이다. 순빈 봉씨는 궁녀 소쌍과의 동성애로 인해 폐출되었다. 순빈은 소쌍에 대한 집착이 강해서 소쌍이 전 연인 궁녀 단지와 만나지 못하게 감시까지 붙일 정도였다.

〈가례도감의궤〉

조선전기 가례도감에서 조선의 국왕과 왕비, 왕세자와 왕세자빈의 가례에 관한 사실을 그림과 문자로 기록한 의궤다. 문종은 현덕왕후와 정식으로 가례를 올리지 않았다. 즉, 현덕왕후는 유교적 절차 없이 세자의 후궁에서 정실이 되었다.

종묘 영녕전

1421년, 정종의 신주를 종묘에 모실 때 태실이 부족해서 정전에 대한 별묘를 건립해 태조의 4대조를 함께 옮겨 모신 곳이다. 이후로도 정전에 모시지 않는 왕과 왕비의 신주를 이곳에 옮겨 모시고 제사를 지냈다. 문종과 현덕왕후의 신주가 모셔져 있다.

현릉

문종은 즉위하자마자 현덕빈을 현덕왕후로 추숭하고, 그 능에 중국 당나라 태종 이세민의 능호인 소릉(昭陵)이라는 능호를 내렸다. 소릉은 1452년(단종 즉위년) 문종과 합장되면서 현릉(顯陵)으로 개호되었다.

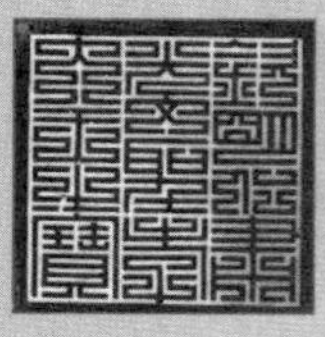

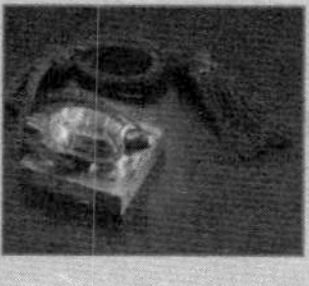

문종의 어보

세종은 각종 질환으로 인해 1437년 일찌감치 세자(문종)에게 서무를 결재하게 하려 했지만 신하들의 반대로 뜻을 이루지 못했다. 하지만 세종은 1442년 세자가 섭정을 하는 데 필요한 기관인 첨사원을 설치했고, 수조당을 짓고 세자가 섭정하는 데 필요한 체제를 마련했다. 1445년부터 세자(문종)의 섭정이 시작되었으므로 세종 말기의 치세는 결국 문종의 치세라고 보아도 무방하다.

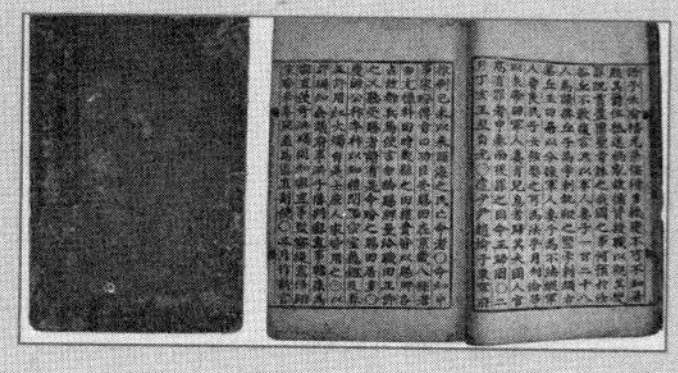

《고려사절요》

1452년(문종 2년)에 편찬한 편년체 역사서다. 《동국병감》과 《고려사》도 문종 때 편찬되었다. 문종은 6품 이상의 관리에게까지 윤대(輪臺)를 허락하고 하급 관리들의 말도 경청하는 등 당시로서는 파격적인 면모를 보였다.

현릉의 문석인과 무석인

현덕왕후가 죽고 12년 동안 문종은 정실을 들이지 않았다. 세자 시절에도 왕위 계승이 복잡해진다거나 국상 기간이라는 이유를 들어 간택을 미루었고, 즉위 후에도 국상 기간이라는 이유로 간택을 미루었다.

영모전 단종 초상화

문종은 어릴 때부터 병약해 세종이 죽으면서도 그의 건강을 염려할 정도였다. 세종의 우려대로 문종은 즉위 후 2년 만에 죽고, 단종이 열두 살의 나이로 즉위하게 된다. 단종은 조선 왕실 최초의 왕세손으로 세종이 매우 아꼈다고 한다. 단종 즉위 시 수렴청정을 해줄 왕비나 왕대비가 없었기 때문에 문종의 바로 아래 아우인 수양대군(세조)이 쉽게 권력을 잡을 수 있었다.

김종서

1453년(단종 1년) 좌의정이 되어 단종을 보필했으며, 병권을 모두 쥐고 있는 섭정승이어서 수양대군의 가장 큰 정적이었다. 수양대군이 계유정난을 일으켰을 때 두 아들과 함께 수양대군에게 살해되었다.

해인사에 있는 세조의 영정

수양대군(세조)은 단종 즉위 1년 만에 계유정난을 일으켜 김종서를 비롯한 단종 편에 있던 여러 대신들을 귀양 보내거나 사사했다. 또한 세종의 여러 대군, 즉 자신의 형제까지도 죽이며 권력욕을 드러냈다. 수양대군은 단종에게 선위를 강요해 마침내 왕위에 오른다.

성삼문

성삼문은 사육신 중 한 사람이다. 집현전 출신 관료들과 그 주변 무인들을 모아서 단종 복위를 꾀하다가 사사되었다. 단종 복위 사건 발생 후 세조는 단종을 노산군으로 강등해 영월로 유배 보냈고, 끝내 어린 조카를 죽이고 만다. 단종 복위 기도가 오히려 단종의 명을 재촉한 셈이었다.

단종이 유배생활을 한 영월 청령포의 어소

단종은 폐위된 채 죽었기 때문에 노산군(魯山君)으로 불리다가 숙종 대에 가서야 복위되었다. 조선왕조 27명의 왕 중에서 유일하게 국장을 제때 치르지 못한 왕이 단종이다. 승하한 지 550년 만인 2007년 5월 단종의 능이 있는 강원도 영월에서 국장이 치러졌다.

子曰昔者明王事父孝故事天明事母孝故事地察長幼順故上下治天地明察神明彰矣故雖天子必有尊也言有父也必有先也言有兄也宗廟致敬不

세조의 어필

세조는 자신의 맏아들 의경세자가 죽은 것이 현덕왕후의 저주 때문이라고 생각해 현덕왕후의 묘를 파헤치고 시신도 불사르게 했다. 야사에 따르면 의경세자는 현덕왕후의 귀신을 보고 놀라서 죽었다고 한다.

현릉 병풍석과 난간석

문종의 능인 현릉의 입지는 풍수지리적으로 명이 끊긴다는 대흉 중에서도 대흉에 속하는 터였다. 세조는 이에 만족하지 않고 능을 조성할 때도 홍살문, 참도, 정자각, 능침 등도 꺾어 만들라고 지시하는 등 완벽한 흉당을 조성하기 위해 노력했다.

붉은 적삼

-연산군

할마마마이신 인수대비는 스무 살의 나이에 남편인 의경세자(추존왕 덕종)가 사망해 과부가 되었다. 남편인 의경세자의 동생 해양대군이 세자위에 오르자 할마마마는 궁궐에서 나와야만 했다. 한때 세자빈으로 왕비를 꿈꾸었던 할마마마에게 남은 건 두 아들 월산군과 자산군밖에 없었다. 아버지 없이 자라 모자란다는 말을 들을까 봐 할마마마는 아이들이 작은 실수만 해도 엄하게 꾸짖었다. 오죽하면 시부모인 세조대왕과 정희왕후 내외가 할마마마를 '폭빈'이라 불렀을까.

할마마마는 자신에게도 엄격했다. 아녀자로서는 드물게 열심히 학문을 익혀 한문과 유교 경전에 능통했다. 《열녀》, 《여교》, 《명감》, 《소학》 등에서 아녀자의 덕목과 관련된 부분을 발췌해 엮은 《내훈》을 손수 편찬하기도 했다.

할마마마는 야망이 큰 분이었다. 남편 의경세자의 죽음으로 중전의 꿈을 접어야만 했지만 아들을 왕으로 만들기 위한 노력을 멈추지 않았다. 훗날 성종대왕이 되는 둘째 아들 자산군과 한명회의 넷째 딸을 혼인시킨 것도 왕위를 노린 한 수였다. 궁궐 안에서 살 때는 새벽닭이 울기도 전에 일어나 시부모인 세조대왕과 정희왕후의 수라상을 직접 챙겼으며, 궁궐 밖으로 나와서는 아들 둘을 데리고 왕위 결정권자인 시어머니 정희왕후를 자주 찾아가 친밀한 관계를 유지했다.

세조대왕과 정희왕후는 엄한 며느리 밑에서 언제나 기죽어 지내는 손주들을 안타까워하며 자애롭게 대했다. 세조대왕은 자산군을 '내 아들'이라며 아꼈고, 정희왕후는 월산군을 '우리 아들'이라 부르며 껴안아주시곤 했다.

세조대왕의 뒤를 이어 즉위한 예종대왕이 1년 2개월 만에 갑작스럽게 승하한 후 할마마마의 둘째 아들 자산군이 즉위한 것은 모두 할마마마의 오랜 노력 덕분이었다. 종법에 따르면 당시 자산군보다 왕위계승 서열이 앞선 사람이 두 명이나 있었지만 왕위결정권자인 정희왕후는 자산군을 선택했다.

"내가 생각건대 임금의 자리는 잠시 동안이라도 비워둘 수 없는

데, 예종대왕과 안순왕후의 아들인 원자(제안대군)는 바야흐로 포대기 속에 있고 의경세자의 맏아들 월산군 이정은 본디부터 질병이 많다. 자산군 이혈은 비록 나이는 어리지만 세조께서 매양 그의 기상과 도량을 일컬으면서 태조에 견주기까지 했다. 그러니 그로 하여금 예종의 상주가 되게 하는 것이 어떻겠는가?"

여러 이유를 들었지만 사실 자산군이 왕위에 오른 것은 정희왕후와 한명회의 밀약에 따른 것이었다. 정희왕후는 한명회의 도움으로 수렴청정을 안정적으로 하고 싶어 했고, 한명회는 사위를 왕으로 만들어 권세를 유지하고 싶어 했다.

자산군은 생부인 의경세자가 아니라 작은아버지가 되는 예종의 아들로 입적해 왕위를 이었다. 남편인 의경세자가 사망하고 두 아들과 함께 궁궐을 떠나야 했던 할마마마는 그동안의 서러움을 씻어내며 당당하게 궁궐로 돌아왔다.

성종대왕으로 즉위한 자산군에게는 모셔야 할 어른이 셋이나 되었다. 성종의 할머니가 되는 자성대왕대비 윤씨(정희왕후, 세조의 비), 성종의 법적 어머니이자 숙모가 되는 인혜대비 한씨(안순왕후, 예종의 비) 그리고 성종의 친어머니지만 법적으로는 큰어머니가 되는 인수대비 한씨(소혜왕후, 추존왕 덕종의 비)였다. 성종은 세 웃전을 모시기 위해 창경궁을 건축했다.

정희왕후의 수렴청정을 거쳐 친정을 시작한 나의 부왕 성종께서는 뛰어난 정치 감각으로 백성들의 신뢰를 얻었다. 왕실도 백성들도 편안한 태평성대였다.

아바마마의 장남인 나는 아바마마의 제2계비인 정현왕후를 내 생모로 알고 자랐다. 하지만 어린아이에게도 본능적인 직감은 있었다. 나와 정현왕후 사이에는 진성대군과 정현왕후 사이에 흐르는 끈끈하고 농밀한 감정이 결핍되어 있었다. 정현왕후는 늘 깍듯하고 공손하게 나를 대했다. 불가피한 선택의 순간 정현왕후의 선택은 언제나 진성대군이 아닌 나였다. 하지만 이상하게도 정현왕후의 예의 바른 태도는 언제나 차갑고 건조한 거리감을 느끼게 했다. 그게 '세자'와 '대군'을 대하는 태도의 차이일지도 모른다고 나를 위로했다.

비록 유모 상궁을 비롯해 나를 모시는 상궁들과 내관들이 수십이나 되었지만 어머니의 빈자리를 채울 수는 없었다. 게다가 할마마마이신 인수대비는 내가 공부에 소홀하거나 실수라도 저지르면 "어미를 닮아 어쩔 수 없구나" 하시거나 "널 보면 네 어미가 생각나 싫다"며 한숨을 내쉬었다. 할마마마가 말하는 어미가 정현왕후가 아닐 거라는 확신이 들었다. 하지만 어떤 사정이 있는지 알아보려면 기다려야 했다. 내가 왕이 되는 그날까지.

어느 날 아바마마의 허락을 받아 거리에 나가 놀았다. 구경할 만한 것은 없었다. 다만 송아지 한 마리가 어미 소를 따라가는데 그 어미 소가 소리를 내면 송아지도 소리를 내어 응했다. 어미와 새끼가 함께 살아 있으니 그것이 가장 부러운 일이었다. 아바마마에게 그 이야기를 했더니 아바마마의 안색이 어두워졌다. 그나마 아바마마가 나를 가엾게 여겼기에 나는 아무 문제 없이 왕위에 오를 수 있었다.

당시 나는 친어머니가 죽었다는 것을 확신하고 있었다. 그저 내가 슬퍼할까 봐 궁궐 안 사람들이 친어머니에 대해 숨기는 것이라고 생각했다. 왕위에 오르려면 정비의 자식인 것이 유리하기도 했고, 친어머니 이야기를 들춰내어 궁궐 안에 분란을 일으키고 싶지 않았다. 그렇게 모른 척하는 것이 굳이 어머니에 대해 숨기려는 아바마마에 대한 효도라고도 생각했다.

아바마마이신 성종대왕이 돌아가신 후 나는 아바마마의 능에 묻을 지석의 초안을 보고 이상해서 승지를 불렀다. 지석이란 죽은 사람의 이름과 생몰연도, 행적 등을 적어서 상석과 능상 사이에 묻는 돌을 말한다. 그런데 지석에 내가 전혀 알지 못하는 이름이 적혀 있었다.

"판봉상시사 윤기견이란 이는 어떤 사람이냐? 혹시 영돈녕부사 윤호를 잘못 쓴 것이 아니냐?"

당황한 승지들은 서로 바라만 보았다.

"이는 실로 폐비 윤씨의 아버지인데, 윤씨가 왕비로 책봉되기 전에 죽었습니다."

그제야 내 어머니가 폐비된 후 죽었다는 것을 알았다. 그날 밥 한 술도 넘기지 못했다. 도대체 얼마나 대단한 죄를 지었기에 원자를 낳고도 폐비되었단 말인가. 하지만 이때까지도 단순히 어머니가 폐비되어 병을 앓다가 돌아가신 줄로만 알고 있었다. 나는 어머니에 대해 알고 싶어 기록을 뒤지고 상궁들과 내관들을 추궁했다.

성종대왕의 첫 번째 부인이었던 한명회의 따님 공혜왕후 한씨는 몸이 약한 데다 혼인 후 6년이 지났는데도 임신을 하지 못했다. 신하들은 간택후궁을 뽑자는 청을 올렸다. 어머니는 봉상시판사 윤기견과 고령 신씨의 딸로 성종의 간택후궁으로 입궁했다. 당시 어머니는 열아홉 살이었다. 공혜왕후는 후궁들에게 줄 옷을 손수 장만해 하사하실 정도로 투기와는 거리가 먼 분이었다. 얼마 후 공혜왕후는 병 때문에 친정집으로 옮겨 거처하다가 잠시 병이 나아져 궁으로 되돌아왔으나 결국 세상을 떠났다.

아바마마는 간택령을 내리지 않고 후궁 중에서 한 명을 승격시키기로 결정했다. 어머니보다 석 달 늦게 간택후궁으로 들어온 파평 윤씨 가문 출신의 숙의 윤씨(정현왕후)는 강력한 경쟁자였다. 숙의 윤씨의 부친 윤호는 자성대왕대비 윤씨(정희왕후)의 친척이면서 인수대비(소혜왕후)의 인척이기도 했다. 하지만 숙의 윤씨는 간택

당시 열두 살로 어린 나이였고 그 아버지 윤호는 자신의 권력을 이용해 부를 축적해 문제가 된 적도 있었다. 권력을 움켜쥐고 수렴청정까지 했던 자성대왕대비 윤씨였지만 아바마마의 고집은 꺾을 수 없었다. 아바마마는 이미 나를 임신한 어머니를 왕비로 원했다.

"곤위가 오랫동안 비어 있으니 내가 위호를 정해 위로는 종묘를 받들고 아래로는 국모를 삼으려고 하는데, 숙의 윤씨는 주상께서 중히 여기는 바이며 나의 의사도 또한 그가 적당하다고 여겨진다. 윤씨가 평소에 허름한 옷을 입고 검소한 것을 숭상하며 일마다 정성과 조심성으로 대했으니 대사를 위촉할 만하다. 윤씨가 나의 이러한 의사를 알고서 사양하기를, '저는 본디 덕이 없으며 과부의 집에서 자라나 보고 들은 것이 없으므로 사전(3명의 대비와 왕)에서 선택하신 뜻을 저버리고 주상의 거룩하고 영명한 덕에 누를 끼칠까 몹시 두렵습니다'고 하니, 내가 이러한 말을 듣고 더욱더 그를 현숙하게 여겼다."

결국 자성대왕대비 윤씨는 어머니를 왕비로 삼겠다는 교지를 내렸다. 외할아버지는 함안부원군에 추봉되었으며 외할머니는 장흥부부인 고령 신씨로 추숭되었다.

아바마마는 어머니를 중궁으로 봉하면서 인정전에 나아가 어머니의 덕을 칭송했다.

"그대 윤씨는 일찍이 덕행으로 가려서 뽑혔으며, 오랫동안 궁궐에 거처하면서 정숙하고 신실하며 근면하고 검소한 데다 몸가짐에 있어서는 겸손하고 공경했으므로, 삼대비전에게 총애를 받았다. 이에 예법을 거행해 왕비로 책봉한다."

하지만 아바마마는 어머니가 나를 낳은 지 백일도 되지 않아 대신들을 모아놓고 어머니를 폐출하고 싶다는 말을 꺼냈다.

"중전은 투기가 심해 내가 총애하는 후궁을 죽이기 위한 사술을 몰래 쓰기 시작했다. 후궁들의 처소로 가는 길목에 죽은 사람의 뼈를 묻어두면 후궁들이 그것을 밟고 다니다 죽는다는 민간의 비방인 '송장방사'였다. 하지만 그 사술이 실패하자 다른 길을 모색했다. 부왕의 후궁인 숙의 권씨의 집에 누군가가 언문 편지를 던졌는데, 소용 정씨와 숙의 엄씨가 중궁과 원자를 해치려고 한다는 내용이었다. 처음에는 소용 정씨가 진짜로 원자를 해치려 하는 줄 알았다. 그러나 소용 정씨가 임신 중이므로 해산한 뒤에 국문하려고 했다.

그런데 하루는 내가 중궁의 침소에서 종이로 막아놓은 쥐구멍을 발견했는데, 쥐가 나가자 종이가 눈에 띄었다. 혹시나 해서 쥐구멍에 있는 종이를 가져다가 맞춰보았더니 숙의 권씨의 집에 던져진 언문 편지의 종이와 같았다. 이에 숙의 권씨의 집에 던져진 언문 편지가 중전이 후궁들을 투기해 모함하려고 꾸민 짓이라는 것을 알았다. 또한 작은 상자가 있는 것을 보고 열어보려고 하자 중궁이 숨겼다. 내가 중궁이 세수하러 간 사이 열어보았더니 작은 주머니에 비상이 묻은 곶감이 들어 있었다. 그리고 아들을 낳지 못하게 하는 방법, 반신불수가 되게 하는 방법, 저주 굿을 하는 방법 등을 적은 방양서도 있었다. 지금 바야흐로 사랑을 받고 있는데도 하는 일이 이와 같은데, 혹시 조금이라도 뜻대로 되지 않는 일이 있다면 어찌 이보다 지나친 일이 있지 않겠는가?"

자성대왕대비(정희왕후)와 인수대비(소혜왕후)도 교지를 내려 폐비를 주장했다. 어머니의 몸종 삼월이는 모진 고문에 결국 문제가 되는 언문 편지를 썼다고 자백했다.

"큰 글자는 제가 썼고, 작은 글자는 사비가 썼습니다. 방양서는 전곡성현감 이길분의 첩에게서 얻은 것으로 사비가 베껴 썼습니다. 비상은 대부인(폐제헌왕후의 어머니)께서 작은 버드나무 상자에 넣어 석동을 시켜 내게 준 것을 친잠례 때 중전마마께 전해드렸습니다."

아바마마는 어머니를 폐출할 수 없다면 빈으로 강등시켜야 한다고 주장했다. 하지만 신하들은 빈으로 강등시키면 종묘와 명나라에 고해야 하는데 그 이유가 불확실하다며 반대했다. 실은 나 때문이었다.

"원자마마를 생각하시옵소서."

"예로부터 투기하지 않는 부인은 없었습니다."

결국 아바마마는 한 발 물러섰다. 언문 편지를 썼다고 자백한 삼월이는 교형(목을 졸라 죽이는 형벌)에 처하고, 방양서를 베껴 썼다는 사비는 장 100대에 처하는 것으로 일은 마무리되었다.

한번 금이 간 관계는 쉽사리 회복되지 않았다. 내 남동생을 낳으면서 잠시 좋아졌던 부부 사이는 금세 다시 벌어졌다. 아니, 예전보다 더 악화되었다. 아바마마는 어머니의 생일날 탄신하례를 일절 금지하는 어명을 내렸다. 그래도 왕비의 신분이었다. 어머니는 저녁 수라도 들지 않고 아바마마가 침소에 들기를 기다렸다. 탄신일이니 당연히 중궁전으로 행차하시리라 생각한 것이다. 하지만 아바마마는 한밤중이 되어도 소식이 없었다.

"중전마마, 아뢰옵기 황송하오나 야대를 마치신 주상전하께옵서 시첩 일홍의 거처로 드셨다 하옵니다."

상궁의 보고를 들은 어머니는 분노로 제정신이 아니었다. 말리는 내관들과 상궁들을 뿌리친 채 기어이 아바마마가 드신 침소로 향했다. 어머니는 궁녀들의 만류를 뿌리치고 방문을 열고 들어가 일홍의 뺨을 후려치고 머리채를 잡아 패대기쳤다. 그리고 어머니를 말리던 아바마마의 용안에 손톱자국을 내고 말았다.

다음 날, 아바마마는 대신들과 승지까지 불러 폐비 문제를 논했다.

"왕비 윤씨는 후궁으로부터 드디어 중전의 자리에 올랐으나 내조하는 공은 없고 도리어 투기하는 마음만 가져 지난 정유년에는 몰래 독약을 품고 궁인을 해치려 하다가 음모가 분명히 드러났으므로, 내가 이를 폐하고자 했다. 그러나 조정 대신들이 함께 청해 개과천선하기를 바랐으며, 나도 폐출하는 것은 큰일이고 허물은 또한 고칠 수 있으리라 여겨 감히 결단하지 못하고 오늘에 이르렀는데, 뉘우쳐 고칠 마음은 가지지 아니하고 덕을 잃음이 더욱 심해 일일이 열거하기 어렵다. 일전에 내가 마침 시첩의 방에 있는데 중궁이 아무 연고도 없이 들어왔다. 이제 마땅히 폐해 서인을 만들겠는데 경들은 어떻게 여기는가?"

물론 신하들은 반대했다. 하지만 이번에는 아바마마도 물러나지 않았다.

자성대왕대비(정희왕후)는 언문 교지를 내려 폐비를 주장했다.

"중궁은 주상을 받들지 않았고, 내가 수렴청정하는 걸 보고는 자기도 어린 임금을 끼고 조정을 다스릴 뜻으로 옛날에 권력을 휘두른 후비들의 고사를 좋아하고 자주 이야기했다. 주상이 혹 때로 편치 않아도 전혀 개의치 않고 꽃 핀 뜰에서 놀고 새를 잡아 희롱했고, 만약 제 몸이 편치 않으면 갑자기 기도해 이르기를 '내가 살아서 꼭 보고 싶은 일이 있으니 지금 죽을 수는 없다'고 했다. 평소의 말이 이와 같으니 우리들은 항상 두려워했다. 혹시 주상이 편치 않을 때면 수라상에 독을 넣을까 두려워서 여러 가지 방법으로 방비를 하면서 중궁이 지나가는 곳에 어선(임금의 음식)을 두지 않도록 금했다. 우리들은 비록 이름을 국모라고 하나 본래는 평인인 것이요 한 나라에서 높임을 받을 분은 주상뿐이다. 그런데도 주상을 경멸해 주상으로 하여금 안심하고 음식을 들 때가 없게 했다. 또한 우리가 비록 부덕하지만 옛 현명한 왕비의 일을 인용해 가르치며 바른말로 책망을 하면 중전은 손으로 턱을 고이고 성난 눈으로 노려보았다. 지금에 와서 이와 같이 결단한 것은 다시 허물을 고칠 가망이 없기 때문이다."

자성대왕대비는 대신들에게 어머니가 소용 정씨의 방에 던졌다는 저주 인형까지 내보이며 폐비를 주장했다.

대신들이 쉽게 물러나지 않자, 아바마마는 어머니의 치부를 드러내지 못해 안달했다.

"중전의 일은 여러 경들에게 말하는 것조차 진실로 부끄러운 일이라 하겠다. 그러나 일이 매우 중대하므로 말하지 않을 수가 없다. 지금 중궁의 소위(所爲)는 길게 말하기가 어려울 지경이다. 중전은 내가 조회를 마치고 와도 자고 있고, 나와 식사 도중 국그릇을 엎어 용포를 더럽힌 적도 있다. 내 발자취를 없애버리겠다고 협박했으며, 죽을 때 치는 휘장을 가리키며 '저것이 너의 집이다'라고 소리 지르기도 했다. '상복을 입는다'면서 여름철에도 항상 흰옷을 입었다. 또한 궁녀들에게도 '누구든 상감을 모시는 날은 나에게 죽는 날이다'라고 협박을 했다. 이런 중전의 언행 때문에 나는 가위에 눌리고 악몽까지 꾼다."

성균관 유생 65명이 원자를 낳은 중전의 폐출은 옳지 않다는 상소를 올리기도 했지만 아바마마의 결심은 확고했다. 어머니는 결국 생일 다음 날 폐위되어 작은 가마를 타고 궁의 후문으로 쫓겨났다. 갈 곳은 외할머니의 집뿐이었다. 아바마마는 처음에는 형제들도 방문하지 못하도록 했지만 대신들의 읍소에 형제들의 방문은 허락했다. 어머니는 궁에서 쫓겨난 지 열흘 만에 궁궐에 있던 젖먹이 아들이 죽었다는 소식을 접하고는 피눈물을 흘렸다고 한다.

폐위까지 하고도 어머니에 대한 아바마마의 증오심은 식지 않았다. 어머니의 친정집에 도둑이 들어 그나마 남아 있던 살림살이를 모조리 훔쳐 갔을 때도 신하들이 담을 높이 쌓는 등 방비책을 세우자 했지만 아바마마는 반대했다.

"자기가 방비를 제대로 하지 않아 도둑을 맞았는데 어찌 이웃 주민들을 괴롭히겠는가? 도둑을 맞았다고 담을 쌓아주자면 한양에서 도둑맞은 집은 다 나라에서 담을 쌓아주어야 한다는 말인가? 국가에서 이미 도적을 체포하라는 명령을 내렸으니 잡게 되면 마땅히 그 죄를 다스리지만 어떻게 집집마다 따로 엄금을 베풀겠는가?"

어머니가 살고 있는 다 쓰러져가는 초가집에는 연기조차 나지 않을 때가 많았다. 이를 염려한 신하들은 계속 상소를 올렸다.

"폐비 윤씨를 별궁에 두어 조석 걱정을 하지 않게 해주시옵소서."

아바마마는 상소를 올린 신하들을 감옥에 가두어버렸다. 하지만 신하들은 내가 즉위할 경우를 염려해서 어머니를 복위해야 한다거나 처우를 개선해주어야 한다는 주장을 멈추지 않았다. 원자의 생모였다. 복위나 처우개선에 대한 상소를 올리지 않았다는 이유로 내가 즉위했을 때 충성심을 의심받을 수도 있었다.

어머니가 폐위된 후 대신들의 복위 상소와 처우개선에 대한 상소는 끊임없이 계속되었다. 하지만 대신들의 바람과는 달리 상소가 올라올 때마다 어머니에 대한 아바마마의 원한은 커지기만 했다. 어머니가 살아 있다면 신하들의 상소는 그치지 않을 것이고, 혹시 내가 즉위했을 때 큰 문제가 될 수도 있었다. 그렇게 고민하기를 3년, 마침내 아바마마의 참을성은 바닥났다.

아바마마는 친정을 시작하면서부터 왕권강화를 위해 노력했다. 삼사를 통해 기존의 기득권 세력을 견제하고 새로운 세력을 키워 자신의 편으로 만들고 싶어 했다. 아바마마는 신하들에게 좌지우지되는 상황을 견딜 수 없어 했다. 결국 아바마마는 왕권강화를 위해 어머니를 희생양으로 삼기로 했다.

아바마마는 대신들을 모두 선정전에 불러 모았다.

"윤씨가 흉험하고 악역한 것을 이루 다 말할 수 없다. 당초에 마땅히 죄를 주어야 하겠지만 우선 참으면서 개과천선하기를 기다렸다. 이제 원자가 점차 장성하는데 사람들의 마음이 이처럼 안정되지 아니하니, 오늘날에는 비록 염려할 것이 없다고 하지만 후일의 근심을 이루 다 말할 수 있겠는가?"

결국 아바마마는 좌승지 이세좌에게 명해 어머니를 그 집에서 사사하게 하고, 우승지 성준에게 명해 이 뜻을 삼대비전에 아뢰게 했다. 그리고 주서 권주로 하여금 전의감에 가서 비상을 가지고 가게 했다.

어머니가 사사되자마자 나의 외숙부들은 곤장 100대를 맞은 뒤 윤구는 장흥, 윤우는 거제, 윤후는 제주로 유배되었다. 그리고 외할머니 신씨는 어머니의 염장이 끝난 후 장흥에 유배되었다.

이듬해에 나는 어머니의 사사 덕분에 무사히 세자위에 오를 수 있었다. 나의 생모가 사사되었기에 신하들은 내가 세자가 되는 것에 대해 흠을 잡을 수 없었다. 아니, 신하들은 차라리 세자의 생모가 죽은 것을 다행으로 여겼다. 나는 어머니를 희생해서 내가 즉위했다는 죄책감에 잠이 들 수 없었다.

하지만 어머니의 죄는 너무나 명백하고 확실했다. 그만큼 어머니의 죄는 자세히 기록되어 있었다. 나는 칠거지악 중 가장 나쁜 것이 투기라고 생각했다. 여염집의 아낙네도 아니고 국모라면 만백성의 모범이 되어야 할 터인데, 어머니가 후궁들을 모함하고 저주하기 위해 쓴 갖가지 방법들은 조악하고 난잡스러워 내가 부끄러울 지경이었다. 게다가 아녀자 주제에 지아비가 일어났는데도 자고 있고, 지아비에게 대들고, 용안에 상처를 냈다니 도무지 이해할 수가 없었다. 만약 나의 왕비가 어머니처럼 굴었다면 나도 당연히 폐출하고 사사했을 터였다.

아무리 그 죄가 중하고 명백하다고 하나 왕의 어머니였다. 어머니의 복권은 나의 권위를 세우는 일이었다. 나는 외할머니 장흥부부인 신씨와 외숙부들을 석방하고 외숙부 윤구를 정삼품 당하관 사복시첨정에 임명했다. 그리고 어머니를 왕후로 복권시키는 일을 추진했다. 하지만 사림에서는 "사후 백 년간 폐비 윤씨 문제는 논외에 부친다"는 선왕의 유지를 이유로 들어 폐비 복권을 반대했다.

아바마마는 어린 시절 할마마마 때문에 엄격하게 공부했던 것이 너무 싫었던지 내 교육은 열세 살이나 되어서 시작하셨다. 그래서 내가 즉위했을 때는 준비가 많이 부족한 상태였다. 대신들과의 토론에서는 항상 내가 밀렸다. 차라리 무력으로 해결하는 것이 낫겠다는 생각으로 어떻게 하면 복위 문제에 반대하는 사림파를 제거할 수 있을까 고민하고 있을 때 김일손의 사초를 보게 되었다. 세조대왕의 정통성에 의문을 제기하고 세조대왕의 왕위찬탈을 비판하는 내용이었다. 나는 사초를 빌미 삼아 김일손, 권오복, 권경유, 이목, 강겸 등을 비롯한 사림파를 대거 숙청하거나 유배 보냈다. 이른바 무오사화(戊午史禍)다.

하지만 무오사화의 피바람이 불고 나서도 어머니의 복권은 쉽지 않았다. 즉위 십 년 어느 봄날, 임사홍이 외할머니와 함께 입궁했다. 외할머니는 들고 오신 보자기를 내 앞에 풀어놓았다. 피로 붉게 물든 적삼이었다.

"전하의 어머니인 우리 소화의 피 묻은 적삼입니다. 소화의 한을 풀어주실 분은 전하밖에 없습니다. 소화는 사약을 가지고 온 이세좌가 자신을 궁으로 부르러 온 줄 알고 반갑게 맞이해줄 정도로 순진하고 어리숙한 아이였습니다. 사약을 받으라는 어명에 소화는 매일같이 입던 소복을 화려한 중전복으로 갈아입고 단숨에 사약을 들이켰습니다. 그것이 원자마마를 위하는 길이라면서요. 소화는 피를 토하면서도 원자마마께서 훗날 보위에 오르시면 이 적삼으로 원통함을 전해달라 했습니다. 또한 임금의 능행길 옆에 장사지내 임금의 행차라도 보게 해달라고 유언했습니다. 이제 저도 나이가 들어 언제 죽을지 모르니 전하께 진실을 알려드려야 한다고 생각했습니다."

나는 부들부들 떨며 어머니의 피가 묻은 적삼을 부둥켜안았다. 외할머니가 들려주신 어머니의 사연은 충격적이었다. 똑같은 이야기가 어떤 입장이냐에 따라 이렇게 달라질 수도 있다는 것을 나는 몰랐다.

자성대왕대비(정희왕후)와 인수대비는 어머니를 처음부터 마음에 들어하지 않았다. 워낙 아바마마가 고집을 부리고 어머니가 날 임신하고 있었기 때문에 어쩔 수 없이 왕비로 선택했을 뿐이었다.

자성대왕대비와 인수대비는 혼례식 후 벌어진 축하연회에서 상수(오래 살도록 축원하는 것)의 축원을 하지 않았으며, 어마마마가 올리는 헌수(장수를 기원하며 잔을 올리는 것)도 거절할 정도였다.

특히 시할머니 자성대왕대비는 자신의 친정 친척이던 숙의 윤씨(정현왕후)가 왕비가 되지 못한 데 대한 서운함 때문에 항상 어머니의 행동을 아니꼽게 여겼다. 훈구세력의 막강한 명문집안이었던 시어머니 인수대비도 가난하고 한미한 가문 출신의 어머니를 못마땅하게 여겼다. 그럼에도 불구하고 어머니는 임신한 몸으로도 왕실의 웃어른들을 정성으로 모셨다고 한다. 게다가 넉 달 후에는 나를 낳기까지 했다.

원자까지 낳은 왕비였지만 자신을 뒷받침해주는 친정 가문이 없었기 때문에 어머니는 후궁들에게도 무시당하기 일쑤였다. 자성대왕대비와 인수대비는 사사건건 어머니와 숙의 윤씨를 비교했다. 그리고 말끝마다 '가난한 과부의 딸'이라며 어머니를 못마땅해했다. 훗날 결국 정현왕후로 책봉되어 나의 양어머니가 되는 숙의 윤씨의 집안은 파평 윤씨 가문이었다. 자성대왕대비의 아버지와 숙의 윤씨의 증조부가 사촌지간이었다. 또한 인수대비의 외숙모도 파평 윤씨였다.

소용 정씨는 초계 정씨로 역시 명문가의 여식이고, 소용 엄씨는 영월 엄씨로 소용 정씨와는 소꿉친구이며 부유한 중인 집안의 여식이었다. 후궁들 대부분이 권세 있거나 부유한 집안의 여식들이었고 중전이 되길 원했으므로 어머니를 어떻게든 몰아내려 애썼다. 게다가 웃전들이 어머니를 무시하니 후궁들도 어머니를 은근히 모욕하고 멸시했다.

어머니가 의지할 곳은 아바마마밖에 없었다. 하지만 아바마마는 어머니가 내명부의 일을 고하면 말이 많다며 무시하기 일쑤였다. 원자인 나를 위해서라도 아바마마는 어머니의 말을 잘 들어주었어야 했다. 하지만 아바마마는 성군이라는 공식적인 평가와 달리 개인적으로는 여색을 탐하는 호색한일 뿐이었다. 공식적인 후궁만 17명에 자녀가 16남 12녀였던 것만 보아도 알 수 있다.

아바마마는 민심을 살피기 위해 야행을 자주 했다는데, 실은 규방에 드나들기 위해 야행을 즐겼다는 소문도 있다. 오죽하면 장안에 아바마마가 어우동과 어울렸다는 소문이 파다할 정도였다. 아바마마가 어우동을 극형에 처한 것도 그런 소문을 잠재우기 위해서였다. 함경도 영흥의 유명한 기생인 소춘풍을 궁궐에 불러들여 후궁으로 삼으려 했지만 소춘풍에게 거절당해 뜻을 이루지 못한 적도 있었다.

아바마마의 총애까지 식어가자 자성대왕대비와 인수대비는 더욱더 어머니를 무시했다. 예로부터 친잠이란 백성에게 양잠의 중요성을 인식시키고 이를 널리 장려하고자 하는 의식으로 내외명부가 모두 함께하는 가장 큰 행사 중 하나였다. 친잠과 친잠 후에 열리는 연회는 왕비의 권위를 세울 수 있는 공식적인 기회였기에 왕비들이 신경을 가장 많이 쓰는 행사이기도 했다.

그런데 자성대왕대비와 인수대비는 어머니에게 친잠 후 연회를 생략하라고 명했다. 왕비가 되어 처음으로 맞는 친잠례였다. 어머니는 나를 낳고 산후조리도 제대로 못한 몸으로 웃전들의 허락을 얻기 위해 몇 번이나 비굴하게 빌어야 했다. 자성대왕대비와 인수대비는 자신들의 반대에도 불구하고 기어이 연회를 열고 싶다고 우기는 어머니를 못마땅하게 여겼다. 두 웃전이 어머니를 미워해서 아바마마께 매일 불평과 불만을 일삼으니 아바마마의 마음도 식어갔다.

어머니에 대한 아바마마의 총애가 식자 후궁들은 내명부 수장인 어머니를 깔보고 어머니의 명도 무시하기 시작했다. 결국 어머니가 그리도 노력해 주최한 친잠에 숙용 정씨는 산후조리를 핑계로 나오지 않았다. 어머니가 나무라자 숙용 정씨는 오히려 "왕자를 낳은 것도 죄랍니까?" 하고 소리 지르며 대들었다고 한다. 그 일로 숙용 정씨가 뭐라고 웃전에 고했는지 침잠 후 보름 만에 아바마마는 대신들에게 폐비 문제를 거론했다. 내가 백일도 되지 않았을 때였다.

아바마마는 처음 폐비를 거론하며 소용 정씨와 숙의 엄씨를 음해하는 언문 편지를 어머니가 꾸민 것이라고 했다. 조사 결과도 자세히 기록되어 있었다.

하지만 외할머니는 어머니가 모함을 당한 것이라며 가슴을 쳤다.

"선왕께서는 우리 소화와 친정에서 꾸민 짓이라 했습니다. 소화의 어미인 저와 오라비 윤구의 아내, 윤우의 아내가 언문 편지의 작성자로 거론되었습니다. 그런데 편지 작성자로 지목된 우리들은 모두 언문을 몰랐습니다. 주인이 언문을 모르는데 어찌 노비가 알겠습니까? 하지만 선왕께서는 노비 삼월에게 모진 고문을 가해서 삼월이가 편지를 썼으며 소화와 제가 언문 편지의 존재를 알고 있었다는 자백을 기어이 받아냈습니다.

모진 고문에 사비도 전 곡성현감 이길분의 첩 집에서 방양서를 얻어 와 베낀 뒤 소화에게 전해주었다고 자백했습니다. 하지만 강압적인 조사에 미흡함이 있었던 것을 알고 계시기에 선왕께서는 삼월과 사비가 꾸민 사건으로 결론내고, 소화와 우리 가족들은 전혀 무관하다고 선언하셨습니다.

그러나 자성대왕대비의 사돈인 정인지가 끝까지 추궁해야 한다고 고집했습니다. 결국 선왕께서는 왕비의 모친인 저의 직첩을 빼앗고 궁궐 출입을 금지했습니다. 모든 계획을 꾸민 삼월이는 교형(목을 졸라 죽이는 형벌)을 당하고 방양서를 필사한 사비는 곤장 100대에 변방의 관비로 유배되었습니다.

소화는 당시 젖먹이였던 전하를 빼앗기고 일시적으로 자수궁에 유폐되었다가 다시 궁으로 돌아왔습니다. 하지만 한번 벌어진

부부 사이는 좀처럼 좋아지지 않았습니다. 게다가 소화의 경우를 보고 후궁이 중전이 될 수 있다는 것을 알게 된 후궁들은 어떻게든 소화를 끌어내리려고 갖가지 모함을 했습니다. 소화가 소용 정씨를 닮은 인형에 칼을 꽂으며 저주를 내린 후 인형을 소용 정씨의 방에 던져 유산하게 만들었다는 모함까지 있었습니다. 증거가 없는데도 모두들 소화를 의심했습니다.

시어머니가 되는 인수대비는 '천한 피가 흐르고 있어 그 모양이지' 하며 걸핏하면 소화를 트집 잡았습니다. 시할머니인 자성대왕대비는 공식적으로 '내가 사람을 잘못 보았다!'고 선언할 정도였습니다. 후궁들과 웃전들의 모함에 선왕 전하의 마음은 소화에게서 점점 멀어졌습니다. 그 모진 따돌림과 멸시와 모욕 속에서도 소화는 성심을 다해 웃전을 모시고 선왕전하를 기쁘게 해드리려 노력했습니다.

그 뒤로는 소화의 정성에 감명 받은 선왕께서 오해를 푸셨는지 다시 소화를 총애해 대군을 임신했습니다. 하지만 자성대왕대비와 인수대비의 방해로 저는 궁에 있는 우리 소화를 한 번 만나는 것조차 힘들었습니다. 결국 외롭게 홀로 대군을 출산한 지 백일도 되지 않아 우리 소화는 끝내 폐출되었습니다.

소화가 궁에서 쫓겨나기 전날인 생일날, 탄신하례를 받지 못하게 한 것은 인수대비셨습니다. 선왕께서는 기죽어 있는 소화를 위해 성대한 생일상을 차리라 명하셨는데, 인수대비께서 그것을 아시고는 선왕을 불러내어 야단치셨습니다. 소화가 더 근신해야 하는데 선왕께서 방해만 하신다며 당분간 소화를 가까이하지 말라고 명하셨습니다. 그래서 어쩔 수 없이 선왕께서 시첩의 처소로 발걸음을 돌렸다는 소식을 접하고 소화는 제정신이 아니었습니다. 이성을 잃은 상태에서 망극하게도 시첩의 뺨을 때리고 몸싸움을 벌였는데, 그 와중에 용안에 손톱자국이 났지요. 몸싸움을 말리던 선왕전하께 손톱자국을 낸 사람이 시첩인지 우리 소화인지는 아무도 정확히 알 수 없었습니다. 지켜보던 내관이나 궁녀들도 누가 범인인지 알 수 없다고 말했습니다. 하지만 선왕전하께서는 소화가 손톱자국을 냈다고 주장하셨습니다.

소화가 궁에서 쫓겨나는 날, 인수대비께서는 피접을 위해 궁 밖에 나가 있던 원자마마(연산군)를 불러들였습니다. 혹시나 소화가 원자마마와 사가에서 만날까 봐 염려해서였습니다. 소화는 젖먹이 때 강제로 빼앗긴 원자마마를 항상 그리워했는데 어찌 모자가 작별인사도 못하게 하실 수 있는지, 그 잔인함과 냉정함에 치가 떨립니다.

폐위된 지 열흘도 되지 않아 백일도 안 된 젖먹이 대군께서 죽었다는 소식을 듣고 소화는 넋을 놓았습니다. 장터에서는 아픈 대군을 일부러 치료하지 않아 죽었다는 소문이 돌았습니다. 게다가 선왕전하께서는 소화를 폐위한 지 석 달도 되지 않아 숙의 권씨를 새로운 후궁으로 간택해 입궁시키셨지요. 오죽하면 대신들이 후궁을 그만 들이라고 상소를 올렸겠습니까? 소화는 폐위된 후 밤낮으로 울어 끝내는 피눈물을 흘릴 정도였습니다."

어머니는 폐출된 뒤 내가 즉위할 날만을 기다리며 조용히 자숙하고 있었다. 어린 시절 어머니가 손수 베를 짜서 팔아 생활할 정도로 어머니의 친정은 가난했다. 어머니가 간택후궁이 되고 중전이 되어 살림이 조금 나아졌지만, 부정한 청탁을 받아 축재할 줄 모르는 외갓집 식구들은 여전히 가난한 상태였다. 원래 초라했던 어머니의 집은 거의 쓰러져갔고 식량이 없어 굶을 정도였다. 그럼에도 불구하고 어머니는 매일 소복 차림으로 아바마마가 머무르시는 궁궐로 문안인사를 올렸으니, 백성들은 어머니를 애처롭게 여겨 쌀이나 고기를 집으로 던져주기까지 했다.

조정 대신들은 하루가 멀다 하고 어머니를 복위시켜야 한다는 상소를 올렸다. 하지만 아바마마는 그 많은 조정 대신들을 모두 파직하거나 유배 보냈다. 그런데 3년이 지나도록 백성들과 신하들 사이에서 동정여론이 식지 않자 아바마마도 흔들리기 시작했다. 아바마마는 신하들의 호소에 마음이 움직여 내관 안중경을 보내 어머니를 염탐하게 했다. 내관 안중경은 내수사에서 장만한 물건들을 가지고 어머니를 찾아갔다. 어머니는 반색을 하며 아바마마의 하사품을 받아 들고 절까지 한 후 상에 놓았다.

"근신하면서 매일 내가 저지른 죄를 반성하고 나를 살려주신 주상전하의 은혜에 감사하고 있네. 매일 정화수를 떠놓고 주상전하의 만수무강을 위해 기도하고 있다고 전하시게."

하지만 자성대왕대비와 인수대비, 숙의 엄씨, 숙용 정씨는 내관 안중경을 매수해 거짓을 고하게 했다.

"매일같이 머리를 곱게 빗고 화장하면서 예쁘게 단장하고 자신의 잘못을 조금도 후회하는 빛이 없었습니다. 내수사에서 보낸 음식도 독약이 든 것이라며 먹지 않았습니다. 그리고 후일 원자가 자라 즉위하게 되면 원수를 갚겠다고 했습니다."

아바마마는 내관의 말을 철석같이 믿었다. 그리고 자성대왕대비와 인수대비의 사사 주장을 받아들였다. 그렇게 어머니는 허망하게 돌아가셨다. 어머니는 내가 생각했듯이 단순한 투기로 돌아가신 것이 아니었다. 원자를 낳은 왕비에게 자신들이 가진 권력을 빼앗기고 싶지 않았던 자성대왕대비와 인수대비의 권력욕과 후궁들의 투기로 인한 모함이 어머니를 죽게 만들었다. 나는 어머니의 피 묻은 적삼을 움켜쥐고 어머니의 한을 풀어드리리라 결심했다.

하지만 복수는 쉽지 않았다. 아무런 이유 없이 대신들을 죽일 수는 없었다.

"그대가 내 어머니에게 사약을 전달했다면서?"

인정전에서 열린 양로연에서 나는 이세좌에게 그렇게 물었다. 이세좌와 한치형은 벌벌 떨면서 내 술을 받았다. 이세좌는 너무 떨어서 어의에 술을 엎지르는 실수를 했다. 나는 다음 날 즉시 그 일을 트집 잡았다. 어의를 적시는 무엄함에도 아무도 뭐라고 하지 않았던 것은 나를 무시하는 것이나 마찬가지였다. 이세좌를 무안, 온성, 평해 등에 유배시켰다가 자결 명령을 내렸다. 어머니에게 사약을 전달한 죄였다. 이세좌의 외손자로 나의 이복동생 정순옹주와 혼인한 봉성위 정원준까지도 이세좌의 죄에 연좌해 귀양을 보냈다.

하지만 진정한 적은 궁궐 안에 있었다. 나는 어머니를 모함해 죽음에 이르게 한 아바마마의 후궁 귀인 정씨와 귀인 엄씨의 입을 틀어막고 손발을 묶은 후 자루 속에 넣으라고 명했다. 대전 앞뜰에 끌려 나온 자루 속의 후궁들은 꿈틀대며 알아들을 수 없는 말로 목숨을 구걸했다. 나는 분이 풀릴 때까지, 지쳐서 팔이 떨리고 다리가 풀릴 때까지 자루를 발로 차고 쇠도리깨로 쳤다.

그리고 귀인 정씨의 소생인 안양군과 봉안군을 불렀다. 나는 커다란 쇠도리깨를 던져주며 명했다.

"이 자루 속에 들어 있는 죄인을 쳐라."

캄캄한 어둠 속에서 자루 속에 들어 있는 이가 어머니임을 알리 없는 안양군은 어머니를 쳤다.

"더 세게 쳐라!"

하지만 봉안군은 눈치가 빨랐다. 어머니임을 눈치채고 주저앉아 울기만 했다. 봉안군이 내 명을 거역하자 그제야 안양군도 자루 속에 든 이가 어머니라는 것을 알고 무릎을 꿇었다. 나는 무관들에게 귀인 정씨와 귀인 엄씨를 때려죽이라 명했다. 무관들이 땀으로 흠뻑 젖을 때까지 자루를 쳤다.

"고개 숙이지 말고 똑바로 보아라!"

나는 내관에게 안양군과 봉안군이 고개를 숙이지 못하도록 잡으라고 명했다.

"어마마마! 어마마마!"

안양군과 봉안군이 피맺힌 절규를 하는 동안 나는 자루 속에서 흘러나온 피가 대전 뜰을 물들이는 것을 앉아서 감상했다. 자루가 너덜너덜해질 때까지, 지친 무관들을 바꾸어 세우면서까지, 새벽닭이 울 때까지 나는 그 장면을 지켜보았다.

"자루 안의 시신으로 젓갈을 담가서 야산에 버려라. 누구라도 매장할 경우 참형에 처할 것이다."

아직 끝나지 않았다. 나는 울다 지쳐 대전 앞뜰에 널브러진 안양군과 봉안군을 끌고 인수대왕대비전으로 향했다.

"며느리가 잘못하면 이를 가르칠 것이고, 가르쳐도 말을 듣지 않으면 때릴 것이고, 때려도 고치지 않으면 쫓아내야 한다."

할마마마는 언제나 그렇게 말했다. 그 가르침은 할마마마가 편찬한 《내훈》에도 나와 있다. 하지만 할마마마가 그 말씀을 이미 오래전에 실천하셨을 줄은 몰랐다.

할마마마는 대전 뜰에서 벌어진 사건에 대해 들었는지 새벽녘에도 잠들지 않고 있었다. 나는 안양군의 손에 술병을 쥐어주며 따르라고 명했다.

"이것은 대비의 사랑하는 손자가 드리는 술잔이니 받으시오."

할마마마는 안양군이 강제로 따르는 술잔을 받았다.

"사랑하는 손자에게 하사하시는 것은 없습니까?"

할마마마는 비꼬아 묻는 내게 베 두 필을 내렸다. 당시 할마마마는 노환으로 병석에 누워 계신 상태였다. 하지만 내 머릿속에는 억울하게 돌아가신 어머니밖에 없었다.

"도대체 왜 내 어머니를 죽이셨습니까?"

나는 울부짖으며 고함을 질렀다.

"폐비의 일은 백 년간 말하지 말라 하셨던 선왕의 유지를 잊으셨습니까?"

할마마마는 일어서서 꾸짖으며 내 팔을 붙잡았다. 나는 할마마마를 뿌리쳤다. 서슬 퍼런 내 손길에 뒤로 넘어지는 할마마마를 부축하기 위해 상궁과 내관이 끼어들었다.

"에잇!"

"주상! 주상!"

할마마마는 바닥에 엎어져서도 나를 불렀다. 하지만 나는 뒤돌아 나왔다. 그곳에 있다가는 할마마마까지도 해칠 것만 같았다. 얼마 후 할마마마는 68세를 일기로 승하했다.

할마마마(인수대왕대비)의 장례 문제로 나는 또 조정 대신들과 힘겨루기를 해야만 했다. 인수대왕대비는 실제로 왕비에 오른 적이 없으니 제사를 왕이나 왕비의 격식이 아니라 그보다 한 단계 아래인 왕세자나 왕세자빈의 격식으로 치르자는 내 말에 대신들은 들고 일어났다. 결국 인수대왕대비의 장례는 왕후의 격식으로 치러졌다.

하지만 나는 장례기간을 단축해 27일간 상복을 입으라는 어명을 내렸다. 하루를 1개월로 계산하는 역월지제였다. 상제 기간 동안 왕이 국사를 돌볼 수가 없으므로 조정의 국사를 위해서 국상 기간을 단축시키는 일은 예전에도 있었다. 하지만 나의 양어머니 자순대비 윤씨(정현왕후)는 "내가 인수대왕대비를 뵐 면목이 없다"며 한탄했다.

할마마마가 돌아가신 마당에 나는 더 이상 겁나는 것이 없었다. 나는 귀인 정씨의 아들 안양군과 봉안군을 유배 보냈다가 사약을 내렸고, 귀인 정씨 소생의 정혜옹주와 귀인 엄씨 소생의 공신옹주는 폐서인하고 유배 보냈다. 또한 한충인을 비롯한 인수대왕대비의 친척들에게도 죄를 뒤집어씌워 유배 보내거나 노비로 삼았다.

나는 어머니의 폐위에 앞장섰거나 복위에 반대했던 대신들에게 무자비한 복수를 시작했다. 무오사화로 사림파를 제거했지만 아직도 내 정치와 사생활에 대해 이래저래 지껄이는 건방진 인간들이 많았다. 국고가 비어 공신들에게서 공신전과 노비를 몰수하려 하자 공신들은 감히 나에게 향락을 자제하라는 상소를 올렸다.

나는 이번 기회에 사림파와 훈구파를 모두 제거하기로 마음먹었다. 김굉필, 최부, 윤필상, 이극균, 성준, 권주, 이주……. 매일 죽는 사람이 생겼다. 한명회처럼 이미 죽은 사람은 관을 깨부수고 시신의 목을 베는 부관참시를 했다. 남효온, 정창손, 정여창, 한치형, 어세겸, 심회, 이파……. 매일매일 관을 깨부수는 소리가 울렸다. 이른바 갑자사화(甲子士禍)였다.

나는 복수만 하지 않았다. 어머니의 복위를 꾀하다 유배를 갔거나 파직당한 대신들을 대거 등용했다. 아바마마는 훈구파와 사림파의 대립 속에서 골치를 썩였지만 나는 두 번의 사화로 손쉽게 왕권을 강화했다.

어머니가 사사된 후, 가족들은 모두 유배를 가고 노비들도 모두 도망을 가서 장례를 치러줄 사람도 없었다고 한다. 아바마마는 군관 열 명을 보내 장례를 도우라 명했지만 어머니의 무덤을 윤씨지묘라 부르고 묘의 이름을 영구히 고치지 말라고 명했다. 7년쯤 지난 후에는 아바마마의 화가 조금 가라앉으셨는지 장단도호부사에게 "제관 2명을 보내 절기마다 제사를 올리고 제사에 쓰이는 용품은 왕비의 예에 준하게 마련하라"는 지시를 내렸다.

하지만 내가 갔을 때 어머니의 묘는 거의 버려져 있어 흔적을 찾기도 힘들 정도였다. 나는 어머니를 제헌왕후에 추숭하고 묘의 이름을 회묘, 효사묘로 바꿨다가 회릉으로 격상했다. 또 인근에 있는 연화사를 고치고 확장해 어머니의 명복을 비는 원찰로 삼았다. 불심이 돈독했던 어머니를 위해 해줄 수 있는 것은 그게 다였다.

어제 사묘에 나아가 자친(어머니)을 뵈니
잔 드리고 나서 눈물이 자리를 가득 적셨도다
간절한 정회는 한이 없는데
영령도 응당 이 정성을 돌보시리라

나는 어머니를 위해 시를 자주 지었다. 그래도 억울하게 돌아가신 어머니의 한이 내 가슴에 박혀 날 아프게 했다. 그래서 춤을 췄다. 내가 처용무*를 출 때면 손짓과 발짓에 넘쳐나는 슬픔과 좌절감에 후궁들과 기생들이 모두 눈물을 흘렸다.

"제헌왕후께서는 용모가 선녀와 같으셨습니다. 굳이 닮은 사람을 꼽으라면 공민왕의 왕비 노국대장공주가 가장 비슷할 듯합니다."

어머니의 얼굴을 알고 있는 내관의 말에 나는 노국대장공주가 그려진 초상화를 모조리 사들이라 명했다.

"어머니의 얼굴이 너무 보고 싶구나."

---

* 신라 후기에 만들어진 궁중무용으로, 처용(병을 내쫓는 신)에게 만수무강을 기원하는 일종의 의식이기도 하다.

내가 그렇게 한탄하면 내관은 거울을 가져왔다.

"거울을 보시옵소서. 전하의 용안이 참으로 제헌왕후마마를 닮으셨나이다."

하지만 노국대장공주의 초상화를 아무리 많이 사들여도, 어머니를 죽인 사람들을 샅샅이 찾아내 모두 벌을 주어도 마음속은 언제나 채워지지 않고 텅 빈 채였다. 여전히 어머니의 부재는 내 가슴을 아프게 했고, 받아보지 못한 어머니의 사랑에 대한 갈구는 내 가슴을 쓰리게 했다.

어머니의 사랑을 채우지 못하는 대신 나는 여색을 탐하기 시작했다. 몇 명의 후궁들로는 도저히 텅 빈 가슴이 채워지지 않았다. 나는 대신들을 전국 각지에 채홍사로 보내 사대부의 첩과 양인의 아내와 딸, 노비, 창기 등을 가리지 않고 징발했다. 그렇게 모집한 만여 명의 여인들 중 미모가 뛰어난 이들을 엄선해 궁궐로 불러들이고 '흥청'이라 했다.

흥청 가운데 나와 성관계를 갖지 못한 여인은 '지과흥청'이라 하고, 관계를 가진 여인은 '천과흥청'이라 하며, 관계를 가졌으되 흡족하지 못한 여인은 '반천과흥청'이라 서열을 매겼다. 나는 흥청들이 거처할 곳을 짓고, 음식을 공급하기 위한 호화고를 건립하고, 의복과 화장품 공급을 위한 보염서를 설치했다. 그리고 매일 연회를 열고 술을 마시고 춤을 추었다.

천여 명의 흥청들과 스물이 넘는 후궁들을 유지하는 비용은 모두 공신들과 백성들에게서 수탈했다. 나의 폭정에 대한 대신들과 백성들의 불만은 점점 쌓여갔다. 나는 나와 흥청에 대해 험담하는 자들을 잡아들이라는 명을 내렸다.

내 광기는 점점 나 자신을 갉아먹고 있었다. 하지만 나 자신을 제어할 수 없었다. 숙취로 머리가 아파서 깨어보면 내가 어제 죽였다는 궁녀의 시체가 대전 뜰에 있기도 했다. 기억나지 않았다. 술기운에 벅차올라 칼을 들고 춤을 추다 내관의 목을 벤 적도 있었다. 후회하지 않았다. 차라리 가슴속에서 끓어오르는 이 광기가 완전히 나를 압도해 나 자신을 잊어버리고 싶었다.

요즘 들어 대신들의 기미가 심상치 않았다. 어쩌면 이러다 반정이 일어날 수도 있었다. 하지만 상관없었다. 내 어머니를 죽게 만들었던 권력에 대한 욕심 따위는 내게 없었다. 그저 이렇게 하루 종일 술에 취해 노닥거리며 모든 것을 잊고 싶었다. 모든 것이 허무했다.

"인생은 초로와 같아서 만날 때가 많지 않은 것을……."

나는 술에 취해 풀피리를 불다 말고 시를 읊었다. 나도 모르게 눈물이 흘렀다. 다른 궁녀들은 멀뚱히 그런 나를 바라보기만 하는데 숙용 장씨(장녹수)와 숙용 전씨만 나와 함께 흐느껴 울었다. 나는 그들의 등을 어루만지며 한숨을 내쉬었다.

"지금 태평한 지 오래이니 어찌 불의에 변이 있겠느냐마는 만약

변고가 있게 되면 너희들은 반드시 면하지 못하리라."

그리고 아흐레 후 중종반정이 일어났다. 나는 강화도에 유배되었다가 다시 교동도로 이배되었다. 반정 세력들은 나를 죽이려 갖은 노력을 했지만 강화유수의 도움으로 몇 차례의 독살 위기를 넘길 수 있었다.

유배지에서도 나는 술에 취해 흐느적거렸다. 죽음의 위협 따위는 겁나지 않았다. 아니, 어쩌면 내가 진정으로 원하는 것은 죽음일지도 모른다. 모든 것을 완벽하게 망각할 수 있는 죽음만이 내가 모성의 결핍을 잊을 수 있는 길이었다.

나의 맏아들 폐세자 황이 사사되었다는 소식을 접하고 나는 식음을 전폐했다. 나는 이미 살고 싶은 마음이 없었다. 다만 나의 왕비, 내가 어떤 짓을 해도 어머니처럼 따뜻하게 날 안아주었던 나의 왕비 신씨가 보고 싶었다. 나의 왕비 신씨에게 미안하다고, 사랑했다고 말해주고 싶었다. 하지만 유배 생활 두 달 만에 나는 마지막 소원을 이루지 못한 채 31세의 나이로 눈을 감았다.

폐제헌왕후(廢齊獻王后)와 성종(成宗), 그 밖의 이야기

성종은 많은 업적을 남긴 뛰어난 왕으로 회자된다. 하지만 성종 대에는 궁중에서 여성들의 암투가 가장 심각했다. 일단 웃전이 너무 많았다. 성종의 아버지는 덕종으로 추존된 의경세자였다. 의경세자가 사망하고 나자 당시 세자빈이었던 인수대비는 두 아들과 함께 궐에서 나와야만 했다.

하지만 인수대비는 자신의 아들을 왕으로 만들려는 야망을 버리지 않았다. 인수대비는 왕위승계자에 대한 지명권이 있는 자성대왕대비(정희왕후)를 거의 매일 찾아갈 정도로 정성을 다했다. 또한 두 아들의 교육에는 엄격한 잣대를 들이댔다. 보통 종친들은 관직에 나갈 수 없어 공부를 소홀히 하는 경우가 많았는데, 인수대비는 오히려 아들 교육에 있는 힘을 다해 세조로부터 '폭빈'이라 불릴 정도였다.

이러한 인수대비의 노력 덕분에 예종의 아들이자 원자였던 제안대군을 제치고, 인수대비의 맏아들 월산대군까지 제치고 성종이 왕위에 오를 수 있었다. 자성대왕대비는 제안대군은 어리고 월산대군은 몸이 약해 자산군(성종)에게 보위를 물려준다고 했다. 하지만 사실 자산군은 한명회의 사위였기 때문에 왕위를 물려받을 수 있었다.

성종 즉위 당시 궁궐의 가장 웃어른은 성종의 할머니가 되는 자성대왕대비 윤씨(정희왕후)였다. 하지만 두 번째 자리는 애매했다. 성종의 법적 어머니이자 숙모가 되는 인혜대비 한씨(안순왕후), 성종의 친어머니지만 법적으로는 큰어머니가 되는 인수대비 한씨(소혜왕후)가 2인자의 자리를 다투었다. 당연하게도 인수대비의 승리였다. 성종 6년, 자성대왕대비 윤씨는 예조에 교지를 내려 인수대비의 손을 들어주었다.

"왕대비(안순왕후)의 서열이 일찍이 인수왕비의 위에 있었으나, 세조께서는 일찍이 인수왕비를 우대하시고 예종에게 '어머니처럼 섬기라'고 하셨다. 그러므로 왕대비가 인수왕비에게 굳이 사양하고 윗자리를 차지하지 않기에 내가 세조의 유의에 따라 왕대비가 바라는 대로 특별히 인수왕비를 왕대비의 위에 자리하게 했다. 인수왕비는 굳이 사양하면서 내 명을 거듭 어기다가 드디어 자리에 나아갔다."

성종이 즉위한 후 섭정을 했던 자성대왕대비 윤씨는 인수대비에게 섭정을 미룰 정도로 인수대비에 대한 신뢰가 두터웠다.

"나는 이미 박복해 일이 이와 같으니 심신을 화평하게 하기 위해 스스로 수양하려고 한다. 또 나는 문자를 알지 못하지만 수빈(인수대비)은 문자도 알고 사리에 통달하니 가히 국사를 다스릴 것이다."

이런 상황이니 성종의 재위기간 동안 인수대비는 정치적 간섭에 그치는 것이 아니라 정치적 결정을 내릴 만큼 강력한 권력을 쥐었다. 인수대비는 독실한 불교신자였으므로 불경 제작이나 사찰 재건 등에 국고를 쓰는 문제로 신하들과 여러 번 갈등을 빚었으나 성종은 언제나 인수대비 편을 들어주었다.

인수대비가 정치적 간섭을 해 조정에서 결정된 사항을 변경하는 일이 자주 일어나자 신하들은 인수대비에게 《내훈》의 삼종지도*를 따르라며 상소를 올렸다. 하지만 《내훈》을 손수 편찬한 인수대비 자신은 그것을 지킬 마음이 전혀 없었다.

'효'를 내세워 성종을 쥐락펴락하던 인수대비에게 처음 생긴 경쟁자가 바로 제헌왕후 윤씨였다. 다음 대의 왕이 될 원자를 낳은 중전에게로 권력이 이동하는 것은 당연한 일이었다. 하지만 인수대비는 그런 상황을 참지 못했다. 비록 후궁들의 모함이 있었다고는 하지만 인수대비는 적극적으로 제헌왕후 윤씨의 사사에 가담했다.

---

* 결혼하기 전에는 아버지를, 결혼해서는 남편을, 남편이 죽으면 자식을 따라야 한다.

제헌왕후가 폐출된 다음 해에 왕비가 된 정현왕후는 그런 인수대비의 성정을 잘 알고 있었기에 정사에 관여하지 않았다. 정현왕후는 열두 살의 어린 나이에 궁에 들어와 인수대비의 가르침을 받으며 자라서 인수대비의 꼭두각시나 마찬가지였다. 인수대비는 정현왕후의 예를 들며 궁녀는 어린 나이에 뽑아서 교육을 시켜야 한다고 말하기도 했다. 또한 정현왕후는 성종이 폐제헌왕후 윤씨를 복위시킬 듯한 분위기였을 때도 다른 후궁들처럼 투기를 드러내지 않았다. 성종은 투기하지 않는 정현왕후의 성품에 만족해 그녀를 왕비로 삼았다.

연산군이 즉위하면서 인수대비는 권력의 정점에서 물러날 수밖에 없었다. 연산군은 아들 성종과는 달리 자신의 말을 쉽게 따르지 않았다. 연산군은 왕위에 대한 자부심이 대단했다. 무오사화 이전의 연산군은 정치적 감각도 뛰어났고 개혁적인 정책도 추진하는 뛰어난 왕이었다. 전국에 암행어사를 파견해 민심을 살피고 과거를 실시해 인재를 등용하기도 했다. 또한 무오사화 이전에는 후궁도 많이 두지 않았고, 왕비였던 거창군부인 신씨와의 관계도 돈독했다.

연산군이 폭력성과 호색한 기질을 심각하게 드러내기 시작한 것은 장녹수를 만나고 나서부터였다. 장녹수는 제안대군의 가노와 혼인해 아들까지 낳은 상태에서 춤과 노래를 배워 기생이 되었다.

연산군은 장녹수에게 첫눈에 반해 궁으로 들였고, 딸을 낳자 숙원 첩지까지 내렸다. 연산군의 총애를 등에 업고 장녹수는 엄청난 부를 축적했다. 장녹수의 권세가 얼마나 대단했는지는 옥지화 사건으로 알 수 있다. 하급 기생인 옥지화는 장녹수의 치마를 밟았다는 이유로 참형을 당한 후 목이 효시되었다.

하지만 중종반정으로 연산군이 폐위되면서 장녹수도 거리에서 투석형을 당했다. 장녹수에 대한 백성들의 원망이 얼마나 컸던지 너도나도 죽은 시신에 돌과 기와를 던져 돌무덤을 이룰 정도였다고 한다. 연산군은 폐위 후 두 달 만에 사망했고, 연산군이 어머니 윤씨에게 올린 관작과 존호는 모두 삭탈되었으며, 회릉도 회묘로 격하되었다. 하지만 폐제헌왕후의 묘는 "무덤을 건드리면 재수 없다"는 미신 덕분에 그대로 보존되어 다른 후궁들의 묘소보다 봉분이 크고 석물들로 꾸며져 있는 '릉'의 모습을 갖추고 있다.

성종의 가계도

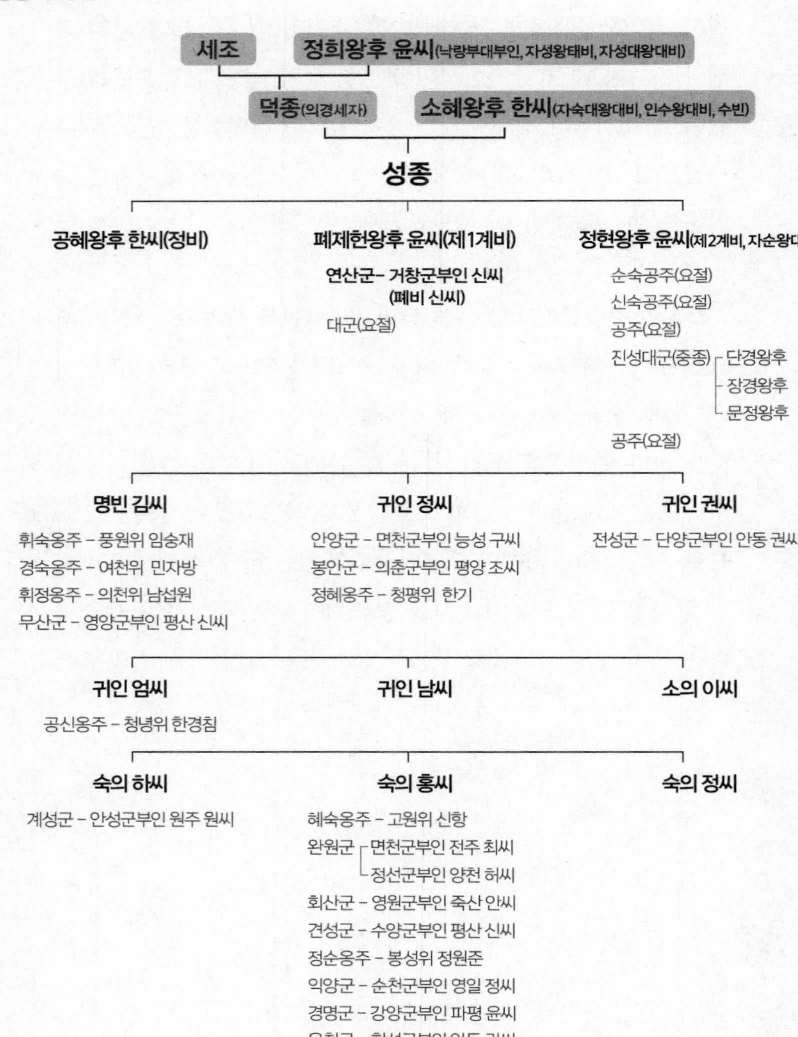

세조
정희왕후 윤씨(낙랑부대부인, 자성왕태비, 자성대왕대비)
덕종(의경세자)
소혜왕후 한씨(자숙대왕대비, 인수왕대비, 수빈)
성종
공혜왕후 한씨(정비)
폐제헌왕후 윤씨(제1계비)
연산군– 거창군부인 신씨
(폐비 신씨)
대군(요절)
정현왕후 윤씨(제2계비, 자순왕대비)
순숙공주(요절)
신숙공주(요절)
공주(요절)
진성대군(중종)
단경왕후
장경왕후
문정왕후
공주(요절)
명빈 김씨
휘숙옹주 – 풍원위 임숭재
경숙옹주 – 여천위 민자방
휘정옹주 – 의천위 남섭원
무산군 – 영양군부인 평산 신씨
귀인 정씨
안양군 – 면천군부인 능성 구씨
봉안군 – 의춘군부인 평양 조씨
정혜옹주 – 청평위 한기
귀인 권씨
전성군 – 단양군부인 안동 권씨
귀인 엄씨
공신옹주 – 청녕위 한경침
귀인 남씨
소의 이씨
숙의 하씨
계성군 – 안성군부인 원주 원씨
숙의 홍씨
혜숙옹주 – 고원위 신항
완원군
면천군부인 전주 최씨
정선군부인 양천 허씨
회산군 – 영원군부인 죽산 안씨
견성군 – 수양군부인 평산 신씨
정순옹주 – 봉성위 정원준
익양군 – 순천군부인 영일 정씨
경명군 – 강양군부인 파평 윤씨
운천군 – 학성군부인 안동 권씨
양원군
문천군부인 풍양 조씨
양근군부인 문화 유씨
정숙옹주 – 영평위 윤섭
숙의 정씨

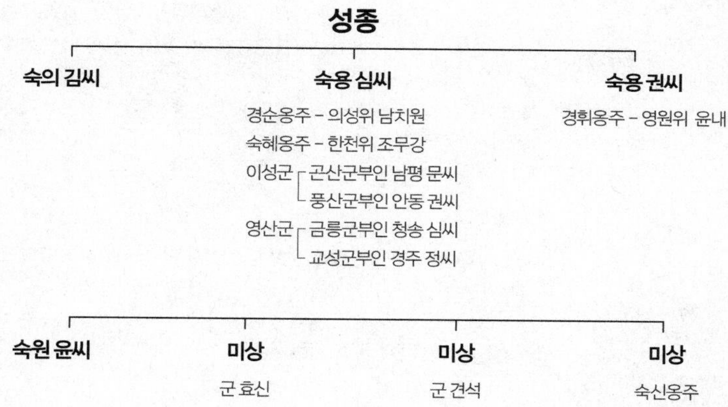

※ 자녀는 생년순서로 나열. 후궁은 품계순서로 나열.

폐제헌왕후의 가계도

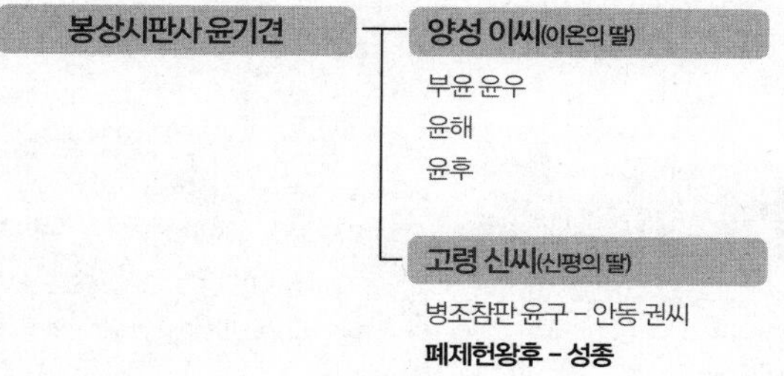

※ 생년순서로 나열.

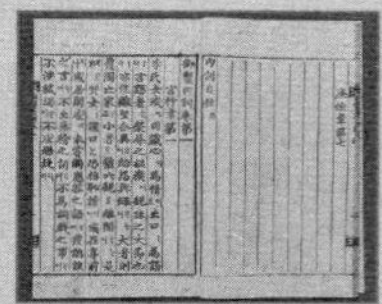

《어제내훈》

인수대비가 왕실 여성을 비롯한 부녀자들을 교훈하기 위해 덕행에 관련된 내용을 정리한 책이다. 인수대비의 남편은 세조의 맏아들인 의경세자로 요절하였다. 인수대비는 스무 살의 나이로 두 아들을 데리고 궁에서 나와야만 했다. 하지만 인수대비는 남편인 의경세자가 덕종으로 추존되면서 소혜왕후로 추존되었고, 둘째 아들인 성종이 즉위하면서 인수대비가 되었다.

예종(상상도)

예종은 세조와 정희왕후의 차남으로 태어나 아버지가 왕위에 오르자 해양대군으로 봉해졌으며, 형 의경세자가 사망한 뒤 왕세자로 즉위했다. 세조 말년에 대리청정을 수행하다가 세조가 죽고 뒤를 이어 즉위했으나 재위 1년 만에 사망했다.

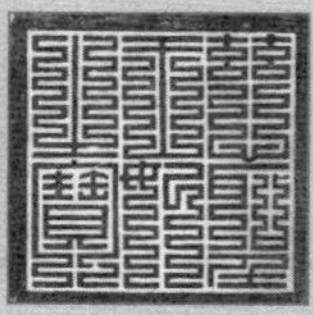

세조비 정희왕후 상존호 옥보

예종이 죽은 뒤, 왕위계승 결정권을 쥐고 있던 세조의 비 정희왕후는 자산군을 선택했다. 예종과 안순왕후의 아들인 원자는 어리고 의경세자의 맏아들 월산군은 병약하므로 의경세자의 둘째 아들 자산군을 택했다고 하지만, 실은 자산군의 장인이 정계의 권력자 한명회였기에 이루어진 선택이었다.

창경궁

성종은 할머니가 되는 자성대왕대비 윤씨(정희왕후, 세조의 비), 성종의 법적 어머니이자 숙모가 되는 인혜대비 한씨(안순왕후, 예종의 비) 그리고 성종의 친어머니이지만 법적으로는 큰어머니가 되는 인수대비 한씨(소혜왕후, 추존왕 덕종의 비)를 모시기 위해 창경궁을 건축했다.

경춘전

경춘전은 1483년 성종 때 조성된 창경궁 안에 있는 건물로 여러 왕과 왕비의 침전으로 사용되었다. 추존왕인 덕종비 소혜왕후(인수대비), 숙종비 인현왕후, 장헌세자빈 혜경궁 홍씨가 이곳에서 승하했다.

겸재 정선의 〈압구정도〉

한명회의 정자인 압구정을 그린 18세기 작품이다. 한명회는 예종의 원비 장순왕후와 성종의 원비 공혜왕후의 아버지다. 한명회는 외척으로 정권을 장악했으나 연산군의 생모 폐제헌왕후의 폐위에 관여했다는 죄목으로 연산군 때 부관참시를 당했다.

순릉

공혜왕후의 능이다. 한명회의 딸 공혜왕후 한씨가 죽은 뒤 성종은 후궁 중 한 명을 왕비로 삼기로 했다. 인수대비와 자성대왕대비의 반대에도 불구하고 성종은 연산군을 임신하고 있던 폐제헌왕후 윤씨를 왕비로 선택한다.

창덕궁 인정전

창덕궁의 정전으로 폐제헌왕후 윤씨가 거처했던 곳이다. 나중에는 왕이 외국의 사신을 접견하고 신하들에게 조하(弔賀)를 받는 등 공식적인 국가행사를 치르는 곳으로 사용했다.

성종대왕 태실비

조선왕실에서는 태실도감을 설치해 아기의 태를 봉안하고 태실을 설치했다. 성종 태실은 형태가 잘 보존되어 연구 목적으로 창경궁으로 옮겨졌다. 조선왕실 태실은 일제강점기에 모두 모아서 고양 서삼릉으로 옮겼다.

성종의 어필

성종은 섭정 기간이 6년 8개월 정도에 달한다. 1469년 12월 31일부터 1476년 7월 31일까지는 할머니 정희왕후 윤씨가 섭정했고, 1476년 7월 31일부터 1476년 8월 26일까지는 영의정 정창손이 잠시 섭정했다. 1476년 8월 26일부터 1494년 승하할 때까지는 친정을 했다.

성종 상시호 금보

성종 상시호 금보는 1495년(연산군 1년)에 제작되었다. 성종은 《경국대전》을 완성해 반포했고, 《여지승람》, 《악학궤범》, 《동문선》 등을 편찬하고 홍문관을 새로 창설했으며, 독서당 제도를 시행해 인재들의 육성에도 큰 관심을 기울였다.

폐제헌왕후 태항아리

폐제헌왕후 윤씨의 태항아리 중 내항아리의 몸체다. 성종은 첫 왕비인 공혜왕후의 국상이 끝난 1476년 8월 27일 폐제헌왕후를 왕비로 책봉했으며, 폐제헌왕후는 11월 23일에 적통대군인 원자 연산군을 낳아 중전으로서의 위치를 확고히 다졌다.

순정효왕후의 친잠 모습

"누에를 길러 항산이 풍족하게 되면 예의가 저절로 갖춰질 것이고, 나라는 지치의 높은 수준에 이를 것이다. 이 행사의 뜻을 조정과 민간에 널리 알려 모두 알게 하라."
성종 8년 3월 14일의 기록이다. 하지만 친잠례 보름 후, 성종은 대왕대비의 명령이라며 중전을 폐위하겠다는 뜻을 내비쳤다. 하지만 신하들의 반대로 뜻을 이루지는 못했다.

폐제헌왕후 태지석

폐제헌왕후는 한 번의 폐위 소동 후 성종과 다시 사이가 좋아져 대군을 임신했다. 하지만 대군을 낳은 지 백일도 안 된 1479년 음력 6월 21일, 자신의 생일 다음 날에 폐위되었다.

성종 계비 정현왕후 상존호 금인

인은 왕세자, 왕세자빈 등에게 올리는 것이지만, 어보와 관련된 제도가 완전히 정착되지 못한 조선 초에는 왕비나 왕대비에게도 인을 올린 사례가 있다. 연산군 3년(1497)에 완성된 성종 계비 정현왕후의 이 어보는 '자순(慈順)'이라는 존호를 올리면서 만든 것이다.

연산군

연산군은 성종과 폐제헌왕후 사이에서 태어났지만 성종의 제2계비인 정현왕후를 생모로 알고 자랐다. 정현왕후는 최선을 다해 연산군을 보살폈기 때문에 폐제헌왕후의 연적이었는데도 연산군의 피바람을 피할 수 있었다.

회묘

폐제헌왕후의 무덤이다. 원래 경기도 장단군에 있었던 것을 연산군이 서울특별시 동대문구 회기동으로 천장했으며, 이후 1969년 10월 25일 경기도 고양시 덕양구 원신동의 서삼릉으로 이장했다. 연산군이 즉위한 뒤 제헌왕후로 추존되면서 회릉으로 격상되었으나, 중종반정이 발생하면서 제헌왕후 시호가 삭탈되고 다시 회묘로 격하되었다. 하지만 무덤을 건드리면 재수가 없다는 미신 덕분에 그대로 보존되어 문인석, 무인석 등의 왕릉 형식을 갖추고 있다.

경릉

인수대비와 추존왕 덕종이 묻힌 곳이다. 살아 있을 때는 앉은 사람을 기준으로 좌측이 상석이고, 죽었을 때는 우측이 상석이다. 따라서 왕의 묘는 우측에, 왕비의 묘는 좌측에 자리한다. 그런데 덕종과 인수대비의 무덤은 그 반대다. 남편 덕종은 죽을 때 세자 신분이었지만, 부인 인수대비는 대왕대비의 신분으로 죽었기 때문이다. 남존여비보다 왕실의 서열이 우선된 것이다. 이는 인수대비의 권력이 어느 정도였는지 보여주는 한 예이기도 하다.

《불정심다라니경》

인수대비가 성종을 위해 필사해서 1485년에 간행한 불교 경전이다. 인수대비는 독실한 불교신자여서 숭유억불정책을 펴던 신하들과 몇 번이나 마찰을 빚었다.

강화도 부군당에 있는 연산군 부부 그림

연산군은 무오사화 이전까지는 그렇게 나쁜 왕이 아니었다. 왕비였던 거창군부인 신씨와도 사이가 좋은 편이었다. 하지만 연산군은 장녹수를 만나고 나서부터 폭력성과 탐욕을 드러내기 시작한다.

적삼

적삼은 조선시대에 윗도리에 입는 홑옷으로 모양은 저고리같이 생겼다. 폐제헌왕후는 사약을 마시고 죽을 당시 피를 토한 적삼을 연산군에게 전해 자신의 억울함을 풀어달라고 유언했다.

일재 김윤보가 그린 〈형정도〉 중 태형집행 장면

연산군 초기에는 훈구파와 사림파가 서로 협력해서 왕권보다 신권이 강한 편이었다. 연산군은 1498년(연산군 4년)에 무오사화를 일으켜 사림파를 제거했으며, 1504년(연산군 10년)에는 갑자사화를 일으켜 남아 있는 훈구파와 사림파를 모두 제거함으로써 권력을 움켜쥐었다.

신윤복의 〈뱃놀이〉

채홍사는 1504년 갑자사화 이후 연산군이 미녀를 뽑기 위해 전국에 파견한 임시 관원을 말한다. 연산군은 채홍사가 모집한 만여 명의 여인들 중 미모가 뛰어난 이들을 엄선해 궁궐로 불러들이고 '흥청'이라 했다. 연산군은 흥청들과 함께 뱃놀이를 하고 유람을 하며 사치와 향락을 즐겼다.

신윤복의 〈쌍검대무〉

연산군의 폭력성은 비단 폐제헌왕후의 폐위와 관련된 신하들에게만 드러난 것이 아니다. 연산군은 폐제헌왕후의 죽음이 여인의 투기 때문이라고 생각해 투기를 몹시 싫어했는데, 후궁인 전향과 수근비가 장녹수에게 투기를 드러내자 사지를 찢고 머리를 뽑아 전시했다. 또한 내관 김처선이 문란한 생활에 대해 직언하자 김처선에게 활을 쏘아 쓰러뜨린 다음, 다리와 혀를 잘라 참혹하게 살해했다.

연산군묘

원래 연산군의 묘는 유배지였던 강화도에 있었으나 1512년(중종 7년)에 거창군부인 신씨가 중종에게 묘소 이장을 요청해서 서울특별시 도봉구 방학동으로 이장했다.

전교 연산군 광해군 치제

1775년(영조 51년) 연산군, 광해군, 연산군 생모 윤씨, 광해군 생모 공빈 김씨의 치제를 새긴 현판으로 제사봉양이나 석물보수 등에 관한 내용이 담겨 있다.

기사사연도

〈기해기사계첩〉 중 '기사사연도'로 악단의 연주에 맞추어 처용무를 추는 모습이 그려져 있다. 연산군은 처용무 감상을 즐겼으며 흥이 날 때는 직접 처용무를 추기도 했다.

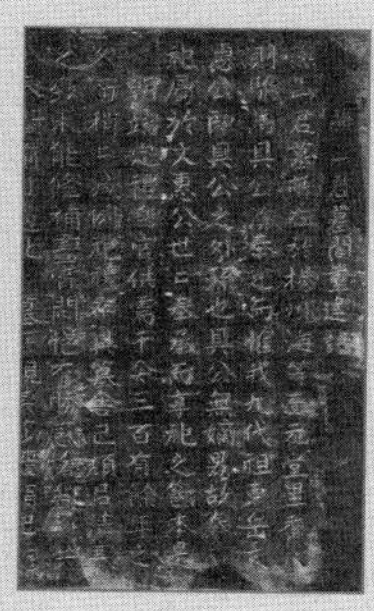

연산군 묘각 중건기

1903년(광무 7년) 연산군묘의 잔디와 담장을 보수하고 묘각을 중건한 과정을 적은 현판이다. 본래 연산군묘 재실 안에 걸려 있던 것으로 연산군묘를 관리하는 정릉관리소에서 보관해왔으나 현재는 국립고궁박물관으로 이관되었다.

다홍치마

-단경왕후

나는 조선 최고의 권력을 가진 명문가에서 태어났다. 고모는 임금이었던 연산군의 정비였고, 할아버지 신승선은 세종의 4남 임영대군의 사위였으며, 아버지 신수근은 이조판서였고, 두 작은아버지는 모두 형조판서를 역임했고, 작은어머니는 예종의 비 안순왕후의 여동생이었다. 연산군은 포악했지만 왕비인 고모에게는 다정한 편이었다. 그래서 외척인 우리 집안 사람들도 조정에서 떵떵거릴 수 있었다.

모든 가문에서 나를 며느리로 원했다. 왕실도 마찬가지였다. 자순대비 윤씨(정현왕후)는 자신의 아들 진성대군과 나의 혼인을 강력하게 원했다. 연산군이 즉위한 지 벌써 5년이었다. 하지만 역사상 강력한 왕위 경쟁자를 살려두는 법은 없었다. 연산군이 언제

변덕을 부리거나 억지를 써서 이복동생 진성대군을 죽일지 몰라 자순대비는 항상 불안하고 초조했다.

그래서 자순대비가 생각한 것이 나와의 혼인이었다. 워낙 왕비를 존중하고 좋아하는 연산군이니 진성대군이 처조카의 남편이 되면 죽일 수 없을 거라는 생각에 자순대비는 기어이 나를 며느리로 원했다. 사실 진성대군의 고조부와 나의 외고조부는 세종대왕으로 같으며, 우리는 8촌 지간이었다. 하지만 왕실 혼례 시 외가 쪽으로는 근친을 따지지 않기에 진성대군과 나의 혼례는 아무 문제 없이 진행되었다.

연산군 5년, 내 나이 열세 살, 활짝 열린 대문 안으로 사람들이 구름 떼처럼 몰려들었다. 왕실 혼례를 구경하기 위한 사람들로 대문 앞 큰길까지 발 디딜 틈이 없었다. 세자가 아닌 대군의 혼례라 왕실 혼례식보다는 간소한 절차였지만, 나는 실수라도 할까 봐 내내 긴장해서 혼례식이 하나도 기억나지 않았다.

혼례식 절차가 모두 끝나고 방에 들어와서야 진성대군과 혼인해 부부인이 되었다는 실감이 조금씩 들었다. 가체에 화관이 무거워 고개를 들 수도 없었고, 혼례식 전 단장을 할 때 밀랍에 참기름을 섞어서 만든 밀기름을 속눈썹에 발라 눈을 크게 뜨지 못하도록 했기에 혼례식 동안 신랑 얼굴도 제대로 보지 못했다.

사위가 어둑어둑해질 무렵, 방문을 열고 진성대군이 들어왔다.

나는 살며시 곁눈으로 진성대군을 엿보았다. 나보다 한 살 어린 왕자님은 나보다 키도 훨씬 작았다. 진성대군은 겁이 많고 유약한 성품 같았다. 낯선 곳, 어색한 상황에 어쩔 줄 몰라 방 안을 서성이다가 자리를 잡고 앉아서도 흠, 흠, 헛기침만 할 뿐이었다. 나는 먼저 다가가 진성대군의 손을 잡았다. 물끄러미 날 바라보던 진성대군이 내 손을 마주 잡았다. 그날 밤 우리는 손을 꼭 잡고 잤다.

우리는 혼례를 치른 후 사흘 동안 친정에 머무르다가 시어머니 자순대비(정현왕후)가 있는 경복궁에 들어가 인사를 올렸다. 고모이자 동서지간이 되는 연산군의 왕비 신씨와도 오랜만에 인사를 나누었다. 그리고 진성대군의 형 연산군을 배알했다. 나는 너무나 떨려 연산군의 얼굴도 제대로 보지 못했다. 어쨌든 기나긴 잔치가 끝나고 진성대군과 나는 사가에서 신혼살림을 차렸다. 연산군이 혼례를 축하한다며 새로 지어준 집이었다. 집 안 창고에는 연산군이 내린 곡식 7천 석이 가득 차 있었다.

혼인하기 전해에 무오사화로 많은 사람이 죽었다. 하지만 권력의 중심에 있었던 우리 집안과는 상관없는 이야기였다. 게다가 당시만 해도 연산군은 이복동생 진성대군에게 다정한 형이었다. 연산군은 자순대비를 친어머니로 알고 자라서인지 다른 이복형제들보다는 진성대군을 예뻐하는 편이었다. 하지만 진성대군은 연산군을 보러 갈 때마다 벌벌 떨었다.

한번은 진성대군이 연산군과 함께 사냥을 나갔는데, 연산군이 승마 시합을 하자고 제안했다.

"내 말보다 네 말이 궁궐에 늦게 도착하면 군법으로 다스리겠다."

왕을 이길 수도 이기지 않을 수도 없는 상황, 진성대군은 말 위에서 혼자 엉엉 울었다고 했다. 연산군과 동시에 도착하기 위해 진성대군은 온 힘을 쏟았다. 결국 진성대군은 아슬아슬하게 연산군보다 먼저 궁궐에 도착했다. 진성대군은 다리가 풀려 말에서 내리다가 땅바닥에 뒹굴기까지 했다. 연산군은 눈물범벅인 진성대군의 얼굴을 보며 씩 웃고는 뒤돌아가버렸다고 한다.

자신의 어머니가 억울하게 폐비되어 사사되었다는 사실을 알게 되면서 연산군은 점점 더 포악하게 변해갔다. 천 명이 넘는 여자들을 뽑아 흥청으로 삼아 여색을 탐했으며, 궐 안은 물론이고 공자를 모신 성균관에서도 연회를 즐기기 바빴다. 유교 경전을 탐구하는 경연을 폐지하고, 직언하는 대신들을 강등시키거나 유배 보냈다. 계속된 향락에 비어버린 국고를 채우기 위해 백성들을 수탈했으며, 민가를 철거하고 사냥터를 만드는 등 악정이 계속되었다.

그리고 연산군 10년, 연산군은 자신의 어머니 폐비 윤씨를 죽이는 데 가담했던 신하들을 모두 찾아내어 무자비하게 죽이고, 폐비 윤씨를 질투해 모함했던 귀인 정씨와 귀인 엄씨를 때려죽이고, 이복형제인 안양군과 봉안군도 죽여버렸다. 이른바 갑자사화였다. 연산군의 폭정은 사화로 끝나지 않았다. 총애하던 후궁을 목을 베어 효시하기도 하고, 정업원의 비구니 여덟 명을 겁탈해 자결하게 만들기도 했다.

우리는 연산군의 심기를 거슬리지 않기 위해 모든 노력을 다했다. 가끔 궁궐로 자순대비를 뵈러 가는 것 외에는 외출도 삼갔다. 혹시나 역모로 몰릴까 봐 여러 명이 모이는 모임에도 가지 않았고, 집에 찾아오겠다는 손님들도 갖가지 변명으로 거절했다.

연산군 12년 여름, 승평부대부인 박씨가 돌아가셨다. 승평부대부인 박씨는 연산군의 큰아버지 월산대군의 미망인으로 연산군에게는 어머니 같은 존재였다. 연산군은 어릴 때 아프면 큰아버지 월산대군의 집인 덕수궁으로 피접을 나갔다. 승평부대부인 박씨는 아이가 없어서 누구보다 연산군을 아끼고 살뜰히 보살폈다.

연산군은 자신의 큰아들 세자 황도 승평부대부인 박씨에게 기르게 했으며, 승평부대부인 박씨에게 궁궐에 처소도 내어주고 자주 방문했다. 그래서인지 승평부대부인 박씨가 연산군에게 겁탈을 당하고 자결했다는 소문이 돌았다. 승평부대부인 박씨가 임신을 했다더라, 연산군에게 성병이 옮았다더라……. 소문은 꼬리에 꼬리를 물고 점점 커져갔다. 당시 승평부대부인 박씨는 쉰둘의 나이였다. 임신하기 불가능한 나이였고 자연사할 수 있는 나이였지만, 소문은 식지 않았다. 항간에는 승평부대부인 박씨가 남동생 박원종에게 자신의 한을 풀어달라는 유서를 남겼다고도 했다.

누이의 복수를 위해서였든 연산군의 폭정을 참을 수 없어서였든 박원종은 연산군을 몰아낼 계획을 세우기 시작했다. 성희안도 계획에 동참했다. 성희안은 연산군이 양화도에서 연회를 벌일 때 "임금은 본래 맑은 물을 좋아하지 않는다"는 시를 지었다가 파직당했다. 연산군을 풍자한 시를 지었다는 이유였다. 연산군의 폭정에 질린 조정 대신들과 재산을 연산군에게 빼앗긴 공신들이 합류했다.

박원종은 반정을 일으키기 전 내 아버지 신수근의 의중을 떠보았다.

"그대는 누이와 딸 중 누가 더 소중합니까?"

아버지는 단번에 그 뜻을 파악하고는 대답을 망설였다. 딸이 왕비가 되면 왕비인 누이가 폐출되어야 하는 상황이었다. 성공하면 반정이지만 실패하면 역모였다. 아버지는 연산군 내내 왕실의 사돈으로 승승장구했다. 굳이 역모의 위험을 감수할 필요가 없었다.

"임금은 비록 포악하나 세자가 총명하니 믿어봅시다."

아버지의 말에 박원종은 더 이상 설득하지 않고 물러났다. 아버지는 연산군에게 역모를 밀고하지는 않았다. 하지만 내게 몸조심하라며 주의와 경계를 당부했다.

나와 진성대군은 문을 닫아걸고 손님도 받지 않았고, 밖으로 나가지도 않았다. 역모를 꾀하는 자들이 아버지에게 물은 것으로 보아 진성대군을 임금으로 세우려는 것이 분명했다. 하지만 진성대군은 왕이 되고 싶어 하지 않았고 나도 왕비의 삶은 싫었다. 왕비라는 자리가 화려해 보이지만 얼마나 큰 희생을 치러야 하는지는 고모이자 윗동서인 왕비 신씨를 보면서 일찌감치 깨달았다.

연산군 12년 또는 중종 원년 9월 2일, 말발굽 소리와 함께 군사들이 우리 집을 빙 둘러쌌다. 우두머리로 보이는 자가 대문을 열어달라고 소리를 질렀다. 경상도와 전라도에서 거병한 군사들이 진성대군을 옹립하려 한다는 소문이 도성에 파다하게 퍼져 있었다. 진성대군은 연산군이 소문을 듣고 자신을 죽이러 온 것이라 생각했다.

"분명 형님이 나를 잡아오라는 명을 내리신 거요. 잡혀가서 참형을 당하느니 차라리 자결하겠소."

진성대군은 장롱 속에 넣어두었던 이불 홑청을 가져와 대들보에 감았다. 우리는 연산군이 갑자사화를 일으킨 후 항상 죽을 준비를 해두고 있었다. 아니, 매일 죽음을 준비하고 있었다. 겁이 많은 진성대군은 항상 내 곁에 꼭 붙어 말하곤 했다.

"우리는 살든 죽든 같이 있는 거요. 죽음이라도 당신과 함께라면 겁날 게 없고, 비록 유배를 당하는 죄인의 목숨이 되어도 당신과 함께라면 견뎌낼 수 있을 것 같소. 그러니 절대 나에게서 떨어지지 마오."

"물론입니다."

불안해하는 진성대군을 달래며 나는 맹세도 하고 다짐도 했다. 절대로 진성대군 곁에서 떨어지지 않겠다고.

진성대군은 울면서 이불 홑청을 매듭지었다. 그리고 또 다른 이불 홑청을 매달았다. 진성대군이 내 손을 잡았지만, 나는 담장 밖을 보느라 그것도 눈치채지 못했다.

"이제 와서 같이 죽기 무서운 것이오? 죽을 때까지 함께하기로 한 약조를 잊었소?"

대문 밖 말 우는 소리에 진성대군은 파르르 떨며 나를 바라보았다. 진성대군이 대들보에 매단 이불 홑청이 바람에 펄럭였다. 나는 대청마루에 서서 이불 홑청 사이로 보이는 담장 밖을 살폈다. 내 키가 작은 데다 꽤 먼 거리라 어떤 상황인지 확실히 알 수 없었다. 나는 일단 진성대군을 달랬다.

"대군마마, 미리 염려하지 마시옵소서. 우선 대문 밖 동태를 살펴본 후에 죽어도 늦지 않습니다."

"군사들이 저렇게 에워싸고 있는데 뭘 더 살펴본다는 말이오? 이렇게 지체하다 잡힐 것이오. 서두르오."

"어차피 죽을 거라면 그 무엇이 겁나겠습니까? 제가 담장 너머를 살피고 오겠습니다. 말머리가 집 안을 향하면 우리를 잡으려고 전하께서 보낸 군대일 것이고, 말머리가 밖으로 향하면 대군마마를 모시러 온 군대일 것입니다."

그제야 진성대군은 고개를 끄덕였다. 하지만 진성대군은 내 곁에서 떨어지려 하지 않았다. 나는 진성대군의 손을 잡은 채 마당의 돌을 옮겨 쌓고, 그 위에 올라 발뒤꿈치를 든 채 직접 담장 너머를 살폈다.

"보이오? 어떻소?"

진성대군이 나를 재촉했다. 말머리는 밖으로 향하고 있었다. 나는 진성대군을 내려다보며 환히 웃음을 지었다. 내가 대문 쪽으로 향하자 진성대군은 내 등 뒤에 숨었다. 대문을 열어주니 반정군의 장수들이 우리를 향해 무릎을 꿇었다. 그리고 우리를 모시고 궁으로 향했다.

그날 밤, 우리는 교태전(왕비의 침전)에 들어서도 잠 한 숨 자지 못했다. 반정에 참여하지 않은 내 아버지 신수근은 연산군의 처남이라는 이유로 이미 숙청된 후였다. 연산군은 궁궐의 방화를 틈타 변복한 뒤 말을 타고 도망갔다고 했다. 반정군들은 연산군을 잡기 위해 전력을 다하고 있었다. 연산군이 한성부 근처의 한 민가에서 체포되었다는 소식이 새벽닭이 울기도 전에 들렸다. 체포된 연산군은 강화도로 유배될 거라는 소식도 박원종을 통해 들었다.

밤새 한방에 있으면서도 우리는 서로에게 단 한마디도 건네지 못했다. 혹시나 침소 밖을 지키고 있는 반정군들의 귀에 들어가 오해를 부를 수도 있는 이야기, 몰살당했을 것이 뻔한 나의 친정 가문 이야기, 우리의 불안하고 불확실한 미래에 대한 이야기…….

그 무엇에 대해서도 우리는 대화할 수 없었다. 우리는 그저 교태전에서 숨죽인 채 반정 세력들이 전하는 소식만 듣고 있었다. 무섭고 두렵기만 한 밤이었지만, 우리는 서로의 손을 꼭 붙잡고 견딜 수 있었다.

"주상전하!"

다음 날 아침, 나는 새로운 임금님께서 곤룡포를 입는 것을 상궁과 함께 도우며 낯선 호칭을 내뱉었다. 어제까지는 '대군마마'였지만 이제부터는 '주상전하'였다. 하고 싶은 말이 너무나 많았으나 차마 입 밖으로 내지 못했다.

"전하!"

나는 대전으로 향하는 전하의 뒤에서 울먹였다. 처음이었다. 혼인한 뒤 언제나 울먹이며 약한 모습을 보이는 것은 전하였다. 나는 항상 강력하고 결단력 있는 지어미의 모습만 보였다. 우유부단한 전하 대신 집안 대소사의 결정은 모두 내가 맡아 했다. 하지만 이제는 입장이 바뀌었다. 전하께서는 다가와 내 손을 잡고 어루만지셨다.

"걱정 마시오."

그 한마디만 믿었다.

하지만 전하께서 대전에 납시자마자 박원종을 비롯한 반정 세력들과 육조 참판이 합세해 나를 몰아내라고 호소했다.

"거사할 때 먼저 신수근을 제거한 것은 큰일을 성취하고자 해서였습니다. 지금 신수근의 친딸이 궐내에 있습니다. 만약 왕비로 삼는다면 인심이 불안해지고, 인심이 불안해지면 종사에 관계됨이 있으니 은정을 끊어 밖으로 내치소서."

"아뢰는 바가 심히 마땅하지만, 그러나 조강지처인데 어찌하랴?"

반정 세력들은 내가 낳은 아들이 즉위할 경우 외갓집을 몰살한 반정 세력들에게 복수할까 봐 두려워했다. 이미 연산군의 어머니 폐제헌왕후 윤씨를 사사한 일로 복수당한 경험이 있는 신하들은 무조건 나를 내치라 한목소리로 외쳤다. 우리 사이에 자녀가 없었기에 반정 세력들의 목소리는 더 높았다.

"신 등도 이미 요량했지만 종사의 대계로 볼 때 어쩌겠습니까? 머뭇거리지 마시고 쾌히 결단하소서."

신하들은 하루 종일 전하를 둘러싸고 같은 말을 반복했다. 왕위에 올랐지만 반정에 아무런 도움도 되지 않은 왕이었다. 전하는 중종반정 3대 공신인 박원종, 유순정, 성희안이 물러갈 때면 그들이 모두 문을 나설 때까지 자리에서 일어나 있기까지 할 정도였다. 반정 세력은 힘없는 허수아비 왕을 거의 겁박하다시피 했다.

태종대왕도 세종대왕도 역모를 지은 가문의 왕후를 그대로 두셨다. 자고로 혼인을 하면 출가외인이 되어 친정의 죄에 연좌하지 않는 법이었다. 하지만 반정공신들은 매일같이 나를 내치라 전하를 닦달했다.

나는 자순대비(정현왕후)께 울면서 빌었다. 자순대비는 왕실의 가장 큰 어른이었다. 자순대비의 교지 한 장이면 쫓겨나지 않을 수 있었다.

"제발 어마마마께서 반정공신들을 설득해주옵소서."

하지만 허수아비 왕의 어머니는 더 힘이 없었다. 자순대비는 오히려 나를 설득하셨다.

"칼날 위를 걷는 듯 위태로운 나날이다. 내게 무슨 힘이 있겠느냐? 그저 반정공신들이 궁궐에 밀고 들어와 연산군을 폐하고 진성대군을 보위에 올리라는 교지를 쓰라고 해서 불러주는 대로 쓸 수밖에 없었던 힘없는 대비가 바로 나다. 일이 이렇게 되었는데 어떻게 하겠느냐? 차라리 네가 마음을 굳게 먹고 결단을 내리는 것이 어떠하냐?"

나는 궁녀가 들려주는 아버지의 마지막에 대한 이야기를 들으며 이불 속에서 웅크리고 울었다. 우는 것도 마음대로 할 수 없는 시기였다.

"광화문에서 반정 세력과 반정반대 세력의 싸움이 크게 났는데 이조판서 신수근도 그때 죽었답니다. 신수근이 말에서 떨어지자 하인들이 그 위에 엎드려 자기 몸으로 철퇴를 막았지만 이심이 모두 쳐 죽였답니다. 이심은 넷이나 한꺼번에 죽이는 바람에 피가 튀어 얼굴과 옷이 온통 피범벅이 되었으나, 공을 드러내기 위해 며칠이 지났는데도 씻지 않고 옷을 갈아입지도 않는다고 합니다."

아버지를 그렇게 처참하게 죽인 반정 세력이 나를 가만둘 리 없었다. 벌써 엿새째였다. 전하는 버텨보겠다 했지만 그것이 불가능하다는 것은 전하도 나도 잘 알고 있었다. 그날 저녁, 나는 전하께 아뢰었다.

"왕위를 위해서라면 신첩이 물러나는 것이 맞는 듯합니다."

전하는 아무런 대답 없이 내 손만 잡아주었다. 우리는 두 손을 마주 잡은 채 밤을 지새웠다.

중종 원년 9월 9일, 왕비가 된 지 7일째 아침, 나는 대전으로 나갈 준비를 마친 전하에게 큰절을 올렸다. 전하는 입만 벙긋거리다 한숨을 크게 내쉬고 눈을 질끈 감더니 뒤돌아 나갔다. 교태전의 뜰을 나가는 전하의 모습이 보이지 않을 때까지 그 자리에 서 있었다. 그리고 침소로 들어와 소복으로 갈아입고 명을 기다렸다.

전하는 조회에 나가자마자 내 거취에 대해 말했다.

"종사가 지극히 중하니 어찌 사사로운 정을 생각하겠는가. 마땅히 여러 사람 의논을 좇아 밖으로 내치겠다. 속히 하성위 정현조의 집을 수리하고 소제하라. 오늘 저녁에 옮겨 나가게 하리라."

전하의 말씀에 대신들이 모두 만면에 미소를 지었다고 한다.

그날 초저녁에 나는 교자를 타고 건춘문을 나왔다. 그리고 세조의 따님이신 의숙공주의 남편 하성위 정현조의 집으로 향했다. 내 나이 스물이었다.

다음 날, 전하는 새 왕비를 책봉하는 일을 허락한다는 전교를 내리셨다. 얼마 후 반정 세력의 서녀나 양녀들 중 아홉 명이 전하의 후궁으로 입궁한다는 소식을 들었다. 그 모든 것이 전하의 뜻과는 다르다는 것을 알기에 슬프지 않았다.

전하는 조카들을 매우 아꼈다. 하지만 반정 세력들은 계속해서 연산군의 아들들을 죽이라는 상소를 올렸다. 아이들이 아직 어리다, 조카들을 죽이는 행위는 사람이 할 짓이 아니다……. 전하의 변명이 반정 세력에게는 통하지 않았다. 결국 연산군의 아들들을 사사하고 장례라도 제대로 치르고 싶어 하셨지만 그것마저도 반정 세력들은 허락하지 않았다. 왕이었지만 마음대로 할 수 있는 것이 하나도 없는 왕이었다. 얼마 뒤 연산군도 병으로 사망했다는 소식이 들려왔다. 그래도 전하가 버티고 있었기에 연산군의 부인과 딸들은 살아남을 수 있었다.

전하가 경회루 높은 곳에 올라 인왕산 자락을 보며 눈물짓는다는 이야기를 전해 들었다. 내가 거처하고 있던 하성위 정현조의 집은 인왕산 바로 아래에 있었다. 나는 인왕산 바위 위에 전하가 가장 예쁘다고 했던 다홍색 치마를 걸어놓았다. 전하가 나를 그리워하는 만큼 나도 전하를 그리워한다는 뜻을 전하고 싶었다.

매일 아침 산에 올라 인왕산 바위 위에 치맛자락을 펼쳐놓는 일이 유일한 낙이었다. 하지만 조정 대신들은 그 작은 기쁨조차 빼앗아갔다. 사연을 알게 된 조정 대신들의 성화에 나는 시전 죽전궁으로 옮길 수밖에 없었다.

전하는 날 잊지 않았다는 뜻을 전하기 위해 모화관으로 명나라 사신을 맞으러 갈 때면 모화관에서 멀지 않은 내 처소로 타던 말을 보냈다.

"맛있게 먹고 건강해야 한다. 그리고 항상 조심하면서 주상전하를 잘 모셔라."

나는 말에게 직접 흰죽을 쑤어 먹이며 전하에 대한 그리움을 달랬다. 하루에 한 번씩 내관이나 궁녀가 와서 궁궐 안 소식을 전해주었다. 비록 몸은 멀리 떨어져 있으나 마음만은 부부라고, 비록 반정 세력에 밀려 내쳤지만 조강지처를 버리지는 않을 거라고 믿었다.

새해가 밝았다. 죽전궁에서도 쫓겨났다. 결국 몰락한 친정 오라버니의 집으로 옮겼다. 친정에는 연산군의 부인으로 폐비된 고모 거창군부인 신씨가 이미 와 있었다. 나의 친정은 고모의 친정이기도 했다. 고모는 내 손을 붙잡고 한숨만 내쉬었다. 어쩌면 내 지아비 때문에 폐위되어 나에게도 서운한 마음을 가지시지 않을까 걱정했는데, 다행히 고모는 나를 원망하지 않으셨다.

"네가 무슨 죄가 있겠느냐? 너도 폐위되어 유폐된 것을."

얼마 후 반정 세력인 구수영이 상소를 올렸다.

"내 아들이 연산군의 사위였는데 이제 장인이 죄인이 됐으니 이혼을 허락해주시옵소서."

연산군의 장녀 휘신공주는 전하의 조카이기도 했다. 전하는 어떻게든 이혼을 막으려 했지만 구수영의 고집을 꺾을 수는 없었다. 결국 전하가 이혼을 허락하자마자 휘신공주도 어머니가 있는 친정으로 왔다.

중종반정으로 남편을 잃은 우리 셋의 기묘한 동거는 그렇게 시작되었다. 눈물로 아침을 시작해 한숨으로 잠자리에 드는 날들이 이어졌다. 처음에는 내관이 매일 와서 궁궐 소식을 전해주었다. 하지만 내관은 하루걸러 한 번 오다가 열흘에 한 번, 달포에 한 번, 그렇게 발걸음이 뜸해졌다. 전하는 박원종의 양녀인 경빈 박씨를 총애해 매일 그 처소에 납신다고 했다.

반정 세력의 서녀나 양녀들로 구성된 아홉 명의 후궁 중에서 정헌공 윤여필의 따님 숙의 윤씨(장경왕후)가 왕비로 간택되었다. 전하는 경빈 박씨를 중전으로 삼고 싶어 하셨다. 경빈 박씨는 박원종의 양녀가 되었지만 원래 가문이 한미한 데다 연산군 시절 흥청으로 뽑힌 과거 때문에 중전이 되지 못했다. 새로운 중전마마는 파평 윤씨 가문으로 시어머니 자순대비마마(정현왕후)의 친척이었으며, 월산대군의 부인인 승평부대부인 박씨의 조카이자 반정 세력인 박원종의 조카이기도 했다. 가끔 날이 좋으면 인왕산을 올라 바위 위에 치맛자락을 펼쳐놓던 일도 이제는 할 수 없었다. 새 중전마마에게 무례한 짓을 저지르고 싶지는 않았다.

반정공신들은 또다시 반정이 일어나 자신들의 권력을 잃을까 봐 극도로 예민해져 있었다. 결국 전하의 이복형제인 견성군 이돈은 전산군 이과의 모반사건에 연루되어 간성에 유배되었다. 대신들은 유배에 만족하지 않고 끊임없이 사사를 청했다. 사사되고 난 다음 해에야 견성군이 역모에 가담하지 않았다는 사실이 밝혀져 견성군은 죽고 나서 신원되었다. 나는 한숨을 내쉬었다. 아무리 조강지처라 하나 중전이신 장경왕후가 건재했다. 나도 죽고 나서야 복위될지 모른다는 생각에 한숨만 나왔다.

중종 10년, 전하의 맏딸인 효혜공주를 낳은 지 4년, 장경왕후가 훗날 인종이 되시는 원자 호를 낳고 엿새 만에 산욕열로 세상을 떠났다. 신하들은 해산을 돕던 의녀 장금을 벌하자고 했지만 전하는 '아이를 낳는 데 공이 있었으니 큰 상을 받아야 할 사람'이라고 말씀하셨다.

장경왕후 승하 소식을 듣고 내 마음은 복잡했다. 국모가 돌아가셨으니 슬퍼해야 마땅한데도 슬프지 않았다. 그렇다고 마냥 기쁜 것도 아니었다. 착잡했다. 전하와 헤어진 지 십 년의 세월이 흘렀다. 전하가 그립다기보다는 내 신세가 억울하고 원통했다. 칠거지악의 죄를 저지르지도 않았는데 쫓겨나야만 했던 내 운명이 너무 가혹했다.

전하는 강론 때《고려사》의 기록을 들으시며 내내 한숨을 내쉬었다고 한다.

"명종 때, 최충수가 딸을 태자에게 시집보내려고 이미 있던 태자비를 폐출하게 만들었다. 이에 궁의 사람들이 모두 울었다."

그 한숨이 얼마나 깊었는지 옆에서 기록을 남기던 사관까지도 눈물을 지었다고 한다. 오래간만에 궁에서 나온 궁녀가 전하는 그 이야기에 나는 모든 희망을 걸었다.

기다렸다는 듯 담양부사 박상과 순창군수 김정 등이 나를 복위시켜야 한다는 상소문을 올렸다.

"정국 당초에 박원종, 유순정, 성희안 등이 이미 신수근을 제거하고는 왕비가 곧 그 소출이므로 그 아비를 죽이고 그 조정에 서면 뒷날 후환이 있을까 염려해 바르지 못하게 자신을 보전하려는 사사로움을 위해 폐위시켜 내보내자는 모의를 꾸몄으니, 이는 진실로 까닭도 없고 또 명분도 없는 것입니다. 지금 내정의 주인이 비었으니 마땅히 이때를 계기로 쾌히 결단하셔서 신씨를 왕후의 자리에 앉히시면 천지의 마음이 흠향할 것이요, 조종의 신령이 윤허할 것이고, 신민의 희망에 부응할 것입니다. 신 등이 가슴에 울분을 품은 지 오래면서도 전에 능히 말을 내지 못했던 것은 정히 장경왕후께서 중전에 계시므로 신씨를 복위시키면 장경왕후의 입장이 곤란하기 때문이었습니다. 이제 장경왕후께서 돌아가시고 곤위가 다시 비었으니 마땅히 도로 바로잡을 기회이고, 또 구언하시는 때를 당했으니 이러므로 신 등이 급급히 아뢰는 바입니다."

나의 폐출을 주장했던 박원종과 성희안 등의 반정 세력은 모두 죽은 뒤였다. 나의 복위를 주장하는 사림파와 이에 반대하는 반정공신들 간에 치열한 논쟁이 벌어졌다.

시간이 멈춘 듯한 나날이었다. 전하는 우유부단한 성격이어서 부부로 살았던 7년 동안 항상 모든 결정을 내게 미루었다. 차라리 누군가가 나서서 전하 대신 결정을 내려줬으면 좋겠다고 생각할 정도로 전하는 내 복위에 대한 의견을 미루었다. 차라리 복위되지 않아도 좋으니 그저 빨리 결정해주기만을 바랄 정도가 되어서야 소식이 들려왔다.

전하는 결국 반정공신들의 편을 들었다.

"장경왕후 윤씨가 이미 세자를 낳고 죽었는데 폐비가 복위되어 아들을 낳을 경우 누구의 아들을 적장자로 봐야 하느냐? 차라리 후일의 논란이 발생할 수 있는 여지를 주지 않는 것이 낫다."

벌어지지도 않은 일을 이유 삼아 내 복위를 막은 거였다. 전하다운 결정이었지만 울분이 치솟았다. 도저히 참을 수가 없었다. 단순히 내 복위만 막은 게 아니라 훗날 또다시 복위 문제가 불거질까 봐 미리 단속까지 했다.

"왕후가 죽자마자 폐비의 일로 울분을 품어왔다고 말하니 평소 마음을 알겠다."

전하는 복위 상소를 올린 신하들의 직위를 박탈하고 유배까지 보냈다.

눈물조차 나오지 않았다. 열세 살에 만나 7년을 함께한 부부였다. 그냥 보낸 세월이 아니었다. 연산군이 언제 변덕을 부려 우리를 죽일지 알 수 없어 두려워하며, 혹시나 연산군에게 트집이라도 잡힐까 봐 친정 가문의 손님까지도 경계하며 오로지 서로만 바라보고 의지하며 버텨낸 7년이었다. 반정이 일어나던 날, 자결하려는 전하를 설득해 왕위에 무사히 오르게 해주었던 이가 바로 나였다. 그런 조강지처를 복위하자는 신하들이 뭘 그리 잘못했다고 귀양 보내는지 따져 묻고 싶었다. 가슴이 답답해 며칠을 식음을 전폐하고 누워만 있었다.

중종 12년, 국상기간이 끝나자마자 전하는 장경왕후의 8촌인 윤지임의 딸 파평 윤씨(문정왕후)를 간택해 새 왕비로 삼았다. 장경왕후의 친척이니 어머니를 잃은 세자저하를 잘 돌볼 수 있을 거라는 생각이셨던 모양이다. 세자저하의 외숙부인 윤임도 그런 생각에서 윤지임의 딸이 간택될 수 있게 최선을 다했다.

하지만 새 중전마마는《내훈》,《열녀전》등과 같이 부녀자의 덕목에 대해 논하는 책보다는《사기》,《여장부전》,《진성여왕전》,《선덕여왕전》등 여성들이 권력을 쥐고 정사를 다스리는 이야기를 더 좋아했다.

혼례식이 열리는 날, 나는 인왕산 꼭대기 바위를 바라보며 하루 종일 앉아 있었다. 바위는 저리도 단단히 제자리를 지키고 있는데, 나만 이유 없이 제자리를 찾지 못하고 있었다.

중종 14년, 전하는 훈구파가 득세하는 것을 막기 위해 사림파를 적극 등용했지만 사림파의 세력이 커지자 그것 또한 경계했다. 전하가 원하는 건 왕권강화였지 신하들 중 누군가에게 힘을 실어주는 것이 아니었기 때문이다.

희빈 홍씨와 경빈 박씨는 나인들을 시켜 궁궐 안팎의 나뭇잎에 꿀을 발라서 벌레들이 파먹게 만들었다. 벌레들이 나뭇잎을 파먹고 남은 글씨는 주초위왕(走肖爲王)이었다. '走肖'는 '趙(조)'의 파자에 해당하므로 이는 조광조가 왕위에 오른다는 뜻이었다. 이는 훈구파가 조광조를 중심으로 한 신진사림을 몰아내려 벌인 사건이었다. 희빈 홍씨는 훈구파 홍경주의 딸이었고, 경빈 박씨도 훈구파 박원종의 수양딸이었다.

희빈 홍씨와 경빈 박씨는 나뭇잎을 전하에게 보여드렸다.

“조광조가 훈구파 공신들을 제거하려는 것은 스스로 임금이 될 꿈을 꾸고 있기 때문입니다. 이미 백성들 사이에서는 소문이 파다하다고 합니다.”

전하는 조광조를 비롯한 우참찬 이자, 도승지 유인숙, 좌부승지 박세희, 우부승지 홍언필 등 신진사림 세력들을 모두 잡아 가두라고 명했다. 여러 신하들과 성균관 유생들이 조광조의 억울함을 호소했다. 정적이었던 남곤마저 조광조를 파직하고 유배를 보내는 선에서 사건을 마무리하자고 주장했다. 하지만 전하는 기어이 유배 보냈던 조광조를 사사하라 명했다. 이른바 기묘사화(己卯士禍)였다.

“전일에 좌우에서 가까이 모시고 하루에 세 번씩 뵈었으니 정이 부자처럼 아주 가까울 터인데, 하루아침에 변이 일어나자 용서 없이 엄하게 다스렸고 이제 죽인 것도 임금의 결단에서 나왔다. 조금도 가엾고 불쌍히 여기는 마음이 없으니 전일 도타이 사랑하던 일에 비하면 마치 두 임금에게서 나온 일 같다.”

조정 대신들과 백성들은 전하의 변덕에 놀라 씁쓸함을 감추지 못했다. 조광조가 유배를 갈 때 도성 안의 백성들이 모두 나와 눈물로 그를 배웅할 정도로 조광조는 백성들의 신임을 얻고 있었다.

그리도 총애하던 조광조를 단숨에 내치는 냉정함에 '주초위왕 사건'을 꾸민 사람이 바로 전하라는 소문도 돌았다. 조광조의 세력이 너무 커지자 일부러 내치기 위한 명분으로 전하가 직접 지시를 내렸다는 것이었다. 갑작스런 피바람에 연산군의 폭정을 떠올린 백성들 사이에서는 별의별 소문이 다 돌았다.

조광조를 비롯한 사림파는 나의 복위를 주장해 전하와 여러 번 갈등을 일으켰다고 들었다. 결국 나 때문에 서른일곱의 젊은 성리학자가 죽은 것만 같아 마음이 좋지 않았다.

중종 16년, 전하가 거창군부인 신씨(연산군의 부인)에게 속공한 죄인 안처겸의 집을 하사했다. 고모와 내가 친척들 집을 떠도는 것이 보기 딱했던 모양이다. 중종반정 후 친정 가문은 풍비박산된 상태였다. 온 나라의 권세가 우리 집안에 몰려 있을 당시 오라버니가 노비들과 시종들에게 후덕한 인심으로 명망을 얻었기에 노비들과 시종들이 도망가지 않아 근근이 살 수는 있었다. 하지만 재산까지 모두 몰수당한 집안은 하루 세 끼를 먹기도 힘들었다. 그래서 고모와 나는 친정 친척들 집에 돌아가면서 머무르고 있었다. 다행히 머물 곳은 생겼으나 끼니가 걱정이었다. 전하는 내가 이리 빈곤하게 살고 있는 것을 아는지 궁금했다.

중종 22년 2월 24일, 동궁 해방(북북서쪽) 은행나무에 네 다리와 꼬리를 자르고 입, 귀, 눈을 불로 지진 쥐 한 마리, 즉 작서를 걸어놓는 사건이 일어났다. 생나무 조각으로 만든 방서(방술을 적은 글)도 함께 발견되었다.

당시 동궁에는 세자 호(인종)가 거처했다. 세자저하는 돼지띠로 해년생이었고, 게다가 다음 날이 생일이었다. 쥐는 돼지와 비슷하므로 조정 대신들은 세자를 저주한 것이라 했다. 이어 3월 초하루에도 이런 사건이 대전의 침소에서 다시 일어났다.

전하는 범인을 알 수 없다며 일을 대충 마무리 짓고 싶어 했으나 자순대비 윤씨(정현왕후)는 직접 교지를 내려 전하의 총애를 한 몸에 받고 있던 경빈 박씨를 범인으로 지목했다.

"동궁의 작서는 누구의 소행인지 알 수 없으나 대전 전란에서 나온 작서는 경빈 박씨가 의심스럽다. 이날 경빈이 대전에 오랫동안 혼자 앉아 있었고, 그의 계집종 범덕은 뜰 밑을 두 번이나 왕래했다. 계집종이 왕래한 일에 대해서 경빈이 스스로 변명하기 위해 '나의 계집종이 두 번이나 뜰 밑을 왕래했지만 어찌 그가 쥐를 여기에다 버렸겠는가?' 했다. 계집종이 왕래한 일은 바로 경빈이 스스로 한 말이었다. 쥐를 보았을 때도 경빈 혼자 있었으니 다른 사람이 여기에다 버렸다면 경빈이 의당 보았어야 했다. 그 쥐가 꾸물거릴 때 상께서 나와서 보고 '이 쥐를 집어다 버리라'고 하자 시녀가 즉시 치마로 싸서 내다 버렸다. 그때 경빈이 갑자기 '그 쥐는 상서롭지 못하다' 했다. 달리는 의심할 만한 사람이 없고 그 상황은 이와 같다. 그러나 이는 작은 일이 아니라서 갑자기 말할 수 없는 것이기에 어렵게 여겨 감히 발설하지 않았던 것이다. 지금 경빈이 '사람들이 모두 나를 의심한다'면서 욕지거리를 하고 있다. 지난 3월 28일 신시에 경빈의 딸 혜순옹주의 계집종들이 인형을 만들어놓고 참형에 처하는 형상을 하면서 '수레가 몇 대나 왔는가? 쥐 지진 일을 발설한 사람은 이렇게 죽이겠다'고 말한 데 이어 온갖 욕설을 하고 저주하느라고 매우 떠들썩했다고 한다. 내가 그 말을 듣고 그들을 추문했더니 자복하는 사람도 있었고 자복하지 않는 사람도 있었다."

중전마마도 자순대비의 교지를 옳다 하며 전하께 국문을 해달라고 요청했다. 전하는 제1계비인 장경왕후가 승하했을 때 경빈 박씨를 중전으로 삼고 싶어 할 정도로 경빈 박씨를 총애했다. 비록 가문이 한미하여 왕비가 되지는 못했지만 전하의 맏아들 복성군을 낳은 경빈 박씨의 권세는 대단했다. 전하의 총애를 등에 업고 경빈 박씨의 아버지와 형제들은 모두 조정에서 자리를 잡아가고 있었다. 그래서 아직 아들을 낳지 못한 중전마마는 항상 경빈 박씨를 경계했다.

경빈 박씨는 억울하다며 울부짖었다. 하지만 몇 명이 죽어나갈 정도로 모진 고문이 이어지자, 경빈 박씨의 궁녀들과 경빈 박씨의 사위 홍려의 종들은 자신들이 불탄 쥐를 걸어놓았다고 거짓 자백을 했다. 결국 경빈 박씨와 아들 복성군, 두 옹주는 서인이 되어 쫓겨났다. 홍려도 매를 맞아 죽었다. 광천위 김인경은 밖으로 내쫓겼으며, 좌의정 심정도 경빈 박씨와 결탁했다 하여 사사되었다.

그 후 전하는 경빈 박씨와 복성군을 죽이라는 상소를 18번이나 거절했지만 신하들은 지치지 않고 상소를 올렸다. 결국 전하는 경빈 박씨와 복성군을 사사하라는 명을 내렸다. 가장 총애하던 후궁과 비록 서자이나 맏아들인 복성군을 죽여야만 했던 전하가 안타깝기도 했고, 그리도 냉정하게 지켜야 하는 것이 왕위일까 의문스럽기도 했다. 노비나 시종들이 장터에서 듣고 와 전해주는 궐 내 소식은 내가 아는 전하와는 너무나 달라 낯설기도 했다.

몇 년이 지난 후 이종익은 작서의 변을 일으킨 진범이 김안로의 아들 희라는 상소를 올렸다. 김안로가 심정과 유자광에게 권세를 빼앗기자 원한을 품고 작서의 변을 일으켰다는 내용이었다. 경빈 박씨와 복성군을 죽이라고 가장 강력하게 청했던 사람이 바로 김안로였다. 전하는 크게 배반감을 느꼈지만 확실한 증거는 아무것도 없었다. 떠도는 소문에 따르면 중전마마의 남동생인 윤원형의 첩 정난정이 그 전날 궁궐로 들어와 꾸민 일이라고도 한다.

"정난정이 정실을 내쫓고 자신이 정실이 되기 위해서 저지른 짓이라니까. 중전마마께서 워낙 경빈 박씨를 미워하셨다잖아. 정난정이 일부러 경빈 박씨를 모함하기 위해 꾸민 짓이라니까."

"아냐. 내가 듣기로는 김안로의 아들 김희가 저지른 일이라고 하더구먼. 세자저하를 저주하는 내용의 방서 글씨가 김희의 글씨체랑 똑같다고 하더라니까."

백성들은 둘만 모여도 자기가 들은 소문이 옳다고 소리를 높였다. 범인이 오리무중인 궁궐 안의 사건은 잡담의 소재로 최고였다. 어찌 되었든 이미 죽은 경빈 박씨와 복성군을 살릴 수는 없었다.

김안로를 작서의 변 범인으로 벌할 수는 없었지만 전하는 항상 마음속에 김안로에 대한 원한을 품고 있었다. 중종 32년, 김안로는 중전(문정왕후)을 폐위시키려고 계획을 세웠다. 중전이 세자를 몰아내고 자신의 아들인 경원대군을 세자로 삼으려고 했기 때문이었다. 하지만 중전의 당숙 윤안임의 밀고로 계획이 사전에 발각되었다. 전하는 김안로의 막내아들이 결혼하는 당일 군사들을 이끌고 기습적으로 들이닥쳐 김안로를 체포하고는 사약을 내려 목숨을 빼앗았다.

중종 24년 9월 13일, 충청남도 부여에 사는 김식이 전하께 상소를 올렸다.

"신씨를 폐한 죄목은 무엇입니까? 공자는 얼룩소의 새끼라도 빛깔이 붉고 뿔이 똑바로 났으면 버리지 않는다고 했는데, 신씨의 덕은 얼룩소만도 못하단 말씀입니까?"

전하는 상소를 읽고 대노했지만 벌을 주지는 않았다.

"입 밖에 낼 수 없는 말들이 많아 지극히 경악스럽다. 평상시라면 처벌하겠으나 구언을 해달라고 해서 한 말이니 처벌하면 신하들이 바른 말을 못할 것이다."

신하들이 나서서 처벌을 주장했으나 전하는 끝내 김식에게 벌을 주지 않았다. 24년이 흐른 지금도 내 존재를 기억해주는 사람이 있다는 것이 감사했다. 상소로 인해 전하도 내가 아직 살아 있음을 한 번 되새겨볼 테니 그저 감사할 따름이다.

중종 29년, 왕비로 책봉된 지 17년 만에 중전마마(문정왕후)가 왕자님을 낳았다. 딸만 내리 셋을 낳은 후였다. 세자저하(인종)는 이미 열아홉 살이었고, 첨지중추부사 박용의 따님과 혼인까지 한 후였다. 하지만 왕자를 낳으신 중전마마는 어떻게든 세자저하를 몰아내고 자신의 아들 경원대군(명종)을 왕위에 올리려 했다. 세자저하의 외가 친척이니 세자저하를 더 잘 돌볼 것이라는 전하의 바람은 완전히 외면당했다.

중종의 제1계비인 장경왕후의 오라버니 윤임은 세자저하(인종)를 지지해 대윤, 제2계비인 문정왕후의 남동생 윤원형은 경원대군(명종)을 지지해 소윤이라 했다. 조정에서는 대윤과 소윤이 치열한 권력 다툼을 하고 있었다. 하지만 아무리 중전마마라도 시간을 거스를 수는 없었다. 갓난쟁이 경원대군과 열아홉 세자저하의 세력 다툼은 당연히 세자저하의 승리였다.

중종 38년 1월, 권세를 잡아 경원대군을 세자로 책봉하기 힘들다는 것을 깨달은 중전마마는 세자궁에 불까지 질렀다. 세자저하의 침소 방문을 밖에서 잠근 뒤 불붙은 쥐를 세자궁에 몰아넣은 것이다. 당시 세자빈은 빨리 나가자고 청했으나 효심이 지극한 세자저하는 중전마마가 자신을 미워해 저지른 짓임을 알고 그대로 불에 타 죽으려고 했다.

다행히 소식을 들은 전하가 침의만 입은 채 달려와 세자저하를 애타게 불렀고, 전하의 고함 소리에 이대로 죽는 것도 불효라고 생각한 세자저하는 그제야 밖으로 나왔다. 하지만 세자저하는 중전마마가 방화를 했다는 추측을 강하게 부정하며 사건을 수사해야 한다는 대신들을 오히려 만류했다. 아니, 오히려 모든 것이 자신이 부족한 탓이라는 글을 시강원에 내렸다.

"내가 박덕한 자질로 외람되게 동궁에 올랐으나 하늘의 굽어 살피심은 매우 밝은지라 진실로 재얼을 부르기에 마땅합니다. 조종조부터 100여 년 동안 전해 내려온 집을 하룻밤 사이에 모두 잿더미를 만들었으니, 하늘이 이런 꾸지람을 내린 것은 실로 내 잘못으로 말미암은 것입니다. 그리하여 위로는 성심을 놀라게 해드렸고 아래로는 여러 관료들에게 황황함을 끼치게 되었으니, 이와 같은 혹독한 재변은 옛날에는 듣지 못했던 것입니다. 자신을 반성하고 가혹한 자책을 조금도 용서 없이 하고 있으나 스스로의 조처를 어떻게 해야 될는지 모르겠습니다."

세자저하가 그리 나오니 대신들도 사건에 대해 더 추궁하지 못했다. 또한 전하도 노환으로 힘드신 와중이라 세자궁의 방화사건은 유야무야 넘어갔다.

중종 39년 11월 15일, 유난히 해가 빨리 진 날이었다. 어둠 속에서 다급한 말발굽 소리가 들리고 누군가가 대문을 두드렸다. 나는 방문을 열고 밖을 내다보았다. 아침부터 가슴이 두근거리고 마음이 심란하던 차였다. 언젠가 말발굽 소리가 들리던 그날처럼 무슨 일이 생길 것만 같았다.

행랑아범이 데리고 들어온 김 내관은 전하를 가까이서 모시는 자였다. 김 내관이 큰 절을 한 후 나에게 승복을 내밀었다. 나는 눈을 감고 가쁜 숨을 진정시켰다. 아마 전하의 임종이 가까워온 모양이었다. 몇 달 전부터 전하의 병세가 심상치 않아 세자저하가 대리청정을 했다. 어제는 드디어 양위까지 했다고 들었다.

"입내하는 궁인이 있다고 통화문을 시간이 지나도 열어놓으라고 했습니다. 서두르소서."

나는 여승으로 변장을 하고 사람들의 눈을 피해 입궁했다.

궁궐까지는 말로 달려 한 시진도 걸리지 않았다. 궁을 떠난 지 38년하고도 2개월의 시간이 흘렀다. 그저 하염없이 눈물만 흘렀다. 스무 살에 헤어진 후 처음이었다. 눈물 때문에 앞이 보이지 않았다. 눈물 때문에 희미하게 어른거리는 김 내관을 놓치지 않으려 김 내관의 옷자락을 목숨줄처럼 붙들고 걸었다.

대전에 들어가자 대비마마(문정왕후)가 흘낏 바라보았다. 어제 즉위한 주상전하(인종)는 고개를 살짝 숙여 예를 표했다. 아니, 사실 내 눈에는 아무것도 보이지 않았다. 내 눈은 그저 드러누운 상왕전하만을 향했다. 열아홉 창창하던 내 낭군은 없었다. 검버섯이 가득 핀 주름 진 얼굴은 잠든 채였다. 낯설고도 익숙한 용안은 상상했던 그대로였다. 부드러운 기수(임금의 이불) 위에 누워 눈을 감고 있는데도 편안해 보이기는커녕 지쳐 보였다. 나는 그 자리에서 주저앉아 울기만 했다.

"신씨가 입궁했습니다, 아바마마."

주상전하가 귓가에 속삭이자 상왕전하(중종)는 거친 숨을 몰아쉬며 눈을 떴다.

"가까이 오라."

입만 벙긋할 뿐 목소리는 들리지 않았다. 하지만 이상하게도 알아들을 수 있었다. 나는 가까이 다가가 어수(임금의 손)를 잡았다.

"미안하오."

겨우 내뱉은 말을 끝으로 전하는 다시 눈을 감았다. 전하의 용안 위로 내 눈물이 하염없이 흘렀다. 그렇게 시간이 흘러 새벽닭이 우는 소리가 들렸다.

"아바마마! 아바마마!"

"전하! 전하!"

주상전하와 대비마마가 곡을 하는 소리가 들렸다. 내관들과 상궁들이 바삐 오갔다. 김 내관은 그 틈에 나를 데리고 궁을 빠져나왔다. 아마도 그랬을 것이다. 그저 내 기억에는 전하가 미안하다고 한 바로 그 순간만이 남아 있을 뿐이었다. 다른 것은 아무것도 기억나지 않았다.

내가 정신을 차렸을 때는 안방에 누운 채였다. 눈을 뜨자 내 시중을 드는 금례가 울음을 터뜨렸다.

"마님, 이제야 정신이 드십니까? 벌써 달포나 누워 계셨습니다."

나는 금례의 부축을 받아 겨우 일어나 앉았다. 그리고 꾸역꾸역 죽을 삼키며 삶을 부여잡았다. 이대로 폐출의 오명을 뒤집어쓴 채 죽을 수는 없었다. 새로운 왕이 지배하는 새로운 세상이었다. 나를 바라보던 주상전하(인종)의 눈에는 안타까움이 가득했다. 어쩌면 새로운 세상에서는 무언가 달라질지도 모른다는 희망이 들었다.

하지만 인종은 즉위 8개월 만에 승하했다. 사람들은 모두 계모인 성렬대비(문정왕후)의 짓이라 의심했다. 장안에는 해괴한 소문이 가득했다. 성렬대비마마는 효성이 지극한 전하를 앉혀두고 매일 통곡을 했다고 한다.

"어차피 궁 안에 있다가는 우리 모자가 전하의 손에 죽을 테니 경원대군과 나는 절에 가서 선왕의 명복이나 빌면서 살겠소."

"대비마마, 걱정 마십시오. 제가 동생인 경원대군만은 무슨 일이 있어도 보호하겠습니다."

하지만 대비는 그 말을 믿지 못하겠다며 하루 종일 통곡을 했다고 한다.

"죽이려면 지금 죽이시오. 살얼음판 위를 걷는 것만 같아 살기 싫소."

"대비마마, 어떻게 해야 제 진심을 믿으시겠습니까?"

주상전하(인종)가 석고대죄까지 했지만 성렬대비마마는 의심을 풀겠다는 말 한마디 내리지 않았다. 결국 주상전하는 뙤약볕에 석고대죄를 하다 쓰러졌다. 원체 허약했던 주상전하는 그 뒤로 이질을 앓게 되었는데 성렬대비마마는 이질과 상극인 닭죽을 내내 수라상에 올리라고 명했다 한다. 어떤 소문에는 문안 인사를 간 인종대왕에게 성렬대비마마가 떡을 주었는데, 그것을 먹은 후 갑자기 알 수 없는 병을 앓다가 돌아가셨다고도 한다.

젊디젊은 왕의 죽음에 백성들은 이런저런 소문들을 수군대기 바빴다. 대부분이 표독스럽고 욕심 많은 계모 성렬대비마마에 의한 독살설이었다. 효성스럽고 덕망이 높아 백성들이 기대했던 인종대왕이었기에 성렬대비마마에 대한 백성의 원망은 높아져만 갔다.

명종 즉위 원년, 드디어 인종을 지지하던 윤임의 대윤 세력이 몰락하고 명종을 지지하던 윤원형의 소윤 세력이 득세했다. 아니, 정확히 말하자면 중종의 제2계비인 성렬대왕대비마마가 수렴청정을 하며 군림했다. 하지만 나는 조정의 권력다툼에는 아무런 관심이 없었다.

중종대왕이 승하하시고, 인종대왕도 승하하셨다. 나도 이제 환갑을 바라보는 나이였다. 궁궐에서 살고 싶다거나 권력을 갖고 싶다거나 하는 욕심은 없었다. 나는 그저 신원이 회복되어 중종대왕의 조강지처라는 것을 인정받고 싶었다. 인종의 왕비였던 공의대비마마(인성왕후)에게 서찰로 적어 보낸 내용도 그게 다였다. 구중궁궐에 있는 공의대비마마에게 직접 서찰을 전달할 수 없어 윤임에게 부탁했다. 하지만 당시 수렴청정을 하고 있던 성렬대왕대비마마는 이것을 문제 삼았다.

"일찍이 윤임은 후궁 희빈 홍씨의 아들 봉성군을 보위에 올리려 했으며, 인종께서 승하하시자 지금의 주상 대신 계림군을 왕위에 올리려는 시도를 한 적이 있었다. 이제 윤임이 왕대비인 박씨와 서신을 교환하고 유인숙, 유관 등과 공모하는 것은 또다시 큰일을 도모하려는 것이다."

윤임이 역모를 꾸몄다는 모함이었다. 대신들은 증거가 불충분하다고 했지만 성렬대왕대비마마와 윤원형은 끝내 윤임과 관련된 인물들 모두를 사사했다. 계림군은 윤임의 조카로 성종의 아들 계성군의 양자였고, 봉성군은 중종의 후궁 희빈 홍씨의 아들이었으니 명종의 이복형이었다. 이른바 을사사화라 일컬어지는 피바람은 거의 6년에 걸쳐 계속되었다. 갖가지 죄명으로 유배되거나 죽은 자의 수가 거의 100여 명에 달했다. 백성들은 연산군의 폭정 때보다 더 많은 사람이 죽어나가고 있다며 수군거렸다.

내 서찰을 전달했다는 죄로 역모 누명을 뒤집어쓰고 죽어야만 했던 윤임이 안타까워 견딜 수가 없었다. 나는 어떻게든 윤임의 무고를 알리려 애썼지만 아녀자의 신분으로는 한계가 있었다. 아니, 윤임이 무죄라는 것은 성렬대왕대비마마가 가장 잘 알고 있었다. 그러니 내 노력은 허무한 발버둥에 불과했다. 그저 조강지처라는 신분을 인정해달라는 나의 작은 소망이 피바람을 불러일으키는 것을 보며 나는 모든 것을 포기했다.

명종 12년, 12월 7일. 이 세상을 떠날 순간이 다가왔다는 것을 느꼈다.

스무 살 꽃다운 나이에 지아비와 헤어져 51년을 독수공방했다. 지아비였던 중종이 승하하신 지도 벌써 13년이 흘렀다. 반정공신, 신진사림, 외척 세력의 다툼으로 인해 연산군 때보다 더 많은 사람들이 죽어나갔다. 역모 고변이나 익명서 사건으로 백성들도 끊임없이 죽어나갔다. 남쪽에서는 왜구가 삼포왜란을 일으켰고, 북쪽에서는 여진족들의 약탈이 끊임없이 발생했다. 나의 시간은 대부분 혼돈과 무질서와 갈등으로 채워져 있었다.

내 나이 71세, 더 이상 여한은 없었다. 그저 내가 죽은 후 장례가 걱정이었다.

"내가 죽어도 나라에서는 아무 관심도 없을 것이다. 그러니 친정 조카들이 봉사하여라."

나는 그렇게 평생 꿈꿔온 단 한 가지 소망을 이루지 못한 채 눈을 감았다.

단경왕후(端敬王后)와 중종(中宗), 그 밖의 이야기

38년 2개월이라는 긴 세월 동안 왕위에 머물러 있었던 중종은 혼란스러운 정국 속에서 제대로 된 업적을 남기지 못한 채 왕세자였던 인종에게 왕위를 넘겨준 다음 날인 1544년 11월 29일 57세를 일기로 승하했다.

《중종실록》에서는 다음과 같이 중종을 평하고 있다.

"사신은 논한다. 상은 인자하고 유순한 면은 남음이 있었으나 결단성이 부족해 비록 일할 뜻은 있었으나 일을 한 실상이 없었다. 좋아하고 싫어함이 분명하지 않고 어진 사람과 간사한 무리를 뒤섞어 등용했기 때문에 재위기간 동안 다스려진 때는 적었고 혼란한 때가 많았다. 인자하고 공검한 것은 천성에서 나왔으나 우유부단해 아랫사람들에게 이끌리었다. 견성군을 죽여 형제간의 우애가 이지러졌고, 신비를 내치고 박빈을 죽여 부부의 정이 없어졌으며, 복성군과 당성위를 죽여 부자간의 은의가 어그러졌고, 대신을 많이 죽이고 주륙이 잇달아 군신의 은의가 야박해졌으니 애석하다."

내세울 업적도 없고 처, 첩, 형제, 아들, 신하들을 버리거나 죽인 중종에 대한 평가는 좋을 수가 없다. 게다가 중종은 폭군으로 알려진 그의 이복형 연산군보다도 사람을 훨씬 더 많이 죽인 왕이다.

반정 세력들에 의해 왕위에 올라 그들에게 좌지우지되었던 초창기를 제외하면 중종은 왕권강화를 위해 갈등을 부추기는 면모를 보인다. 즉, 공신, 사림, 외척 간의 관계를 자신에게 유리하도록 조종하면서 갈등을 극대화시켜 한쪽을 제거하고 다른 한쪽을 등용하는 일종의 환국정치를 펼치려고 시도했다. 하지만 중종의 뜻과는 달리 왕권이 강화되기는커녕 이쪽저쪽 세력에게 끌려다니기만 할 정도로 중종은 정치력이 부족했다.

중종은 성격도 그리 좋지 못했던 것으로 알려져 있다. 중종은 소심하고 변덕이 심한 데다 잔소리도 심하고 아랫사람의 실수를 용납하지 않아 상당히 모시기 힘든 상관이었다는 일화가 많다. 이런 성격은 중종의 심각한 치통 때문이라는 설도 있다. 중종의 아버지인 성종과 형 연산군도 심각한 치통을 앓았다.

중종은 폐비된 단경왕후를 거의 챙기지 않아 단경왕후는 빈곤한 삶을 살았다. 하지만 중종의 아들인 인종과 명종은 단경왕후를 불쌍히 여겨 가끔 도움을 주었다고 전한다.

"중종의 폐비 신씨가 사는 사제에 전에는 내관을 차출하지 않고 아랫사람이 지공하는 도움도 없었으므로 내가 매우 미안하니, 이제부터는 폐비궁이라 부르고 모든 일을 자수궁의 예와 같이 하라."

인종은 비록 짧은 치세였지만 단경왕후에 대한 지원을 명시했다.

"폐비 신씨가 졸했다. 장생전의 관곽을 내리게 하고 또 특별히 부의를 보내게 했다. 왕후의 고비(돌아가신 아버지와 어머니)의 예에 의해 염습을 하고 1등례로 호상하라. 상은 폐비의 친정 조카인 별좌 신사원에게 특별히 상주가 되어 그 제사를 받들도록 하라. 3시로 공상하는 것과 시비를 공궤하는 것을 3년 동안 각사로 하여금 진상하게 하라."

명종은 단경왕후가 죽고 난 후 이틀이 지나서야 공식적으로 단경왕후의 장례에 대한 결정을 내렸다. 결국 단경왕후는 죽어서도 왕후 대접을 받지 못했다. 이에 단경왕후가 "죄 없이 폐출당했는데도 모든 치상 절차를 자못 후하게 갖추지 아니하니, 당시의 사람들이 모두 슬퍼하는 마음이 있었다"고 《명종실록》은 기록하고 있다.

문정왕후는 백성들이 여군주라고 부를 정도로 권세가 대단했다. 문정왕후는 명종이 스무 살이 되자 수렴청정은 거두었지만 남동생 윤원형을 통해 막후에서 정사에 관여했다. 또한 윤원형의 첩 정난정을 통해 뇌물을 받아 부정 축재를 했으며, 자신이 원하는 대로 되지 않으면 명종에게 소리를 지르거나 매를 드는 일도 있었다.

다행히 명종이 지극히 효성스러워서 문정왕후와 갈등하는 일은 없었지만 실록에는 명종이 심열증(화병)을 얻은 것이 문정왕후 때문이라고 기록하고 있다. 윤원형의 첩 정난정은 결국 정실부인 김씨를 독살하고 정경부인에 올랐다. 문정왕후가 죽은 후 윤원형은 관직을 삭탈당했으며 정난정과 함께 황해도 강음에 은거했다. 윤원형은 정난정이 독주를 마시고 자살하자 그 뒤를 따라 자살했다.

엄연히 문정왕후가 살아 있었기에 단경왕후는 아버지 신수근의 묘 옆에 안장되었다. 그 뒤로 단경왕후의 복위 문제는 여러 번 언급되었지만 이루어지지 않다가 영조 15년이 되어서야 단경왕후로 추존되었고, 무덤을 온릉으로 승격해 왕비의 격식에 맞게 조성했다. 하지만 온릉은 봉분도 작고 왕비의 능이라기에는 장식도 단순한 편이다.

3명의 왕비를 둔 중종 옆에는 마지막 왕비인 문정왕후가 묻혔다. 하지만 비가 오면 능이 침수되어 문정왕후의 능은 노원구 공릉동의 태릉으로 이장되었다. 사관은 "같은 묘역에 묻히려는 왕후의 계책이 마침내 이루어지지 못했다"고 기록했다. 결국 중종과 3명의 왕비가 모두 다른 곳에 묻힌 것이다.

임진왜란 당시 일본군은 중종의 능을 파헤치고 관을 불태웠다. 종전 후 중종의 시신이라며 일본군이 해골을 보내왔지만 당시의 기술로는 그 해골을 중종이라 확신할 수 없었다. 중종의 얼굴을 알고 있던 노인들을 찾아 중종의 얼굴을 수소문했지만, 생전의 얼굴이 해골에 남아 있을 리 없었다. 그래서 아마도 중종의 능인 정릉에는 빈 관이 놓여 있을 가능성이 높다.

중종의 가계도

성종 — **정현왕후 윤씨**(자순왕대비)

중종

단경왕후 신씨(정비)

장경왕후 윤씨(제1계비)

- 효혜공주 – 연성위 김희
- 왕세자 호(인종) – 인성왕후 박씨(공의왕대비)

문정왕후 윤씨
(제2계비, 성렬왕대비, 성렬대왕대비)

- 의혜공주 – 청원위 한경록
- 효순공주 – 능원위 구사안
- 경현공주 – 영천위 신의
- 경원대군(명종) – 인순왕후 심씨(의성왕대비)
- 인순공주(요절)

경빈 박씨

- 복성군 – 군부인 파평 윤씨
- 혜순옹주 – 광천위 김인경
- 혜정옹주 – 당성위 홍여

희빈 홍씨

- 금원군– 파징군부인 해주 정씨
- 봉성군 – 군부인 동래 정씨
- 군(요절)
- 군(요절)
- 군(요절)

창빈 안씨

- 정신옹주 – 청천위 한경우
- 영양군 – 경양군부인 순흥 안씨
- 군 수(요절)
- 덕흥대원군 – 하동부대부인 정씨

귀인 한씨(예종비 안순왕후의 조카)

- 군(요절)

숙의 홍씨

- 해안군 – 진산군부인 진주 유씨
- 해안군 – 익창군부인 거창 신씨

숙의 이씨

- 덕양군– 영가군부인 안동 권씨

숙의 김씨

- 숙정옹주 – 능창위 구한

숙의 나씨

숙원 이씨

- 정순옹주 – 여성위 송인
- 효정옹주 – 순원위 조의정

숙원 권씨

※ 자녀는 생년순서로 나열. 후궁은 품계순서로 나열.

신승선 — **중모현주 전주 이씨**(임영대군의 딸, 세종의 손녀, 세조의 조카)

- 영의정 익창부원군 신도공 신수근 ┌ 영가부부인 안동 권씨(권람의 딸) └ 청원부부인 청주 한씨(한충인의 딸)
  - 신홍보
  - 신홍필
  - **단경왕후 신씨 – 중종**
  - 신홍조 – 풍천 임씨(임희재의 딸)
  - 신홍우
- 형조판서 신수겸 ┌ 정부인 진산 강씨 └ 정부인 담양 전씨
- 형조판서 신수영 – 정부인 청주 한씨
- 장녀 신씨 – 승평부정 이형(회원군 이쟁의 장남)
- 차녀 신씨 – 선산부사 남경
- 삼녀 신씨 – 안환
- 사녀 거창군부인 신씨(폐비 신씨) – 연산군

※ 생년순서로 나열.

잔칫날 풍경

단경왕후는 1499년(연산군 5년) 열셋의 나이로 한 살 어린 진성대군(중종)과 결혼해 부부인이 되었다. 연산군은 혼례를 축하한다며 집을 새로 지어주고 곡식 7천 석을 내렸다.

월산대군의 사당

월산대군은 성종의 형으로 자신보다 왕위계승 서열이 낮았던 성종이 즉위하자 조용히 은둔해 여생을 보냈다. 연산군은 월산대군의 부인인 승평부대부인 박씨를 어머니처럼 따랐다. 승평부대부인 박씨가 연산군에게 겁탈당하고 자살했다는 이유로 박씨의 동생 박원종은 중종반정을 꾀하게 된다. 하지만 승평부대부인 박씨가 연산군에게 겁탈당했다는 소문은 박원종이 반정의 정당성을 인정받기 위해 거짓으로 꾸몄을 가능성이 높다.

박원종의 묘

중종반정의 일등공신인 박원종 묘의 문인석은 왕릉의 문인석보다 더 크고 허리띠의 무늬도 선명해서 그의 권력이 어마어마했다는 것을 보여준다. 부인 묘가 남편의 뒤에 있는 상하분이다.

유순정

유순정은 중종반정 3대 공신 중 한 사람으로 사림파 출신으로는 처음 공신에 책봉된 정치인이었다. 중종반정 3대 공신인 박원종, 유순정, 성희안은 단경왕후의 아버지 신수근을 죽이고 반정에 성공했으므로 훗날을 염려해 단경왕후의 폐위를 강력히 주장했다.

중종

중종은 1506년 중종반정으로 왕위에 올랐지만 반정에 아무 도움도 되지 않았으므로 공신들에게 휘둘릴 수밖에 없었다. 중종은 조강지처인 단경왕후를 폐위할 수 없다고 버텼지만 결국 7일 만에 반정공신들의 뜻대로 단경왕후를 폐위한다. 단경왕후는 역대 왕비 중 재위기간이 7일로 가장 짧아 '7일의 왕비'라 불린다.

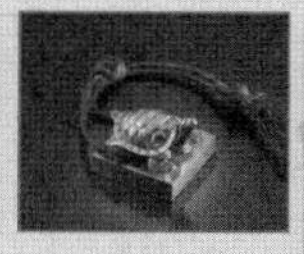

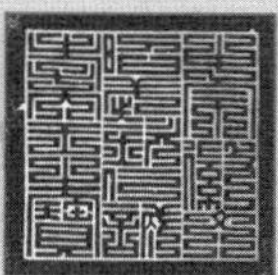

중종 상시호 금보

중종은 단경왕후의 폐위 다음 날 왕비를 간택한다는 전교를 내렸고, 얼마 후 반정 세력의 서녀나 양녀들 중 아홉 명을 후궁으로 들였다. 중종은 후궁들 가운데 박원종의 양녀인 경빈 박씨를 총애해 왕비로 삼고 싶어 했다.

인왕산 치마바위

중종은 경회루에 올라 인왕산을 바라보며 단경왕후를 그리워했다고 하는데, 인왕산은 단경왕후가 머무르는 집 옆에 있었다. 이에 단경왕후는 자신도 중종을 그리워하고 있음을 알리기 위해 아침에 바위 위에 다홍치마를 걸어놓고 저녁에 거둬들였다고 한다.

영왕비의 적의

1922년 영친왕비가 순종을 알현할 때 입은 적의다. 적의는 조선시대 왕비가 입던 대례복으로 혼례식에도 물론 적의를 입었다. 장경왕후는 1506년(중종 1년) 중종이 들인 아홉 후궁 중 한 사람이었다. 숙의 신분으로 입궐했다가 1507년 단경왕후가 폐위되자 자신과 마찬가지로 반정공신의 딸인 다른 후궁들을 제치고 정비에 책봉되었다.

중종 계비 장경왕후 상휘호 금보

장경왕후는 박원종과 승평부대부인 박씨의 조카였으며, 승평부대부인 박씨가 기른 것으로 알려져 있다. 이 점이 장경왕후가 중전이 되는 데 장점으로 작용했다. 1511년에는 맏딸 효혜공주를, 1515년에는 인종을 낳았으나 산후병으로 엿새 만에 승하했다. 이때 장경왕후의 나이는 스물다섯이었다.

혜원 신윤복의 〈기다림〉

장경왕후가 승하하자 신하들 사이에서는 단경왕후의 복위를 두고 언쟁이 벌어졌다. 사림파는 단경왕후의 복위를 주장했고, 반정공신들은 복위를 반대했다. 중종은 결국 반정공신들의 편을 들어 복위를 주장했던 신하들을 유배 보냈다.

중종 계비 문정왕후 상존호 금보

1547년(명종 2년), 중종의 계비 문정왕후를 왕대비에서 대왕대비로 봉하는 것을 기념하기 위해 '성열(聖烈)'이라는 존호를 올리면서 어보를 수여했다. 문정왕후는 장경왕후의 친척이어서 세자를 잘 보살펴줄 것이라는 기대로 간택된 왕비였다. 하지만 문정왕후는 정치적 야망이 강해서 자신의 아들 명종을 왕위에 올리기 위해 많은 노력을 했다.

조광조

조광조는 유교적 이상 정치를 실현하려고 다양한 개혁을 시도하다가 기묘사화로 사사되었다. 조광조는 민본정치를 대의로 내세우며 정치개혁을 시도했던 사림파의 실세였다. 하지만 주초위왕(走肖爲王 : 조가 성을 가진 사람이 왕이 된다는 뜻) 사건으로 조광조를 비롯한 70여 명이 사사되었으며, 이때 죽은 사람들을 가리켜 기묘명현(己卯名賢)이라 한다.

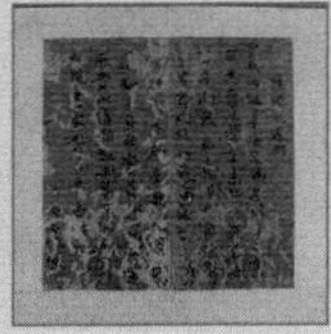

김안로의 〈송별사〉

김안로가 심정과 유자광에게 권세를 빼앗기자 원한을 품고 작서의 변을 일으켰다는 내용의 상소를 본 중종은 크게 분노했다. 작서의 변은 중종이 가장 총애하던 후궁 경빈 박씨를 죽게 만든 사건이었지만, 실질적인 증거가 없어 김안로를 처벌할 수는 없었다.

중종 태항아리

백자항아리로 정선된 백토에 담청색 투명유를 시유했다. 중종은 38년 2개월이라는 긴 세월을 왕위에 머물러 있었지만 내세울 만한 업적은 없었다. 오히려 여러 가지 사건으로 연산군 때보다 더 많은 사람을 죽였으며, 단경왕후를 비롯해 후궁, 아들, 사위 등을 버린 왕이어서 그리 좋은 평가를 얻지 못했다.

〈중묘조서연관사연도〉

중종이 세자(인종)의 스승들을 모셔서 잔치를 베푸는 장면을 그린 그림이다. 인종은 단경왕후에 대한 지원을 명시하는 등 복위의 희망을 주었지만 즉위 8개월 만에 세상을 떠나고 만다. 인종의 죽음에는 언제나 문정왕후에 의한 독살설이 따른다.

중종 태실비

중종의 태실비는 가평군 상색리에 있다. 중종이 승하하기 전 단경왕후를 불렀다는 야사가 전해진다. 야사에 따르면 시간이 지나도 통화문을 열어놓았는데, 이때 단경왕후가 여승으로 변장해 입궐했다고 한다.

봉은사 대웅전

문정왕후는 인종이 즉위한 지 8개월 만에 죽고 1545년 자신의 아들 경원대군이 12세의 나이에 명종으로 즉위하자 8년간 수렴청정을 했다. 수렴청정 이후에도 친정 남동생 윤원로, 윤원형 등을 이용해 정사에 깊이 관여한 것으로 유명하다. 말년에는 불교중흥책을 펼쳐 보우를 중용했으며 승과를 부활시켰다. 보우와는 불륜설이 있을 만큼 가까운 사이였다. 명종이 보우의 궁궐 출입을 금하게 했지만, 문정왕후는 중종의 묘를 봉은사 옆으로 옮기고 봉은사에서 보우와 만났다.

〈명묘조서총대시예도〉

명종이 서총대에서 거행한 문무시예에서 1등으로 뽑힌 남응운에게 말 2필을 하사하는 장면이 묘사되어 있다. 명종은 문정왕후가 승하한 뒤 자신의 뜻대로 정치를 펼쳐보려 노력했으나 2년 만에 승하하는 바람에 그 뜻을 이루지 못했다.

보우

8년간 봉은사 주지를 지낸 보우는 교단을 정비하고 승려과 거제도를 부활시키며 불교 부흥기를 이끌었다. 그러나 문정왕후 사후에 명종은 보우를 사사했다.

중종비 단경왕후 상휘호 옥책

1739년(영조 15년) 3월, 마침내 단경왕후의 복위가 결정되었다. 중종비 단경왕후에게 '공소순열(恭昭順烈)'이라는 휘호를 올리면서 제작한 옥책이다. 옥책문은 단경왕후의 뛰어난 가문과 자질을 찬양하고 복위의 정당성을 설명하는 내용으로 되어 있다. 휘호 '공소순열'은 "게을리 하지 않아서 덕이 있는 것을 공이라 하고, 덕을 밝혀서 배움이 있는 것을 소라 하고, 도리에 화합하는 것을 순이라 하고, 덕을 지키고 사업을 높이는 것을 열이라 한다"는 뜻이다.

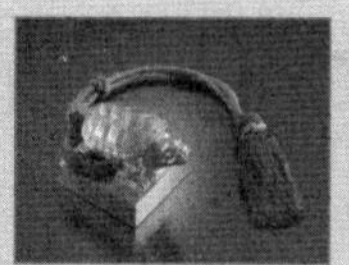

중종비 단경왕후 상휘호 금보

영조 15년(1739) '공소순열'이란 휘호를 올리면서 만든 중종비 단경왕후의 어보다. 이때 '단경(端敬)'이란 시호도 함께 올렸는데, 이는 "예를 지키고 의를 지키는 것을 단이라 하고, 이른 아침부터 늦은 밤까지 공경하고 조심하는 것을 경이라 한다"는 뜻이다.

《온릉지》

단경왕후의 능인 온릉에 대한 능지다. 단경왕후의 후손 신후담이 중종이 즉위한 때부터 단경왕후가 복위되기까지의 내용을 기록했다.

온릉

단경왕후는 1557년(명종 12년)에 사망했고, 유해는 친정 집안인 거창 신씨의 묘역에 묻혔다. 1739년(영조 15년) 단경왕후가 복위되면서 능호를 온릉이라 하고, 왕후의 예에 따라 새로 조성했다.

정릉

중종의 능으로 원래 서삼릉에 있던 묘를 문정왕후가 물이 흘러나온다는 소문을 내서 봉은사 옆으로 옮겼다. 이는 문정왕후가 보우와 몰래 만나기 위해 꾸민 짓이었다. 문정왕후는 사후에 소원대로 중종 옆에 묻혔으나 문정왕후의 능에서 물이 흘러나와 시신을 노원구 공릉동의 태릉으로 이장했다. 중종은 세 명의 왕비를 두었지만 결국 사후에 혼자 남았다.

장옥정전

-궁녀 김원미

내 꿈은 매설가(소설가)였다. 하지만 먹고살기도 빠듯한 육남매의 장녀였기에, 나는 어쩔 수 없이 궁녀가 되었다. 최말단 궁녀라도 한 달에 한 번씩 쌀 4말, 콩 1말 5되, 북어 13마리가 지급되었다. 1년에 쌀 10가마였다. 우리 가족이 먹고살기에는 빠듯했지만, 아버지도 소작을 하고 어머니도 삯바느질을 하니 나 하나만 희생하면 가족 모두가 매일 배부르게 쌀밥을 먹을 수 있었다.

한 달에 한 번 받는 곡식들은 모두 사가에 보냈지만, 명절이나 연말에 특별히 지급되는 쌀 4말은 모두 내 몫이었다. 조금이라도 여윳돈이 생기면 곧바로 이야기책을 빌려보았다. 궁 밖 출입이 쉽지 않았기에 알음알음 책을 대여하는 값은 꽤 비쌌다. 다행히 처음 궁에 들어왔을 때 잠시 같은 방을 썼던 동무인 반민서도 책을 즐겨 읽었다. 입궁한 지 열흘 만에 민서는 중전이신 인현왕후마마의 처소로, 나는 단순히 궁녀의 신분으로 재입궁하신 희빈마마의 처소로 가게 되어 헤어졌다. 하지만 우리는 책을 좋아한다는 이유로 가끔 만나 빌려 온 책을 서로 바꿔 읽고는 했다.

당시 후궁 첩지도 받지 못한 궁녀의 신분에 불과한 희빈마마셨기에 모시는 이는 김상궁마마님과 생각시(관례를 치르지 않아 새앙머리를 땋은 어린 궁녀)인 나, 겨우 둘뿐이었다. 나는 운 좋게도 희빈마마의 사가에 서찰 심부름을 가는 일을 맡았다. 궁 밖에 나가는 날이면 무조건 세책방(조선시대의 도서대여점)에 들렀다. 그리고 빌려 온 책을 다른 궁녀들에게 돈을 받고 다시 빌려주었다. 처음에는 꽤 쏠쏠한 장사였다. 하지만 꼬리가 길면 밟힌다고 했던가? 어느 날, 엄격하기로 유명한 김상궁마마님이 내 방에 들이닥쳤고, 이불 밑에 숨겨놓았던 서책을 들키고 말았다.

"감히 궁녀들을 상대로 책을 빌려주고 돈을 받아? 그것도 이런 쓰레기 같은 소설을?"

김상궁마마님은 대노해서 서책을 집어던졌다. 억울했다. 장안에서 화제가 되고 있는 소설은 남녀상열지사를 다룬 것이었다. 궐 안에 갇혀 사는 답답한 처지의 궁녀들에게 그 정도쯤은 용납해 주어도 된다고 생각했다.

"책을 빌리는 값을 나누어 받은 것입니다. 단지 심부름을 한 대가로 제가 공짜로 책을 읽었을 뿐 이윤을 남기지는 않았단 말입니다."

하지만 김상궁마마님은 나에게 벌로 한 달간 뒷간 청소를 하라 명했다. 마침 밤 산책을 하러 나오셨던 희빈마마께서 내가 야단맞는 광경을 목격하셨다. 자초지종을 들으신 희빈마마는 서책을 가져오라 이르셨다.

희빈마마는 소설의 앞부분을 대충 훑어보신 뒤 말씀하셨다.

"원미 네 꿈이 매설가라고 하지 않았니? 그런데 세책방 주인도 되고 싶은가 보구나."

혹시나 궁궐에서 쫓겨날까 봐 두려워 바닥에 머리를 조아리며 빌었다. 어쨌든 웃전의 허락 없이 장사를 했으니 벌을 받아 마땅한 일이었다.

"다시는 그런 일이 없을 것입니다. 돈도 모두 돌려주겠습니다. 이번 한 번만 용서해주시면……."

"돈을 돌려주겠다면 되었다. 일어나라. 궁녀들도 숨 쉴 구멍은 있어야 하지 않겠느냐?"

용서해주시겠다는 뜻이었다.

"하지만 생각시의 신분으로 장사를 했다는 건……."

김상궁마마님이 불만스러운 얼굴로 나섰지만 희빈마마는 고개를 저으셨다.

"이윤을 따로 남긴 것도 아니고 심부름값으로 공짜 책을 읽었을 뿐인데 너무 엄하게 굴지 말게나. 책 도둑은 도둑이 아니라 했는데, 얼마나 책이 읽고 싶었으면 그랬겠누. 다른 궁녀들도 원미 덕분에 책을 읽을 수 있었으니 좋았을 터이고."

김상궁마마님은 끙, 하며 고개를 모로 돌렸다. 희빈마마는 서책을 휙휙 넘겨보시며 웃으셨다.

"흥미로워 보이는구나."

"예. 그 서책이 요즘 장안에서 가장 화제가 되고 있는 소설입니다."

난 겁도 없이 나섰다. 김상궁마마님이 노려보는 게 느껴졌지만 난 꿋꿋했다. 얼마 전 숙원 첩지를 받으신 후 궁녀가 서른 명이나 늘었지만, 희빈마마는 처음 거느린 생각시여서인지 유난히 날 예뻐하셨다. 희빈마마가 언문소설에 빠지신다면 세책방에 떳떳하게 다닐 수 있다는 생각에 난 열심히 그 소설의 장점을 늘어놓았다.

"그래? 그렇게 재미있어? 이게 1권이구나. 2권도 있느냐?"

"예. 아직 3권은 나오지 않았습니다."

"오늘 밤에는 이 책이나 읽어야겠구나. 내일은 2권을 가지고 오너라. 혹시 다른 사람이 빌려 읽기로 되어 있느냐?"

물론이었다. 궁녀들이 줄줄이 대기 중이었다. 하지만 순서 따위를 바꾸는 건 일도 아니었다.

"아닙니다. 제가 내일 2권을 가지고 오겠습니다요."

희빈마마는 결국 그 소설이 새로 나올 때마다 내게 일러 빌려오게 하셨다. 가끔씩 재미있는 책이 있으면 권해달라고 말씀하기도 하셨다. 그렇게 나는 어영부영 희빈마마께 인정받은 취선당의 세책방 주인이 되었다.

희빈마마는 우리 가족의 은인이시기도 했다. 10년 전, 희빈마마가 중전이셨을 때였다. 희빈마마는 사가에 서찰 심부름을 다녀온 나를 물끄러미 살피셨다.

"눈이 퉁퉁 부었구나. 울었느냐?"

그 말씀 한마디에 또다시 눈물이 쏟아졌다. 급하게 눈물을 훔쳤지만 마마의 날카로운 눈을 피할 수는 없었다.

"왜 우느냐?"

대답할 수 없었다. 그날 희빈마마의 서찰을 전하고 답장을 받아오면서 우리 집에 들렀다. 물론 허락 없이 몰래 간 것이었다. 집 안 마당에 들어설 때부터 이상하다고 느꼈다. 개구쟁이 남동생들은 해질녘까지 산이며 들이며 쏘다니느라 바쁜데 그날은 모두 멍하니 마루에 앉아 있었다. 당연히 소작을 가셨어야 하는 아버지는 안방에 누워 있었고, 어머니는 그 옆에서 삯바느질 중이었다.

이상한 분위기에 무슨 일이 있는지 사정을 캐물었지만 어머니는 끝까지 아무 말씀 없었다. 일곱 살짜리 막냇동생을 꼬여내 장터에 데려가 엿을 사주며 캐물었다.

"어머니가 절대로 말하지 말하고 했는데."

괜찮다고 달래면서 들은 소식은 청천벽력 같았다. 아버지가 반위(위암)라는 것이다.

"동네 의원에서는 길게 살아 봤자 석 달이라고 했대."

"치료는?"

"돈이 어디 있어서?"

그게 문제였다, 돈. 반위는 치료비가 엄청났다. 내가 한 달에 한 번씩 받는 쌀 몇 말로는 어림도 없었다. 그렇다고 치료도 못 받고 돌아가시게 할 수는 없었다. 누군가에게 돈을 꿀 수도 없었다. 궁녀들의 처지는 엇비슷했다. 나처럼 집안 형편이 어려워 어린 나이에 생각시로 들어온 경우가 대부분이었다. 서러운 생각에 눈물이 그치지 않았다.

"어느 안전이라고 눈물바람이냐? 당장 그치지 못할까."

김상궁마마님은 날 야단치며 쫓아냈다. 사소한 일이었다. 궁녀 나부랭이가 눈물을 흘린 것은. 하지만 당시 만백성의 어머니이자 중전이셨던 희빈마마는 사소한 일도 그냥 지나치는 법이 없었다.

다음 날, 희빈마마가 나를 부르셨다. 나는 혹시나 어제 있었던 일로 혼날까 싶어 잔뜩 긴장한 채였다. 고개도 못 든 채 무릎 꿇고 있는 내게 희빈마마가 다가오시는 소리가 들렸다. 사각사각, 희빈마마의 치마 소리에 내 고개는 더 숙여졌다. 희빈마마는 내 손을 잡으시고는 손 위에 금가락지 하나를 올려놓으셨다. 난 놀라서 고개를 들었다. 희빈마마는 생긋 웃으시며 내 손을 감싸 주먹을 쥐게 만드셨다. 주먹 안에서 가락지의 느낌이 선명했다. 영문을 몰라 어리둥절해하는 내게 희빈마마가 말씀하셨다.

"너 주마. 가져라."

갑자기 눈물이 와락 쏟아졌다.

"왜? 싫으냐?"

"중, 중전마마께서 왜, 왜 이걸 주시는지 몰라서. 어찌해야 할지 몰라서, 너무 망극하기도 하옵고……."

난 당황해서 더듬거렸다.

"사가에 무슨 일이 생긴 것이지?"

난 차마 대답하지 못했다. 몰래 집에 갔다 온 걸 들키고 싶지 않았다.

"어제 내가 오라버니댁에 심부름을 보냈지. 그리고 답장을 들고 온 네 눈이 퉁퉁 부어 있었고. 내가 이유를 물으니 갑자기 눈물을 쏟았지. 아마 몰래 네 사가에 다녀온 것이겠지. 사가에서 안 좋은 소식을 들었을 테고. 세상에 가장 쉬운 일이 돈으로 해결할 수 있는 일이다. 그러니 울지 말고 그 가락지를 팔아 해결하도록 해라."

그 순간부터 나는 희빈마마의 가장 충성스러운 궁녀가 되기로 했다. 예전부터 희빈마마는 궁녀들에게 인심이 후하셨다. 희빈마마의 친정이 부유해서이기도 하지만 워낙 베풀기를 좋아하셨다. 궁녀들의 생일을 챙기는 것은 물론, 궁녀들의 부모형제가 죽기라도 하면 빈손으로 장례에 보내시는 법이 없었다. 어쩌다 전하께서 귀한 선물을 하사하시면 기꺼이 궁녀들과 함께 나눠 가지셨다.

아버지는 금가락지를 판 돈으로 한양에서 제일 유명한 한의원에서 진찰을 받으셨다. 그곳에서는 동네의원에서 오진을 했다며 그저 구토증세가 심각한 위장병일 뿐 반위는 아니라고, 단 석 달이면 고칠 수 있는 병이라 했다. 가족 모두 그 의원의 말이 사실이기를 간절히 기도했다. 그리고 치료를 받은 지 석 달 만에 아버지는 다시 건강해지셨다. 모두 희빈마마 덕분이었다.

어머니는 희빈마마께 감사하다며 손수 만든 비단 손수건을 전해달라 했다. 귀하디귀한 것만 쓰시는 희빈마마께는 부족한 선물이었다. 며칠을 망설이다 희빈마마께 손수건을 전해드렸다. 희빈마마는 아버지의 병이 나아 다행이라며 어머니께 선물에 대한 감사 인사를 전하라 명하셨다. 그렇게 말씀해주신 것만으로도 감읍했다. 하지만 희빈마마가 몇 번이나 그 손수건을 쓰시는 것을 보았다. 그 모습을 볼 때마다 맹세했다. 언젠가는 반드시 희빈마마께 은혜를 갚겠다고, 이 목숨을 다해 희빈마마를 모시겠다고.

인현왕후마마나 무수리 최씨 처소의 궁녀들과 우리 희빈마마 처소의 궁녀들은 결코 가까워질 수 없는 사이였다. 한쪽이 흥하면 한쪽이 망하는 원수나 다름없었다. 길을 가다 마주쳐도 서로 아는 척도 하지 않았고, 사소한 일로 시비가 붙어 싸움이 일어나는 경우도 많았다. 하지만 생각시로 같은 날 궁에 들어와 처소를 배정받기 전까지 한 방을 썼던 민서와는 한 달에 한 번쯤 만났다.

서로 원수나 다름없는 웃전을 모시는 데다 하필이면 매설가라는 같은 꿈을 가진 경쟁자였기에 우리는 서로 가까워질 수 없는 사이였다. 하지만 둘 다 소설을 좋아해서 멀어질 수도 없는 관계였다. 웃전의 명이 없으면 궐 밖 출입을 할 수 없는 궁녀 신분이었다. 궁 안에서 인기 있는 서책을 빌리려면 쌀 한 말을 줘야 할 때도 있었다. 우리는 빌려 온 서책을 서로 바꾸어 보기 위해 만나는 사이였다.

하지만 반강제적인 우정도 민서가 매설가로 이름을 날리기 전까지였다. 민서는 남녀상열지사를 다룬 소설을 출간해 대박을 터뜨렸다. 반면 내가 쓴 이야기책은 받아주는 곳이 없었다. 그동안 쓴 소설만 세 권이었다. 하지만 결국 나는 매설가가 되지 못했다. 팔리지 않는 이야기책은 아무 소용이 없었다. 세 번째 책조차 출간을 거절당한 후 나는 글쓰기를 완전히 포기했다.

몇 달 동안은 질투심과 열등감 때문에 민서를 멀리했다. 하지만 매설가라는 이유 때문에 민서는 새로 나온 책들을 다른 이보다 먼저 빌려 읽을 수 있었다. 글 쓰는 일은 포기했지만 읽는 것까지 포기할 수는 없었다. 결국 난 민서와의 연을 꾸준히 이어나갈 수밖에 없었다.

나는 여느 때처럼 아무런 통고 없이 민서의 방문을 열었다. 후다닥, 민서가 무언가를 재빨리 등 뒤로 숨기는 것이 보였다.

"뭔데? 왜 숨겨?"

내 등쌀에 민서는 숨겼던 것을 품 안에 껴안고 몸을 웅크렸다. 너무 필사적으로 숨기려는 것이 이상했다. 분명 모양은 그냥 서책이었다. 혹시 새로 나온 희귀본일까 싶어 민서의 품 안에 있는 서책을 강제로 빼앗았다. 표지에는 제목조차 없었다.

"이게 뭐야? 왜 제목도 없어?"

민서는 대답하지 않았다. 그저 내 손에 들린 서책을 도로 빼앗으려 안간힘을 쓸 뿐이었다. 나는 민서의 손을 피해 서책을 넘겨보았다. 희빈마마의 존함이 눈앞을 스쳐갔다.

"장옥정?"

난 놀라서 민서를 바라보았다. 민서는 포기한 듯 벽에 기대 주저앉았다. 서책을 한 장 한 장 넘길 때마다 온몸이 부들부들 떨렸다. 치솟아오르는 분노로 숨이 막혔다. 하지만 민서는 숨을 헐떡대는 날 비웃을 뿐이었다.

인현왕후마마와 희빈마마의 이야기였다. 아니, 그것은 절대로 인현왕후마마와 희빈마마의 이야기가 아니었다. 단순하게 사실만을 옮겨 적은 것처럼 꾸몄을 뿐 철저하게 왜곡된 이야기였다. 희빈마마를 악녀로, 인현왕후마마를 선량하기만 한 피해자로 묘사한 이야기는 모두 거짓이었다. 이 책을 읽는 사람들은 모두 희빈마마가 희대의 악녀라고 생각할 터였다.

"당장 희빈마마께 고할 거야. 어떻게 감히 이런 거짓을 지어낼 수 있어? 네가 이러고도 무사할 것 같아?"

하지만 민서는 당당했다.

"이르려면 이르려무나. 어차피 그래도 아무 소용 없을걸? 사실 중전마마의 명으로 쓰기 시작한 이야기거든. 중전마마가 돌아가시기 전에 인생을 정리하면서 글로 남기고 싶어 하셨는데, 내가 매설가라는 소문을 들으시고는 날 직접 발탁하셨어. 그래서 요즘은 아무 일도 안 하고 글을 쓰는 데만 매진하고 있지. 이건 초고야. 중전마마도 아주 마음에 들어 하셨어. 일단 《왕후 민씨 덕행록》이라고 제목을 붙였다가 나중에 중전마마의 시호가 내려지면 제목을 바꾸려고."

당장이라도 희빈마마께 고하고 싶었다. 하지만 희빈마마는 말을 옮기거나 염탐꾼 노릇을 하는 것을 무척 싫어하셨다. 게다가 희빈마마께 고한다고 해도 희빈마마를 속상하게 할 뿐이었다. 희빈마마는 인현왕후마마가 어떤 짓을 하든지 그냥 넘기셨다. 와병 중인 인현왕후마마의 심기를 거슬려서 병을 악화시키고 싶지 않다는 이유에서였다.

그날부터 난 어떻게 하면 《왕후 민씨 덕행록》에 대한 복수를 할까만 고민했다. 어떻게든 희빈마마의 진실을 알리는 것이 희빈마마의 은혜를 갚는 일이라는 생각이 들었다. 방법은 하나였다. 받은 대로 돌려준다. 그렇게 나는 다시 글을 쓰기 시작했다. 일을 하면서 밤에 글을 쓴다는 것이 쉽지는 않았지만 난 매일 밤 졸린 눈을 비비며 글을 썼다.

다행히 나는 궐 안의 수많은 궁녀와 친분이 있었다. 이야기책에 관심이 있는 궁녀들은 어떻게 해서라도 나와의 연을 이어가고 싶어 했다. 그 수많은 궁녀의 기억과 내 기억을 바탕으로 나는《장옥정전》의 초고를 거의 완성했다.

현렬대비마마(명성왕후)의 3년상이 끝나는 해, 나는 열 살의 나이로 입궁했다. 희빈마마가 입궁하기 열흘 전이었다. 전하께서는 국상이 끝나자마자 희빈마마를 다시 불러들이셨다. 궁녀들은 모이기만 하면 희빈마마의 재입궁에 대해 이야기를 나누었다.

나는 단순한 궁녀 신분으로 재입궁하는 희빈마마의 처소로 배정되었다. 어린 나이였지만 나도 알 것은 다 알았다. 웃전이 힘이 있어야 아랫것들도 살기 쉬운 법이었다. 중궁전에 배정된 민서가 한없이 부러웠다. 게다가 이미 오래전 궁에 들어와 희빈마마를 알고 있던 궁녀들이 하는 이야기도 심상치 않았다.

"집안이 부유한데도 불구하고 무슨 간악한 마음을 먹었는지 장녀는 뒷배까지 써서 자의대왕대비마마(장렬왕후)의 처소에 궁녀로 들어갔다더군. 인조의 계비이신 자의대왕대비마마는 전하의 증조할머니였지. 자의대왕대비마마는 집안이 제대로 출세를 못해 서인들에게 불만이 많으셨다더군."

"그때 전하(숙종)께서는 세자 신분이셨어. 문안인사를 온 세자 저하가 장녀의 미모에 한눈에 반하셨다더군. 그때 장녀의 나이가 열여섯, 여자로서 한창 물이 오를 나이였지. 두 살 어린 세자저하께서는 장녀에게 빠져 정신을 차리지 못하셨어. 당장이라도 후궁 첩지를 받을 것처럼 기세당당하던 장녀였지만 세자께서 보위에 올랐을 때도 후궁이 되지 못했지. 오히려 자의대왕대비마마는 장녀가 전하와 중전이신 인경왕후마마 사이를 이간질했다며 장녀를 궁에서 내쫓았지."

"인경왕후마마는 주상전하께서 한낱 궁녀의 침소에 드는 것이 저어하다고 '응향각'까지 내렸지. 그런데도 장녀는 인경왕후마마가 자신을 죽이려 한다고 모함했다더라. 그래서 대왕대비마마가 대노하셔서 쫓아낸 거라더군."

"자의대왕대비마마의 친척인 조사석이 장녀가 반성하고 있다며 대왕대비마마의 마음을 돌리려고 애썼대. 조사석이 장녀의 어머니와 내연관계라는 소문이 파다하던데?"

"내가 듣기로는 장녀의 어머니가 원래 조사석의 가노였고, 둘 사이에 연분이 나서 장녀를 낳았다던데?"

"어쨌든 장녀가 쫓겨난 다음 해에 인경왕후마마는 만삭으로 천연두에 걸려 스무 살의 나이로 갑자기 사망하셨지. 전하께서는 충격과 슬픔으로 건강이 악화되실 정도였어. 현렬대비마마(명성왕후)와 자의대왕대비마마(장렬왕후)는 전하를 위로하기 위해 결국 장녀를 궁궐에 불러들이셨지. 전하는 인경왕후마마의 상중임에도 불구하고 하루도 빠짐없이 장녀의 처소에 들르시는 것으로도 모자라 가끔은 경연까지 파하고 장녀와 어울리곤 했다더군."

"현렬대비마마께서는 상중에도 장녀를 총애하는 주상전하를 야단치시며 장녀를 궁궐에서 다시 내쫓았어. 여염집으로 치자면 시증조할머니와 시어머니가 번갈아 장녀를 쫓아낸 거지. 장녀가 쫓겨난 다음 해에 민유중의 따님이신 열다섯 살 지금의 중전마마(인현왕후)께서 즉위하셨어. 중전마마는 승은을 입은 궁녀가 궐 밖에 사는 것이 옳지 않다며 장녀를 불러들이자 하셨지만 현렬대비마마는 끝까지 반대하셨지. 솔직히 중전마마도 장녀를 궁에 들이고 싶지 않으셨을 거야."

"당연하지. 부처님도 시앗을 보면 돌아눕는다고 했는데 중전마마라고 별수 있겠어? 그래도 후사를 이어야 하니 어쩔 수 없이 서인 출신 집안에서 후궁까지 뽑으신 게지."

"중전 자리가 뭔지, 참. 이번에 후궁을 들이자고 앞장선 사람이 중전마마의 친정아버지 민유중이라며?"

"그러게. 중전마마의 속도 썩어 들어가실 게야. 명문가에서 태어나 귀하디귀한 중전이 되면 뭐 하나? 자기 입으로 첩을 들이자 권유해야 하니, 쯧쯧."

"속이 썩어가면서까지 첩을 들이면 뭐 하나? 열다섯 꽃다운 나이의 숙의 김씨는 전하의 총애를 못 받으시는 데다 허약하셔서 아드님을 생산하시기는 글렀는걸."

"숙의 김씨는 영의정 김수항의 종손녀라지? 같은 서인 출신인 데다 전하의 총애를 못 받는다는 공통점 때문인지 중전마마가 자주 어울리신다더군."

"어쨌든 전하께서도 대단하셔. 기어이 현렬대비마마의 국상 기간이 끝나자마자 장녀를 재입궁시키시다니. 과연 이번에는 장녀가 쫓겨나지 않고 후궁 첩지를 받을 수 있으려나? 들리는 소문에는 장녀가 숭선군 이징의 부인 신씨 집에서 얹혀살았다더라."

"어쩌냐, 원미야. 혹시라도 장녀가 또 쫓겨나게 되면 너도 함께 쫓겨날 텐데."

"쫓겨나는 게 문제야? 내가 들은 소문에는 장녀가 꼬리 아홉 개 달린 여우라고 하더라. 어린아이의 간을 파 먹어서 그리도 미색이 뛰어난 거래. 어쩌면 원미 너도 잡아먹힐지 몰라."

궁녀들은 낯선 궁 생활에 적응도 하지 못한 어린 나를 놀리느라 바빴다. 그리고 희빈마마를 처음 뵙는 순간, 나는 궁녀들의 말이 사실일지도 모른다고 생각했다. 그 정도로 희빈마마의 미모는 뛰어났다. 도저히 인간의 미색이라고는 믿기지 않았다. 볼 때마다 놀라울 정도의 미색이었다. 그래서 며칠 동안은 정말 희빈마마가 내 간을 빼먹을까 봐 두려웠다. 한밤중에 일어나 치마를 뒤집고 내 배를 확인해본 적도 여러 번이었다.

아직도 나는 가끔씩 희빈마마를 뵐 때면 그 미모에 흠칫 놀라곤 한다. 당시 희빈마마의 춘추 스물여덟이셨지만 궁 안의 누구보다 아름다우셨다. 당연히 전하께서는 희빈마마를 총애하셨다.

현렬대비마마에게 희빈마마를 재입궁시키자고 했다던 인현왕후마마는 점차 본색을 드러내기 시작했다. 전하께서 그리도 총애하셨지만 희빈마마는 승은 궁녀의 신분일 뿐이었다. 정식으로 후궁 첩지를 받지 못하면 언제 또 궁궐에서 쫓겨날지 알 수 없었다. 하지만 내명부의 수장인 인현왕후마마는 후궁 첩지를 내리는 것을 계속 미루셨다. 서인들은 하루가 멀다 하고 갖가지 이유를 들어 첩지가 없는 희빈마마를 출궁시켜야 한다는 상소를 올렸다.

같은 서인 배경에다 전하의 사랑을 받지 못하던 인현왕후마마와 숙의 김씨는 절친한 사이가 되었다. 숙의 김씨는 인현왕후마마와 서인 세력을 등에 업고 소의로 진봉된 지 얼마 안 되어 종1품 귀인이 되었다. 두 분은 어떻게든 희빈마마를 괴롭히지 못해 안달이었다.

하필이면 희빈마마가 고뿔에 걸려 일어나지도 못하던 날, 귀인 김씨가 뜬금없이 희빈마마를 찾았다. 당연히 가지 못했다.

"감히 웃전이 부르는데 무시하고 누워 있었다고? 아프다는 변명이 통할 줄 알았더냐!"

다음 날, 희빈마마는 아픈 몸으로 인현왕후마마에게 끌려가 회초리를 맞았다. 처소로 돌아온 희빈마마는 나를 껴안고 서러운 눈물을 흘리셨다.

인현왕후마마는 희빈마마를 끝없이 미워하셨다. 어찌 안 그러겠는가. 부처님도 시앗을 보면 돌아눕는다고 했다. 그래도 가끔은 도가 지나치셨다. 탄신일에 선물로 적의를 받고 싶으니 직접 만들어오라 하시고는 희빈마마가 중전 자리를 탐해 적의를 만들어 입으려 했다고 모함하시기도 했다. 황당하고 억울한 일이었다. 단 한 번도 궂은일을 해본 적 없는 희빈마마셨다. 아무리 김상궁마마님이 대신하겠다고 해도 중전마마에게 거짓을 고하고 싶지 않다면서 희빈마마는 손수 바늘을 잡고 옷을 지으셨다. 바늘에 찔리기를 수천 번, 잘못 기워 다시 풀어헤치고 기우길 수백 번……. 희빈마마가 인현왕후마마의 적의를 짓느라 얼마나 고생하셨는지는 내가 가장 잘 알고 있다.

얼마 후, 전하는 중궁전과 후궁의 처소가 있는 창덕궁이 아니라 창경궁에 비밀리에 취선당을 지어주셨다. 희빈마마를 인현왕후마마와 귀인 김씨에게서 보호하기 위해서였다. 하지만 후궁도 아닌 궁녀에게 각도 아닌 당호를 붙일 전각을 하사한다는 말에 서인들이 반대했고, 결국 전하는 희빈마마에게 직접 종4품 숙원의 품계를 내리셨다.

인현왕후마마는 하루가 멀다 하고 희빈마마를 모함했다.

"제가 용하다는 무당을 불러 하문하니 숙원은 전생에 전하의 화살을 맞고 죽은 짐승이었답니다. 전생의 묵은 원한을 갚고 복수를 위해 환생했다니 전하께 해를 끼칠 것이 분명합니다. 그러니 숙원을 경계하여 멀리하심이 옳습니다."

참으로 기가 막힌 일이었다.

다른 처소의 궁녀들은 모두 취선당의 궁녀들을 부러워했다. 그도 그럴 것이 희빈마마는 사대부 명문가 출신인 인현왕후마마나 귀인 김씨와는 달리 천한 무수리까지도 존중해주셨다. 나만 희빈마마의 은혜를 입은 게 아니었다. 희빈마마는 혹시나 궁녀의 안색이 어두우면 사가에 무슨 일이 있는지 하문하시고, 혹여 도움이 필요한 이가 있으면 선뜻 예물을 내주시곤 했다.

전하께서 내리신 진상품은 당연히 궁녀들에게 모두 나누어주셨다. 그러니 누가 우리 희빈마마를 받들지 않겠는가? 하지만 인현왕후마마는 어려운 이를 돕느라 폐물을 내주는 것조차 사치스러운 성격을 보여주는 증거라며 궁녀들에게 불평하신다고 했다.

재입궁 2년 만에 당시 소의였던 희빈마마는 늠름한 왕자 아기씨를 낳으셨다. 주상전하의 첫 아드님이었다. 궁 안이 온통 축제 분위기였다. 하지만 서인들은 인조의 계비이신 자의대왕대비 조씨(장렬왕후)의 국상기간이라는 이유로 첫 왕자님의 탄생을 축하하는 인사조차 올리지 않았다. 실상은 희빈마마가 남인 세력이었기 때문이다.

인현왕후마마는 왕자 탄생을 축하하는 예물을 보냈다. 하지만 희빈마마는 한참을 고민하시다 예의 바른 감사의 인사와 함께 되돌려보냈다. 가진 자가 없는 자의 것을 빼앗는 것만 같아 마음이 좋지 않다고 하셨다. 희빈마마는 한양 최고 갑부의 조카였고, 인현왕후마마는 작년에 아버지까지 여의셨으니 그럴 만도 했다. 하지만 인현왕후마마는 희빈마마의 뜻을 곡해하고는 분해서 참을 수 없다며 몇 끼나 굶으셨다고 했다.

그리고 며칠 후 인현왕후마마는 왕자 아기씨와 희빈마마에게 보약을 하사했는데 꽤 많은 양의 인삼이 들어 있었다. 어린 왕자 아기씨에게는 독이 될 수도 있을 만한 양이었다. 그 일로 전하는 대노하셔서 인현왕후마마를 윽박질렀다.

전하께 야단맞은 일로 인현왕후마마는 앙심을 품고 사헌부 지평 이익수와 이언기에게 희빈마마의 어머니 윤씨가 옥교(지붕이 있는 가마)를 타고 궁궐로 들어오는 것을 막으라고 지시했다. 문지기 김만석과 박소익은 희빈마마의 어머니 윤씨의 옥교를 빼앗았다. 물론 국법대로라면 후궁의 어머니는 궐 안에서 옥교를 탈 수 없는 처지였다. 하지만 같은 후궁인 귀인 김씨의 어머니는 항상 옥교를 타고 다녔다. 그래도 귀인 김씨의 어머니를 누구도 저지하지 않았는데, 왕자의 외할머니가 가마를 탈 수 없다니 기가 막힐 노릇이었다. 문지기들은 희빈마마의 어머니를 밀치며 때리기까지 했다. 희빈마마는 친정어머니가 산발에 흙투성이로 절뚝이며 취선당으로 들어오는 것을 보고 크게 상심해 드러누우셨다.

전하는 희빈마마의 억울함을 풀어주고 화를 달래주기 위해 희빈마마에게 빈 첩지를 내리셨다. 그리고 백일도 안 된 왕자 아기씨를 원자로 정하고 종묘사직에 고하셨다.

“중전의 춘추가 한창이시고 왕자가 탄생한 지 겨우 두어 달밖에 되지 않았는데 지금 명호를 정하는 것은 너무 서두르는 일입니다.”

하지만 송시열을 비롯한 서인들은 하루가 멀다 하고 전하에게 원자정호를 철회하라는 상소를 올렸다. 전하는 대노하시어 반발하는 서인들을 모두 유배 보내버리고 송시열에게 사약을 내리셨으며, 남인세력들을 대거 등용하셨다. 이른바 기사환국이었다.

원자마마는 자주 아프셨다. 희빈마마의 지극한 정성에도 잔병치레가 끊이지 않았다. 원자마마가 심하게 열이 나는 데다 유모의 젖조차 삼키지 못하고 신물만 계속 토해낼 정도로 아프실 때였다. 중궁전의 무수리 하나가 기어이 희빈마마를 뵙고 싶다 청했다. 과거에 희빈마마에게 은혜를 입은 적이 있는 무수리였다. 원자마마를 간호하느라 며칠 동안 제대로 주무시지 못해 피곤한 기색이 역력했지만 희빈마마는 무수리를 만나주셨다.

무수리는 사흘 전 중궁전에서 무당을 불러 희빈마마와 원자마마를 저주하는 푸닥거리를 했다고 고했다. 하필이면 원자마마가 갑자기 열이 나기 시작한 바로 그날이었다. 중전마마의 그 어떤 모욕과 질투도 참고 참으시던 희빈마마셨지만, 그때는 당장 전하께 달려가셨다.

“모두 참을 수 있습니다. 전부 견딜 수 있습니다. 하지만 우리 원자를 해하려는 것만은 용서할 수 없습니다.”

희빈마마의 읍소에 조사가 시작되었지만, 중전마마는 교묘하게도 모든 것을 귀인 김씨에게 뒤집어씌워 결국 귀인 김씨만 폐출되는 것으로 일은 마무리되었다. 그것도 저주굿을 빌미로 폐출하면 인현왕후마마도 무사할 수 없어 귀인 김씨는 투기한 죄, 친정 가문과 내통해 궁중의 일을 누설한 죄, 인현왕후에게 아첨해 혈당을 맺고 유언비어를 날조한 죄로 폐출당했다.

당시 중전마마와 주상전하는 만나기만 하면 다투셨다. 중궁전 소속이었던 민서는 중궁전 분위기가 너무 무섭다며 내게 하소연했다. 반면 내가 소속된 취선당은 항상 들뜬 분위기였다.

인현왕후마마의 탄신일에 전하는 자의대왕대비 조씨의 국상기간이라는 이유로 탄신하례를 금하셨지만, 인현왕후마마는 어명을 거역하고 기어이 탄신하례를 받으셨다. 희빈마마도 새벽부터 탄신하례를 갔다. 인현왕후마마는 해가 뜨고 중천에 이를 때까지 뜰에 서서 기다리게 한 후 인사 따위는 받고 싶지 않으니 돌아가라고 명하셨다. 희빈마마는 허탈한 웃음을 지으시며 돌아서야만 했다.

그날 점심 무렵, 탄신 기념으로 인현왕후마마가 보내셨다며 중궁전 궁녀가 음식을 잔뜩 가지고 왔다. 모두들 황당했다. 아침까지만 해도 탄신하례를 거절하시더니 무슨 변덕인가 싶었다. 그때 김상궁마마님이 곰곰이 음식을 보시다가 개를 한 마리 데려오라 하셨다. 그리고 개에게 음식을 조금 덜어 먹였다. 게걸스럽게 음식을 먹던 개는 갑자기 피를 토하며 죽어버렸다. 함께 수라를 하려고 발걸음하셨던 전하는 죽은 개를 보고 대노하셨다.

그날 양전께서는 문밖에 다 들리도록 고함을 지르며 싸우셨다고 한다. 인현왕후마마는 "그렇게 못마땅하면 나를 폐출하라"며 전하에게 대들었다고 한다. 결국 전하는 인현왕후마마를 서인으로 강등해 궁에서 내쫓으셨다.

"말세로 올수록 인심이 점점 나빠지는 것이기는 하지만 어찌 내가 당한 것 같은 일이 있겠는가. 중전은 관저의 덕풍은 없고 투기의 습관이 있어서 병인년 희빈이 처음 숙원이 될 때부터 귀인 김씨와 일당이 되어 붙었으며, 분을 터뜨리고 투기를 일삼은 정상은 이루 다 말할 수가 없다. 어느 날 나에게 말하기를 '꿈에 선왕과 선후를 만났는데 두 분이 나를 가리키면서 말하기를 내전과 귀인은 선조 때처럼 복록이 두텁고 자손이 많을 것이다. 그러나 숙원은 아들이 없을 뿐만 아니라 복도 없으니 오랫동안 궁중에 있게 되면 경신년에 실각한 사람들과 결탁하게 되어 국가에 이롭지 못할 것이다' 했다. 부인의 투기는 옛날에도 있었지만 어찌 선왕, 선후의 말을 거짓으로 빙자해 남의 마음을 두렵게 만들 계책을 세운 것이 이토록 극심한 지경에 이를 수 있는가. 희빈에게 자녀가 없다면 어찌 원자를 낳았단 말인가?"

그리고 얼마 후, 전하는 희빈마마의 선조 3대를 정승으로 추증하고 외가까지 벼슬을 내려 양반으로 만드셨다. 당연히 중전이 되실 희빈마마가 미천한 역관 집안 출신이라는 비난을 받지 않게 하기 위해서였다.

"희빈 장씨는 좋은 집에 태어나서 머리를 땋을 때부터 궁중에 들어왔다. 희빈 장씨는 효성이 지극하며 공손하고 검소해 덕이 후궁일 때부터 드러나 일국의 어머니가 될 만하니, 함께 종묘를 받들고 영구히 하늘의 상서로움을 받을 것이다. 이에 올려서 왕비를 삼노니, 예관으로 하여금 일체 예절에 따라 즉각 거행하게 하라."

희빈마마의 왕비 명호가 내려졌지만 자의대왕대비 조씨(장렬왕후)의 국상기간이었기 때문에 희빈마마가 정식으로 왕후로 책봉된 것은 다음 해였다.

희빈마마는 중전 즉위 후 두 달 만에 대군 아기씨를 또 출산하셨다. 하지만 대군 아기씨는 병약하시어 태어난 지 두 달도 안 되어 세상을 떠나셨다. 산후조리를 뒷전으로 미룬 채 대군 아기씨의 간병에 매달리셨던 희빈마마는 결국 앓아누우셨다. 산후조리를 제대로 못해서인지, 자식을 잃은 슬픔 때문인지 희빈마마는 그 후로 늘 종기와 부스럼에 시달리셨다. 처음에는 희빈마마의 병을 걱정하시던 전하셨지만 언젠가부터 아픈 희빈마마를 귀찮아 하시기 시작했다.

그리고 다른 여자들을 찾기 시작하셨다. 전하의 후궁들은 계속 늘어났다. 숙원 유씨, 숙원 박씨, 이름 모를 궁녀들……. 흉년과 전염병으로 백성들이 고통받던 때였다. 오죽하면 신하들이 후궁 출입을 삼가라고 간언까지 했을까. 하지만 전하는 달라지지 않았다.

인현왕후의 탄신일에 무수리 최씨는 인현왕후가 입던 옷을 앞에 놓고 음식상을 차려놓은 채 인현왕후의 만수무강을 빌고 있었다. 전하는 한밤중에 불이 켜져 있는 것을 이상히 여겨 들여다보다 그 모습을 발견하셨다. 무수리 최씨는 어두운 밤 힐끗 보면 인현왕후처럼 보일 정도로 얼굴과 몸매가 닮았다. 당시 인현왕후를 폐출한 것을 후회하고 계시던 전하의 죄책감을 극도로 자극하는 모습이었다. 그날 밤 전하는 무수리 최씨와 동침하셨다.

임금에게는 왕손을 번성시킬 의무도 있어서 자고로 임금이란 많은 여인을 거느려도 흠이 되지 않는 법이었다. 하지만 다음 날 무수리 최씨가 승은을 입었다는 뜻으로 치마를 뒤집어 입고 나왔을 때 궁 안의 모든 사람이 경악했다. 전하가 하필이면 천하디천한 무수리와 동침하신 것을 두고 모두들 어이없어 했다. 허드렛일을 하는 무수리는 궁궐에 머무르는 경우도 있었지만 아침에 입궐했다가 저녁이면 퇴궐하기도 했다. 무수리 최씨는 입퇴궐을 했다는데 한밤중까지 궁궐 한적한 방에 있었던 것부터가 계획적이었다.

무수리 최씨에 대해서는 소문이 많아도 너무 많았다. 인현왕후 마마의 친정아버지 민유중이 거리에서 발견한 거지아이를 불쌍히 여겨 데려다 키우다가 인현왕후마마가 간택돼 입궁할 때 함께 궁에 들어왔다는 이야기도 있고, 인현왕후마마가 폐위되었을 때 함께 쫓겨났다가 서인 김춘택이 궁궐 안의 정보를 캐기 위해 무수리로 재입궁시켰다는 이야기도 있다. 또한 서인이었던 전하의 유모가 서인의 재집권을 위해 가까운 사이인 무수리 최씨를 전하의 눈에 일부러 띄게 했다는 이야기도 있다. 어쨌든 결론은 하나였다. 무수리 최씨는 서인으로 희빈마마의 적이나 다름없었다.

소문 중 최악은 무수리 최씨가 서인 김춘택의 가노이자 연인이었으며, 이미 혼인한 여자라는 것이었다. 전하는 후사가 귀하셨는데 무수리 최씨는 아주 쉽게 회임을 했다. 그래서 전하가 아닌 사가 지아비의 아이라는 소문이 파다하게 퍼졌고 김춘택의 아이라는 소문도 돌았다.

당시 중전이셨던 희빈마마께는 내명부를 다스릴 책임이 있었다. 희빈마마는 무수리 최씨를 불러 회임에 관한 소문에 대해 물으셨다. 무수리 최씨는 희빈마마의 질문에 대한 대답을 교묘하게 회피하면서 엉뚱한 이야기만 늘어놓았다. 흡사 바보와 이야기하는 것처럼 답답했다. 처음에는 조곤조곤 물으시던 희빈마마도 점점 화가 나는지 언성이 높아지셨다. 그 순간, 전하가 들이닥치셨다. 그러자 무수리 최씨는 갑자기 통곡하며 전하께 매달렸다. 마치 희빈마마가 고문이라도 한 듯한 모양새였다. 전하는 희빈마마를 한참 동안 노려보았다. 희빈마마가 사정을 설명하려 했지만 전하께서는 듣지 않고 가버리셨다.

다음 날 전하는 무수리 최씨를 숙원으로 봉하셨다. 무수리 최씨가 낳은 첫아들 영수는 태어난 지 두 달 만에 죽었다. 하지만 무수리 최씨에 대한 전하의 총애는 식지 않았다.

그 무렵 나는 희빈마마의 오라버니인 장희재의 사가에 서찰을 전해주고 오는 길에 예사롭지 않은 장면을 목격했다. 장터에서 아이들이 노래를 부르고 있었는데, 처음 들어보는 노래였다. 나는 무심히 길을 가다 아이들에게로 다시 향했다.

미나리는 사철이요
장다리는 한철일세
철을 잊은 호랑나비
오락가락 노니느니
제철 가면 어이 놀까
제철 가면 어이 놀까

아이들은 지치지도 않는지 같은 노래를 계속 부르고 있었다. 미나리는 폐위된 인현왕후, 장다리는 희빈마마, 호랑나비는 전하를 빗댄 게 분명했다. 나는 노래를 부르는 아이 하나를 붙잡고 이 노래를 어디서 배웠느냐고 물었다.

"어떤 어르신이 가르쳐줬어요. 노래를 외우면 쌀 한 되를 준다고 해서 배웠지요. 장이 서는 날 하루 종일 노래를 부르면 또 쌀 한 되를 준다고 했습니다요."

범인은 기사환국 때 권세를 잃은 서인이 틀림없었다. 나는 당장 희빈마마의 오라버니 장희재에게 달려가 사실을 고했다. 장희재는 총융사 벼슬을 받고 노래 부르는 자들을 잡아들이기 시작했다. 하지만 몇 해 동안 계속된 흉년에 민심은 원망할 곳을 찾고 있었다. 장희재는 총융청의 재정이 고갈될 때까지 노래 부르는 자들을 잡아들였고, 감옥은 붙잡혀 온 자들로 가득했지만 노랫소리는 그치지 않았다. 오히려 총융청의 공금을 쓸모없는 곳에 낭비한다는 원성이 자자했다. 게다가 폐위된 인현왕후마마는 안국동 친정집에서 혼자 살면서 가족과도 만나지 않고 조용히 근신하고 있어 백성들의 연민을 자아내고 있었다.

궁궐 밖의 사정만큼 궁궐 안의 사정도 편안치 않았다. 천하디 천한 무수리 주제에 후궁 첩지를 받았으면 조용히 살아야 할 것을, 무수리 최씨는 전하께 희빈마마에 대한 불평과 불만을 속살거리며 계속해서 모함을 했다.

귀양 중이었던 서인 김만중이 지은 언문 소설 《사씨남정기》를 전하께 전해드린 것도 무수리 최씨였다. 시기심 많은 첩 교씨가 간교한 모함으로 정실부인 사씨를 내쫓지만 결국 교씨의 간악함을 깨달은 주인공 유연수가 정실부인 사씨와 화해한다는 이야기는 세책방에서 무료로 빌려주고 있었다. 읽는 순간 사씨가 인현왕후를, 교씨가 희빈마마를 빗댄 것임을 알았다. 무료로 빌려주는데도 불구하고 세책방에는《사씨남정기》가 산처럼 쌓여 있었다. 분명 서인들이 모두 작당해서 필사를 했을 것이다.

김만기의 손자 김춘택은《사씨남정기》를 한문으로 번역해 마치 고대소설인 것처럼 꾸며 무수리 최씨에게 전했다. 무수리 최씨는 전하 앞에서《사씨남정기》를 읽고 있는 척했다고 한다. 들리는 얘기로는 글을 몰라서 책을 거꾸로 들고 있었다고 한다.

서인 김춘택과 한중혁 등이 모여 인현왕후의 복위를 위한 모의를 했다는 고변에 장희재를 비롯한 남인들은 서인들을 제거할 좋은 기회라고 생각했다. 게다가 고변을 한 사람은 모의에 직접 참여했던 함이완이었다. 하지만 궁지에 몰린 서인들은 역고변을 했다.

"장희재가 김해성을 꾀어 그의 장모로 하여금 숙원 최씨의 생일날에 독이 든 음식을 가지고 입궐해 그녀를 독살하려 했습니다."

무수리 최씨는 서인들의 말이 사실이라며 편을 들었다. 하지만 증거 따위는 없었다. 그런데도 결국 전하는 인현왕후를 복위시키고 희빈마마를 중전에서 빈으로 강등시켜 취선당으로 내쫓으셨다.

희빈마마가 취선당으로 옮기고 나서야 중전이실 때 거처했던 경춘전에서 언문 편지가 발견되었다. 희빈마마의 오라버니 장희재가 무수리 최씨를 모함하는 내용이었다. 모두 무수리 최씨가 꾸민 모함이었다. 자신에게 불리한 증거를 버젓이 남겨놓고 가는 어리석은 사람이 어디 있단 말인가. 하지만 남인들은 축출되었고 서인들은 조정에 복귀했다. 이른바 갑술환국이었다.

그해에 무수리 최씨는 종2품 숙의가 되어 둘째 연잉군을 낳았다. 무수리 최씨는 서인들을 등에 업고 종1품 귀인을 거쳐 정1품 숙빈으로 봉해졌다.

폐비되신 후 희빈마마는 스스로를 취선당에 유폐하셨다. 하루에도 몇 번씩 희빈마마를 찾으셨던 전하는 취선당 쪽은 쳐다보지도 않으신다고 했다. 세자저하도 희빈마마의 탄신일이나 되어야 오실까, 혼례식 날 크게 야단맞은 후로는 발걸음을 뚝 끊으셨다.

세자저하는 아홉 살이 되던 해에 심호의 딸을 세자빈으로 맞이하셨다. 전하와 인현왕후마마에게 폐백을 드린 후 인사 온 세자 내외의 배례를 희빈마마는 눈물을 머금고 거절하셨다.

"어미가 둘인 사람이 이 세상에 어디 있답니까? 세자저하의 어머니는 중전마마이십니다. 그런데 어찌 일개 후궁에 불과한 이 사람에게 폐백을 올린다 하십니까? 세자저하와 세자빈마마는 돌아가십시오."

결국 세자저하가 돌아가신 후 희빈마마는 많이 우셨다.

"내 아드님은 태어난 지 두 달 만에 원자가 되었다. 원자란 원래 왕비에게서 태어난 적장자를 지칭하는 것이니, 내 아드님은 그때 이미 중전마마의 아들이 된 것이다. 내가 왕비로 있었던 5년, 왕비가 아니라 세자의 어머니라고 당당히 말할 수 있어서 좋았다."

언제나 그랬듯 세자저하를 냉정하게 쫓아보낸 후 희빈마마는 홀로 가슴을 치며 한탄하셨다.

"무사히 보위에 오르시려면 철저히 중전마마의 아드님이 되셔야만 하니 어쩔 수 없는 일이다. 냉정하게 대할 수밖에 없는 어미의 심정을, 다른 이에게 '어머니'라 부르라고 시키는 어미의 심정을 누군들 이해할 수 있겠느냐?"

차마 그 질문에 답할 수 없어 나도 눈물만 흘렸다. 하지만 궁궐에는 희빈마마가 신경질을 내며 폐백상을 뒤엎어버렸다는 소문이 돌았다. 모두 인현왕후마마 처소의 궁녀들이 낸 헛소문이었다. 하지만 사람들은 그것을 참이라 믿으니 참으로 안타까운 일이었다.

심부름을 나가 장터를 지나칠 때면 희빈마마에 대한 말도 안 되는 소문을 듣게 되었다. 처음에는 억울하고 화가 나서 드잡이를 하기도 했지만 싸운다고 해서 해결될 수 있는 일은 아니었다. 그때부터였다. 희빈마마의 억울함을 어떻게든 풀어드리고 싶었다. 하지만 방법을 알 수 없어 답답했는데, 이제야 내 미약한 재주로 글월로나마 희빈마마를 위로해드릴 수 있어 다행이다.

서인들은 가뭄도 홍수도 모두 희빈마마 탓이라 했다. 인현왕후마마의 가례일에는 지진이 일어났으며, 인현왕후마마가 복위하던 날은 초여름인데도 서리와 눈이 내렸다. 이 얼마나 불길한 징조인가. 하지만 서인들은 그 모든 천재지변이 희빈마마의 부덕함과 저주 때문에 일어났다고 몰고 갔다.

서인들은 희빈마마에 대한 백성들의 적개심을 키우려 갖가지 헛소문을 퍼뜨렸다. 결국 희빈마마 부친의 묘가 훼손되는 망극한 일이 발생했다. 무덤 속에서는 세자마마의 출생연도가 새겨진 저주물이 나왔다. 희빈마마의 오라버니 장희재의 노비 업동이가 무덤 앞에서 호패를 발견했다. 서인 병조판서 신여철의 노비 응선의 호패였다. 하지만 서인들은 장희재가 첩 순정이에게 시켜서 꾸민 자작극이라고 몰고 갔다.

전하는 사건의 진상을 밝히기 위해 노력하지 않으셨다. 전하는 서인들의 말만 믿고 무수리 최씨의 말만 들으시고 장희재의 자작극이라 여겨 세자저하를 위해 사건을 무마하기를 원하셨다. 억울하고 원통한 일이었다.

인현왕후마마가 복위되시고 희빈마마가 폐위되신 지 벌써 일곱 해.

병석에 누우신 인현왕후마마는 끈질기게 버티고 계셨다. 희빈마마도 병석에 누우시는 날이 많아지고 있었다. 오랜 마음고생 때문인지 종기와 부스럼은 끊임없이 발병했고, 어지러움 때문에 자리에서 일어나지 못하는 날도 있었다. 희빈마마의 얼굴은 점점 더 어두워져만 갔다. 수라도 거의 드시지 못했다.

병석에서 꼼짝도 못하시는 인현왕후마마, 죄인의 몸이라며 취선당에 스스로를 유폐하신 희빈마마. 당연히 조용해야만 할 궁전은 무수리 최씨 때문에 항상 시끄러웠다. 무수리 최씨는 인현왕후마마와 서인을 등에 업고 점점 더 기세가 등등해졌다. 듣자 하니 무수리 최씨는 중전 자리를 탐내는 모양이었다.

"희빈도 아들을 낳고 중전에 오르지 않았느냐? 내가 못할 것도 없지."

인현왕후마마 앞에서는 굽실거리며 아부하기 바쁘다는 무수리 최씨는 무엄하게도 '중전마마께서 승하하시면'이라는 말을 입버릇처럼 한다고 했다. 마치 인현왕후마마의 승하를 바라는 듯한 모습은 우리 희빈마마와 완벽하게 대조되었다. 희빈마마는 빈으로 강등되신 후 궁녀들이 어쩌다 '중전마마'라고 부를 때면 호되게 야단치셨다. 인현왕후마마의 상태가 안 좋아지셨다는 소식을 웃으면서 전했던 궁녀는 회초리까지 맞았다. 그 후로 우리 취선당 궁녀들은 속마음은 그렇지 않아도 인현왕후마마에 대한 예의는 확실히 지켰다.

무수리 최씨는 어떻게든 희빈마마를 곤란하게 만들기 위해 갖은 수를 썼다. 얼마 전에는 세자저하의 창경궁 처소인 저승전에서 희빈마마와 무수리 최씨가 스쳐 지나가는 일이 있었다. 무수리 최씨는 희빈마마의 떨잠이 떨어졌다며 손수 떨잠을 주워 희빈마마의 머리에 일부러 바르게 꽂아주었다. 어염족두리 위 중앙에 나비형 떨잠을 바른 모양으로 꽂을 수 있는 사람은 대왕대비, 대비, 중전 3명뿐이었다. 김상궁마마님이 바른 모양으로 꽂힌 것을 재빨리 발견해 비뚤게 꽂아드렸으니 망정이지 그렇게 하지 못했다면 세자저하를 보러 납신 전하가 크게 오해를 하실 뻔했다.

무수리 최씨는 인현왕후마마가 승하하실 경우 중전 자리에 오르기 위해 다양한 서인 세력가들과 결탁하려 하고 있다고 했다. 게다가 천한 출신을 속이기 위해 자신이 원래 침방나인이었다는 소문을 퍼뜨렸다. 침방나인의 경우 궁녀 직첩 중에서 두 번째로 높은 서열이었다. 차라리 침방나인의 시중을 드는 각심이 출신이라면 조금쯤 믿어주는 이가 있었을지도 모르겠다. 당연하게도 무수리 최씨의 거짓말을 믿는 사람은 아무도 없었다. 무수리 최씨의 아들 연잉군(영조)조차 그 말을 믿지 않았다.

"차라리 희빈마마께서 내 어머니셨으면 좋겠구나……."

연잉군이 보모상궁에게 그리 말한 적도 있다고 한다. 오죽하면 아들 입에서 어미를 바꾸고 싶다는 말이 나왔을까? 아직 어리지만 연잉군도 무수리 최씨의 교활함과 천박함에 질린 모양이었다.

무식하고도 무지했다. 건방지게도 아들만 낳으면 후궁이 중전에 오를 수 있다 생각하는 모양이었다. 참으로 망측하고 간악한 인간이었다. 엄연히 세자저하의 생모인 희빈마마가 계신데 어찌 그런 망극한 꿈을 꿀 수 있을까? 나는 무수리 최씨에게는 절대 고개를 숙이고 싶지 않아 멀리서라도 무수리 최씨가 보이면 가던 길을 돌아갔다. 전하께서도 하루빨리 무수리 최씨의 교활함을 아셨으면 좋겠다는 마음뿐이었다.

《장옥정전》의 초고를 완성했을 무렵, 일을 끝내고 돌아오니 김상궁마마님이 방에서 기다리고 있었다. 내가 야한 소설을 들여와 빌려주고 있다는 정보를 듣고 내 방을 뒤지다 내가 쓴 글을 발견한 것이다.

"감히 희빈마마를 주인공으로 이런 글을 쓰다니, 그러고도 네가 살고 싶은 것이냐?"

김상궁마마님은 어떤 벌을 내려야 할지조차 모르겠다며 희빈마마 앞으로 나를 끌고 갔다.

희빈마마는 장장 한 시진 동안이나 집중해서 글을 읽으셨다. 나는 무릎을 꿇은 채 기다렸다. 희빈마마는 신분에 대한 열등감에 사로잡혀 사소한 일에도 신경질을 내고 벌을 주는 무수리 최씨와는 달리 공명정대하고 합리적인 분이셨다. 또한 사대부 아녀자의 도리에 사로잡혀 궁녀들에게조차 엄격하고 편협한 기준을 들이

대어 벌을 주시는 인현왕후마마와 달리 융통성과 유연성을 가지신 분이었다. 나는 희빈마마를 믿었다.

드디어 희빈마마가 마지막 장을 넘기셨다. 그리고 물끄러미 날 쳐다보셨다.

"왜 이런 글을 썼느냐?"

"중전마마께서 제 동무이자 매설가인 민서에게《왕후 민씨 덕행록》을 쓰라는 명을 내리셨다 합니다."

"《왕후 민씨 덕행록》?"

"예. 중전마마의 일대기라는데, 우연히 그 글을 보고 경악을 금치 못했습니다. 희빈마마를 희대의 악녀로 묘사하고 있는 철저히 왜곡된 소설이었습니다. 백성들이 그 글을 읽으면 그 간악한 내용이 참인 줄 알 것입니다. 그래서 백성들에게 사실을 알려주기 위해 이 글을 썼습니다."

난 그동안 아무에게도 털어놓지 못했던 이야기를 줄줄 늘어놓았다. 희빈마마는 자그맣게 한숨을 내쉬었다. 김상궁마마님은 믿기 힘들다는 듯 되물었다.

"중전마마께서《왕후 민씨 덕행록》을 쓰라는 명을 내리셨다고? 그것이 참말이냐?"

"어느 안전이라고 제가 거짓을 고하겠나이까? 제가 김상궁마마님께라도 고하려고 그 증거인《왕후 민씨 덕행록》의 초고를 훔치려 몇 번 시도를 했지만 언제나 민서가 품에 안고 다녀 훔치지 못했습니다. 어찌나 꽁꽁 숨기는지 저도 앞부분만 조금 읽었을 뿐입니다."

"정말 내용이 그리도 망극하더냐?"

"《사씨남정기》보다 더하면 더했지 덜하지 않았습니다. 일대기인 양 썼지만 사실을 철저히 왜곡해 희빈마마를 악녀로 묘사한 소설이었습니다. 그 내용이 오죽 망극하고 억울했으면 제가 며칠 동안 잠을 못 이루다 다시 글을 쓸 생각을 했겠습니까? 정 못마땅하시다면 차라리 저를 이 자리에서 죽여주시옵소서. 저는 백성들에게 희빈마마께서 희대의 악녀로 알려지는 것을 보느니 차라리 이 자리에서 죽겠습니다."

희빈마마는 한참 생각에 잠기셨다가 입을 여셨다.

"이야기가 너무 과장되고 거짓도 많이 섞여 있구나. 게다가 네 사견이 가득하구나. 숙빈 최씨를 기어이 무수리 최씨라 일컬으며 희대의 악녀처럼 묘사했구나. 《왕후 민씨 덕행록》이 거짓이 많아 불만스러웠다면 넌 현실 그대로를 적었어야지."

난 아무 말도 하지 못했다. 무수리 최씨에게는 숙빈마마라는 존칭조차 쓰고 싶지 않았다.

"말해보아라. 진짜 역사를 옮겨 적고 싶은 건지, 아니면 상상으로 소설을 쓰고 싶은 건지. 만약 역사를 그대로 옮겨 적어 후세에 남기고 싶다면 내가 널 도와줄 수도 있겠지."

"예?"

난 놀라서 되물었다.

"마마!"

김상궁마마님은 어찌할 바를 모르고 희빈마마를 부르기만 했다.

"제가 《왕후 민씨 덕행록》에 대해 조금 더 알아보겠습니다. 그 후에 어떻게 대응해야 할지 결정하시는 것이 나으실 듯합니다."

김상궁마마님은 그렇게 말했지만 희빈마마는 고개를 저으셨다.

"됐다. 그냥 내버려두어라."

"하지만 이야기를 들어보니 서책이 상당히 불온한 내용인 듯한데, 일단 매설가라는 그 궁녀를 잡아들여……."

"되었다. 원미가 어디 거짓을 고한 적이 있더냐? 아마 사실일 테지. 중전마마께서 그렇게라도 한풀이를 하고 싶으셨나 보구나. 아니 그렇겠느냐? 입장을 바꾸어 생각해보아라. 시앗을 보면 부처도 돌아눕는다는데, 첩에게 쫓겨나 사가에서 5년을 지내셨으니 내가 좋게 보일 리 있겠느냐?"

"첩이라니요, 마마. 어찌 그런 망극한 말을……."

"사실을 말했을 뿐이다. 중전마마께서 뒤에서 날 뭐라고 욕하든, 숙빈이 전하께 날 어떻게 모함하든 참으려 했다. 하지만 희대의 악녀로 알려져 우리 세자저하께 누를 끼칠 수는 없는 노릇이 아니냐? 그러니 나도 똑같은 방법을 쓸 수밖에."

"정 서책을 남기고 싶으시다면 저희도 유명한 매설가를 구해서 쓰는 게 좋지 않겠습니까?"

김상궁마마님의 말에 불끈해서 따지고 싶었지만 참았다. 어쨌든 내가 생각해낸 대처 방법이었다. 수많은 궁녀를 만나 취재를 하느라 고생도 많이 했고 이미 글도 많이 써놓은 상태였다. 그것을 다른 이에게 빼앗긴다고 하니 속에서 열불이 났다. 하지만 참았다. 만약 나보다 나은 이가 글을 쓴다면 희빈마마께 더 도움이 될 수도 있었다. 그런데 희빈마마는 망설임 없이 대답하셨다.

"아니네. 다른 이를 찾을 필요는 없어. 난 그냥 원미에게 맡기겠네."

"하지만 마마, 중전마마 쪽에서는 매설가를 쓰는데 저희는 검증되지 못한 매설가 지망생을 쓴다는 것이 염려스럽나이다."

"좋아하는 사람보다 열심히 할 수 있는 사람이 있겠는가? 나는 잘하는 사람보다 열심히 하는 사람을 쓰고 싶네. 게다가 글의 제목이 마음에 드네. 《장옥정전》이라……. 그런데 왜 《희빈 장씨전》이 아니고 《장옥정전》이라 지었느냐?"

"저한테는 언제나 중전마마셨습니다. 그리고 곧 다시 중전마마가 되실 겁니다. 그래서 희빈이라는 직첩을 쓰기 싫었나이다. 실록에는 왕비일지라도 여자의 이름을 남기지 않고 성씨만 남긴다고 들었습니다. 저는 마마의 존함을 후세에 널리 알리고 싶었습니다. 숙원, 소의, 희빈 등 직첩이 아니라 마마의 존함과 인생을 후세에 알리고 싶었나이다."

"맘에 드는 이유로다. 참으로 기특하구나. 좋다. 내 특별히 너에게 내 인생 이야기를 들려주도록 하지. 나도 내 인생을 글로 남기고 싶구나. 후세에도 억울한 인생으로 남고 싶지는 않으니."

그때는 몰랐지만 지금 생각하니 그렇게 말씀하시는 희빈마마의 얼굴은 무표정했다. 기쁨, 슬픔, 분노, 울분 그 어떤 감정도 없는 얼굴이었다. 마치 모든 것을 포기하고 체념해 죽은 사람처럼 보였다. 어쩌면 희빈마마는 폐위되던 그 순간, 사랑을 잃고 아들을 빼앗긴 그 순간부터 죽어 있었는지도 모른다. 이미 죽어 7년을 보낸 후라서 더 생에 대한 미련이 없었는지도 모르겠다. 하지만 희빈마마와 가장 긴 시간을 보낸 나조차도 희빈마마가 절망과 체념으로 가득 차 있다는 것을 눈치채지 못했다. 희빈마마는 혹시 자신의 표정이 안 좋으면 궁녀들이 눈치를 볼까 봐 항상 궁녀들에게 미소 짓는 모습만 보여주셨다.

희빈마마는 다음 날부터 나를 불러 아무도 모르는 자신만의 이야기를 들려주시기 시작했다. 나는 부지런히 희빈마마의 말씀을 옮겨 적었다. 희빈마마의 입으로 직접 들은 이야기를 바탕으로《장옥정전》을 쓸 수 있다는 생각에 나는 신나기만 했다. 그래서 몰랐다. 부드러운 음성에 가득한 체념과 후회를, 죽음을 준비하며 담담하게 자신의 인생을 읊으시는 그 한스러운 감정을.

“내 나이 열 살, 아버지 장경을 여의었다. 아버지는 조사석의 처갓집 노비 출신인 어머니를 사랑해 면천시켜 결혼하신 사랑꾼이었다. 아버지는 비단전을 운영했는데, 관리에게 매번 트집 잡히는

게 싫어 어떻게든 중인 신분을 탈피하고자 하셨다. 하지만 결국 아버지는 중인의 신분으로 돌아가셨다. 그래도 다행히 나는 오촌 당숙인 역관 장현의 집안에서 풍족하게 자랐다. 한양 제일의 부자인 숙부 장현은 내게 아버지나 다름없었다.

… 정치와 장사는 떼려야 뗄 수 없는 관계였다. 숙부 장현은 궁궐 안에도 가까운 사람이 있어야 한다고 생각해 딸을 궁녀로 입궁시켰으나 육촌 언니는 궁궐에서 잘 적응하지 못했다. 내 나이 열다섯, 나는 시집을 가는 대신 입궁하겠다고 자청했다.

… 그때까지 난 어느 곳에도 속하지 못한 존재였다. 명문 양반가는 아니지만 부유한 중인 집안 출신으로 모자란 것 없이 자랐다. 너처럼 나도 어렸을 때부터 글 읽는 것을 좋아했다. 하지만 너무 눈에 띄는 외모 때문에 여자들은 날 보는 순간부터 경계했고, 익히고 배운 지식이 너무 많아서 남자들은 날 껄끄러워했다. 여자의 몸으로 과거를 치를 수도 없었고 중인의 신분을 탈피할 수도 없었다. 나 자신의 능력과 노력이 아닌 다른 무언가에 의해 내 인생이 한계점을 가진다는 게 몸서리치게 싫었다. 그래서 차라리 궁녀가 되어 내 능력과 노력을 인정받는 게 나을 것 같아 보였다.

… 내 나이 열여섯, 세자 신분이었던 전하를 뵈었다. 하지만 단지 전하께서 정궁을 제쳐둔 채 나만을 총애한다는 이유로 자의대왕대비마마(장렬왕후)와 현렬대비마마(명성왕후)께서 차례로 날 내치셨다. 다행히 조사석이 자의대왕대비마마께 근신하고 있는

내 이야기를 잘 전해주어 자의대왕대비마마는 오해를 푸시고 나를 궁에 들이자 하셨다. 하지만 현렬대비마마는 절대 불가하다 고집을 부리셨다. 전하의 계비이신 인현왕후마마도 승은을 입은 궁녀가 궐 밖에 있는 것은 좋지 않다고 설득했으나, 현렬대비마마는 내가 간사하고 악독하다며 내 입궁을 기어이 막으셨다. 현렬대비마마는 고집이 세고 성품도 강인하셔서 지아비인 현종께서 후궁을 한 명도 두지 못할 정도였다. 그러니 전하는 모후의 말씀을 들을 수밖에 없었다. 나는 아무런 기약도 없이 궁궐 밖에서 7년이나 기다려야 했다. 현렬대비마마가 돌아가시고 나서야 나는 궁에 돌아올 수 있었다. 그래도 전하를 다시 모실 수 있어서 기뻤다.

… 전하는 절대적인 왕권에 대한 열망이 강한 분이셨다. 그럴 만했다. 부왕이신 현종께서 승하하신 후 전하가 즉위하실 때는 '예송논쟁'* 으로 왕실 권위가 완전히 무너진 상태였다. 전하의 할아버지이신 효종께서는 비밀독대(기유독대)까지 하며 송시열에게 병력증강사업을 지지해달라고 간청하셨다. 하지만 송시열은 '전하께서 덕을 잘 쌓으시고 학문을 익히시는 게 먼저입니다'라며 모욕적인 언사를 퍼부었다. 결국 얼마 되지 않아 효종께서 돌아가셨다. 그러니 전하께서 왕권강화에 대한 열망이 얼마나 컸겠느냐?

… 전하는 나에게 '희(禧)'란 이름을 내리셨다. 경사 희. 전하의

* 현종 때 자의대비의 상복을 두고 서인과 남인 간에 벌어진 두 차례의 정치적 분쟁.

삶에서 내 존재가 가장 큰 경사라시며 지어주신 이름이었다. 하지만 그 이름을 받은 후 내 인생에 기쁜 일은 더 이상 없었다. 서인을 몰아내고 남인을 등용하자는 생각을 꺼낸 것은 물론 나였다. 단지 원자에게 든든한 뒷배를 만들어주고 싶었다. 내가 왕비가 될 꿈은 꾸지 않았다. 하지만 전하는 기사환국으로 강해진 권력을 더 단단히 다지고 싶어 하셨다.

… 왕권강화에 대한 전하의 무조건적인 집착을 알고 있었기에 중전으로 있던 5년 동안 언제나 자중하고 조심하고 경계했다. 하지만 권력에 취한 오라버니 장희재는 막무가내였다. 포도대장이었던 오라버니는 포도청 군관 이지훈을 시켜 승정원 당하관들이 모인 장소를 불법 사찰까지 했다. 전하는 오라버니를 체포 하루 만에 석방했지만 포도대장에서 해임하셨다. 감히 전하의 최측근인 승정원을 불법 사찰하다니 왕권에 도전하는 행위나 마찬가지였다. 오라버니를 불러 자숙하라며 야단을 쳤다.

… 하지만 어리석은 오라버니는 기어이 폐비복위운동을 과잉 제압하고 이를 빌미로 서인 세력을 대대적으로 숙청하려 했다. 전하의 외가와 과거의 처가가 모두 서인이었다. 게다가 전하는 서인이든 남인이든 권력의 균형이 깨지는 것을 원치 않으셨다. 그래서 오라버니가 숙빈 최씨를 독살하려 했다는 서인들의 말을 증거도 없이 믿는 척하셨겠지.

… 오라버니가 그 후 자숙하는 듯했기에 나도 안심을 했다. 너

무 안심한 나머지 전하의 권력욕에 대한 집착을 잊고 있었다. 전하가 온천에 가셨을 때 도성에 도적 떼가 출몰했다는 소식이 들렸다. 몇 년간 계속된 흉년에 장길산을 비롯한 도적 떼가 여기저기 나타나 민심이 어지러운 때였다. 나는 군사권을 발동해 도성 문을 닫으라고 명했다. 전하가 하루 먼저 한양에 오실 줄은 꿈에도 몰랐다. 왕권에 대한 전하의 절대적인 집착을 알고 있기에 전하가 없는 동안 어떤 중요한 정치적 결정도 지시하지 않았는데, 하필이면 일이 그렇게 꼬일 줄 몰랐다. 궁궐로 돌아오신 전하는 내 얼굴조차 보기 싫어 하셨다. 그 순간 깨달았다. 또다시 환국이 일어날 것을. 내 예상대로 남인이 숙청되고 서인이 대거 등용되는 갑술환국이 일어났다. 그리고 나는 빈으로 강등되었다.

… 전하는 단순히 후궁을 총애하시어 환국을 일으키신 게 아니니라. 겉으로는 총애하는 후궁의 뒷배를 든든히 해주는 것처럼 보였겠지만 전하는 철저한 계산에 의해 환국을 단행하셨다. 그 누구도 전하의 권력에 도전하지 못하도록 일부러 변덕을 부리는 양 여러 번의 환국을 반복하신 덕분에 전하는 강한 왕권을 유지할 수 있었지. 그러니 걱정이구나. 세상의 인심은 미래의 임금이 되실 세자의 생모에게 쏠리는 법이니, 언제나 임금만큼이나 중전의 권세도 드높은 편이었다. 그게 바로 아이 없는 중전마마를 복위시키고 나를 빈으로 강등한 정확한 이유니라. 절대로 누군가와 권력을 나눌 마음이 없으신 게지. 갑술환국이 일어난 지 7년, 과

연 전하가 누군가와 권력을 나누어 가질 수 있는 분으로 변하셨을까. 만약 아직도 권력에 대한 집착이 남다르시다면 중전마마가 승하하실 경우 나를 곱게 보아 넘기시진 않을 텐데 걱정이구나."

나는 희빈마마가 걱정을 사서 한다고 생각했다. 희빈마마는 눈에 불을 켜고 지켜보고 있는 서인들에게 트집을 잡히지 않으려 조심하고 또 자중하셨다. 게다가 트집을 잡힌다 해도 세자저하의 생모시니 최악의 경우라 해도 출궁 정도라고 생각했다.

숙종 27년 8월 14일, 희빈마마가 나에게 이야기를 들려주시고 계실 때 김상궁마마님이 황급히 들어왔다.

"중전마마께서 승하하셨다 하옵니다."

한 인간의 죽음을 전하는 목소리치고는 설렘으로 가득했다. 차마 드러내지는 못했지만 김상궁마마님도 기쁜 것이다. 하지만 희빈마마는 착잡한 표정이셨다.

다음 날부터 취선당의 궁녀들은 이삿짐을 싸기 위해 부산스럽게 들썩였다. 이제는 희빈마마가 다시 중전이 되기를 기다리기만 하면 된다는 생각에 모두 들떴다.

"숙빈 최씨 처소의 궁녀들이 완전히 기가 죽었어. 하여간 천한 무수리 출신 후궁마마 모시면서 그깟 총애 좀 받는다고 그리도 기고만장해서 우리 취선당 나인들을 무시하더니."

하지만 희빈마마는 어두운 안색으로 궁녀들을 야단치셨다.

"중전마마께서 승하하셨는데 이 무슨 해괴한 짓이냐? 자중하고 자중해야 할 때이거늘."

꾸중을 들으면서도 궁녀들의 입가에는 웃음기가 가시지 않았다. 희빈마마는 몇 번이나 한숨을 들이쉬고 내쉬다가 세자저하를 모시고 오라 했다.

그날부터 희빈마마는 세자저하의 문안인사를 매일 받으셨다. 이제는 당당하게 중전이 되실 테니 누구의 눈치도 보지 않고 마음껏 아드님을 보시는 거라 생각했다. 희빈마마가 마지막을 준비하고 있다는 것을 가장 가까이에서 하루 종일 붙어 있던 나조차 생각하지 못했다.

희빈마마는 매일 나를 불러 자신의 이야기를 들려주셨다. 그리고 전날 밤 내가 정리한 이야기를 꼼꼼하게 읽어보셨다. 만일 희빈마마가 인생을 정리하기 위해 내게 자신의 이야기를 들려주는 것이라는 사실을 알았다면 나는 결코 《장옥정전》을 쓰지 않았을 것이다.

인현왕후가 승하하신 후 예조에서는 상장례시 희빈마마의 복제를 다른 후궁과 다르게 할 것을 청했지만 전하는 허락지 않으셨다. 그때까지만 해도 희빈마마가 다시 중전이 되실 거라 믿어 의심치 않았다. 남인들은 부지런히 희빈마마의 복위에 대한 준비를 하고 있었다.

인현왕후마마가 돌아가신 후 세자저하는 밤마다 경기를 했다. 돌아가신 인현왕후마마의 원혼이 세자저하를 데려가려 한다는 소문이 궐 안에 파다했다. 결국 희빈마마는 한양에서 가장 용하다는 무당 오례를 부르셨다. 무당은 인현왕후마마가 생전에 세자를 저주하는 굿을 자주 했다며 그 저주를 푸는 씻김굿을 해야 한다고 했다. 희빈마마는 눈을 감고 무당의 말을 듣기만 하셨다.

취선당 서쪽에는 이미 신당이 있었다. 재작년 세자마마가 두창(천연두)에 걸리셨을 때 쾌유를 기원하기 위해 마련한 것이었다. 세자마마의 두창이 낫자 곧바로 신당을 폐쇄했는데, 세자마마는 두창의 후유증으로 안질을 앓으셨다. 무당은 병이 나았다고 하여 신증(떡을 바치는 것)을 그만두었기에 귀신의 분노를 사서 그렇다고 했다. 희빈마마는 그 후로 매일 신당에 떡을 바치셨다.

희빈마마는 며칠을 고민하고 또 망설이셨다. 그동안 세자저하의 경기는 점점 심해졌다.

"인현왕후마마의 넋을 달래고 한풀이를 하는 굿이라면 허락하겠네."

그렇게 굿판이 차려졌다. 아픈 아이를 둔 어미라면 자그마한 희망이라도 품고 싶은 것이 당연했다. 하지만 무수리 최씨는 어미의 간절한 소망을 자신의 야망을 위해 이용하는 데 거리낌이 없었다.

숙종 27년 9월 24일, 갑자기 비망기가 내려왔다.

"인현왕후를 무고한 죄인 장희재를 처형하고 희빈 장씨를 자진하게 하라."

조정 대신들은 희빈마마가 정확히 어떤 죄를 지었는지 모른다며, 세자저하의 모후를 저지른 죄도 모른 채 벌할 수는 없다며 전하에게 비망기를 거두시라 간청했다.

전하는 희빈마마가 인현왕후마마를 저주하는 굿을 했다는 무수리 최씨의 말만 믿으셨다. 취선당 서쪽에 신당이 있다는 것은 전하도 이미 알고 계신 사실이었다. 재작년에 세자마마를 위한 굿을 할 때 전하도 구경을 오신 적이 있었다. 하지만 전하는 취선당 서쪽에 신당이 있었다는 것을 처음 아신 양 희빈마마가 인현왕후마마를 저주하기 위해 신당을 새로 만들었다고 여기셨다. 전하는 그저 숙빈 최씨의 말이 무조건 옳다고만 생각하셨다.

인현왕후의 동복 오라비 민진후의 발고가 이어졌다. 인현왕후마마가 살아 계실 때 "지금 나의 병 증세가 지극히 이상한데, 사람들이 모두 반드시 빌미가 있다고 한다"고 말씀하셨는데, 그 빌미가 바로 희빈마마의 저주굿이라는 것이었다. 증거도 증인도 없는데, 전하는 무조건 우기셨다.

"희빈 장씨는 취선당 서쪽에 신당을 설치하고 비복들과 더불어 사람들을 물리치고 인현왕후가 빨리 죽기를 기도했다. 이것은 모두 내가 직접 목격해서 안 것이지 누구의 말을 전해 들은 데서 나온 것이 아니다."

하지만 대신들은 쉽게 납득하지 않았다.

결국 전하는 궁녀 축생, 설향, 시영, 숙영, 철생 등을 친국하셨으나 모두들 모르는 일을 실토하지는 못했다. 신당을 비롯해 취선당을 샅샅이 뒤졌으나 흉측한 물건은 나오지 않았다.

"취선당 서쪽 가장자리의 신당에 설치한 물건들은 이달 초에 발각될까 두려워 모조리 불태워버린 것이 틀림없다."

전하는 그렇게 말씀하시며 장희재의 첩 숙정과 굿을 했던 무녀 오례에게 압슬형을 비롯한 갖가지 고문을 명하셨다. 무당의 아들과 딸까지 잡아들여 고문하셨다. 결국 고문에 못 이겨 숙정과 무당은 저주굿을 했다고 인정했다.

전하는 그것만으로는 부족하다고 생각하셨는지 인현왕후마마 처소의 궁녀까지 불러 고문을 가하셨다. 모진 고문 끝에 궁녀는 희빈마마의 명으로 인현왕후마마가 드시는 햇게장에 꿀을 탔다고 말했다. 게장과 꿀은 음식 궁합이 상극이라 같이 먹을 경우 독이 될 수도 있었다.

전하는 희빈마마에게 사약을 내리겠다고 하셨다. 하지만 남인들은 물론 서인들 중 소론까지도 전하의 결정에 반대했다. 강압에 의한 수사 결과를 믿을 수 없다는 대신들에게 전하는 역정만 내셨다.

열네 살의 세자마마는 석고대죄를 하며 희빈마마를 살려달라

울부짖었다. 대신들마저도 어명을 거두어줄 것을 매일 간청했으나 전하는 마음을 돌리지 않으셨다.

인현왕후마마가 승하하신 지 40여 일, 희빈마마의 오라버니 장희재는 목이 잘렸고, 게장에 꿀을 탔다고 자백한 인현왕후마마의 궁녀와 취선당의 궁녀 두 명도 교살되었으며, 저주굿을 했다고 자백한 무당 오례도 처형되었다.

희빈마마는 마지막으로 전하와의 독대를 청하셨다.

"단 한 가지만 약조해주십시오. 우리 세자가 보위를 잇게 해주신다고 약조해주신다면 전하의 뜻대로 하겠습니다. 그러기 위해서는 숙빈 최씨가 다음 왕비가 되어서는 아니 될 것입니다. 또한 새 왕비를 소론 출신으로 간택해 우리 세자의 뒷배가 될 수 있게 해주시옵소서."

희빈마마는 억울함을 호소하지도 목숨을 구걸하지도 않으셨다. 당당하게 원하는 것을 요구하셨을 뿐이다.

다음 날, 전하는 빈어(임금의 첩)에서 후비(임금의 계실)로 승격되는 일을 금지하는 법을 만드셨다. 그리고 다음 날 승정원을 통해 공식적으로 희빈마마에게 자진하라는 명을 내리셨다. 소식을 들은 세자저하가 취선당으로 달려오셨다. 실신할 듯 우시는 세자저하와 달리 희빈마마는 내내 메마른 얼굴이셨다.

"승하하신 인현왕후마마가 세자에게 바늘이 박힌 옷을 보낸 적이 있었지요. 다행히 바늘을 미리 발견해 세자를 구할 수 있었습니다. 전하께 그 일을 고했는데 인현왕후마마는 제가 자작극을 꾸몄다고 오히려 모함을 하셨습니다. 많이 분노하고 절망했습니다. 자작극을 꾸몄다는 모함이 억울해서가 아니라 그렇게 약한 어미일 수밖에 없다는 게 화가 났습니다. 모두들 인현왕후마마의 말이 사실이라고 믿었지요. 억울하고 원통했습니다. 약하기에 악할 수밖에 없는 제 신분이 비참했습니다. 그때 알았습니다. '약한 자'는 결국 '악한 자'가 될 수 밖에 없다는 사실을 말입니다.

가끔씩 궁금합니다. 과연 제가 인현왕후마마처럼 양반 출신이었다면 숙빈 최씨가 저를 몇 번이나 모함할 수 있었을까요? 과연 제가 인현왕후마마처럼 양반 출신이었다면 전하가 이리 쉽게 제게 자진을 명할 수 있었을까요? 그런 생각을 한다는 것 자체가 제 열등감을 드러내는 것 같아 싫습니다.

제가 중인이라는 것, 여자라는 것. 제가 선택하지도 않은 사실에 의해 제 노력과 최선이 무시되고 경멸되고 절망으로 치닫는 걸 보는 일도 이제 그만하고 싶습니다. 그러니 슬퍼 마세요. 이 어미의 선택을 존중해주세요. 살아남으세요. 왕이 되세요. 그래야 바꿀 수 있습니다. 이 어미처럼 억울한 이가 없는 세상을 만들어주세요.

주상전하는 언제나 절대적인 왕권을 꿈꾸셨지요. 그 절대 권력에 대한 집착으로 이 어미는 한평생 이용당해야 했습니다. 그래서 이 어미는 절대적인 권력이 없는 세상, 모두가 평등한 세상을 꿈꾸었답니다. 왕도, 양반도, 중인도, 상놈도 없이 모든 이가 '사람'일 수 있는 세상을 꿈꿨습니다. 그래야 자신의 선택이 아니라 주어진 것 때문에 삶을 포기하는 이들을 구원할 수 있으니까요. 이 어미의 마지막 소원은 그것입니다. 왕이 되셔야 합니다. 그래서 이 어미의 소원을 들어주세요."

세자저하는 그저 우시기만 했다.

희빈마마는 새벽녘까지 세자저하와 함께 계셨다. 해가 뜨기 직전 희빈마마는 세자저하에게 동궁으로 돌아갈 것을 명하셨다. 죽어도 못 간다고 버티시는 세자저하를 내관들이 억지로 들쳐 업었다.

"어마마마! 어마마마!"

세자저하의 비명과 울음소리가 취선당을 울렸다. 희빈마마는 그저 눈을 감고 그 소리를 듣고만 계셨다. 나는 희빈마마를 대신해 울었다. 눈물조차 흘릴 수 없는 기막힌 상황에서도 희빈마마는 의연함을 잃지 않으셨다.

"도승지가 자진하라는 명을 전하면서 가져왔던 흰 천을 취선당 대들보에 매달아라."

김상궁마마님은 엎드려 울기만 했다.

"여봐라, 게 누구 없느냐?"

궁녀들은 모두 뜰에 나와 엎드린 채 통곡할 뿐이었다. 결국 희빈마마는 손수 대들보에 천을 매다셨다. 김상궁마마님은 무엄함을 무릅쓰고 희빈마마의 앞을 가로막으셨다.

"아니 되옵니다, 마마. 차라리 저를 죽이시옵소서. 아니 되옵나이다."

그제야 모두들 나서서 희빈마마 앞에 엎드려 빌기 시작했다.

"마마, 희빈마마. 아니 되옵니다. 희빈마마."

간절한 애원과 통곡에 희빈마마는 한숨만 내쉬셨다.

"어미가 자진하라는 어명을 거역하고 결국 사약을 받았다는 오명까지 세자에게 뒤집어씌울 수는 없나니. 내 마지막 명이다. 모두들 그 자리에 꼼짝 말라."

모두들 엎드린 채 울기만 했다. 차마 아무도 고개를 들지 못했다. 해가 뜨고……, 해가 지고……, 대전 내관들이 몰려와 우리를 억지로 해산시킬 때까지……, 우리는 그 자리에서 울고만 있었다. 힘없는 우리가 희빈마마를 위해 할 수 있는 것은 고작 눈물로 배웅하는 것뿐이었다.

숙종 27년 10월 10일, 혜성이 장수(바다뱀자리) 사이로 나타났다가 긴 꼬리를 남기고 소멸되었다. 전하는 희빈마마가 이미 자진했음을 공표했다.

그리고 희빈마마의 삼년상이 끝나는 오늘, 나는 마침내《장옥정전》을 탈고했다. 희빈마마가 세상을 떠나시고 난 후 김상궁마마님을 비롯해 몇 명의 궁녀들이 희빈마마를 뒤따랐다. 하지만 나는 그럴 수 없었다. 희빈마마는 전하와 독대할 때 모든 궁녀와 내관을 물리면서도 나만은 방문 밖에 서 있도록 배려하셨다. 세자저하와의 마지막 순간에도 일부러 나를 곁에 두셨다. 모두 내가《장옥정전》을 쓸 수 있도록 배려하신 것이다. 희빈마마의 배려를 받들어《장옥정전》을 마무리해야만 했다.

"네 덕분에 신세한탄을 실컷 할 수 있었구나. 고맙다."

희빈마마께서 내게 해주신 마지막 말씀이었다. 그래서 난 살아야만 했다. 희빈마마가 죽어서도 억울한 누명을 쓰시게 만들 수는 없었다.

매일 밤 글을 쓰며 울었다. 매일 밤 글을 고치며 아팠다. 희빈마마가 겪으셔야만 했던 인생이 서럽고 억울해 잠조차 들 수 없는 나날이었다. 약하기에 악할 수밖에 없었던 그 인생이 안타까워 견딜 수 없는 나날이었다. 그저 글을 써야 한다는 이유로 버틸 수밖에 없는 시간들이었다. 그리고 이제야 비로소 나도 편히 희빈마마의 뒤를 따를 수 있게 되었다. 그것만으로도 감사하다.

장옥정(張玉貞)과 숙종(肅宗), 그 밖의 이야기

"역사는 승자의 것이다"라는 명제를 가장 명확하게 드러내는 실화가 바로 인현왕후와 희빈 장씨일 것이다. 인현왕후와 희빈 장씨는 조선왕조의 여인 중 가장 많이, 가장 다양한 매체에서 다룬 인물들이다. 그렇게 수많은 변주를 거치며 반복적으로 탄생되었지만, 기본 바탕 줄거리는 변하지 않았다.

언제나 인현왕후는 현명하고 후덕한 본처였고, 희빈 장씨는 간악하고 교활한 악녀였으며, 희빈 장씨의 비참한 죽음은 권선징악의 결말을 완벽하게 보여준다. 이러한 이야기는 모두 소설 《인현왕후전》과 이문정이 지은 역사서 《수문록》 등을 바탕으로 지어졌다. 하지만 《숙종실록》과 《승정원일기》에는 이와 다른 내용들이 많다.

원래 제목이 《인현성후덕행록》인 《인현왕후전》의 경우, 사건과 인명 표기에도 오류가 많고 인현왕후 폐위를 목숨 걸고 반대하거나 복위를 시도한 서인들에 대한 묘사가 아주 자세하게 이루어져 있는 것으로 보아 궁녀가 아닌 서인 측 남자가 썼다는 추측이 우세하다. 어쨌든 적어도 공식적인 기록상 희빈 장씨는 막무가내로 악랄하기만 한 여인은 아니었다는 뜻이다.

또한 《인현왕후전》의 내용을 보면 반대로 해석 가능한 구절도 많다.

"궁녀들이 모두 권세를 따르고 상감의 은총을 구하는 터이라 후의 형세 외로움을 보고 업신여기어 언어가 방자하고 행동이 교만해 조금도 동정하는 빛이 없고 그것 보라는 듯이 좋아서 날뛰었다."

인현왕후가 폐비될 때를 묘사한 구절을 살펴보면 궁녀들이 인현왕후의 폐위에 좋아서 날뛴다는 이야기가 나온다. 아무리 권세를 따라 움직이는 궁녀들이라 해도 인현왕후가 그리 선하고 후덕한 중전이었다면 상전이 쫓겨나는데 이렇게 기뻐만 했을까.

"갑술년에 복위한 뒤, 조정의 의논이 세자의 사친을 봉공하는 등의 절목을 운위하면서 마땅히 여러 후궁과는 구별이 있어야 한다 했는데 이때부터 궁중의 사람들이 모두 다 희빈에게로 기울어졌다."

만약 희빈 장씨가 그리 악독하고 악랄한 여인이었다면 인현왕후가 복위되고 난 후 희빈 장씨가 숙종의 외면을 받는 상황에서 궁녀들이 모두 다 희빈 장씨에게 기울어지지는 않았을 것이다. 실제로 희빈 장씨는 궁녀들에게 재물을 나누어주는 등 인심이 후한 편이어서 인기가 많았다고 한다.

숙종은 신하들의 반대와 아들의 눈물겨운 석고대죄에도 불구하고 냉정하게 희빈 장씨에게 자진을 명했다. 하지만 희빈 장씨의 사후에는 전례를 찾아볼 수 없도록 최고 예우를 해주었다.

숙종은 노론의 거센 반발에도 불구하고 세자에게 상주로 거애식에 참여해 망곡례를 행할 것을 명했다. 또한 예조에서는 세자가 상복을 3개월 입어야 한다고 결론 냈지만, 숙종은 3년 동안 상복을 입도록 명한다.

보통 후궁의 묘 자리는 내관이나 친정집안 사람이 구하는 것과는 달리 희빈 장씨의 묘 자리는 왕실 종친인 금천군 이지와 예조참판 이돈이 지관들을 거느리고 여러 곳을 다니며 구했다. 또한 희빈 장씨의 장례식은 다른 후궁들이 3월장을 치르는 것과는 달리 왕과 왕후의 장례인 5월장보다 단지 하루가 부족한 4월장으로 치러졌다. 장례식 전날에 세자가 친림했고, 수일 전부터 입관 당일까지 궁에서 식을 거행했다.

숙빈 최씨에 대해서는 전해 내려오는 이야기가 많지만 신빙성 있는 이야기는 거의 없다. 숙빈 최씨의 신분과 과거에 대한 기록은 대부분 아들인 영조(연잉군)에 의해 조작된 것으로 신뢰성에 의문이 들 수밖에 없다. 영조는 차라리 희빈 장씨의 소생이었으면 하고 바랄 정도로 신분 콤플렉스가 심했기 때문에 숙빈 최씨가 일곱 살에 입궁했다거나 침방나인이었다는 이야기도 인정받지 못하고 있다.

희빈 장씨가 죽은 후 숙종은 숙빈 최씨를 멀리했다. 숙종은 자신의 권력 유지를 위해 후궁들을 적절히 이용하면서도 경계를 늦추지 않았다. 희빈 장씨가 자진하기 전날 후궁 출신은 왕후가 될 수 없다는 비망기를 내린 이유도 서인의 중심 세력으로 떠오르던 숙빈 최씨를 경계하기 위해서였다. 또한 모든 후궁들의 품계를 높여 내명부에서 숙빈 최씨의 권력을 줄이려 했다. 그리고 이현궁의 공사를 닦달해 숙빈 최씨를 기어이 출궁시킨다.

그 이후 숙종은 암행을 나갈 때도 항상 이현궁을 그냥 지나갔다. 이현궁은 넓고 주변 경관이 좋아 후궁이 머물기에는 과분한 편이었다. 결국 숙종은 숙빈 최씨를 연잉군(영조)의 집에 함께 기거하도록 하고 이현궁은 환수 조치했다.

보통 후궁이 죽으면 하루 동안 정무를 정지하며 애도를 했는데, 숙종은 숙빈 최씨가 죽었을 때 애도기간을 갖지 않았다. 또한 숙빈 최씨의 묘 자리를 명당으로 구해온 사관을 귀양까지 보냈을 정도로 말년에는 숙빈 최씨에 대한 감정이 좋지 않았다.

숙종은 희빈 장씨가 죽은 후 곧바로 처녀간택으로 새로운 중전 후보를 찾기 시작했는데, 세자를 보호하기 위해 소론 집안 출신을 원했다. 이는 노론의 지지를 등에 업은 숙빈 최씨를 경계하기 위해서였다. 그렇게 선택된 사람이 김주신의 딸 인원왕후였다. 인원왕후는 간택 당시 열여섯 살로 숙종보다 스물여섯 살 아래였으며 친정아버지와 숙종이 동갑이었다. 인원왕후는 세자(경종)보다 한 살 위였고 세자빈보다는 한 살 아래였지만 세자와 세자빈은 언제나 인원왕후에게 예를 갖췄다고 한다. 하지만 세자를 보호하기 위해 숙종이 공들여 뽑은 의도와는 달리 인원왕후는 숙종 사후 노론으로 당색을 바꿨고, 숙빈 최씨 소생인 연잉군을 양자로 입적해 왕세제로 책봉하는 데 결정적인 역할을 했다.

숙종은 세자를 연잉군으로 교체하기 위해 노론 영수 이이명과 독대(정유독대)를 했으며, 세자를 지지하던 소론을 배제하고 노론을 등용하는 병신처분을 단행했지만 얼마 후 사망해 뜻을 이루지 못했다.

경종은 즉위 후 희빈 장씨를 일단 옥산부대빈(玉山府大嬪)에 추존하고 후에 왕비로 추숭하려 했으나 재위 4년 만인 1724년에 사망해 끝내 뜻을 이루지 못했다. 경종은 왕세제 연잉군이 의원들의 반대에도 불구하고 올린 인삼과 부자를 먹은 다음 날 숨졌다. 그래서 영조는 재위 내내 경종을 독살하고 왕위에 올랐다는 소문에 시달렸다. 또한 영조는 숙종의 아들이 아니라 숙빈 최씨의 뒷배였던 김춘택의 아들이라는 소문에 시달리기도 했다. 이래저래 영조는 정통성 시비가 많았던 왕이지만, 조선시대에 가장 장수하며 권력을 누렸다.

숙종의 가계도

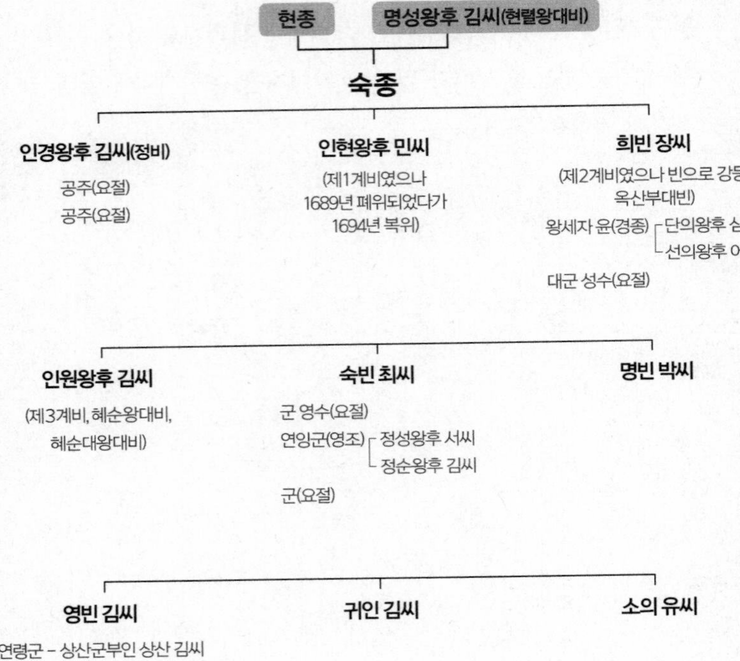

※ 자녀는 생년순서로 나열. 후궁은 품계순서로 나열.

장형
- **제주 고씨**(고성립의 딸)
  - 장희식(사역원 직장)
- **파평 윤씨**(윤성립의 딸)
  - 장녀 장씨 – 종7품 관상감 직장 김지중
  - 장희재 – 김덕립의 딸 김씨
  - **차녀 장옥정(희빈, 옥산부대빈 장씨) – 숙종**

※ 생년순서로 나열.

숙종

숙종은 현종과 명성왕후 김씨의 외아들로 1661년 경덕궁 회상전에서 태어났다. 정비는 김만기의 딸 인경왕후, 제1계비는 민유중의 딸 인현왕후, 제2계비는 장옥정, 제3계비는 김주신의 딸 인원왕후이다. 숙종은 환국정치(換局政治)를 통해 서인과 남인 간의 세력을 조절하고 왕권을 강화했다.

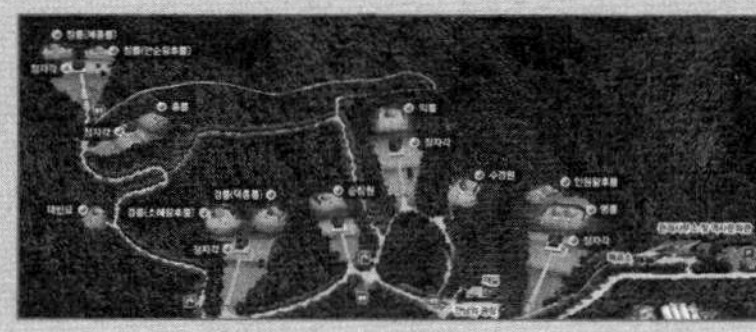

서오릉

서오릉에는 숙종과 세 왕비, 희빈 장씨의 묘가 모두 있다. 익릉은 숙종의 정비 인경왕후 김씨의 능이고 명릉은 숙종과 제1계비 인현왕후 민씨, 제3계비 인원왕후 김씨의 능이다. 숙종은 인현왕후 민씨와 나란히 묻혔다. 명릉에서 먼 곳에 제2계비였던 희빈 장씨의 대빈묘가 위치한다.

익릉

익릉은 숙종의 정비인 인경왕후의 능이다. 경기도 고양시 용두동에 있으며, 서오릉의 하나로 1970년 5월 26일 사적 제198호로 지정되었다.

〈제갈무후도〉

제갈량을 그린 그림에 숙종이 해서체로 제갈량을 찬양하는 글을 썼다. 숙종은 역대 왕들에 비해 후궁을 많이 둔 왕은 아니었다. 다만 희빈 장씨를 왕비로 삼았다가 다시 빈으로 강등하고 사사하는 과정에서 내명부의 암투가 심했기 때문에 후궁이 많아 보일 뿐이다.

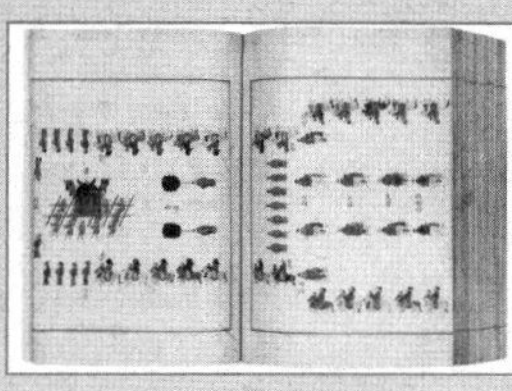

〈숙종인경왕후가례도감의궤〉

1671년(현종 12년) 4월, 왕세자였던 숙종이 인경왕후를 세자빈으로 맞이한 혼례식 과정을 기록한 의궤이다. 숙종은 열한 살에 동갑인 인경왕후와 혼인했다. 인경왕후는 광성부원군 김만기와 서원부부인 한씨의 딸로 본명은 김진옥이다.

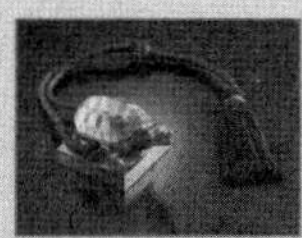

숙종비 인경왕후 추상존호 금보

영조 29년(1753) '선목(宣穆)'이라는 존호를 올리면서 만든 숙종비 인경왕후의 어보이다. 인경왕후 김씨는 1676년 열여섯 살에 정식으로 왕비에 책봉되었으며, 두 명의 공주를 낳았으나 모두 일찍 죽었다. 1680년(숙종 6년), 천연두에 걸려 스무 살의 나이에 경덕궁에서 승하하였다.

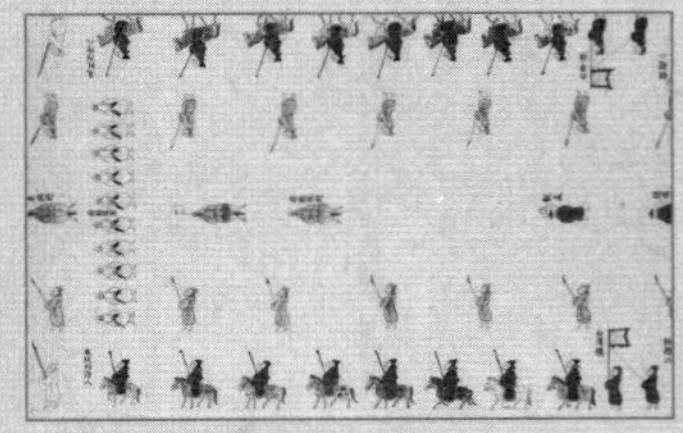

〈장렬왕후 국장도감의궤〉

장렬왕후 조씨는 인조의 계비이다. 정비인 인열왕후 한씨가 사망한 뒤, 1638년 음력 12월 인조의 왕비로 책봉되었으나 슬하에 아들을 두지 못했다. 숙종이 즉위하면서 자의대왕대비가 되었다. 장렬왕후는 친정 가문이 서인들 때문에 빛을 못 본다고 생각해 희빈 장씨를 궁녀로 들여 숙종과 만나게 해주었다.

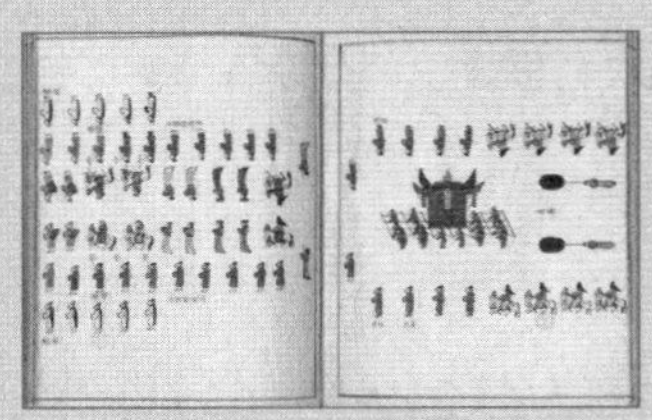

〈숙종인현왕후 가례도감의궤〉

1681년(숙종 7년) 5월, 숙종이 인현왕후를 계비로 맞아 치른 혼례식 과정을 기록한 의궤이다. 숙종의 정비인 인경왕후가 1680년(숙종 6년) 10월 26일에 승하하고 다음 해인 1681년 2월 22일에 국장을 끝낸 뒤 바로 계비 간택에 들어가 서인의 핵심 세력인 민유중의 딸을 간택했다. 국왕의 혼례식을 기록한 의궤인 만큼 이전의 왕세자 가례의궤보다 구성 항목이 늘어났고 내용도 더 짜임새 있게 제작되었다.

숙종 계비 인현왕후 추상존호 금보

1776년(영조 52년)에 숙종 계비 인현왕후에게 '장순(莊純)'이란 존호를 올리면서 만든 어보이다. 인현왕후 민씨는 1681년 숙종의 계비가 되었으나, 1689년 기사환국으로 폐위되었다가, 5년 후 1694년 갑술환국으로 복위했다. 신체가 썩어 들어가는 괴질로 투병하다가 창경궁 경춘전에서 승하했다.

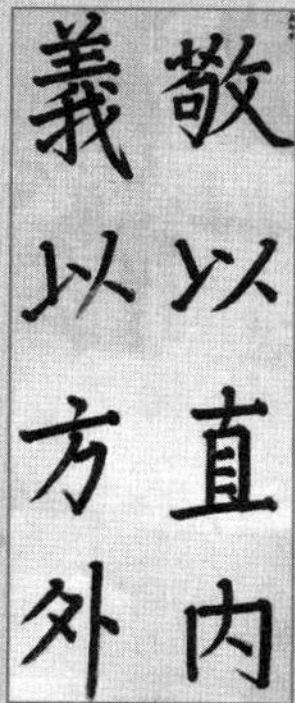

숙종의 어필

1689년(숙종 15년), 숙종은 소의 장씨 소생의 아들 윤을 원자로 삼겠다는 뜻을 밝혔다. 하지만 송시열 등 서인이 이를 반대하자 서인을 축출하고 남인을 대거 등용하는 기사환국을 일으켰다. 기사환국 4개월 만에 숙종은 인현왕후를 폐위하고 희빈 장씨를 왕후로 책봉했다.

송시열

송시열은 주자학의 대가이자 서인 중 노론의 영수였다. 숙종이 경종을 원자로 삼은 일에 대해 인현왕후가 아직 젊으니 원자정호를 취소하라는 상소를 올렸다. 이에 서인들이 뒤따라 상소를 올리면서 숙종의 분노를 부채질했다. 숙종은 83세의 송시열을 사사하는 기사환국을 단행하면서 군강신약(君强臣弱)의 구도를 만들었다.

감고당

감고당은 숙종이 인현왕후의 친정아버지 민유중을 위해 지어준 집이다. 인현왕후가 폐출되어 머물렀던 곳이기도 하다. 영조가 인현왕후를 기려 '감고당'이라는 현판을 하사한 뒤로 감고당이라 불렸다. 안국동의 감고당은 후일 덕성여고가 설립되면서 현재의 여주 능현리로 일부 시설물이 옮겨졌고, 현판도 여주의 민유중 묘막으로 옮겨졌다.

장형 신도비

장형은 희빈 장씨의 아버지이자 경종의 외할아버지이다. 희빈 장씨가 왕비가 되면서 옥산부원군으로 추봉되었다가, 갑술환국으로 희빈 장씨가 강봉되면서 장형의 부원군 교지도 처분되었다. 장형은 원래 고성립의 딸 제주 고씨와 혼인해 장희식을 낳았지만 23세에 상처를 한다. 장형은 윤성립의 딸과 재혼해서 장희재와 희빈 장씨를 낳았다.

신윤복의 〈미인도〉

《조선왕조실록》에 유일하게 미모가 거론된 사람이 바로 희빈 장씨이다. 그래서 드라마나 영화 제작 시 당대 최고의 미녀로 거론되는 사람이 희빈 장씨 역할을 맡는 경우가 많았다.

경종 왕세자책봉 옥인

인은 왕세자, 왕세자빈 등에게 올리는 것이다. 경종은 숙종과 희빈 장씨 사이에서 1688년(숙종 14년) 태어났다. 1690년(숙종 16년) 경종이 세 살 되던 해에 세자로 책봉되면서 만든 어보이다.

김만중

김만중은 조선 문신이자 소설가이다. 《구운몽》, 《사씨남정기》, 《서포만필》, 《서포집》 등을 집필했다. 《사씨남정기》는 당시 인현왕후를 옹호하기 위해서 쓴 정치소설로 김만중의 대표작이다. 김만중은 숙종의 정비 인경왕후의 아버지 김만기의 동생이며 서인 중 노론이었다.

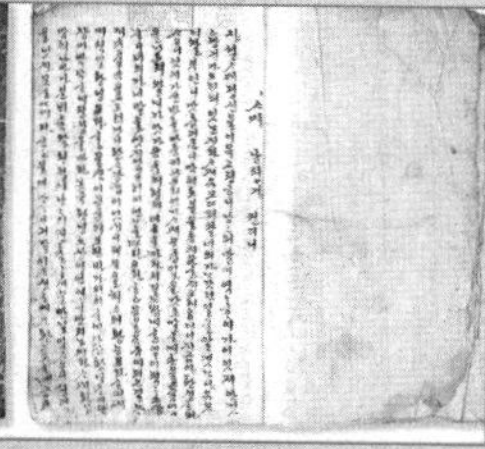

《사씨남정기》

김만중이 지은 조선의 고전소설이다. 명나라의 한림학사 유연수는 15세 때 사정옥과 혼인했으나, 20대 중반이 되도록 자녀가 생기지 않아 교채란을 첩으로 들였다. 교활한 첩의 모함에 유연수는 본처 사정옥을 쫓아낸다. 교채란은 다른 남자와 외도를 하며 유한림을 패가망신시켜 쫓아낸다. 유한림은 사정옥을 만나 화해하고 원래 살던 집으로 돌아와 교채란에게 엄벌을 내린다. 김만기의 손자 김춘택은 《사씨남정기》를 한문으로 번역해 마치 고대소설인 것처럼 꾸며 숙빈 최씨에게 전했으며, 숙빈 최씨는 숙종에게 이를 전했다.

창경궁 통명전

창경궁에 있는 왕의 침전 겸 연회용 건물이다. 야사에는 희빈 장씨가 통명전 주위에 인현왕후를 저주하는 인형과 동물의 사체를 묻어두었다고 알려져 있다. 하지만 《숙종실록》에는 그 증거가 나오지 않았다고 되어 있다.

일재 김윤보가 그린 〈형정도〉 중 태형 집행 장면

무고의 옥 또는 신사옥사, 신사환국은 1701년(숙종 27년) 희빈 장씨가 취선당에서 인현왕후를 저주했다고 알려진 사건이다. 발고한 사람은 숙빈 최씨였다. 이에 숙종은 관련된 궁녀들을 잡아들여 고문 끝에 자백을 받아냈다. 하지만 대신들은 가혹한 형벌을 가해 받아낸 자백이라며 희빈 장씨의 죄에 의문을 표시했다. 희빈 장씨의 정적이었던 서인들 중에도 희빈 장씨의 사사를 반대하는 사람이 많았다.

대빈묘

경기도 고양시 덕양구 용두동의 서오릉 경내에 있는 희빈 장씨의 무덤이다. 원래 묘명은 '희빈 장씨 묘'였으나, 1721년(경종 2년)에 신임사화로 노론을 정계에서 축출한 경종이 어머니 장씨를 옥산부대빈으로 추존하여 묘호가 '옥산부대빈묘'로 바뀌었다.

영친왕비의 비녀

어염족두리 위 중앙에 나비형 떨잠을 바른 모양으로 이를 꽂을 수 있는 사람은 대왕대비, 대비, 중전 세 명뿐이었다. 만약 다른 후궁들이 떨잠을 바른 모양으로 꽂으면 대역죄로 몰릴 수도 있었다. 희빈 장씨의 떨잠이 떨어지자 숙빈 최씨가 손수 떨잠을 주워 희빈 장씨의 머리에 일부러 바르게 꽂아주었다는 일화가 있다.

숙빈 최씨의 묘

원의 구성은 왕릉의 형식과 비슷하게 조성되었다. 옆에는 영조가 왕위에 오르기 전 시묘살이를 했던 터가 남아 있다. 숙종은 1718년(숙종 44년) 숙빈 최씨가 사망하자 후궁이 죽었을 때 정무를 하루 쉬는 관례를 깨고 애도기간을 갖지 않았으며, 숙빈 최씨의 묘지 터로 명당을 구해온 사관을 벌하기도 했다.

〈소령원도〉

경기 파주시 광탄면 영장리에 있는 숙빈 최씨의 묘 지도이다. 영조는 즉위한 직후부터 숙빈 최씨의 신분 상승을 추진했다. 원래 묘호는 '숙빈 최씨 묘'였으나, 1725년(영조 1년)에 신도비를 세웠으며, 1744년(영조 20년)에 묘의 이름을 '소령묘'라 추봉하고 직접 묘비를 써서 세웠다. 1753년(영조 29년)에 왕의 사친 추존제도가 성립된 후에는 소령묘를 소령원으로 격상시켰다. 숙빈 최씨를 왕후로 추숭하자는 상소도 있었지만 영조는 이를 아부로 생각해 받아들이지 않았다.

소령원

영조는 숙빈 최씨를 왕후로 추숭하려고 무리한 노력을 하지 않고 소령묘를 소령원으로 격상하는 데 만족했다. 원래 무덤은 능·원·묘로 격을 두는데, 능은 황제와 황후의 무덤이고 원은 제후의 무덤이며 묘는 그 이하의 무덤이다. 조선에서는 제후국의 입장을 취했으나 원을 쓰지 않고 왕과 왕후의 무덤은 능으로 하고 그 이하는 모두 묘를 썼다.

희빈 장씨의 묘비

유교상의 예법에 따르면 영조가 숙빈 최씨의 묘를 봉원하기 전에 3대조를 먼저 혹은 함께 높여야만 했다. 즉, 선왕 경종의 생모 무덤인 대빈묘가 먼저 봉원되었어야 한다. 하지만 영조는 희빈 장씨를 싫어했고, 당시 집권 세력도 희빈 장씨의 정적이었던 서인이어서 희빈 장씨의 묘는 그냥 옥산부대빈 장씨지묘로 남았다.

경종

경종은 심호의 딸 단의왕후 심씨와 어유구의 딸 선의왕후 어씨, 두 명의 부인을 두었으나 자녀를 두지 못했다. 선의왕후 어씨는 소현세자나 인평대군의 후손 중 한 명을 양자로 삼으려고 물색했으나 실패했다. 결국 경종은 이복동생인 연잉군(영조)을 왕세제로 삼았다.

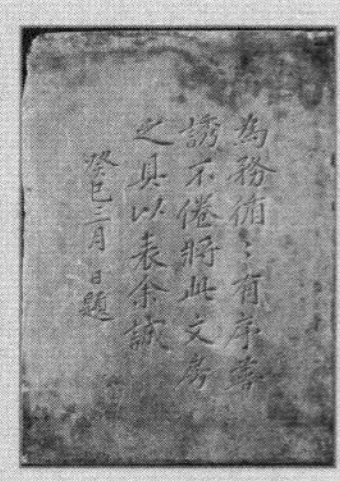

為務循循有序誨
誘不倦將此文房
之具以表余誠
癸巳三月日題

경종 편지글

경종이 세자로 있을 때인 1713년 3월에 부솔 김재해에게 내린 글이다. 경종의 편지글은 꽤 많이 전해지고 있다. 야사에 따르면 경종이 후사를 갖지 못한 것은 희빈 장씨가 죽기 싫다며 실랑이를 하다 경종의 국부를 잡아당겨서라고 한다. 하지만 실록에는 희빈 장씨가 사약을 받고 죽었다는 내용이 없으며, 신하들이 사약을 내리는 것을 반대하는 내용이 있는 것으로 보아 목을 매달아 자진했을 가능성이 많다.

《단암만록》

민진원이 1680년(숙종 6년)부터 1728년까지 궁중에서 일어난 사건을 연대순으로 추려 기록한 것이다. 민진원은 인현왕후의 작은 오빠이다. 민진원은 인현왕후의 폐위와 복위, 장희빈의 사사 등을 치열한 당쟁과 함께 기록했다. 물론 민진원이 속한 서인 노론의 입장을 대변한 것이다. 규장각에 있다.

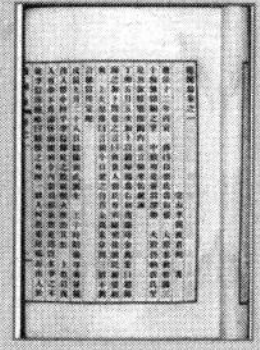

《수문록》

조선후기 문신 이문정이 4년 2개월 동안 재위한 경종의 역사를 들은 대로 기록한 역사서로 규장각에 있다. 1, 2권에는 장희빈 관련 사건들과 경종과 영조의 즉위에 대한 기록들이 서술되어 있다. 듣고 본 것을 그대로 기록한다고 밝히고 있지만, 서인 중 노론 측에서 서술해 희빈 장씨에 대해 부정적인 기록이 많다.

숙빈 최씨 광장

전라북도 정읍시 태인면 태창리에 자리한 숙빈 최씨 광장이다. 야사에 따르면 인현왕후의 아버지 민유중이 구걸하고 있는 숙빈 최씨를 발견한 곳으로 알려져 있다. 숙빈 최씨는 민유중의 집에서 지내다가 인현왕후가 입궁할 때 함께 입궁했다고 한다. 하지만 숙빈 최씨에 대한 기록들은 영조 대에 조작된 것이 많아 신뢰성이 떨어진다.

육상궁

숙종의 후궁이자 영조의 생모인 숙빈 최씨의 신위를 모신 사당이다. 1725년(영조 원년)에 세워 숙빈묘라 했으나, 1753년(영조 29년) 승격해 육상궁으로 고쳤다.

숙종 옥책

1753년(영조 29년)에 숙종에게 '유모영운 홍인준덕'이라는 존호를 올리며 제작한 옥책이다. 영조는 이듬해가 인현왕후가 다시 왕비 자리를 회복한 해이고 또 왕이 주갑(周甲, 예순한 살)이 되는 해이기 때문에 선대왕에게 존호를 추상하기로 결정했다.

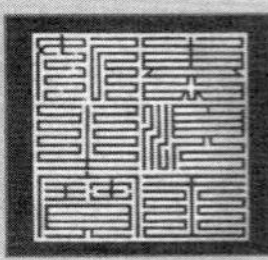

숙종 계비 인원왕후 상존호 옥보

인현왕후가 죽은 뒤 서인 중 노론의 지지를 받는 데다 연잉군(영조)을 낳은 숙빈 최씨가 강력한 왕비 후보로 떠올랐다. 하지만 숙종은 간택령을 내려 인원왕후를 맞아들였다. 인원왕후 김씨는 경은부원군 김주신과 가림부부인 조씨의 딸로 왕비가 될 때 세자인 경종보다 나이가 어렸다.

영조

영조는 숙종과 숙빈 최씨의 아들로 경종 때 왕세제로 책봉되었다. 영조는 어머니의 신분에 대한 콤플렉스가 심해 숙빈 최씨 관련 기록들을 조작한 것으로 알려져 있다. 경종이 급사했기 때문에 영조는 재위 내내 경종을 독살했다는 설에 시달렸다.

대빈궁

대빈궁은 희빈 장씨의 위패를 봉안하고 제사를 지내기 위한 제사궁이다. 경종은 1722년(경종 2년) 희빈 장씨를 옥산부대빈으로 추존하고, 향교동에 대빈궁을 마련해 신위를 모셨다. 희빈 장씨의 위패는 현재 종로구 궁정동의 칠궁에 있다.

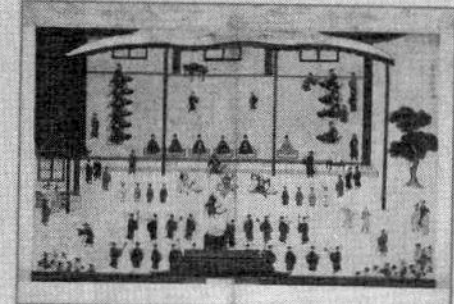

〈기사계첩〉

〈기사계첩〉은 기로회의 행사 장면과 임방의 서문, 왕의 시문, 전체 내용을 요약한 김유의 발문과 참석 명단 및 참석한 노신들의 초상 등으로 꾸민 화첩이다. 1719년(숙종 45년)에 회갑을 맞은 왕과 기로소 노대신들이 가졌던 계회를 기념하기 위해 제작되었다. 기로소는 조선시대에 연로한 문신들을 예우하기 위해 설치한 명예기구다.

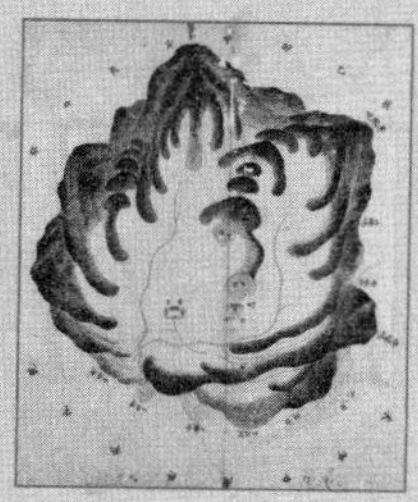

〈명릉도〉

숙종과 인현왕후 및 인원왕후의 왕릉 그림이다. 숙종은 인현왕후와 나란히 매장되어 있고, 인원왕후는 그 옆 약간 떨어진 곳에 매장되어 있다.

칠궁

서울특별시 종로구 궁정동 청와대 내에 위치한 칠궁은 조선의 왕들을 낳은 친모지만 왕비에 오르지 못한 후궁 7인의 신위를 모신 곳이다. 영조가 후궁 출신인 어머니 숙빈 최씨의 신주를 모신 사당인 육상궁을 건립한 이후, 역대 왕 또는 왕으로 추존되는 이의 생모인 후궁의 묘를 옮겨와 합사했다. 연호궁, 저경궁, 대빈궁, 선희궁, 경우궁, 덕안궁이 옮겨 들어오면서 7명의 신위를 모시게 돼 칠궁이 되었다.

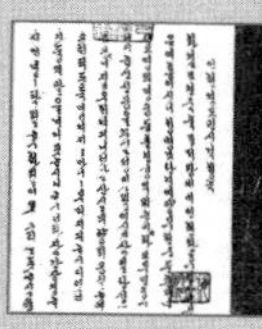

《인현셩모민시덕행녹》

《인현왕후전》은 궁녀가 인현왕후 민씨의 일생을 바탕으로 쓴 소설이다. 《계축일기》, 《한중록》과 함께 3대 궁중문학으로 분류된다. 《인현왕후전》의 원제는 《인현성후덕행록》이며 《인현왕후민씨덕행록》, 《민즁뎐덕힝녹》, 《민즁뎐긔》 등의 제목도 있다. 하지만 《인현왕후전》은 인현왕후의 폐위와 복위 시 서인들의 활약상을 상세히 묘사하고 있어 궁녀가 아니라 서인 측 남성이 썼다는 주장도 많다. 그림은 서울대학교 규장각이 소장하고 있는 책이다.

첫사랑

-봉이

저 먼 바다 너머로 해가 지고 있다. 너와 함께 볼 때는 아름답기만 하던 노을이 오늘따라 검붉은 핏빛으로 보이는 건 서글픈 내 마음 때문이겠지. 괜찮다, 괜찮다고 매일 되뇌어도 괜찮아지지 않는 나날들이었다. 이제는 그 시간들을 떠나보낼 때가 가까워졌다. 하지만 마지막으로 네게 말해주고 싶었다. 사랑한다고. 비록 네가 날 잊었어도 널 향한 내 사랑은 단 한 번도 변한 적이 없다.

너와 처음 만났던 날, 내 나이 열넷. 넌 장터에서 권시집에게 두들겨 맞고 있었지. 말리는 이는 하나도 없고 구경하는 이만 가득했다. 어릴 때부터 아비 없이 자랐다는 이유로 비이성적이고 무조건적인 비난에 서러웠던 난 누가 맞는 것을 구경만 하는 사람들을 이해할 수 없었다. 나보다 서너 살 어려 보이는 아이, 깡마른 몸을 잔뜩 웅크린 채 맞고만 있는 아이가 불쌍한 나처럼 느껴졌다. 그래서 널 때리려는 권시집의 팔을 붙잡으며 소리를 질렀다.

"도대체 무슨 일이기에 이렇게 어린아이를 무지막지하게 팬단 말이오? 당장 멈추지 않으면 관아에 신고하겠소."

"다 때릴 만하니 때리는 것이니 참견 마시오."

"벌 줄 만한 일이 있으면 관아에 가서 시시비비를 가릴 일이지, 이렇게 막무가내로 사람을 패는 법이 어디 있소?"

"이놈이 돌팔매로 내 아들 이마를 깼소. 그래서 패는 것이니 댁은 참견 마시오."

"아무리 그래도 이러는 법은 없소. 어린아이가 장난을 하다 사고를 친 모양인데 이렇게까지 해야겠소? 정 억울하면 관아로 가시오."

왜 그랬을까? 타인의 일에 끼어드는 법이 없던 나였는데, 이상하게도 네 편을 들며 고집을 부렸다. 못 먹어서인지 마른버짐이 잔뜩 피어난 얼굴에 갈 곳을 찾지 못하고 헤매는 빛나는 눈동자가 애처로웠다. 비쩍 마른 몸이 권시집의 손길에 비틀거리다 픽 쓰러져버릴 것만 같았다. 권시집은 못마땅하다는 듯 날 노려보다 너에게 침을 퉤, 뱉고는 가버렸다.

"이걸로 닦아라."

난 오래되어 뻣뻣한 손수건을 네게 건네고는 내 갈 길을 갔다.

그리고 널 잊어버렸다.

그 후 우리 집 마당에는 사흘에 한 번씩 땔감이 잔뜩 쌓여 있고는 했다.

"도대체 누가 가져다 놓는 건지."

어머니는 공짜 땔감에 좋아하면서도 새벽에 몰래 땔감을 가져다 놓는 이를 궁금해했다.

"혹시나 동네 총각 중에 널 좋아하는 놈이 몰래 가져다 놓는 건 아닐까?"

난 코웃음을 쳤다. 내 나이 열넷, 꽃다운 나이였지만 예쁜 얼굴은 아니었다. 지극정성의 짝사랑을 믿을 정도로 허영심이 강한 성격도 아니었다. 차라리 과부인 어머니를 짝사랑하는 홀아비가 가져다 놓았을 가능성이 높았다.

시간이 흐르면 나타날 거라 생각했는데 땔감을 가져다두는 이는 모습을 드러내지 않았다. 결국 호기심을 못 이기고 난 내려앉는 눈꺼풀을 비비며 며칠 동안 밤을 새웠다.

너와 만난 지 백 일. 드디어 몰래 땔감을 가져다 놓는 너와 다시 만났다.

"장터에서 날 구해준 게 고마워서……."

넌 기어 들어가는 목소리로 내게 말했다. 불안한 눈빛은 차마 날 향하지 못했다. 수줍어 빨개진 귓바퀴가 귀여웠다. 나보다 키가 작아 당연히 어린 줄 알았는데 넌 나와 동갑이었다. 대가를 바라고 구해준 게 아니라고, 지금껏 땔감을 가져다준 것만으로도 오히려 내가 고맙다고, 이제 그만하라고 했다. 하지만 넌 사흘에 한 번씩 땔감을 가져다 놓았다. 네 고집을 이길 수 없어 네게 음식을 해주기 시작했다.

우거짓국만 있으면 넌 보리밥 한 그릇을 뚝딱 해치웠다. 김장철이면 난 엄마 몰래 배추 겉대를 몇 장 더 떼내어 정성껏 말렸다. 어떻게든 네가 좋아하는 우거짓국을 한 번 더 해주고 싶었다. 바느질삯을 받은 날이면 새벽에 차가운 우물물을 퍼서 모주(막걸리)를 빚어주기도 했다. 순무김치를 안주 삼아 모주 한 사발을 들이켤 때면 넌 세상을 다 가진 것처럼 행복해했다.

처음에는 그저 땔감에 대한 보답이었다. 널 위해 음식을 만드는 순간이 행복했다. 네가 맛있게 먹어줄 때는 뿌듯했다. 그래서 네가 좋아할 음식이 무얼까 매일 고민했다. 어느 날 깨달았다. 음식을 생각하는 순간보다 널 생각하는 시간이 점점 많아지고 있다는 것을.

너와 만난 지 이백 일. 그날 숲속 나무 그루터기 밑에서 네가 먼저 내 손을 잡았다. 네 손이 너무 떨려 잡힌 내 손도 떨렸다. 네 키는 어느덧 나보다 더 커졌고, 너와 함께 있는 시간은 점점 늘어났다.

너와 만난 지 삼백 일. 우연히 네 집에서 한문으로 된 서책을 발견했다. 너는 4세에 《천자문》을 이미 배웠으며 《통감》 2권과 《소학》 1권, 2권을 읽었다며 쑥스러운 듯 이야기했다. 그런 네가 대단해 보였다. 네게 뒤처지지 않으려, 혹시라도 내 무지 때문에 네가 떠날까 걱정스러워 나도 언문을 배우기 시작했다. 넌 좋은 스승이었다. 끈질기고 성의 있게 날 가르쳐주었다. 덕분에 이렇게 네게 마지막 편지를 쓸 수 있게 되었다.

나무꾼을 하는 천민이 한문을 안다는 것을 이상하게 생각할 법도 한데 난 아무런 의심도 품지 않았다. 그저 네가 너무 좋아 눈과 귀가 멀었던 모양이다. 조금의 의심조차 용납할 수 없었다. 그저 네가 좋아 난 네 모든 것을 당연하게 받아들였다.

너와 만난 지 사백 일. 네가 좋아하는 우거짓국을 들고 네 집에 갔다가 술에 취해 마당에서 소란 피우는 사람을 보았다. 낯선 사내는 별의별 욕을 다 하면서 네 집 마당에 있는 물건들을 집어던졌다.

"야! 네가 잘났으면 얼마나 잘났어? 왕족? 웃기지 말라고 해. 이 나라가 어디 이씨의 나라더냐, 안동 김씨의 나라지! 너 같은 놈들이 제대로 못해서 우리 백성들이 이렇게 먹고살기 힘든 거야. 나와 봐! 왕족은 우리랑 어떻게 달리 생겼는지 얼굴 한번 보자."

그제야 네가 양반이라는 걸 깨달았다. 상상조차 못했다. 그저 멍했다. 단순한 양반이 아니라 왕족이라는 것을 받아들이기 힘들었다.

난 한참을 멍하니 서서 낯선 이가 네게 퍼붓는 욕을 듣고만 있었다. 아주 오랜 시간이 지난 후에야 정신을 차리고 일단 난동 피우는 사람을 내쫓았다. 넌 집 안에 숨어 있다가 조용해지고 나서야 문을 조금 열고 고개를 내밀어 밖을 살폈다. 한두 번 겪은 일이 아닌 듯했다.

"왜 저런 놈을 그냥 둬? 빨리 내쫓아버려야지."

난 속상해서 짜증을 냈다.

"속풀이하러 오는 사람들이야. 인생이 얼마나 힘들면 낯선 나한테까지 와서 소란을 피우겠어. 그냥 듣고 넘기는 게 가장 편해. 괜히 대거리를 하다가는 일이 더 커지니까."

넌 한숨을 내쉬며 말했다. 묻고 싶었다. 정말 양반이 맞느냐고, 정말 왕족이 맞느냐고. 하지만 묻지 않았다. 그렇게 모른 척하면 괜찮을 줄 알았다.

하지만 얼마 후 너와 사귀는 걸 눈치챈 어머니가 따져 물었다.

"너 정말 원범이랑 그렇고 그런 사이냐?"

난 당당하게 고개를 끄덕였고 어머니는 쯧쯧, 혀를 찼다.

"그놈이 양반인 건 알아? 역적죄를 짓고 귀양 와 있다는 것도?"

역적이라니, 모르는 일이었다. 하지만 난 꿋꿋하게 고개를 끄덕였다.

"네가 괜한 허영심에 왕족이라니까 혹한 모양이지만 어림도 없다. 양반도 그냥 양반이야? 찢어지게 가난한 데다 역적죄까지 지었다는데, 차라리 백정놈이 낫지 그놈은 안 된다. 정신차려, 이것아."

다음 날 어머니는 땡감을 가져온 네 앞에 땡감을 집어 던지며 소리를 질렀다.

"과부 딸이라고 우리 봉이가 만만해 보이더냐? 어림도 없는 짓 하지 말고 꺼져라."

난 널 감싸 안으며 어머니의 매를 대신 맞았다. 나뭇가지가 등을 내리칠 때마다 내 품 안의 넌 움찔했다. 한참을 날 두들겨 패던 어머니는 지친 듯 마당에 주저앉았다.

"미친년, 대신 맞아주는 게 아니라 품 안에서 바들바들 떠는 것도 사내라고. 그렇게 좋으면 마음대로 해라. 시집가기 전에 남정네 하나쯤 사귀어보는 것도 좋겠지."

어머니는 코웃음을 치며 말했다.

너와 만난 지 오백 일, 내 나이 열다섯. 말수 없는 네가 드디어 먼저 입을 열기 시작했다.

"난 한양에서 태어나고 자랐어. 열 살 때 아버지가 돌아가시긴 했지만, 왕족의 방계이니 그리 빈곤한 살림은 아니었지. 하지만 열네 살 때 민진용이 나의 이복형 회평군 이명을 왕으로 추대하려는 역모를 계획하다 발각되었어. 민진용과 이복형 이명은 처형되고, 아무것도 모르던 나와 작은형은 연좌제로 교동도로 유배되었다가 다시 강화도로 오게 되었지. 널 만난 날, 나를 때리던 권시집은 내가 유배 생활을 잘하고 있는지 감시하는 사람이야. 왕족이라 하나 방계 중의 방계인 우리가 가진 것은 쓰러져가는 작은 초가집 한 채뿐이지. 먹고살기 위해 장날에는 값싼 일꾼도 하고, 사냥을 하거나 나무를 해서 팔 수밖에 없었어."

처음으로 네 입으로 들은 진실에 난 차마 네 눈을 마주하지 못했다. 아무리 나무꾼 노릇이나 한다고 해도 왕족이 천민과 결혼할 수 있을까? 두려워 내뱉지 못한 내 질문에 넌 알아서 대답했다.

"왕족이라고는 해도 방계 중의 방계야. 지금의 임금님과는 남과 다름없지. 네가 알다시피 하루 벌어 하루 먹고살기도 힘든 데다 감시까지 당하는 처지야. 넌 나한테 과한 혼처다. 그래도 나와 혼인해줄래?"

넌 지게 위 땔감 사이에 숨겨두었던 꽃다발을 내밀며 물었고, 그 수줍은 청혼에 난 고개를 끄덕였다.

너와 만난 지 칠백 일, 내 나이 열여섯. 친구들이 시집을 가기 시작했다. 하지만 어머니는 널 죽어라 반대했다.

사흘에 한 번씩 땔감을 해다 주고 어쩌다 돈이 생기면 돼지고기도 사다주고 하며 넌 어떻게든 어머니의 마음에 들려고 노력했지만, 어머니는 이상하게도 널 맘에 들어 하지 않으셨다. 아마 새끼를 보호하려는 어미의 본능이었던 것 같다.

"왕족? 웃기지 말라고 해. 내 알아보니 그놈이 사도세자의 서자인 은언군의 서자인 이광의 서자라면서? 사도세자도 영빈 이씨 소생이니 서자이고, 그 아비인 영조도 숙빈 최씨 소생의 서자이니 결국 서자의 서자의 서자의 서자의 서자가 되는 셈인데, 그것도 왕족이랍시고 점잖게 굴려는 꼴이 얼마나 우습던지. 게다가 그냥 몰락한 양반 가문도 아니고 두 번이나 역적으로 몰렸다면서? 천주교인지 뭔지 믿다가 집안 여자들도 몇이나 죽었다던데. 내 눈에 흙이 들어가기 전에는 원범이 그놈은 안 된다. 비루먹은 말처럼 바싹 마른 데다 사팔뜨기인 놈이 뭐가 좋다고 그놈한테 시집을 가겠다는 거냐? 차라리 노처녀로 늙어 죽는 꼴을 보는 게 낫지."

어머니는 며칠에 한 번씩 혼처 자리를 내밀었지만 난 이를 악물고 어머니를 노려보며 고개를 저었다.

"맘대로 해라. 평양감사도 제가 싫으면 그만인 게지."

어머니는 눈물로 호소하기도, 막무가내로 때리기도 했다. 하지만 끝내 내가 고집을 꺾지 않자 결국 한숨을 내쉬며 포기하고 고개만 내저었다.

너와 만난 지 천 일, 내 나이 열일곱. 가장 친한 친구인 유월이가 아이를 낳았다. 산후조리를 하는 유월이 때문인지 한여름의 날씨에도 방 안은 후덥지근했다. 유월이 옆에 누운 보송보송한 아이를 보고 있자니 괜스레 눈물이 났다.

"꼭 원범이랑 혼인해야겠어? 너도 알잖아. 요즘은 무조건 돈이 최고야. 양반이랍시고 가난한 살림을 돌보지 않아 고생하는 마나님들이 한둘인 줄 아니?"

사랑보다는 돈이 우선이라며 스무 살이나 많은 부잣집 홀아비에게 시집간 유월이는 그렇게 날 설득했다. 하지만 난 부드러운 아기 손을 잡아보며 고개를 내저었다. 너와 함께 있는 모든 순간이 좋기만 한 것은 아니었지만 너와 함께하지 못하면 죽을 것만 같아서 난 너를 떠날 수가 없었다.

너와 만난 지 천삼백 일, 내 나이 열여덟. 우리 둘이 도망가서 혼인하고 살자는 내 말에 넌 고개를 저었다. 넌 우리 어머니의 허락이 없으면 혼인하지 않겠다고 했다. 홀로 날 키운 어머니에 대한 예의라는 말에 나도 어쩔 수 없이 고개를 끄덕였다. 어머니의 반대도 네 고집도 말릴 수 없었다.

동네에서는 너와 날 두고 수군거리는 일이 잦았고, 꼬마들은 노처녀라고 나를 놀리고 달아나기 일쑤였다. 알 수 없는 불안감과 초조감에 짜증을 내는 일이 잦아졌지만 넌 그런 내 손을 다독이며 부드럽게 말하곤 했다.

"조금만 더 어머니를 설득해보자. 나도 돈을 조금 더 모아서 너 고생하지 않고 살도록 기반을 마련할 시간이 있어야 하고. 동네 사람들이야 수군거리든 말든 무슨 상관이야? 어차피 나랑 넌 혼인할 건데. 네가 지쳐서 도망간다면 몰라도 내가 도망갈 일은 없으니 걱정 마. 난 죽어도 너랑 혼인할 테니까. 우리 둘이 어머니 모시고 천년만년 살자."

내 우울한 기분을 풀어주기 위해 갔던 전등사에서 넌 내게 꽃반지를 건네며 수줍게 미소 지었다.

"조금만 더 기다려. 내가 꼭 금반지를 해줄 테니까."

그깟 금반지 따위는 필요 없다고, 너와 함께할 수 있다면 초가삼간에서 꽁보리밥만 먹어도 좋다고, 어머니의 허락은 필요 없으니 당장이라도 혼인하자고, 그렇게 말하고 싶었지만 이상하게도 말이 나오지 않았다. 괜스레 널 닦달하는 것만 같아 난 배시시 웃기만 했다.

너와 만난 지 천칠백 일, 내 나이 열아홉. 봉영(왕을 모시는 것)의 책임을 맡은 영의정 정원용 대감이 가마와 수많은 병사를 실은 배를 타고 갑곶나루에 나타났다. 사람들은 전쟁이라도 난 줄 알고 놀라서 나루터로 향했다. 강화유수 조형복도 마찬가지였다. 정원용 대감이 갖고 있는 유일한 단서는 대왕대비 전교에 적힌 이름뿐이었다.

"이름이 원 자, 범 자이고 나이는 열아홉이시라 하네."

당장 그 사람을 찾으라는 명이 떨어졌다. 소문은 빨리도 퍼져나갔다. 이복형이 역모의 죄를 지어 죽는 것을 지켜보았던 너와 형은 놀라서 도망쳤다. 하지만 형인 영평군이 마루에서 떨어져 뒹구는 바람에 팔이 부러져 멀리 가지는 못했다. 결국 너와 형은 외갓집 다락에 숨어 있다가 밤이 되자 산으로 도망쳤다.

난 몰래 숨어 있는 네게 밥을 가져다주었다. 넌 덜덜 떨며 더 멀리 도망가야 한다고 걱정했다. 하지만 내 생각은 달랐다. 너 하나를 잡기 위해 그 먼 한양에서 수많은 병사를 끌고 왔다는 것이 뭔가 이상했다.

난 말단 병졸에게 모주 한 사발을 주며 접근했다. 그리고 네가 왕이 된다는 소리를 듣고 그 자리에 주저앉았다. 네게는 미안한 말이지만 순간 망설였다. 그냥 모른 척하고 싶었다. 하지만 언제까지 숨길 수는 없었다. 왕이 된다는 내 말에도 너는 그냥 숨어 있겠다고 우겼다.

"일부러 나를 잡으려고 하는 거짓말일 수도 있어. 아니, 어쩌면 역모를 일으키려는 자들일지도 몰라. 난 무서워. 그냥 여기 숨어 있을래."

하지만 나의 오랜 설득에 넌 산에서 내려와 교지를 받들었다. 당황한 넌 허우적거리며 가마에 올랐다. 네가 마지막으로 한 부탁은 감시자인 권시집이 가마 뒤에 따라오지 못하게 해달라는 것이었다.

수많은 사람에 둘러싸인 너는 점점 멀어져갔다. 갑곶나루까지 네 가마를 따라갔다. 하지만 수많은 병사에게 둘러싸인 네게 가까이 갈 수는 없었다. 너울지는 바다 멀리 네가 탄 배가 사라졌다. 해가 지고, 밤이 새고, 새벽이 되어 해가 뜰 때까지 나는 바다만 바라보았다.

네가 떠난 다음 날, 난 멍하니 방 안에서 꼼짝 않고 있었다. 동네 사람들이 쉴 새 없이 들이닥쳤다.

"아이고, 사람 팔자 모른다더니 원범이가 왕이 될 줄 누가 알았겠어?"

"봉이네 엄마는 이제 팔자 폈어. 이제 봉이 따라 한양 궁궐에 갈 일만 남은 게야. 아니다, 이제 곧 후궁마마가 되실 분인데 봉이라고 함부로 부르면 안 되는 건가?"

"아이고, 별소리를 다한다. 아직 후궁 첩지가 내린 것도 아닌데 무슨……."

호호호, 하하하……. 어머니의 웃음이 끊이지 않았다.

하지만 난 그저 멍했다. 네가 떠난 것이 실감나지 않아 눈물도 나지 않았다.

네가 떠난 지 이틀. 넌 5촌 당숙인 순조대왕과 명경대비(순원왕후)의 양자가 되어 덕완군이라는 군호를 받았다. 그리고 다음 날 창덕궁의 인정문에서 열아홉 살의 나이로 즉위했다.

"아이고, 그렇게 따지는 게 많은 양반님네들이 어째 항렬을 무시하고 마구잡이로 양자를 들이고 왕을 세운다냐? 원범이가 항렬상 이번에 돌아가신 헌종의 7촌 아저씨뻘이라며? 그러니까 순조의 양자가 되어도 헌종의 아버지인 효명세자과 같은 항렬인데, 원범이가 헌종의 제사를 모신다는 게 말이 안 되지. 한마디로 아버지뻘이 아들뻘의 제사를 지내는 거잖아."

"아이고, 뭘 복잡하게 그런 걸 따지고 그런다냐? 왕손이 씨가 말랐다는데 어쩔겨?"

"7촌이면 거의 남이나 다름없구먼. 자네는 7촌 아저씨 얼굴 본 적이 있는가?"

"7촌이 뭔가, 돈 벌러 한양 간 삼촌도 일 년에 한 번 볼까 말까 한데."

"이럴 줄 알았으면 원범이 놈한테 잘해줄 걸 그랬어. 원범이가 왕이 될 줄 누가 알았겠어?"

사람들은 둘만 모여도 네 이야기를 했다. 그만큼 네 인생 이야기는 흥미로웠다. 두 번의 역모죄와 천주교 신봉죄로 처형을 당하거나 유배를 당한 가족사는 기구했고, 나무꾼에서 왕이 된 너의 신분 상승은 극적이었다.

네가 떠난 지 백 일. 새로운 왕의 즉위에 기대를 걸었던 사람들은 변한 것 없는 세상에 실망해 구시렁거렸다.

"왕이 바뀌면 뭐 하누. 쌀밥 한 끼 먹기 힘든 건 마찬가지인데."

"그게 어디 왕이 바뀐다고 될 일이던가? 이 나라는 이씨의 나라가 아니라 안동 김씨의 나라 아닌가. 왕이 무슨 힘이 있다고."

네가 즉위한 직후 명경대비 김씨(순원왕후)가 수렴청정을 했다. 명경대비 김씨는 손자인 헌종이 즉위했을 때도 수렴청정을 했으니 헌종 때부터 모든 실권은 안동 김씨가 쥐고 있었다. 왕이라고는 해도 힘이 없었다. 그래서 네가 나에게 쉽게 연락을 하지 못한다고 생각했다.

네가 떠난 지 이백 일. 어머니는 이제나저제나 한양에서 연락이 오기를 기다렸다.

"너무 조급해하지 마라. 원범이가, 아이고, 이제는 이렇게 부르면 안 되는데도 입에 붙어서 안 되네그려. 어쨌든 전하께서도 낯선 궁궐 생활에 적응하느라 바쁘셔서 연락을 못하시는 게지. 왕실 예법이 그리도 엄하다는데 그런 것 익히기도 바쁠 테고. 게다가 중전마마도 없는데 후궁부터 들이면 사람들이 뭐라고 하겠어? 그러니 중전마마를 들이기 전까지는 기다려야겠지. 어차피 네가 중전이 될 수는 없는 일이니. 이번 중전마마도 안동 김씨 가문에서 나오려나? 다른 가문에서 나와야 할 텐데. 혹시라도 안동 김씨 가문에서 중전마마가 나오면 네가 후궁으로 가는 것도 더 늦어질 게 아니냐? 안동 김씨 세도가 무서워서 쉽게 후궁을 들일 수나 있으려나? 아니다, 내가 입이 방정이지. 설마 또 안동 김씨 가문에서 왕비가 나려고? 순조 때도 순원왕후 김씨, 비록 일찍

돌아가시긴 했지만 그 손자인 헌종 때도 효현왕후 김씨였으니 이번에는 다른 가문에서 왕비가 나시겠지. 걱정마라. 불안해할 필요도 없다. 원범이가 너 좋다고 쫓아다닌 게 몇 년인데 분명히 널 부를 게다. 아무리 그래도 혼인을 약조한 사이인데 부르지 않을 이유가 있나……."

어머니는 매일 혼잣말을 하면서 날 위로했다.

네가 떠난 지 삼백 일, 내 나이 스물. 명경대비(순원왕후)조차도 안동 김씨를 또 왕비로 들이는 것에 반대했다는 소문이 돌았다. 하지만 결국 안동 김씨 가문인 김문근의 딸과 네가 혼인한다는 소식을 들었다.

단 한 번도 널 원망한 적 없었다. 참 이상한 일이었다. 5년이나 사귀면서 혼인을 약조한 사이, 떠나서 말 한마디 전하지 않고 혼인했다는 네가 원망스럽지 않았다. 만일 네가 부자 양반집 양자로 들어갔다면 원망했을지도 모른다. 하지만 너무나 높은 곳, 손이 닿기는커녕 바라볼 수도 없는 머나먼 곳으로 떠나버린 너였기에 원망보다는 걱정이 앞섰다. 낯선 곳에서 힘들어하지는 않는지, 낯선 예법에 당황해 아랫사람에게 부끄러워하지는 않는지, 낯선 사람들 틈에서 외로워하지는 않는지 언제나 걱정이었다. 네가 혼인을 한다는 소식을 듣고도 안심이 되지 않았다.

나와는 달리 귀하디귀한 안동 김씨 집안의 중전마마가 널 잘 이해하고 도와줄지 걱정스러웠다. 열다섯 어린 나이의 중전마마는 꽃보다 아름답다고 했다. 초간택에 오르기 며칠 전부터 날마다 상서로운 무지개가 집 앞에서 보이더니 물을 담은 대야가 광채 속에 잠겨 보는 사람들이 모두 놀랐다고 했다. 하늘이 내리신 분이니 그 성품 또한 고우실 터, 당연히 너에게 잘해주겠지. 언문조차 겨우 익힌 나와는 달리 많이 배우신 분이니 널 많이 도와주겠지. 상상조차 되지 않는 곱고 고운 분과 네가 백년해로하기를 빌며 밤을 지새웠다. 이상하게 잠이 오지 않았다.

네가 떠난 지 사백 일. 동네에는 네가 곧 나를 부를 거라는 소문이 돌기 시작했다. 처음에는 설레었다. 동네 사람들 모두 앞으로 후궁마마가 될 거라며 날 부러워했다. 먹을 것을 들고 오는 이도, 땔감을 들고 오는 이도 있었다. 어머니는 의기양양해 어깨를 펴고 다녔다. 너와 혼인을 약조한 후 단 하루도 너와 떨어진 적 없었던 나는 그저 네 얼굴을 다시 볼 수 있으리라는 것만으로도 가슴이 두근거렸다.

네가 떠난 지 오백 일. 언젠가부터 어머니의 한숨이 늘어났다.

"네가 천민이라서? 중전마마가 무서워서? 원자 아기씨 생산할 때까지 기다린다고? 웃기지 말라고 해라. 다 변명이야. 왕이 좋다는데 천민이고 뭐고 무슨 사정이 있어. 이럴 줄 알았으면 진즉 혼인을 시키고 떡두꺼비 같은 아들 하나 먼저 볼 것을. 혼인을 시켜 버렸으면 이렇게 기약 없이 기다리는 일은 없을 것을."

혼잣말처럼 하는 말들이 내 속을 후볐다.

네가 떠난 지 육백 일, 내 나이 스물 하나. 내 생일이었다. 유월이가 생일 떡을 해 가지고 왔는데 나도 모르게 눈물이 났다. 유월이는 당황해 어쩔 줄 몰랐다.

"혹시나 원범이에게 연락이 안 와서 그래? 곧 소식이 올 거야. 부처님도 시앗 보면 돌아선다는데 혼인한 지 얼마 되지도 않아 널 불러들이기가 쉽겠니? 게다가 중전마마는 권세가 대단한 안동 김씨 집안인데 눈치가 더 보이겠지. 영은부원군 김문근이 그렇게 떵떵거린다더라. 조정을 자기 마음대로 휘두른대. 그런 국구(왕의 장인)가 무서워서라도 쉽게 네 얘기를 꺼낼 수 없을 거야. 시간이 흐르면 연락이 올 테니 너무 걱정 마."

유월이는 내 어깨를 다독이며 말했다.

그날 저녁, 유월이의 말이 맞을 거라 나 자신을 위로하며 네가 열여덟 생일날 내게 주었던 댕기를 꺼내보았다.

"이제 댕기 맬 날도 얼마 남지 않았어. 곧 혼인할 테니까. 혼인하고 첫 생일 때는 비녀를 선물해줄게."

넌 그렇게 말하며 벌게진 얼굴로 보자기에 싼 댕기를 주었다. 아무 무늬도 없는 곱디고운 빨간색 댕기는 한 번도 매지 않았다. 하루 벌어 하루 먹고사는 처지에 댕기를 사기 위해 날품팔이를 얼마나 했을까 하는 생각에 울컥해서 맬 수 없었다.

난 새벽녘에나 겨우 잠들 수 있었다. 잠결에도 댕기를 꽉 쥔 채였다.

네가 떠난 지 칠백 일. 시간이 흐르면서 날 보는 사람들의 눈빛이 변하기 시작했다. 그리고 어머니는 연락 없는 널 욕하기 시작했다.

"저기 장터에 나가봐. 전부 다 원범이를 강화도령이라면서 조롱하지. 들키면 장형을 가하고 벌금을 부과한다지만 사대부와 관원들도 전부 다 그렇게 부르는데 뭘. 그나마 그건 낫지. 서자의 서자의 서자의 서자의 서자이니 쌍놈보다 못하다는 소리도 얼마나 많은 줄 알아? 그런 놈이 뭐가 잘났다고 연락을 안 해? 사내가 되어서 혼인 약조를 했으면 목에 칼이 들어와도 지켜야지. 그렇게 급하게 떠난 뒤로 연락 한 번 없다는 게 말이 돼?"

한탄 섞인 어머니의 질문에 대답할 수 없었다. 네가 떠난 뒤로 난 점점 더 할 수 있는 말이 없어졌다.

네가 떠난 지 팔백 일. 네가 연락이 없다면 내가 연락하면 된다고 생각했다. 너와 가장 친했던 금민석에게 한양에 가달라고 부탁했다.

“난 무서워서 못 간다. 궁궐이 어디인 줄 알고 찾아가라는 거냐? 한양은 눈만 깜빡여도 코를 베어 간다던데.”

“원범이가 그랬는데 한양에서 가장 큰집이 궁궐이라고 했어.”

민석은 내 간절한 부탁에 결국 고개를 끄덕였다. 민석도 같이 나무하며 친하게 지냈던 널 보고 싶었던 모양이었다. 며칠 뒤 민석은 네가 귀여워하던 누렁이까지 데리고 한양으로 떠났다.

하지만 천민 따위를 궁궐에 쉽게 들여보내줄 리 없었다. 민석은 사흘이나 궁 앞에서 소란을 피웠다고 한다. 그러다 마침 지나가던 네가 그 광경을 목격했다. 운이 좋았다. 넌 민석에게 급하게 ‘도사’라는 벼슬을 내리고 궁으로 데리고 들어갔다고 한다. 그리고 강화유수에게 민석이 원하는 대로 농토를 하사하라는 명을 내렸다. 민석은 자기 집 뒷산에서 보이는 땅을 몽땅 달라고 해서 부자가 되었다. 모두 소문으로만 들었다.

금도사라고 불리게 된 민석은 날 피해 다녀 만날 수가 없었다. 하지만 크지 않은 섬, 결국 장터에서 날 마주한 민석은 한숨만 내쉬었다. 국밥 집에 앉아 멀뚱히 앉아 있기를 한참, 민석이 머리를 긁적이며 입을 열었다.

“혹시 갖고 싶은 장신구 있냐? 내가 다 사줄게.”

더 이상 묻지 않았다. 그저 모른 척하고 싶었다. 네가 나를 잊었다면 나도 널 잊어야 한다고 생각했다.

네가 떠난 지 구백 일. 민석에게 무슨 얘기를 들었는지 어머니는 혼처를 받아왔다. 나보다 다섯 살 많은 홀아비라고 했다. 하지만 난 싫다고 고집을 부렸다.

"아이고, 내가 몇 번이나 이야기하지 않았더냐? 왜 이리 정신을 못 차려? 혼약을 했다고? 그러니 기다리겠다고? 그놈이 그 약속을 지킬 것 같으냐? 안동 김씨 중전마마가 무서워서, 네가 천한 신분이라서 데려가지 못하는 거라고? 아이고, 마음만 있어 봐라. 노비든 길거리 창기든 왕이 데려가겠다는데 누가 말려? 해가 몇 번이나 바뀌었는데 아직도 기다리겠다는 거냐? 지금이라도 늦지 않았다. 내가 몇 번이나 말하지 않았더냐? 양반님네들 핏속에는 비겁함과 비열함이 흐른다고. 원범이 그놈은 글렀으니 잊어버리고 너도 네 인생을 살아야지."

장터에서 제법 큰 건어물전을 한다는 홀아비의 칭찬이 뒤를 이었지만 난 아무것도 듣고 싶지 않았다. 차라리 귀머거리가 되고 싶었다. 네 소식조차 들을 수 없게, 그래서 더 이상 널 그리워하지 않게.

네가 떠난 지 천 일. 수렴청정을 거두고 네가 친정을 시작했다는 이야기가 들려왔다. 어렸을 때부터 백성들과 함께 살았기에 백성들의 고초를 누구보다 잘 아는 성군이 될 거라는 기대로 장터가 술렁였다. 사람들의 기대가 이루어지길 바라며 전등사에 가서 불공을 드리기 시작했다.

"배알도 없는 년. 미친년."

전등사에 가서 네 안위를 위한 기도를 하고 오는 날이면 어머니의 짜증은 하늘을 뚫을 기세였다. 어머니의 말이 맞을는지도 모른다. 널 향한 내 마음은 조금도 달라지지 않았다. 그저 네가 행복하면 된 거라고 생각했다. 내가 없어 네 마음이 편하다면 그걸로 되었다고 만족하기로 했다.

이미 오래전부터 마음속으로 결심하고 있었다. 네 곁에 서기엔 너무 보잘것없는 몸, 그래도 부처님께 의탁해 네 행복과 건강을 빌며 남은 생을 살고 싶었다. 벌써 짐도 다 싸놓았다. 하지만 어머니에게 차마 말을 꺼내지 못하고 미루는 날이 이어졌다.

네가 떠난 지 천백 일. 네가 살던 초가삼간을 무너뜨리는 광경을 보았다. 강화유수 정기세가 기와집을 세운다고 했다. 백성들에게는 용흥궁이라 부르라는 명이 내렸다. 오늘은 어머니에게 절에 들어가겠다고 말해야지, 매일 아침 결심을 해도 차마 입이 떨어지지 않아 미루는 나날이었다. 재가도 하지 않고 나 하나만 바라보고 살았던 어머니에게 또 다른 불효를 저지르고 싶지는 않았다. 가끔은 어머니가 돌아가실 때까지 기다릴까 하는 마음도 들었다.

그리고 오늘, 강화유수가 급하게 날 부른다기에 한달음에 달려갔다. 혹시나 하는 생각에 설레었다. 하지만 날 기다리고 있는 건 한양에서 강화도 유람을 왔다는 양반네들이었다. 기대하지 말아야지, 매일 그렇게 결심했으면서도 아직 미련을 떨치지 못했던 마음이 서글펐다. 낮부터 술판이 벌어졌는지 대청마루에서 흐느적거리던 양반들은 신기한 듯 날 요리조리 뜯어보았다. 어리둥절한 나에게 이미 술에 취한 듯한 양반 한 명이 혀가 꼬인 채 물었다.

"네가 강화도령이 혼인을 약조했다는 천것이냐?"

대답하지 않았다. 왕에게도 예의를 갖추지 않는 사람에게 내가 예의를 갖출 필요는 없었다.

"예, 봉이 이것이 전하께서 혼인을 약조했다는 아이 맞습니다요."

날 부르러 왔던 돌쇠아범이 굽실거리며 대신 대답했다.

"수더분하니 그냥 평범한 천것처럼 생겼는데?"

"평범은 무슨! 못생겼구먼!"

"어디 강화도령이 이것저것 가릴 처지였겠소? 그저 치마만 두르면 쫓아다녔겠지. 그나마 저것 정도 되니 사귈 수 있었겠지."

"저것 어미가 그리도 혼인을 반대해 몇 년이나 사귀었지만 결국 혼인하지 못했다지."

양반들은 낄낄대며 너와 나의 이야기를 나누었다.

"이리 와서 술 좀 따라라."

"어디 술만으로 되겠소? 전하께서 비비셨다는 살맛 좀 보셔야지."

"어허, 그럼 전하와 내가 구멍동서가 되는 것인가?"

"뭐 하느냐? 빨리 와서 술 좀 따르지 않고."

음담패설이 오가며 나의 사랑은 갈가리 찢어발겨졌다. 참을 수 없었다. 뒤돌아 달렸다.

"뭐 하느냐? 빨리 잡아오지 않고!"

양반의 호령 소리와 함께 날 뒤쫓는 돌쇠아범의 발소리가 들렸다. 다행히 바로 옆이 산이었다. 너와 함께 수없이 올랐던 산이었다. 숨을 곳을 찾는 건 어렵지 않았다. 돌쇠아범이 돌아가고 나서도 난 해가 질 때까지 기다렸다. 이대로 집에 돌아갈 수는 없었다. 분명 돌쇠아범이 기다리고 있을 터였다.

어디로 가야 할지 몰라 망설이는 와중에도 발걸음은 저절로 갑곶나루로 향했다. 네가 그리울 때면 언제나 왔던 바다는 핏빛으로 날 반겼다. 바닷가 근처 주막에서 사온 순무김치가 달다. 넌 이제 순무김치나 모주는 좋아하지 않겠지. 날 잊은 것처럼 이런 천한 음식은 모두 잊었을 테지.

술기운에 몸이 달아오르는데도 바닷바람은 점점 차가워진다. 이제는 아무것도 보이지 않는다. 검은 하늘과 바다가 아가리를 벌리고 있는 짐승의 목구멍 같다. 바람이 거세다. 빈 술병이 바닷가 모래에 파묻힌다. 불교에 귀의하기 전 네게 보내려고 써둔 편지를 항상 품 안에 넣고 다녔다. 하루하루 갈수록 편지는 길어졌다. 귀하고 비싼 종이와 먹을 사온 나를 보고 어머니는 한심하다는 듯 혀를 찼다. 다행이다. 이렇게 너에게 편지를 남길 수 있어서. 내 사랑을 전할 수 있어서.

난 편지 위에 신발을 가지런히 벗어두었다. 그리고 바다로 향했다. 초가을, 바닷물이 차다.

봉이와 철종(哲宗), 그 밖의 이야기

일반적으로《조선왕조실록》은 철종 대에 끝나는 것으로 여긴다. 고종과 순종의 경우 경술국치 후에 일제가 편찬했기 때문에 왜곡되어 신빙성이 부족하다는 견해 때문이다. 하지만 우리 전통에 따라 편찬된《철종실록》의 경우도 문제는 많다. 조선 말기의 혼란한 상황 때문인지 실록 내용이 굉장히 부실한 편이다. 한 달 동안의 기록이 1쪽밖에 되지 않는 경우도 있다.

《철종실록》뿐만 아니라 철종의 잠저 시절과 집안에 대한 역사적인 자료도 거의 전무할 정도로 부실한 편이다. 철종과 관련된 자료들을 모두 세초(洗草)하라는 명경대비(순원왕후)의 명이 있었기 때문이다. 세초란 조선시대 역대 왕의 실록을 편찬한 후에 훗날 구설을 막기 위해 그 초고를 없애는 것을 말한다. 명경대비는 철종과 관련된 모든 기록을 물로 씻어서 글자를 없애버리라고 명했다. 두 번의 역모 사건, 천주교 신봉 사건 등 철종의 집안은 구설수가 될 만한 사건을 많이 일으켰기에 어쩔 수 없는 선택이었다.

그래서인지 철종의 이야기는 영화나 소설의 좋은 소재가 되기도 한다. 작가의 상상력을 마음껏 펼칠 수 있는 데다 사람들이 좋아할 만한 극적 사건이 많이 벌어진 인생이었기 때문이다. 특히 철종이 강화도에서 지내던 시절 첫사랑이었던 봉이에 대한 작품들이 많다. 봉이에 대한 기록은 《강화도 지리사》에서 간단히 언급된 것이 전부다.

그 밖에는 모두 민간에서 전해져 내려오는 이야기다. 봉이의 신분이 천민이라 궁궐로 부를 수 없었다는 이야기, 철종이 봉이를 너무 그리워해 왕실에서 봉이를 독살했다는 이야기, 철종이 봉이의 죽음을 전해 듣고 통곡했다는 이야기 등이 전해진다.

하지만 이런 사실들은 그대로 받아들이기에는 무리가 있다. 아무리 천민이라도 왕이 혼인을 약조한 여자였다. 숙종의 후궁인 숙빈 최씨의 경우 무수리였지만 승은을 입고 아들을 낳아 후궁의 최고 품계를 받았고, 장녹수는 기생이었지만 옹주를 낳고 숙용 장씨로 봉해졌다. 천민이라고 해서 궁궐에 들이지 못할 이유는 없었다.

철종은 술과 여색에 빠져 말년에는 거의 정사를 돌보지 않았다고 전해지는데, 그렇게 그리워했다는 첫사랑을 천민이라는 이유로 입궁시키지 못했을 리 없다. 또한 왕이 연락조차 하지 않는 천민을 경계해 명경대비와 철인왕후가 독살했다는 이야기도 사실로 보기에는 무리가 있다. 그러니 철종이 첫사랑을 잊어버리고 부르지 않았다는 것이 설득력 있다.

철종은 유배 시절을 보낸 강화도를 그리워해 순무김치와 모주를 즐겼으며, 정책상으로도 강화도에 특혜를 많이 주었다. 오래된 세금 빚 가운데 징수할 수 없는 것은 모두 없애주고 다른 물건으로 대체해주기도 했다. 또 철종 4년에는 강화도의 유생들만 응시할 수 있는 특별과거를 시행하라고 하교하기도 했다.

철종은 즉위 후 3년째인 1852년부터 친정을 시작했으며 적극적으로 정사에 참여하려고 노력했다. 철종은 누구보다 백성의 입장을 잘 이해하고 있는 왕이었다. 그래서 삼정이정청이라는 개혁 기관을 설치하며 세도가의 횡포와 백성들을 수탈하는 행위를 막으려 했지만, 3개월 만에 명경대비(순원왕후)와 안동 김씨 가문의 반발로 폐지하게 된다. 또한 훈련도감 소속의 마보군과 별기군을 이용해 궁궐 숙위 강화를 시도했으나 이 또한 안동 김씨 가문의 반대로 무산되었다. 《통감》 2권과 《소학》 1권, 2권을 읽은 것이 전부였던 철종이 정사를 주도하기에는 무리가 있었다. 철종이 하려는 개혁마다 안동 김씨 가문의 반발로 실패하게 되면서 철종은 결국 정사에 점점 무관심해져갔다.

개혁이 계속 무산된 좌절감 때문이었는지 철종은 술과 여색에 빠져 정사를 멀리하게 되었고 건강도 급격히 나빠지게 된다. 결국 철종이 다스리던 시기는 혼란의 도가니가 되었다. 세도정치의 폐단으로 백성들의 삶은 점점 피폐해져 진주민란을 시발점으로 하여 곳곳에서 농민항쟁이 일어나고 진압되기를 반복했다. 삶이 어렵고 힘들수록 사람들은 종교에 의지하기 마련이다. 그래서 신흥 종교인 동학이 백성들 사이에 널리 퍼져나갔으며 천주교 신자들도 계속 늘어났다. 조정에서는 동학의 확장세를 두려워해 교주인 최제우를 처형했으며, 동학이나 천주교 신자를 여러 가지 방법으로 탄압했으나 그 확장세를 막을 수는 없었다.

공식적인 기록에서 철종은 온화하고 검소한 성품을 지닌 군주로 묘사되고 있지만 그 외의 기록들은 유약하고 어두운 성격이라는 묘사가 많은 편이다. 철종은 술을 마시거나 뻐꾸기 소리를 들으면 갑자기 슬퍼하며 눈물을 흘리는 일도 종종 있었다고 한다.

김택영은《한사경》에서 "철종은 천성이 유약하고 어두운 데다가 김씨들에게 견제당해 관리 한 사람을 임명할 때도 자기 마음대로 하지 못했다"고 묘사하고 있다.

철종이 여섯 살 때 집을 나가 길을 잃고 헤매다가 간신히 집에 돌아온 적이 있었는데 그 뒤에는 한 발자국도 밖에 나가지 않았다는 일화는 겁 많은 성품을 잘 보여준다. 감시자인 권시집의 아들 이마를 실수로 깨는 바람에 권시집에게 늘 괴롭힘을 당하면서도 항의 한 번 못했다는 일화도 유약한 철종의 성품을 보여준다.

재위 12년 무렵부터 철종은 줄곧 병석에 누워 있었고, 누운 채로 겨우겨우 최소한의 결재만 했다. 철종이 기력을 회복해 정사를 돌보려 하면 안동 김씨들이 정신이 혼미해지게 만드는 약을 먹였다는 야사도 전해져올 만큼 철종은 기력이 쇠약해져 있었다. 그리고 재위 14년. 철종은 서른셋의 나이로 창덕궁 대조전에서 승하했다.

철종은 정실인 철인왕후와 여러 후궁들 사이에서 5남 6녀를 두었으나 대부분 어릴 적에 죽었고, 철종 승하 당시에는 후궁 숙의 범씨에게서 낳은 영혜옹주만 생존해 있었다. 영혜옹주는 박영효와 혼인했지만 혼인한 지 겨우 3개월 만에 열네 살의 나이로 요절했다. 고종이 후사가 없는 박영효를 배려해 궁녀 몇 명을 첩으로 주었다는 이야기도 전해진다. 박영효는 갑신정변을 일으킨 개화파 정치인이자 대표적인 친일파로 유명하다. 광복 후 사람들이 박영효의 묘소를 파괴하는 일이 일어나자 손자 박찬범은 박영효와 영혜옹주의 유골을 화장했다.

철종의 가계도

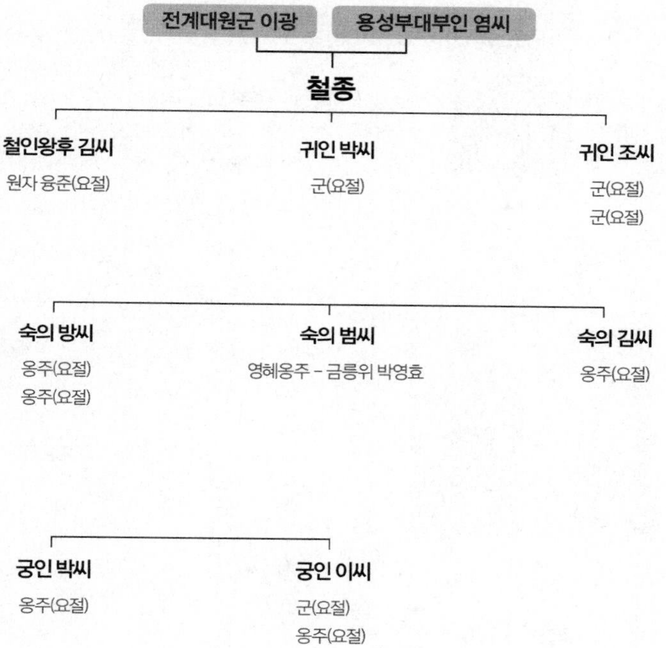

※ 자녀는 생년순서로 나열. 후궁은 품계순서로 나열.

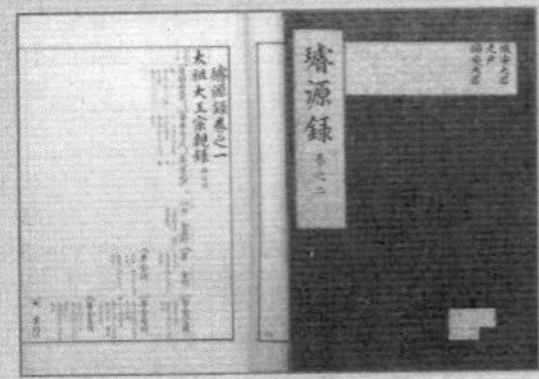

《선원록》

조선시대에 왕의 일정 범위 안에 있는 자손을 수록한 왕실 보첩 가운데 가장 오래된 족보이다. 철종은 사도세자의 서자인 은언군의 서자 이광의 서자다. 사도세자도 영빈 이씨 소생이니 서자이고, 영조도 숙빈 최씨 소생의 서자이니 결국 철종은 서자의 서자의 서자의 서자의 서자가 되는 셈이다.

철종

철종의 집안은 두 번의 역모 사건과 천주교 신봉 사건으로 가족들이 유배되거나 사사되는 불운에 휘말렸다. 철종도 열네 살 때 이복형 이명을 추대하려는 역모에 연좌돼 강화도로 유배되었다.

철종 외가

인천광역시 강화군 선원면에 자리한 철종 외가이다. 철종은 강화도로 유배된 뒤 외삼촌인 염보길에게 도움을 많이 받았다고 한다.

용흥궁

철종이 왕위에 오르기 전 살던 집으로 철종이 왕이 되자 강화유수 정기세가 건물을 새로 지었다. 철종은 강화도에서 농사를 짓거나 나무를 해 팔아 생계를 유지했으므로 원래는 초라한 초가집이었다. 하지만 철종이 왕으로 즉위하면서 초가집을 헐어내고 그 자리에 기와집을 지어 용흥궁이라 부르게 되었다.

철종의 어필

철종은 일자무식 농사꾼은 아니었다. 한양에서 태어나고 자란 철종은 4세에 《천자문》을 이미 배웠으며 《통감》 2권과 《소학》 1권, 2권을 읽었다고 한다. 물론 왕의 공부양이라기엔 턱없이 부족했지만 일개 농사꾼치고는 유식한 편이었다. 그래도 양반들은 철종의 무식을 비웃으며 철종을 '강화도령'이라 불렀다.

〈강화도행렬도〉

《강화도행렬도》 중 갑곶나루 진해루 부근과 남문 부근의 부분도이다. 영의정 정원용은 봉영(왕을 모시는 것)의 책임을 맡고 가마와 수많은 병사를 실은 배를 타고 갑곶나루에 당도했다. 하지만 정원용이 가진 유일한 단서는 대왕대비 전교에 적힌 이원범이라는 이름뿐이었다. 철종은 정원용이 자신을 잡아 벌주려는 것으로 생각해 외갓집 다락에 숨어 있었다고 한다.

철종 상존호 옥보

철종 14년(1863)에 '희륜정극 수덕순성(熙倫正極 粹德純聖)'이라는 존호를 철종에게 올리면서 만든 어보다. 철종은 5촌 당숙인 순조와 명경대비(순원왕후)의 양자가 되어 덕완군이라는 군호를 받은 뒤 다음 날 창덕궁의 인정문에서 19세의 나이로 즉위하였다.

헌종조 종묘친행성생기일자

1851년(철종 2년), 헌종이 생전에 종묘를 친향하고 친히 성생기(省牲器)를 했던 날짜를 순서대로 정리해 나열한 목록이다. 성생기는 제사에 쓰는 동물인 희생과 제사에 쓰는 그릇인 제기를 살피는 일을 말한다. 철종은 헌종의 7촌 아저씨뻘이었다. 순조의 양자가 되었어도 헌종의 아버지 효명세자와 같은 항렬이다. 그래서 족보상 아버지뻘인 철종이 헌종의 제사를 모시는 것에 대해 말이 많았지만, 여러 번의 역모 사건으로 왕족들이 대부분 사사되어 왕족이 워낙 귀했기 때문에 철종의 즉위는 어쩔 수 없는 선택이었다.

선원보감에 실린 철종 초상화

명경대비(순원왕후)는 철종 즉위 전에 철종과 관련된 기록을 모두 없애라는 명령을 내렸다. 두 번의 역모 사건과 천주교 신봉 사건 등 왕으로서는 문제가 되는 기록이 많았기 때문이다. 따라서 철종의 첫사랑 봉이에 대한 기록도 《강화도 지리사》에서 간단히 언급된 것이 전부다.

순원왕후어필봉서

명경대비 김씨는 조선 제23대 왕인 순조의 정비이자 문조(효명세자)의 어머니, 헌종의 할머니로 본관은 안동이다. 순조 사후에는 손자 헌종의 수렴청정을 했고, 헌종 사후에는 철종을 왕위 계승자로 선택해 즉위시키고 철종의 수렴청정을 했다. 안동 김씨 집안이 권세를 누린 것은 모두 명경대비 덕분이었다.

순원왕후의 한글 편지

안동 김씨 가문의 권세는 순조의 왕비 명경대비 김씨에서 시작되었다. 헌종의 왕비도 효현왕후 김씨로 안동 김씨였다. 명경대비는 헌종에 이어 철종 대에도 수렴청정을 하며 친정 가문의 세력 확장에 도움을 주었다. 그러면서도 안동 김씨 세력이 너무 커지는 것을 염려해 철종의 왕비를 안동 김씨 가문에서 간택하는 것을 반대했다고 한다. 하지만 안동 김씨 김문근의 딸이 결국 철종의 왕비로 간택되었다.

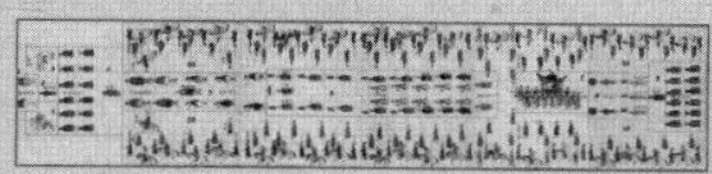

〈철종 철인왕후 가례도감의궤〉

1849년 헌종의 뒤를 이어 즉위한 철종은 19세로 미혼 상태였다. 헌종의 국상을 마친 해인 1851년(철종 2년) 1월 10일에 명경대비는 전국의 14~18세 처자들에게 금혼령을 내렸다. 그리고 윤 8월 3일에 초간택, 8월 13일에 재간택, 8월 24일 삼간택을 통해 김문근의 딸이 최종 낙점되었다. 〈철종 철인왕후 가례도감의궤〉에는 92면의 채색 친영반차도가 실려 있다. 전보다 인물 묘사가 커지고 세부 사항이 자세히 그려져 있으며, 전에는 없었던 깃발도 등장해 현재 남아 있는 친영반차도 가운데 가장 길고 화려하다.

철종비 철인왕후 왕비책봉 금보

1851년(철종 2년)에 철종비 철인왕후를 왕비로 책봉하면서 만든 어보다. 철인왕후 김씨는 안동 김씨 가문의 권세가 이어지는 데 큰 역할을 했지만 정사에는 거의 관여하지 않았다. 철인왕후는 말수가 적고 기분을 잘 드러내지 않았으며, 대왕대비 신정왕후 조씨와 왕대비 효정왕후를 극진히 모셨다. 또한 철종이 여색을 탐할 때도 별로 투기를 드러내지 않았다고 한다.

열성어진에 실린 철종 초상화

철종은 1852년부터 친정을 시작하면서 여러 가지 개혁을 시도했으나 안동 김씨 가문의 반대에 부딪혀 모두 수포로 돌아갔다. 이렇게 자신의 뜻을 제대로 펼칠 수 없게 되자 여색을 탐하고 사치와 향락을 즐기며 말년을 보냈다.

혜원 신윤복의 〈춘화도〉

농사꾼과 나무꾼으로 살았던 철종은 건강한 편이었지만 복잡한 왕실 예법과 자신이 시도했던 개혁의 실패 등으로 스트레스를 받아 여색을 탐하고 술을 즐기며 건강이 급속히 악화되었다.

최제우

최제우는 조선 말기의 인물로 동학의 창시자이자 천도교의 창시자이다. 철종 재위 시절, 조정에서는 동학의 확장세를 두려워해 교주인 최제우를 처형했으나 그 확장세를 막을 수는 없었다.

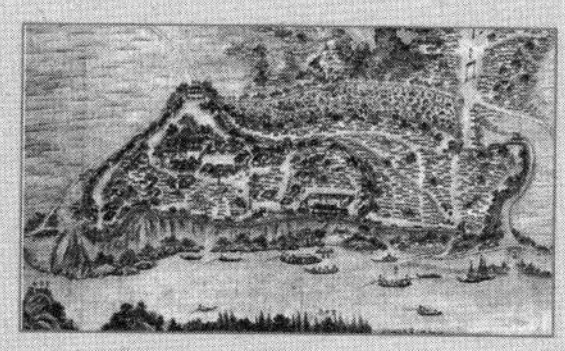

조선시대 〈진주성도〉

철종 재위 시에는 진주민란을 시발점으로 곳곳에서 농민항쟁이 일어나고 진압되기를 반복했다. 진주민란은 1862년(철종 13년) 봄 진주에서 일어난 민중봉기 사건이다. 이를 시작으로 1862년 한 해에만 제주를 비롯한 전국 71곳에서 농민들이 민란을 일으켰는데, 이것을 통틀어서 임술민란 또는 임술농민항쟁이라 한다.

기해박해

기해박해는 조선 후기 1839년(헌종 5년)에 발생한 천주교 탄압을 말한다. 천주교는 강력한 탄압에도 불구하고 철종 대에도 교세를 확장해 나갔으며 철종의 집안도 천주교 때문에 박해를 받았다. 철종의 할아버지 은언군의 처 송씨와 며느리인 신씨가 천주교 신자라는 이유로 처형당했다.

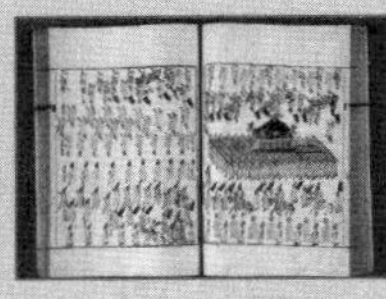

〈철종 국장도감의궤〉

〈철종 국장도감의궤〉는 철종의 국장에 대한 내용을 기록한 의궤이다. 철종은 1863년 12월 8일 창덕궁 대조전에서 33세의 나이로 승하했다. 철종은 재위 말기에는 거의 누워 있을 만큼 건강이 좋지 않았다. 일설에는 안동 김씨 가문에서 일부러 약을 먹여 정신을 혼미하게 만들었다고도 한다.

예릉

철종과 철인왕후의 쌍릉이다. 왼쪽이 철종, 오른쪽이 철인왕후의 무덤이다. 철인왕후는 철종이 사망하고 15년이 지난 1878년, 창경궁 양화당에서 42세의 나이로 사망했다. 사망 원인은 폐결핵으로 알려졌다.

철종 무덤 옆의 무인석

철종은 즉위 전에 강화도에서 즐겨 먹었던 순무김치와 모주(막걸리)를 많이 그리워해서 철인왕후가 친정에 부탁해 구해다 주었다. 철종은 강화도에 살 때 친한 친구였던 금민석에게 '도사'라는 벼슬을 내리고 강화유수에게 민석이 원하는 대로 땅을 하사하라고 명했다. 민석은 자기 집에서 보이는 땅을 전부 달라고 해서 부자가 되었다.

철종과 철인왕후의 원자 무덤

서삼릉 왕자의 공동묘지에 있는 무덤이다. 철종의 원자 이융준은 태어난 지 6개월 만에 사망했다. 철종은 공식적으로 후궁을 일곱이나 두었고, 5남 6녀를 낳았으나 영혜옹주 외에는 모두 요절했다. 그래서 철종 사후 고종이 즉위했다.

신정왕후 조씨

신정왕후 조씨는 익종의 비이자 헌종의 어머니로 시어머니인 명경대비 김씨가 사망하자 권력의 중심에 섰다. 철종이 승하하자 왕위계승 결정권을 갖고 있던 신정왕후 조씨는 흥선대원군의 둘째 아들 재황을 자신의 남편인 익종의 후사로 정해 익성군으로 봉한 뒤 왕위에 오르게 했다. 그가 바로 고종이다. 이후 순정왕후 조씨는 어린 고종을 대신해 3년간 수렴청정을 했다.

박영효

철종 승하 당시에는 후궁 숙의 범씨에게서 낳은 영혜옹주만 생존해 있었다. 영혜옹주는 박영효와 혼인했지만 혼인한 지 겨우 3개월 만에 열네 살의 나이로 요절했다. 박영효는 갑신정변을 일으킨 개화파 정치인이자 대표적인 친일파로 유명하다. 광복 후 사람들이 박영효의 묘소를 파괴하는 일이 벌어지자 손자 박찬범은 박영효와 영혜옹주의 유골을 수습해 화장했다.

조선의 내명부(內命婦)

내명부란 궁중에 거주하는 품계를 받은 여인들을 지칭한다. 하지만 조선 초기에는 후궁의 구체적인 작호가 마련되지 않아 옹주, 궁주, 빈, 비로 불렀다.

품 계	왕궁	세자궁
정1품	빈	
종1품	귀인	
정2품	소의	
종2품	숙의	양제
정3품	소용	
종3품	숙용	양원
정4품	소원	
종4품	숙원	승휘
정5품	상궁, 상의	
종5품	상복, 상식	소훈
정6품	상공, 상침	
종6품	상기, 상정	사칙, 수규, 수칙
정7품	전빈, 전선, 전의	
종7품	전언, 전설, 전제	장정, 장찬
정8품	전식, 전약, 전찬	
종8품	전등, 전정, 전채	장봉, 장서
정9품	주궁, 주각, 주상	
종9품	주변치, 주치	장식, 장의, 장장

조선왕조연대표

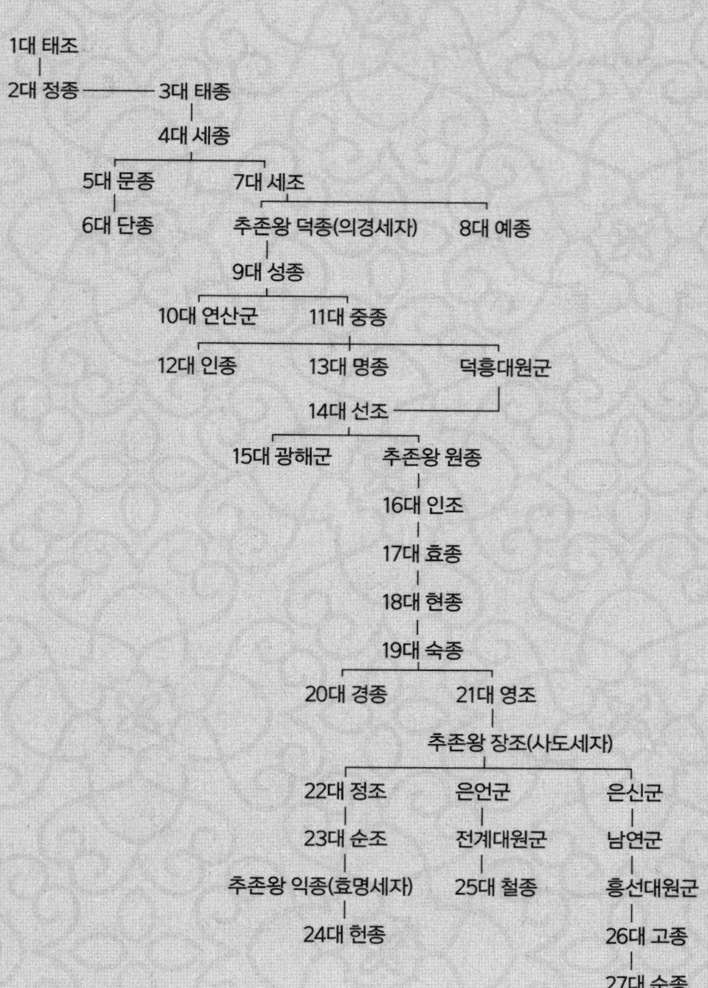

1대 태조
2대 정종
3대 태종
4대 세종
5대 문종
7대 세조
6대 단종
추존왕 덕종(의경세자)
8대 예종
9대 성종
10대 연산군
11대 중종
12대 인종
13대 명종
덕흥대원군
14대 선조
15대 광해군
추존왕 원종
16대 인조
17대 효종
18대 현종
19대 숙종
20대 경종
21대 영조
추존왕 장조(사도세자)
22대 정조
은언군
은신군
23대 순조
전계대원군
남연군
추존왕 익종(효명세자)
25대 철종
흥선대원군
24대 헌종
26대 고종
27대 순종

소설 속 인물들

태조(太祖, 1335년 10월 27일~1408년 6월 18일)

조선을 개국한 초대 국왕이다. 고려 동북면 화령에서 출생했으며, 휘는 성계(成桂)였으나 조선 개국 후 단(旦)으로 개명했다. 고려 말 우군도통사의 벼슬을 받고 요동 정벌을 위해 북진을 하다가 위화도에서 회군해 정권을 장악했고, 공양왕으로부터 선위 형식으로 왕위를 물려받았다. 정도전을 비롯한 신진사대부들과 개혁을 단행했고, 한양으로 천도해 조선왕조의 기틀을 다졌다.

신의왕후 한씨(神懿王后 韓氏, 1337년~1391년 10월 21일)

태조의 첫 아내로 정종과 태종의 모후이며 별호는 원신택주, 절비이다. 고려 동북면 영흥 풍류산 아래 금리에서 호족인 안천부원군 한경과 삼한국대부인 신씨의 딸로 태어났으며 본관은 안변이다. 태조 이성계가 조선을 개국해 왕으로 등극하기 1년 전 지병인 위장병이 악화되어 사망했다.

신덕왕후 강씨(神德王后 康氏, 1356년 7월 12일~1397년 9월 15일)

태조의 두 번째 아내로 별호는 보령택주, 삼한국대부인, 현비이다. 이성계는 첫 혼인을 한 후 20년이 지나서 십대인 신덕왕후와 두 번째 혼인을 했다. 원나라 지배기의 고려에서는 부인을 여럿 둘 수 있는 중처제도가 있었으나 그리 흔한 일은 아니었다. 신덕왕후는 황해도 곡산에서 상산부원군 강윤성과 진산부부인 강씨의 딸로 태어났으며 본관은 곡산이다. 조선 개국에 도움이 된 공로를 인정받아 태조의 두터운 신임을 얻었다. 자신의 아들 의안대군 방석을 왕세자로 만들어 왕위를 물려주고 싶어 했으나, 태종이 일으킨 왕자의 난 때 방석을 비롯한 신덕왕후의 아들들은 모두 살해당했다. 다행히 신덕왕후는 왕자의 난이 일어나기 전에 사망해서 아들들이 죽는 것은 보지 않았다.

진안대군(鎭安大君, 1354년~1394년 1월 15일)

조선 태조와 신의왕후 한씨 사이의 장남으로 함경도 화령군 영흥면 흑석리에서 태어났다. 휘는 방우(芳雨)이며, 조선 개국 후 진안군에 책봉된다. 아버지 태조 이성계가 위화도 회군으로 정권을 장악하자 이에 불만을 품고 처자와 함께 강원도 보개산, 서해도 해주, 함흥 등에서 은거했다. 조선 개국에도 반대했으며, 정사에는 전혀 관여하지 않다가 태조 2년 술병으로 40세의 젊은 나이에 죽었다. 조선 개국에 반대했기 때문에 태조 이성계는 장남인 진안대군을 왕세자로 삼을 수 없었다.

정종(定宗, 1357년 7월 18일~1419년 10월 15일)

조선의 제2대 국왕이다. 고려 동북면 화령군에서 태종과 신의왕후의 둘째 아들로 출생했으며, 초명은 방과(芳果)였으나 경(曔)으로 개명했다. 태종이 일으킨 왕자의 난 이후 태종에 의해 왕위에 오른 인물로 재위 2년 만에 태종에게 양위했다. 덕분에 세종 1년까지 천수를 누릴 수 있었다. 혹시나 태종이 자신을 죽이지는 않을까 걱정해서 재위 시절에도 일부러 정사는 태종에게 미루고 격구만 즐겼다고 전해진다.

태종(太宗, 1367년 6월 13일~1422년 5월 30일)

조선의 제3대 국왕이다. 고려 동북면 함흥에서 태종과 신의왕후의 다섯째 아들로 출생했으며, 휘는 방원(芳遠)이다. 제1차 왕자의 난으로 신덕왕후 소생인 이복형제를 죽이고, 제2차 왕자의 난으로 친형인 회안대군 방간을 유배 보내고 정권을 장악해 왕위에 올랐다. 태종은 자신의 즉위를 도운 원경왕후 민씨의 형제들을 모두 죽이고 다음 대의 왕이 될 세종의 장인까지 죽일 정도로 외척을 경계했다. 상왕이 되어서도 후궁을 맞았고, 실록에 기록된 후궁만 19명으로 여색을 꽤나 탐해 원경왕후와 많은 갈등을 빚었다.

원경왕후 민씨(元敬王后 閔氏, 1365년 7월 29일~1420년 8월 18일)

태종의 왕비이자 세종과 양녕대군의 모후로 별호는 정녕옹주, 정빈, 정비, 후덕왕대비이다. 개경 철동에서 여흥부원군 문도공 민제와 삼한국대부인 송씨의 딸로 태어났으며, 태종이 즉위하는 데 가장 큰 공로를 세웠다. 하지만 태종이 외척을 경계해 친정 남동생 4명이 모두 죽는 것을 봐야 했고, 남편이 여색을 탐하는 것을 지켜보아야만 했다. 이에 말년에는 불교에 심취해 여생을 보냈다.

정도전(鄭道傳, 1342년~1398년 10월 6일)

고려 말, 조선 초의 문신이자 유학자, 혁명가이다. 고려 양광도 단양에서 정운경과 영주 우씨 사이에서 태어났으며, 호는 삼봉(三峯)이고 본관은 봉화이다. 고려 말 부패한 귀족들과 불교에 회의를 품고 성리학에 기초한 조선왕조의 성립에 핵심적인 공헌을 했다. 정도전은 재상 중심의 국가를 이상향으로 생각한 데다 신덕왕후 강씨 소생인 이방석의 스승이자 지지자여서 태종 이방원에게 살해당했다. 태종 이방원은 정도전이 신의왕후 한씨 소생의 모든 왕자들을 궁으로 불러들인 뒤 왕자들을 죽일 계략을 세웠다고 했지만 이는 누명이라는 설도 있다.《조선왕조실록》에는 정도전이 죽기 전 태종에게 목숨을 구걸했다고 나와 있지만,《삼봉집》에는 자신의 최후를 정리하는 '자조'라는 시를 남길 만큼 의연했다고 서술되어 있다.

양녕대군(讓寧大君, 1394년~1462년 9월 7일)

태종과 원경왕후 민씨의 장남으로 한성부에서 출생했으며, 휘는 제(禔)이다. 왕세자였으나 호색행각 등 비행을 일삼아 폐위되었다. 세종의 형이다.

세종(世宗, 1397년 5월 7일~1450년 3월 30일)

조선의 제4대 국왕이다. 조선 한성부 준수방에서 태종과 원경왕후 민씨의 삼남으로 태어났으며, 아명은 막동이고 휘는 도(祹)이다. 훈민정음 창제를 비롯한 수많은 업적으로 '대왕'이라는 호칭이 자연스럽게 따라붙는 왕이다.

소헌왕후 심씨(昭憲王后 沈氏, 1395년 10월 12일~1446년 4월 19일)

세종의 왕비로 문종의 모후이며 별호는 공비, 경빈이다. 양주에서 청천부원군 심온과 삼한국대부인 순흥 안씨의 딸로 태어났으며, 본관은 청송이다. 세종이 기회가 있을 때마다 칭찬할 정도로 완벽한 왕후로 유명했다. 선왕인 태종의 외척에 대한 경계로 아버지가 사약을 받고 친정어머니와 형제들이 관노비로 가는 것을 지켜봐야만 했다. 세종은 태종이 죽은 후 소헌왕후의 친정어머니는 복권시켰지만 친정아버지는 끝내 복권시키지 않았다. 소헌왕후는 복잡한 내명부를 다스리기 위해 궁중 곳곳에 궁녀들을 심어놓아 궁궐 안에서 벌어지는 일을 모두 파악하고 있었기 때문에 내명부 관리가 한층 수월했다고 한다. 수양대군의 사저에서 사망했다.

문종(文宗, 1414년 11월 15일~1452년 6월 1일)

조선의 제5대 국왕이다. 세종과 소헌왕후의 장남으로 휘는 향(珦)이며, 세종이 충녕대군이었던 시절 사저에서 태어났다. 어렸을 때부터 몸이 약해 세종이 죽으면서도 문종의 건강을 걱정할 정도였다. 결국 문종은 재위 2년 만에 승하했다.

현덕왕후 권씨(顯德王后 權氏, 1418년 4월 17일~1441년 8월 10일)

조선 문종의 왕비이자 단종의 모후이다. 문종이 세자 시절 휘빈 김씨(1429년 7월 18일 폐출)와 순빈 봉씨(1436년 10월 26일 폐출) 이후 세 번째로 맞은 세자빈으로, 1441년 단종을 낳고 사흘 만에 산후병으로 사망했다. 남편 문종이 즉위한 후 왕후에 추존되었다.

단종(端宗, 1441년 8월 9일~1457년 11월 7일)

조선의 제6대 국왕이다. 경복궁 자선당에서 문종과 현덕왕후의 외아들로 태어났으며, 휘는 홍위(弘暐)이다. 3년간 재위했으나 1455년 숙부 세조의 정변으로 양위했다. 강원도 영월군 청령포로 유배되었다가 사사 혹은 교살되었다.

세조(世祖, 1417년 11월 2일~1468년 9월 23일)

조선의 제7대 국왕이다. 세종과 소헌왕후의 차남으로 세종이 충녕대군이었던 시절 사저에서 태어났으며, 휘는 유(瑈)이다. 여러 가지 사정으로 어린 시절을 궁 밖에서 보낸 까닭에 행동과 사상이 꽤 자유로웠다. 반정에 반대하는 친형제와 조카인 단종을 죽이고 조선 최초로 반정을 일으켜 즉위한 군주이다.

정희왕후 윤씨(貞熹王后 尹氏, 1418년 12월 8일~1483년 5월 6일)

세조의 왕비이며 예종의 모후로 별호는 낙랑부대부인, 자성왕태비, 자성대왕대비이다. 충청남도에서 파평부원군 정정공 윤번과 홍녕부대부인 인천 이씨의 딸로 태어났으며, 본관은 파평이다. 조선 최초로 대왕대비 칭호를 받았고, 1469년부터 1476년까지 손자 성종 대신 조선 최초로 섭정을 했다.

예종(睿宗, 1450년 1월 14일~1469년 12월 31일)

조선의 제8대 국왕이다. 수양대군의 사저에서 당시 수양대군이었던 세조와 정희왕후의 둘째 아들로 태어났으며, 휘는 황(晄)이다. 1년이 조금 넘는 재위기간 대부분을 섭정으로 보낸 탓에 업적이 거의 없다.

안순왕후 한씨(安順王后 韓氏, 1445년~1499년 2월 3일)
예종의 계비로 별호는 소훈, 인혜왕대비, 명의대왕대비이다. 청천부원군 양혜공 한백륜과 서하부부인 임씨의 딸로, 본관은 청주이다. 성종 즉위 초 성종의 생모 소혜왕후와의 서열을 놓고 조정에서도 문제가 될 만큼 갈등이 있었다. 싸움은 물론 시어머니인 정희왕후의 신임을 받는 소혜왕후의 승리로 끝났다.

덕종(德宗, 1438년 10월 3일~1457년 9월 20일)
세조와 정희왕후의 맏아들로 흔히 의경세자로 불린다. 예종의 형이자 월산대군과 성종의 아버지이다. 왕세자로 즉위한 뒤 20세의 나이로 요절했으나 성종이 즉위하면서 왕으로 추존되었다.

소혜왕후 한씨(昭惠王后 韓氏, 1437년 10월 7일~1504년 5월 11일)
덕종의 왕비이자 성종의 모후이다. 성종 즉위 후 남편 의경세자가 덕종으로 추존되며 왕비로 진봉되었다가 인수대비(仁粹大妃)가 되었다. 의정부 좌의정을 지낸 서원부원군 양절공 한확과 남양부부인 홍씨의 딸로, 본관은 청주이다. 폐제헌왕후가 음흉하고 위험하기까지 하다는 언문으로 된 교지까지 내리며 폐제헌왕후의 폐출을 주장했다. 정사에 너무 관여해 대신들이 몇 번이나 항의하는 상소를 올렸을 만큼 정치력이 강하고 성종에 대한 영향력도 절대적이었다. 대표적인 예로 성종은 신하들의 강력한 반대에도 불구하고 소혜왕후의 주장대로 승려의 도첩제를 완화했다.

성종(成宗, 1457년 8월 19일~1495년 1월 19일)
조선의 제9대 국왕이다. 덕종과 소혜왕후의 둘째 아들로 태어났으며, 휘는 혈(娎)이고 초명은 아무이다. 세종의 치적을 바탕으로 해서《경국대전》반포, 홍문관 설치, 호당제도 실시 등의 업적을 이루어 문화적으로 부흥기를 이끌었다.

공혜왕후 한씨(恭惠王后 韓氏, 1456년 11월 8일~1474년 4월 30일)

성종의 정비이다. 상당부원군 충성공 한명회와 황려부부인 민씨의 막내딸로 연화방에서 태어났으며, 본관은 청주이다. 자식 없이 21세의 나이로 요절했다.

폐제헌왕후 윤씨(廢齊獻王后 尹氏, 1455년 7월 15일~1482년 8월 29일)

성종의 제1계비이며 연산군의 모후이다. 봉상시 판사 윤기견과 고령 신씨의 딸로 본관은 함안이다. 성종의 간택후궁으로 입궁했다가 공혜왕후에 이어 계비로 간택되었지만, 추후 폐서인이 되어 사사당했다.

정현왕후 윤씨(貞顯王后 尹氏, 1462년 7월 21일~1530년 9월 13일)

성종의 제2계비이다. 영원부원군 평정공 윤호와 연안부부인 전씨의 딸로, 본관은 파평이다. 정현왕후의 아버지 윤호는 경상도 관찰사로 재직하던 당시 감옥에 죄수가 한 명도 없다는 거짓 보고를 올려 포상금을 받으려다 실패한 일이 있을 만큼 물욕이 많고 거짓말에 능했다. 따라서 주위의 평가도 좋지 않았다. 그런 아버지 때문에 정현왕후는 공혜왕후 사망 후 중전으로 승격되지 못했다. 물론 열두 살이라는 어린 나이도 문제가 되었다. 연산군 즉위 후 자순대비(慈順大妃)가 되어 중종반정 시 중종을 왕으로 세우는 것을 승낙하기도 했다.

연산군(燕山君, 1476년 12월 02일~1506년 11월 20일)

조선의 제10대 국왕이다. 휘는 융(㦕)이며, 성종과 폐제헌왕후 윤씨의 아들이다. 무오사화와 갑자사화로 많은 신하들을 죽이고, 정사는 미룬 채 주색에 빠져드는 등 조선왕조 사상 가장 문제가 많은 왕으로 꼽힌다. 중종반정으로 폐위돼 유배지에서 병으로 사망했다.

폐비 신씨(廢妃 愼氏, 1476년 12월 15일~1537년 5월 16일)

연산군의 왕비이다. 폐위되었으므로 시호가 없으며, 거창군부인(居昌郡夫人)이라고도 불린다. 거창부원군 장성공 신승선과 중모현주 이씨의 딸로, 본관은 거창이다. 남편 연산군과 함께 중종반정으로 인해 폐위되었다. 연산군에게는 7촌 아주머니였지만 조선 왕실은 모계 쪽 근친혼은 문제 삼지 않아 혼인이 가능했다. 중종은 폐비 신씨에게 '빈'의 예를 갖추게 했다. 단경왕후의 고모이기도 하다.

한명회(韓明澮, 1415년 11월 26일~1487년 11월 28일)

조선시대 전기의 문신이며 외척이다. 조선 한성에서 영의정 한기와 정경부인 여주 이씨의 칠삭둥이 아들로 태어났다. 영의정 겸 섭정승 등을 지냈다. 셋째 딸은 예종의 원비 장순왕후, 넷째 딸은 성종의 원비 공혜왕후로 이들은 친정 자매간이면서 시가로는 시숙모와 조카며느리 관계가 된다.

중종(中宗, 1488년 4월 16일~1544년 11월 29일)

조선의 제11대 국왕이다. 성종과 제2계비 정현왕후의 아들로 태어났으며, 휘는 역(懌)이고 진성대군으로 봉해졌다. 이복형인 연산군이 반정으로 폐위된 뒤 추대를 받아 즉위했다. 묘호인 중종은 연산군에게서 나라를 구해 중흥시켰다는 의미로 정해졌다.

단경왕후 신씨(端敬王后 愼氏, 1487년 2월 7일~1557년 12월 27일)

조선 중종의 정비이다. 익창부원군 신도공 신수근과 청원부부인 한씨의 딸로, 본관은 거창이다. 조선의 역대 왕비 중 재위기간이 7일로 가장 짧으며, 역적의 딸로 연좌되어 폐출된 후 영조 때 부모와 함께 복위되었다.

장경왕후 윤씨(章敬王后 尹氏, 1491년 8월 10일~1515년 3월 16일)

중종의 제1계비이고 인종의 모후이다. 파원부원군 정헌공 윤여필과 순천부부인 박씨의 딸로, 본관은 파평이다.

문정왕후 윤씨(文定王后 尹氏, 1501년 12월 2일~1565년 5월 5일)

중종의 제2계비로 명종의 모후이다. 파산부원군 정평공 윤지임과 전성부부인 이씨의 딸로, 본관은 파평이다. 1515년 장경왕후가 승하해 1517년 왕비로 간택되었다. 장경왕후와는 8촌으로 친척이어서 당시 세자였던 인종을 잘 돌볼 것이라는 판단으로 간택되었다. 하지만 문정왕후는 장경왕후의 아들 인종을 몰아내고 자신의 아들 경원대군을 왕위에 올리려고 음모를 꾸민 것으로 알려져 있으며, 인종의 독살설에는 항상 문정왕후가 등장한다. 결국 인종이 즉위 8개월 만에 죽고 1545년 아들 경원대군이 12세의 나이로 즉위하자 8년간 수렴청정을 했다. 수렴청정 기간이 끝난 뒤에도 자신의 친정 남동생인 윤원로, 윤원형 등을 이용해 정사에 깊이 관여한 것으로 유명하다. 말년에는 불교중흥책을 펼쳐 보우를 중용했으며 승과를 부활시켰다. 보우와는 불륜설이 있을 만큼 가까운 사이였다. 명종은 보우의 궁궐 출입을 금하게 했지만, 문정왕후는 중종의 묘를 봉은사로 옮기고 봉은사에서 보우와 만났다. 문정왕후가 승하한 뒤 명종은 보우를 사사했다.

인종(仁宗, 1515년 3월 10일~1545년 8월 7일)

조선의 제12대 국왕이다. 중종과 장경왕후의 아들이며 휘는 호(峼)이다. 왕비는 첨지중추부사 박용과 증 정경부인 광주 김씨의 딸인 인성왕후이며, 인성왕후의 본관은 반남이다. 왕위에 오른 지 8개월 만에 31세의 젊은 나이로 세상을 떠나 독살설이 제기되는 왕 중 한 명이다.

명종(明宗, 1534년 7월 3일~1567년 8월 2일)

조선의 제13대 국왕이다. 중종과 문정왕후의 아들로 태어났으며, 휘는 환(峘)이고, 1539년 경원대군에 책봉되었다. 문정왕후 사후 외삼촌인 윤원형을 비롯한 외척세력을 내쫓고 승려 보우를 사사하면서 바른 정치를 꿈꿨으나, 2년 만에 사망해 뜻을 이루지 못했다. 기가 세고 정치력이 막강한 어머니 문정왕후 때문에 화병과 우울증을 앓았다고 알려져 있다.

인조(仁祖, 1595년 12월 7일~1649년 6월 17일)

조선의 제16대 국왕이다. 선조의 다섯째 아들인 정원군(추촌왕 원종)과 구사맹의 딸 군부인 구씨(추존왕비 인헌왕후) 사이에서 장남으로 태어났다. 임진왜란 중에 태어나서 출생지는 황해도 해주부 관사이며, 휘는 종(倧)이고 능양군에 봉해졌다. 광해군의 실정을 빌미로 서인이 일으킨 인조반정에 의해 왕위에 올랐다.

인열왕후 한씨(仁烈王后 韓氏, 1594년 8월 16일~1636년 1월 16일)

인조의 정비로 소현세자와 제17대 왕 효종의 모후이다. 원주읍내 우소에서 보국숭록대부 영돈녕부사 한준겸과 회산부부인 황씨의 딸로 태어났으며, 본관은 청주이다.

1636년 대군을 낳았으나 곧 숨졌고, 나흘 뒤 인열왕후도 산후병으로 43세에 승하했다.

장렬왕후 조씨(莊烈王后 趙氏, 1624년 12월 16일~1688년 9월 20일)

인조의 계비이다. 한원부원군 조창원의 딸로 태어났으며, 본관은 양주이다. 정비인 인열왕후 한씨가 사망한 뒤 1638년 음력 12월 인조의 왕비로 책봉되었으나 슬하에 아들을 두지 못했고, 남편인 인조와의 사이도 나빠 아예 경덕궁으로 거처를 옮겨 지냈다. 1649년 인조가 승하하고 의붓아들인 효종이 즉위하자 자의왕대비가 되었다. 효종이 승하한 1659년과 며느리인 효종비 인선왕후가 승하한 1674년에 대비인 장렬왕후의 상복 문제를 두고 서인과 남인 간에 2차례의 예송논쟁이 벌어졌다.

효종(孝宗, 1619년 7월 3일~1659년 6월 23일)

조선의 제17대 국왕이다. 인조와 인열왕후의 둘째 아들로 태어났으며, 휘는 호(淏)이다. 1623년 인조반정 후 왕자로 책봉되었고, 1626년 봉림대군의 작위를 받았다. 병자호란 직후 형 소현세자 등과 함께 청나라에 볼모로 끌려갔다가 8년 만에 귀국했다. 그 뒤 소현세자가 갑자기 죽으면서 세자로 책봉되었다.

인선왕후 장씨(仁宣王后 張氏, 1619년 2월 9일~1674년 3월 19일)

효종의 왕비이자 현종의 어머니이다. 신풍부원군 우의정 장유와 영가부부인 김씨의 딸로, 본관은 덕수이다. 아들인 현종이 즉위하자 효숙왕대비가 되었다.

현종(顯宗, 1641년 3월 14일~1674년 9월 17일)

조선의 제18대 국왕이다. 효종과 인선왕후 장씨의 장남으로 청나라 심양에서 출생했으며, 휘는 연(棩)이다. 19세의 나이로 즉위했으나 2차례의 예송논쟁으로 인해 왕권이 약했던 왕 중 한 명이다. 학질과 과로로 창덕궁의 재려에서 34세를 일기로 승하했다. 정비인 명성왕후 외에 후궁을 한 명도 두지 않은 왕이기도 하다.

명성왕후 김씨(明聖王后 金氏, 1642년 6월 13일~1684년 1월 21일)

현종의 정비이자 숙종의 어머니이다. 청풍부원군 김우명과 덕은부부인 송씨 사이에서 태어났으며, 본관은 청풍이다. 성격이 거칠고 사나워 남편이 후궁을 한 명도 두지 못했다고 한다. 숙종 즉위 후 현렬왕대비가 되었다. 서인가문 출신으로 남인인 장옥정을 미워해서 궁 밖으로 쫓아냈다. 숙종은 명성왕후가 죽고 나서야 장옥정을 입궁시켰다.

숙종(肅宗, 1661년 10월 7일~1720년 7월 12일)

조선의 제19대 국왕이다. 현종과 명성왕후 김씨의 외아들로 경덕궁 회상전에서 태어났으며, 휘는 돈(焞)이다. 정비는 김만기의 딸 인경왕후, 제1계비는 민유중의 딸 인현왕후, 제2계비는 장옥정, 제3계비는 김주신의 딸 인원왕후이다. 재위기간 중 강해진 신권을 약화시키기 위해 환국정치를 통해 서인과 남인의 세력을 조절하고 왕권을 강화시켰다.

인경왕후 김씨(仁敬王后 金氏, 1661년 10월 25일~1680년 12월 16일)

숙종의 정비이다. 본관은 광산이고 본명은 김진옥이며, 광성부원군 김만기와 서원부부인 한씨의 딸이다. 1676년 16세의 나이에 정식으로 왕비에 책봉되었으며, 두 명의 공주를 낳았으나 모두 일찍 죽었다. 숙종 6년, 천연두에 걸려 20세의 나이로 경덕궁에서 승하했다.

인현왕후 민씨(仁顯王后 閔氏, 1667년 5월 15일~1701년 9월 16일)

조선 제19대 임금인 숙종의 제1계비이다. 본관은 여흥으로, 여양부원군 민유중과 은성부부인 송씨의 차녀이다. 1681년에 숙종의 계비가 되었으나, 1689년 기사환국으로 폐위되었다가 5년 뒤인 1694년 갑술환국으로 복위했다. 신체가 썩어 들어가는 괴질로 투병하다가 창경궁 경춘전에서 승하했다.

장옥정(張玉貞, 1659년 11월 3일~1701년 11월 7일)

숙종의 제2계비였으나 갑술환국으로 빈으로 강등되었으며, 경종의 어머니이다. 흔히 희빈 장씨(禧嬪 張氏)라 불리며, 경종에 의해 옥산부대빈 장씨(玉山府大嬪 張氏)에 봉해졌다. 한성부 상평방에서 사역원 봉사 장형과 후처 파평 윤씨 사이에서 막내딸로 태어났으며, 본관은 인동이다. 역관 장현의 종질녀이기도 하다. 서인이 정계에서 완전히 축출되고 남인이 정계를 독점하게 되는 기사환국이 일어나면서 왕비가 되었다가, 반대로 남인이 축출되고 서인이 정계에 등용되는 갑술환국으로 희빈으로 강등되었다. 인현왕후가 사망한 뒤 장옥정이 인현왕후를 저주하는 굿을 했다는 무고의 옥 사건이 발생해 목을 매어 자진했다.

숙빈 최씨(淑嬪 崔氏, 1670년 12월 17일~1718년 4월 9일)

숙종의 후궁이자 영조의 생모이다. 영의정으로 추증된 최효원과 남양 홍씨의 딸로, 본관은 해주이다. 숙종의 제1계비 인현왕후 민씨와는 친분이 두터웠으며, 인현왕후가 죽은 뒤 숙종에게 희빈 장씨의 저주굿을 발고해 무고의 옥 사건의 발단이 된 것으로 알려져 있다. 서인 중 노론의 지지를 바탕으로 무수리에서 후궁의 최고 품계인 빈까지 올랐다. 숙빈 최씨에 대한 이야기들은 여러 기록에서 발견되나 영조에 의해 조작된 것이 많아 신뢰성에 문제가 있다.

경종(景宗, 1688년 11월 20일~1724년 10월 11일)

조선의 제20대 국왕이다. 숙종과 장옥정 사이에서 태어났으며 휘는 윤(昀)이다. 청은부원군 심호의 딸 단의왕후 심씨와 영돈녕부사 어유구의 딸 선의왕후 어씨, 두 명의 부인을 두었으나 자녀가 없었다. 선의왕후는 소현세자나 인평대군의 후손 중 한 명을 양자로 삼으려고 물색했으나 실패하고, 결국 이복동생인 연잉군(영조)을 왕세제로 삼았다. 사망하기 5일 전, 경종은 식사로 게장과 생감을 먹은 뒤 심각한 복통과 설사, 구토 증상을 보였다. 사망하기 하루 전에는 왕세제 연잉군(영조)이 의원들의 반대에도 불구하고 인삼과 부자를 경종에게 올렸다. 경종은 의식을 잃고 상태가 더 악화되어 다음 날 33세의 나이로 승하했다. 연잉군에 의한 경종 독살설은 지금도 제기되고 있다.

영조(英祖, 1694년 10월 31일~1776년 4월 22일)

조선의 제21대 국왕이다. 숙종과 숙빈 최씨의 아들로 창덕궁 보경당에서 태어났으며, 휘는 금(昑)이고, 연잉군(延礽君)에 봉해졌다. 경종의 배다른 아우로 경종 때 왕세제로 책봉되었다. 정비는 서종제의 딸 정성왕후, 계비는 김한구의 딸 정순왕후이다. 아들 사도세자와 갈등을 빚다가 결국 죽음에 이르게 한 것으로 유명하다. 영조는 83세로 승하해 역대 조선 임금 중 최장수 왕이다.

장조(莊祖, 1735년 2월 13일~1762년 7월 12일)

조선의 왕세자이자 추존 왕이다. 영조와 영빈 이씨의 아들로 휘는 선(愃)이며, 생후

일 년 만에 왕세자로 책봉되었다. 효장세자의 이복동생이고 정조의 생부이며, 사도세자(思悼世子)로 더 잘 알려져 있다. 노론 및 부왕 영조와 정치적 갈등을 빚다가 영조 38년 어명으로 뒤주에 갇혀 아사했다. '사도'라는 시호는 죽음을 애도한다는 뜻으로 영조가 직접 지었다. 장조의 비는 홍봉한과 한산부부인 이씨의 둘째 딸인 추존왕비 헌경왕후이다. 흔히 혜경궁 홍씨로 더 잘 알려져 있는 헌경왕후는 저서《한중록》에서 장조가 의대증과 정신질환을 앓았다고 진술했다.

정조(正祖, 1752년 10월 28일~1800년 8월 18일)

조선 제22대 국왕이다. 장조(사도세자)와 헌경왕후(혜경궁 홍씨)의 아들로 창경궁 경춘전에서 태어났으며, 휘는 산(祘)이다. 11세 때 아버지 장조(사도세자)가 죽었으며, 할아버지인 영조가 요절한 효장세자의 양자로 입적시켜 왕통을 계승하게 했다. 왕비는 청원부원군 김시묵과 당성부부인 홍씨 사이에 태어난 효의왕후 김씨이며, 효의왕후의 본관은 청풍이다.

순조(純祖, 1790년 7월 29일~1834년 12월 13일)

조선의 제23대 국왕이다. 정조와 박준원의 딸 후궁 수빈 박씨 사이에서 출생한 서차남이며, 휘는 공(玜)이다. 정조 24년 6월, 정조가 죽자 11세의 나이로 왕위에 올랐다. 3년 동안 영조의 계비인 대왕대비 정순왕후 김씨가 수렴청정을 했다.

순원왕후 김씨(純元王后 金氏, 1789년 6월 8일~1857년 9월 21일)

순조의 왕비이자 문조(文祖, 효명세자)의 어머니이며 헌종의 할머니이다. 영안부원군 김조순과 청양부부인 심씨의 딸로, 본관은 안동이다. 순조 사후에는 손자 헌종의 수렴청정을 했고, 헌종 사후에는 이원범을 순조의 양자로 입양해 철종으로 즉위시켜 수렴청정을 했다. 철종비와 헌종비를 자신의 가문인 안동 김씨 가문에서 간택했다.

헌종(憲宗, 1827년 9월 8일~1849년 7월 25일)

조선의 제24대 국왕이다. 창경궁의 경춘전에서 효명세자(추존왕 익종, 추존황제 문조)와 세자빈 조씨(신정왕후, 효유왕대비, 효유대왕대비)의 아들로 태어나 왕세손에 책봉되었으며, 휘는 환(奐)이다. 김조근의 딸인 효현왕후 김씨와 돈녕부영사 홍재룡의 딸인 효정왕후 홍씨 두 명의 부인을 두었으나, 아들은 없고 숙의 김씨 소생의 옹주만 한 명 있었다.

철종(哲宗, 1831년 7월 25일~1864년 1월 16일)
조선의 제25대 국왕이다. 초명은 원범(元範), 휘는 변(昪)이다. 숙종의 서자인 영조의 서자인 사도세자의 서자인 은언군의 서자인 전계대원군 이광의 서자이다. 한성부에서 태어났으나 두 번의 역모사건으로 왕족으로서의 예우를 박탈당하고 강화도에 유배되었다. 평민처럼 농사를 짓고 나무꾼 생활을 하며 생계를 유지하다 순원왕후의 명으로 덕완군에 봉해진 뒤, 종숙부 순조의 양자 자격으로 왕위를 이었다.

철인왕후 김씨(哲仁王后 金氏, 1837년 4월 27일~1878년 6월 12일)
철종의 왕비이다. 돈녕부영사 영은부원군 김문근과 흥양부부인 여흥 민씨 사이에 태어났으며, 본관은 안동이다. 철종의 유일한 적장자인 원자 이융준을 낳았으나, 융준은 이듬해에 갑자기 사망했다.

그림 및 사진 출처

문화재청 궁능유적본부 조선왕릉
https://royaltombs.cha.go.kr/cha/idx/SubIndex.do?mn=RT
국립고궁박물관 https://www.gogung.go.kr/main.do
장서각 기록유산 DB http://visualjoseon.aks.ac.kr/
문화 컨텐츠 닷컴 http://www.culturecontent.com/main.do
국립중앙박물관 https://www.museum.go.kr/site/main/home
우리 역사넷 http://contents.history.go.kr/front
문화재청 세종대왕 유적관리소
https://sejong.cha.go.kr/agapp/main/index.do?siteCd=SEJONG
한국민족문화대백과사전 https://encykorea.aks.ac.kr/
위키백과 https://ko.wikipedia.org/wiki/
나무위키 https://namu.wiki

《기묘사화》, 한국인물사연구원, 타오름
《나는 조선이다》, 이한, 청아
나무위키 (https://namu.wiki/w/)
《박시백의 조선왕조실록》, 박시백, 휴머니스트
《발칙한 조선인물실록》, 이성주, 추수밭
《불륜의 왕실사》, 이은식, 타오름
《사화와 반정의 시대》, 김범, 역사의아침
《살아있는 한국사 교과서》, 주경식, 휴머니스트
《설민석의 조선왕조실록》, 설민석, 세계사
《소설 철종 이원범》, 신성범, 꿈과비전
《숙종과 인현왕후의 국혼》, 김세은, 한국학중앙연구원출판부
《숙종과 인현왕후 그리고 장희빈》, 정은임, 한국학중앙연구원출판부
《숙종과 장희빈》, 조열태, 이북이십사
《역사스페셜》, KBS 역사스페셜, 효형출판
《역사저널 그날》, KBS역사저널 그날 제작팀, 민음사
《연산군 : 그 인간과 시대의 내면》, 김범, 글항아리
《에로틱 조선》, 박영규, 웅진지식하우스
《왕과 아들》, 한명기·신병주·강문식, 책과함께
《왕들의 부부싸움》, 이성주, 애플북스
《왕을 낳은 후궁들》, 최선경, 김영사
《왕의 여자》, 김종성. 역사의아침
《왕의 하루》, 이한우, 김영사
《왕이 못 된 세자들》, 함규진, 김영사
위키백과 (https://ko.wikipedia.org/wiki/)
《인현왕후전》, 구인환, 신원문화사
《인현왕후전》, 작자 미상, 서해문집
《인현왕후전》, 조임생, 꿈소담이
《임금님의 첫사랑》, 신봉승, 선
《장희빈 사극의 배반》, 정두희, 소나무
《장희빈 사랑에 살다》, 최정미, 유레카엠앤비
《조선국왕 연산군》, 이수광, 책문

참고자료

《조선공주실록》, 신명호, 역사의 아침
《조선 공주의 사생활》, 최향미, 북성재
《조선반역실록》, 박영규, 김영사
《조선사 이야기》, 박영규, 주니어김영사
《조선여인 잔혹사》, 이수광, 현문미디어
《조선을 뒤흔든 16인의 기생들》, 이수광, 다산초당
《조선의 여성 역사가 다시 말하다》, 정해은, 너머북스
《조선의 왕실과 외척》, 박영규, 김영사
《조선 왕 독살사건》, 이덕일, 다산초당
《조선 왕비 독살 사건》, 윤정란, 다산초당
《조선 왕비 열전》, 유승환, 글로북스
《조선 왕비 열전》, 임중웅, 선영사
《조선왕비 오백년사》, 윤정란, 이가출판사
《조선왕 시크릿 파일》, 박영규, 옥당북스
《조선 왕실 로맨스》, 박영규, 옥당북스
《조선왕조실록》, 국사편찬위원회, http://sillok.history.go.kr/main/main.do
《조선왕조실록》, 이덕일, 다산초당
《조선왕조실록》, 이성무, 살림
《조선왕조실록을 보다》, 박찬영, 리베르스쿨
《조선을 뒤흔든 16인의 왕후들》, 이수광, 다산초당
《조선의 왕비가문》, 양웅열, 역사문화
《조선이 버린 여인들》, 손경희, 글항아리
《조선이 버린 왕비들》, 홍미숙. 문예춘추사
《조선 임금 잔혹사》, 조민기, 책비
《천강에 비친 달》, 정찬주, 작가정신
《채홍》, 김별아, 해냄
《태종 조선의 길을 열다》, 이한우, 해냄출판사
《한 권으로 읽는 세종대왕실록》, 박영규, 웅진지식하우스
《한 권으로 읽는 조선왕조실록》, 박영규, 웅진지식하우스

소설을 마치며

몇 년 전 불합리하고 부정한 상관 때문에 심각한 업무과다에 시달린 적이 있었다. 교감은 자신이 귀여워하는 교사에게 주당 3시간의 수업을 맡기기 위해 나에게는 2과목의 수업 주당 20시간을 떠넘겼다. 보통 고등학교 교사들의 주당 수업시수는 한 과목 16시간이다. 그래서 20시간의 수업을 하는 교사는 비담임직을 주는 것이 모든 학교의 관례지만 교감은 관례 따위는 무시했다. 또한 원칙상 주당 20시간의 수업을 하는 교사는 동아리 활동을 면제하지만 교감은 언제나 그랬듯 원칙을 마음대로 바꾸고 어겼다. 결국 나는 고3 담임에 동아리 활동까지 맡아야 했다. 정년퇴임을 앞둔 교장은 학교일에는 무관심한 채 해외여행 꿈에만 부풀어 있었다.

교감의 불공정한 처사는 업무분장에 그치지 않았다. 한 해 동안 나는 교감의 모욕과 멸시에 아무 대항도 하지 못한 채 참고 견뎌야 했다. 억울하고 분했다. 그래도 견뎠다. 꾸역꾸역 치밀어 오르는 분노와 울분을 참으며 하루하루를 겨우겨우 버텼다. 그래서 내가 많은 업무를 잘 처리하는 능력 좋은 교사로 인정받았냐고?

아니다. 심각하게 과다한 업무와 교감의 갑질 덕분에 나는 신경질적이고 예민한 사람으로 변해버렸다. 성대결절이 생기고 디스크가 악화되었지만 교사라는 직업의 특성상 마음대로 쉴 수도 없었다. 몸이 아픈데 일은 많으니 당연히 사람들에게 불친절할 수밖에 없었다. 한마디로 약자인 나만 악한 사람이 되어버렸다. 인생은 그렇게 비틀리고 기울어지기 마련이라 생각하며 나를 위로했다.

그해 말, 교감의 갑질에 시달리던 교사 중 한 명이 용감하게 나서서 갑질신고센터에 부당한 인사처리와 비인격적 언행을 이유로 교감을 신고했다. 그제야 나는 내가 비겁하게 상황을 회피하고만 있었다는 것을 깨달았다. 부당하고 불공정한 일에 대항하지 않고 견디는 것도 결국 용기 없고, 비겁하고, 무책임한 행동이라는 것도 알게 되었다. 즉, 내가 잘못한 것이다. 저항하지 않으면 이상을 실현할 수 없다는 사실을 아주 오랫동안 잊고 있었다.

결국 나는 심각한 업무과다로 인한 스트레스 누적과 자기비하로 생긴 우울증으로 휴직을 하게 되었다. 대인기피증세까지 보여 혼자 집에만 있는 시간이 길어졌다. 그 시간을 평소 관심 있어 하던 《조선왕조실록》과 역사서를 보며 견뎠다. 역사서에는 같은 인물에 대해서도 다양한 시각이 존재했다. 어느 편에서 보느냐에 따라 완전히 다른 내용이 되었다. 그래도 전해지는 이야기는 대부분 약자와 패자를 악하고 비겁하게 묘사하기 마련이었다.

언젠가부터 나는 성공한 자가 아니라 실패한 자의 시각에서, 강자가 아니라 약자의 입장에서 역사의 한 장면을 내 마음대로 해석하기 시작했다. 약하다는 이유로 악한 인간으로 몰릴 수밖에 없었던 나의 과거가 역사를 달리 바라보게 만들었다. 그렇게 해석한 한 장면 한 장면이 모여 한 권의 이야기가 완성되었다.

어쩌면 역사왜곡이라고 비난할 수도 있겠다 싶을 만큼 철저히 패자와 약자의 입장에서 이야기를 만들어냈다. 물론《조선왕조실록》을 바탕으로 한 해석이지만, 나와 다른 견해가 존재할 수 있다는 점도 잘 알고 있다. 그저 약하기에 악할 수밖에 없었던 작가의 한풀이라고, 독자들이 이해해주시길 바란다. 그리고 나처럼 부당하고 불공정한 상황을 견디고 있는 약자들에게 저항할 수 있는 용기를 줄 수 있길 바라며 글을 마친다.

새우와 고래가 숨쉬는 바다

《바보엄마》 작가 최문정 소설

소설로 읽는

조선왕조실록 _ 나쁜 남자 편

지은이 | 최문정
펴낸이 | 황인원
펴낸곳 | 도서출판 창해

신고번호 | 제2019-000317호

초판 인쇄 | 2020년 09월 11일
초판 발행 | 2020년 09월 19일

우편번호 | 04037
주소 | 서울특별시 마포구 양화로 59, 601호(서교동)
전화 | (02)322-3333(代)
팩시밀리 | (02)333-5678
E-mail | dachawon@daum.net

ISBN 978-89-7919-562-0 (03810)

값 · 15,000원

이 도서의 국립중앙도서관 출판예정도서목록(CIP)은
서지정보유통지원시스템 홈페이지(http://seoji.nl.go.kr)와
국가자료종합목록 구축시스템(http://kolis-net.nl.go.kr)에서 이용하실 수 있습니다.
(CIP제어번호 : **CIP2020035440**)

Publishing Club Dachawon(多次元)
창해·다차원북스·나마스테